W0243257

Wie ein Licht in der Nacht

NICHOLAS SPARKS

Wie ein Licht in der Nacht

ROMAN

Aus dem Amerikanischen von Adelheid Zöfel

Weltbild

Die amerikanische Originalausgabe erschien 2010 unter dem Titel
Safe Haven bei Grand Central Publishing/Hachette Book Group USA,
New York.

Besuchen Sie uns im Internet:
www.weltbild.de

Genehmigte Lizenzausgabe für Verlagsgruppe Weltbild GmbH,
Steinerne Furt, 86167 Augsburg
Copyright der Originalausgabe © 2010 by Nicholas Sparks
Copyright der deutschsprachigen Ausgabe
© 2011 by Wilhelm Heyne Verlag, München,
in der Verlagsgruppe Random House GmbH
Übersetzung: Adelheid Zöfel
Umschlaggestaltung: Atelier Seidel – Verlagsgrafik, Teising
Umschlagmotiv: Masterfile, Düsseldorf (© Susan Findlay)
Gesamtherstellung: GGP Media GmbH, Pößneck
Printed in the EU
ISBN 978-3-86365-036-0

2015 2014 2013 2012
Die letzte Jahreszahl gibt die aktuelle Lizenzausgabe an.

Zur Erinnerung an Paul und Adrienne Cote –
meine wundervolle Familie.
Ich vermisse euch beide sehr!

KAPITEL 1

Geschickt schlängelte sich Katie zwischen den Tischen durch. Auf dem linken Arm balancierte sie drei Teller, einen vierten auf der rechten Hand, während eine frische Brise vom Atlantik ihre Haare zerzauste. Sie trug Jeans und dazu ein T-Shirt, auf dem stand: *Ivan's: Versuchen Sie den Fisch – frischer als frisch!* Die Teller waren für vier Männer in Polohemden bestimmt, und der Mann, der ihr am nächsten saß, musterte sie mit einem freundlichen Grinsen. Er tat so, als wäre er einfach ein netter Mensch, aber Katie spürte genau, dass er ihr interessiert nachschaute, als sie wieder ging. Melody hatte ihr erzählt, die vier Herren seien aus Wilmington und hielten Ausschau nach Locations für Filmdreharbeiten.

Katie holte noch einen Krug mit Eistee und füllte ihre Gläser nach, ehe sie zur Theke zurückging. Verstohlen schaute sie hinaus aufs Wasser. Es war Ende April, weder warm noch kalt, sondern die perfekte Temperatur, der Himmel war bis zum Horizont strahlend blau, und die spiegelglatte Oberfläche des Intracoastal Waterway, dieser wunderschönen Wasserstraße, die von Florida nach Massachusetts führte, reflektierte die Farbe des Himmels. Mindestens ein Dutzend Möwen hockte auf dem Geländer der Terrasse, und alle lauerten darauf, dass einer der Gäste ein paar Krumen unter den Tisch fallen ließ, die sie sich schnappen konnten.

Ivan Smith, der Besitzer des Restaurants, hasste die Möwen. Er bezeichnete sie als »Ratten mit Flügeln« und war schon zweimal am Geländer entlanggegangen, einen Pümpel mit Holzgriff in der Hand, um die Möwen zu vertreiben. Melody flüsterte Katie zu, sie mache sich mehr Sorgen wegen des Pümpels und wo der wohl vorher gewesen sei, als wegen der Möwen. Katie sagte nichts.

Sie füllte eine neue Karaffe mit Eistee und wischte die Theke gründlich sauber. Gleich darauf tippte ihr jemand auf die Schulter, und sie drehte sich um. Es war Ivans Tochter Eileen, ein hübsches Mädchen mit Pferdeschwanz, erst neunzehn Jahre alt. Sie arbeitete Teilzeit als Restaurant-Hostess, das heißt, sie führte die Gäste an ihre Tische.

»Katie – meinst du, du könntest noch einen zusätzlichen Tisch übernehmen?«

Kurz ließ Katie ihren Blick über die Gäste schweifen und ging im Kopf ihren Arbeitsrhythmus durch, dann nickte sie. »Ja, gern.«

Eileen eilte die Treppe hinunter. Von den Tischen in der Nähe konnte Katie Gesprächsfetzen aufschnappen: Die Leute unterhielten sich über ihre Freunde, ihre Familien, über das Wetter oder das Angeln. Sie sah, wie am Tisch in der Ecke zwei Leute ihre Speisekarten zuklappten. Rasch ging sie zu ihnen hinüber und nahm die Bestellung auf, blieb aber nicht an ihrem Tisch stehen, um noch ein bisschen zu plaudern, wie Melody das immer machte. Katie hatte kein Talent für Smalltalk, aber sie war flink und höflich, und die Gäste schien es nicht zu stören, dass sie kaum mit ihnen redete.

Seit Anfang März arbeitete sie hier im Restaurant. Ivan hatte sie an einem kalten, sonnigen Nachmittag eingestellt.

Der Himmel war auch damals blitzblau, und als Ivan ihr sagte, dass sie gleich am nächsten Montag anfangen könne zu arbeiten, musste sie sich richtig zusammenreißen, denn sie hätte fast geweint vor Dankbarkeit. Erst auf dem Heimweg ließ sie den Tränen freien Lauf. Sie war vollkommen pleite und hatte seit zwei Tagen nichts mehr gegessen.

Noch einmal füllte sie jetzt Wasser und Eistee nach und ging dann in die Küche. Ricky, einer der Köche, zwinkerte ihr zu. Das tat er immer, wenn er sie sah. Vor zwei Tagen hatte er sie gefragt, ob sie Lust hätte, mal mit ihm auszugehen, und sie hatte geantwortet, sie würde sich aus Prinzip nicht mit Leuten aus dem Job verabreden. Aber sie befürchtete, dass er es nochmal versuchen könnte. Hoffentlich nicht!

»Ich glaube, heute lässt der Betrieb nicht nach«, brummelte Ricky. Er war blond und schlaksig, vielleicht ein, zwei Jahre jünger als Katie, und wohnte noch bei seinen Eltern. »Jedes Mal, wenn wir denken, jetzt wird es ein bisschen ruhiger, schwappt eine neue Welle Gäste herein.«

»Das liegt am schönen Wetter.«

»Aber warum kommen die Leute hierher? An solch einem herrlichen Tag wie heute muss man doch an den Strand gehen! Oder zum Angeln. Das werde ich jedenfalls tun, sobald ich hier fertig bin.«

»Klingt gut.«

»Soll ich dich nach Hause fahren?«

Das Angebot machte er ihr mindestens zweimal in der Woche. »Nein, danke, nur keine Umstände. Ich wohne ja ganz in der Nähe.«

»Es wäre überhaupt kein Umstand. Ich mache so was gern«, sagte er.

»Und mir tut es gut, wenn ich noch ein bisschen zu Fuß gehe.«

Sie reichte ihm ihren Bestellzettel, Ricky klemmte ihn an das Rad und brachte ihr eins der zuvor bestellten Gerichte. Sie trug den Teller zu dem entsprechenden Tisch in ihrem Bereich.

Das Ivan's war hier in der Gegend eine Institution. Seit fast dreißig Jahren gab es dieses Restaurant. Inzwischen kannte Katie schon die meisten Stammgäste. Heute waren allerdings auch viele Leute da, die sie noch nie gesehen hatte. Paare, die flirteten. Paare, die sich gegenseitig ignorierten. Familien. Niemand schien hier fremd zu sein, niemand fragte nach ihr, aber es passierte doch immer wieder, dass ihre Hände plötzlich anfingen zu zittern. Und nachts ließ sie immer noch das Licht an, wenn sie schlief.

Katie hatte kurze kastanienbraune Haare, die sie selbst färbte – in der Küchenspüle des winzigen Häuschens, in dem sie zur Miete wohnte. Sie trug kein Make-up. Bei dem sonnigen Wetter bekam sie bestimmt ein bisschen Farbe. Hoffentlich nicht zu viel! Sie nahm sich vor, Sonnenlotion zu kaufen. Aber wenn sie die Miete samt Nebenkosten bezahlt hatte, blieb nicht viel übrig für irgendwelchen Luxus. Selbst Sonnencreme war eigentlich zu teuer. Der Job hier im Restaurant gefiel ihr, und sie war sehr froh, dass sie ihn bekommen hatte, aber das Essen war nicht besonders kostspielig, was zur Folge hatte, dass die Leute auch nur wenig Trinkgeld gaben. Weil Katie zu Hause nur Reis, Bohnen, Nudeln und Haferflocken aß, hatte sie in den letzten vier Monaten ziemlich abgenommen. Sie konnte ihre Rippen zählen, und bis vor ein paar Wochen hatte sie so dunkle Ringe unter den Augen gehabt, dass sie schon befürchtete, sie würden nie mehr weggehen.

»Ich glaube, diese Typen beobachten dich«, sagte Melody und deutete mit einer Kopfbewegung zu dem Tisch mit den vier Männern vom Filmstudio. »Vor allem der Gutaussehende mit den braunen Haaren.«

»Ach ja?« Katie setzte eine frische Kanne Kaffee auf. Alles, was man zu Melody sagte, machte blitzschnell die Runde. Deshalb sagte sie immer möglichst wenig.

»Wie bitte? Findest du ihn nicht süß?«

»Mir ist er gar nicht aufgefallen.«

»Aber dir muss doch auffallen, wenn einer so toll aussieht!« Melody starrte sie ungläubig an.

Genau wie Ricky war Melody wenige Jahre jünger als sie, also etwa fünfundzwanzig. Ein freches kleines Biest mit rotbraunen Haaren und grünen Augen. Sie war mit einem jungen Mann namens Steve zusammen, der für den Heimwerkerladen im anderen Teil der Stadt die Lieferungen ausfuhr. Wie alle hier im Restaurant war sie in Southport aufgewachsen. Ihrer Meinung nach war die Stadt ein Paradies für Kinder, Familien und ältere Menschen – aber für Alleinstehende war Southport der schlechteste Ort auf der Welt. Mindestens einmal in der Woche erzählte Melody Katie, sie werde demnächst nach Wilmington ziehen, weil es dort mehr Bars und Clubs gab und man viel besser einkaufen konnte. Sie schien alles über jeden zu wissen. Tratsch war Melodys eigentliche Berufung, dachte Katie manchmal.

»Ich hab gehört, dass Ricky mit dir ausgehen will«, sagte Melody jetzt. »Aber du hast abgelehnt, stimmt's?«

»Ich gehe nicht gern mit Leuten von der Arbeit aus.«

Katie tat so, als müsse sie sich ganz darauf konzentrieren, das Besteck zu sortieren.

»Wir könnten doch ein Doppel-Date machen. Ricky und Steve gehen nämlich oft miteinander angeln.«

Katie hätte gern gewusst, ob Ricky hinter diesem Vorschlag steckte oder ob Melody von sich aus darauf gekommen war. Vielleicht stimmte beides. Abends, wenn das Restaurant schloss, blieben die meisten Mitarbeiter noch eine Weile da und tranken gemeinsam ein paar Bier. Außer Katie arbeiteten alle schon seit Jahren im Ivan's.

»Ich finde die Idee nicht so gut«, wehrte Katie ab – vorsichtig, aber bestimmt.

»Warum nicht?«

»Ich habe mal schlechte Erfahrungen gemacht, als ich mit jemandem vom Job ausgegangen bin«, antwortete Katie. »Damals habe ich mir vorgenommen, das nie wieder zu tun.«

Melody verdrehte die Augen und ging zurück zu ihren Tischen. Katie legte zwei Schecks in die Kasse und räumte leere Teller weg. Sie sorgte dafür, dass sie immer etwas zu tun hatte, denn eigentlich wollte sie nur eins: arbeiten und unsichtbar sein. Mit gesenktem Kopf wischte sie die Theke, bis sie blitzte und blinkte. Wenn man sich ständig beschäftigte, verging die Zeit schneller. Sie flirtete nicht mit dem Mann vom Filmstudio, und als er ging, drehte er sich nicht nach ihr um.

Katie arbeitete beide Schichten, Mittag- und Abendessen. Wenn es abends langsam dunkel wurde, beobachtete sie immer, wie der Himmel am westlichen Rand der Welt die Farben wechselte: von Blau zu Grau, dann zu Orange und Gelb. Das sah wunderschön aus. Die letzten

Sonnenstrahlen ließen das Wasser glitzern, die Segelboote neigten sich in der Brise. Die Nadeln der Kiefern schimmerten im Abglanz der sinkenden Sonne, die dann bald hinter dem Horizont verschwand. Und schon drehte Ivan die Gasstrahler auf, und die Windungen glühten hell wie Irrlichter. Katie hatte Farbe bekommen, und von der Hitze der Heizstrahler brannte ihre Haut.

Abby und Big Dave ersetzten Melody und Ricky während der Abendschicht. Abby ging noch zur Schule, letzte Klasse, und sie kicherte oft und gern. Big Dave kochte seit fast zwanzig Jahren im Ivan's. Er war verheiratet, hatte zwei Kinder und wog fast hundertvierzig Kilo. Auf seinem rechten Unterarm prangte ein Skorpion-Tattoo. Wenn er in der Küche war, glänzte sein Gesicht immer vom Schweiß. Er war ein richtiger Spaßvogel, sehr umgänglich und hatte für jeden einen speziellen Spitznamen. Katie nannte er immer Katie Kat.

Die Abendstoßzeit dauerte bis neun Uhr. Als der Ansturm etwas nachließ, begann Katie schon mal aufzuräumen. Während die letzten Gäste zu Ende aßen, half sie den Küchenhilfen, das Geschirr in die Spülmaschine zu laden. An einem ihrer Tische saß noch ein junges Paar. Die beiden hielten sich zärtlich an den Händen, und Katie hatte die Ringe an ihren Fingern gesehen. Zwei attraktive junge Menschen. Plötzlich hatte sie ein Déjà-vu. Früher war es bei ihr auch so gewesen, aber das war lange her. Ein Augenblick des Glücks, der schnell verging. Sie hatte sich geirrt und musste bald einsehen, dass alles nur eine Illusion war ... Abrupt wandte sie sich von dem Liebespaar ab. Ach, am liebsten würde sie diese Erinnerungen für immer auslöschen. Und auch diese Gefühle wollte sie nie wieder haben.

KAPITEL 2

Am nächsten Morgen trat Katie mit einer Tasse Kaffee auf ihre Veranda. Die Bretter knarrten unüberhörbar. Nachdenklich beugte sie sich übers Geländer. Zwischen dem wild wuchernden Gras in den ehemaligen Blumenbeeten konnte man die ersten Lilien ahnen. Als sie die Tasse an die Lippen führte, atmete sie mit geschlossenen Augen das feine Aroma ein.

Es gefiel ihr hier. Southport war weder Boston noch Philadelphia oder Atlantic City, es war nicht wie die Großstädte mit dem dichten Verkehr, dem Lärm, dem Gestank und den Menschenmassen, die durch die Straßen hetzten. Zum ersten Mal im Leben hatte Katie eine eigene Wohnung. Das Cottage war nichts Besonderes, aber hier, am Rand der Stadt, lebte sie ungestört, und das genügte ihr. Es gab noch ein zweites Häuschen, auch am Ende der Schotterstraße, und es sah fast genauso aus wie Katies Cottage. Zwei ehemalige Jagdhütten mit Wänden aus Holzplanken. Dahinter kam gleich der Wald, der sich bis zur Küste erstreckte, wunderschöne alte Eichen und Kiefern. Ihr Wohnzimmer und ihre Küche waren klein, und im Schlafzimmer gab es keinen Einbauschrank, aber dafür war das Cottage möbliert, samt Schaukelstühlen auf der vorderen Veranda, und die Miete war extrem günstig. Insgesamt war alles gut in Schuss, aber man merkte doch, dass sich jahrelang niemand richtig um das Häuschen gekümmert hatte. Deshalb hatte der Besitzer Katie angeboten, ihr das Material zur Verfügung zu stellen, wenn sie es ein bisschen renovierte. Seit sie eingezogen war, hatte sie den größten Teil ihrer Freizeit damit verbracht, auf allen vieren herumzukriechen oder auf Stühle zu klettern: Sie schrubbte das Badezimmer makellos sauber, sogar die Decke rieb sie mit einem feuchten Lappen ab. Die Fenster putzte sie mit Essig, und sie kniete stundenlang auf dem Fußboden in der Küche, um den klebrigen Schmutz vom Linoleum zu entfernen. Die Löcher in der Wand besserte sie mit Gips aus, bis alles glatt war. In der Küche strich sie die Wände knallgelb, die Schränke in einem strahlenden Weiß. Ihr Schlafzimmer war jetzt hellblau, das Wohnzimmer dezent eierschalfarben, und letzte Woche hatte sie einen bunten Überwurf für das Sofa gekauft, wodurch es fast aussah wie neu.

Inzwischen hatte sie die wichtigsten Renovierungsarbeiten abgeschlossen und konnte nachmittags auf der vorderen Veranda sitzen und die Bücher lesen, die sie aus der Bibliothek geliehen hatte. Einen Fernseher besaß Katie nicht, auch kein Radio, kein Handy, keine Mikrowelle. Und erst recht kein Auto. Ihre gesamten Besitztümer passten in einen einzigen Koffer. Sie war siebenundzwanzig Jahre alt. Freunde hatte sie nicht. Sie sparte die Hälfte ihres Trinkgelds, jeden Abend steckte sie die Geldscheine zusammengefaltet in eine Kaffeedose, die sie in einem Hohlraum unter der Veranda versteckte. Dieses Geld war ihre Reserve für Notsituationen. Sie würde lieber hungern, als es anzurühren. Die Ersparnisse empfand sie als beruhigend, sie ließen sie besser schlafen. Trotzdem: Die Vergangenheit war immer da und konnte sie jederzeit einholen. Die Vergangenheit suchte überall auf der Welt nach ihr und wurde mit jedem Tag wütender. Das wusste Katie.

»Guten Morgen!« Eine Stimme holte sie aus ihren Grübeleien. »Du musst Katie sein.«

Sie schaute sich um. Auf der schiefen Veranda des anderen Cottages stand eine Frau mit langen, widerspenstigen Haaren. Sie war etwa Mitte dreißig und trug Jeans und eine Bluse, deren Ärmel sie bis über die Ellbogen aufgerollt hatte. Die Sonnenbrille hatte sie in ihre zerzausten Locken hochgeschoben, und in der Hand hielt sie einen kleinen Teppich. Anscheinend überlegte sie sich, ob sie ihn ausschütteln sollte oder nicht, doch dann legte sie ihn einfach beiseite und kam auf Katie zu. Sie bewegte sich schnell und harmonisch, wie jemand, der regelmäßig Sport treibt.

»Irv Benson hat mir schon erzählt, dass wir Nachbarn sind.«

Irv war der Hausbesitzer. »Ich habe gar nicht gemerkt, dass drüben jemand eingezogen ist.«

»Er konnte es auch gar nicht fassen, als ich gesagt habe, ich nehme das Haus. Er ist beinahe aus den Latschen gekippt.« Die neue Nachbarin streckte Katie die Hand hin. »Meine Freunde nennen mich Jo«, sagte sie.

»Hi«, sagte Katie und schüttelte ihre Hand.

»Ist das Wetter nicht super? Man glaubt es kaum, oder?«

»Ja, ein wunderschöner Morgen«, stimmte Katie zu und trat unsicher von einem Fuß auf den anderen. »Wann bist du eingezogen?«

»Gestern Nachmittag. Und dann habe ich zu meiner großen Freude fast die ganze Nacht damit verbracht, pausenlos zu niesen. Ich glaube, Benson hat allen Staub gesammelt, den er finden konnte, und ihn dann in mein Cottage gebracht. Du kannst dir nicht vorstellen, wie's da aussieht.«

Mit dem Kopf wies Katie auf ihr eigenes Häuschen. »Bei mir war's genauso.«

»Davon merkt man aber nichts mehr. Nimm's mir nicht übel, aber ich konnte es mir nicht verkneifen, von meiner Küche einen Blick in dein Fenster zu werfen. Deine Wohnung wirkt so hell und freundlich, während ich in einem dunklen Verlies mit lauter Spinnen hause.«

»Mr Benson hat mir erlaubt, alles neu zu streichen.«

»Das glaube ich sofort. Wenn er's nicht selbst erledigen muss, wäre das bei mir sicher auch kein Problem. Ich mache die ganze Arbeit, und er hat anschließend ein schönes, sauberes Cottage.« Sie grinste vergnügt. »Wie lange wohnst du schon hier?«

Katie verschränkte die Arme. Langsam wurde ihr die Morgensonne fast zu warm auf dem Gesicht. »Ziemlich genau zwei Monate.«

»Ich weiß nicht, ob ich es so lange aushalte. Wenn ich dauernd so niesen muss wie letzte Nacht, fällt mir vorher der Kopf vom Hals.« Jo nahm ihre Sonnenbrille aus den Haaren und begann, mit dem Zipfel ihrer Bluse die Gläser zu reinigen. »Wie gefällt es dir in Southport? Hier ist es anders als im Rest der Welt, findest du nicht auch?«

»Wie meinst du das?«

»Du klingst nicht so, als kämst du aus unserer Gegend. Ich würde mal raten, du kommst aus dem Norden.«

Nach einem kurzen, fast unmerklichen Zögern nickte Katie.

»Hab ich mir's doch gedacht«, fuhr Jo fort. »An Southport muss man sich erstmal gewöhnen, sag ich dir. Ich finde es herrlich hier, aber schließlich habe ich auch eine Vorliebe für kleine Städte.«

»Bist du von hier?«

»Ich bin hier aufgewachsen, dann bin ich weggegangen – und wieder zurückgekommen. So ist das immer, stimmt's? Außerdem findet man sonst nirgends auf der Welt so erstklassig verstaubte Wohnungen.«

Katie grinste, und dann schwiegen sie für eine Weile. Jo schien darauf zu warten, dass ihre Nachbarin den nächsten Schritt machte. Katie trank einen Schluck Kaffee und schaute hinüber zum Wald. Erst dann fiel ihr ein, was die Regeln des Anstands verlangten.

»Möchtest du vielleicht auch eine Tasse Kaffee? Ich habe gerade eine frische Kanne gemacht.«

Jo schob ihre Sonnenbrille wieder in die Haare. »Ehrlich gesagt – ich habe gehofft, dass du das vorschlägst. Ein Kaffee wäre jetzt genau das Richtige für mich. Meine ganze Kücheneinrichtung ist noch in Kisten verpackt, und mein Wagen ist in der Werkstatt. Kannst du dir vorstellen, wie schlimm es ist, wenn man den Tag ohne Koffein anfangen muss?«

»Ja, das kann ich mir sogar sehr gut vorstellen.«

»Nur damit du Bescheid weißt – ich bin regelrecht kaffeesüchtig. Vor allem an einem Tag wie heute, an dem ich Kartons auspacken soll. Ich hasse auspacken – habe ich das schon gesagt?«

»Ich glaube nicht.«

»Für mich gibt es nichts Schlimmeres. Man muss sich genau überlegen, wo man alles hinräumt, man schlägt sich das Knie an, weil überall was im Weg steht. Keine Angst – ich gehöre nicht zu den Leuten, die immer gleich um Hilfe bitten. Aber eine Tasse Kaffee wäre schon super …«

»Komm, wir gehen rein. Du darfst aber nicht vergessen, dass die Möbel alle schon da waren, als ich eingezogen bin.«

In der Küche holte Katie eine Tasse aus dem Schrank und füllte sie bis zum Rand. »Ich habe leider keine Milch und auch keinen Zucker«, sagte sie und reichte Jo die Tasse.

»Brauche ich nicht«, antwortete Jo. Sie pustete ein bisschen, bevor sie den ersten Schluck trank. »Okay, jetzt ist es offiziell«, verkündete sie dann. »Von nun an bist du meine beste Freundin auf der ganzen Welt. Der Kaffee schmeckt super!«

»Danke, nett, dass du das sagst.«

»Dabei fällt mir ein – Benson hat erzählt, du arbeitest im Ivan's?«

»Ja, als Bedienung.«

»Arbeitet Big Dave noch dort?« Als Katie nickte, fuhr Jo fort: »Er war schon da, als ich in der Highschool war. Denkt er sich immer noch für alle Leute besondere Namen aus?«

»Ja.«

»Was ist mit Melody? Sie redet sicher nach wie vor darüber, wie toll manche männlichen Gäste aussehen, oder?«

»Bei jeder Schicht.«

»Und Ricky? Macht er sich an alle neuen Kellnerinnen ran?«

Als Katie wieder nickte, musste Jo lachen. »Dieses Lokal verändert sich nie.«

»Hast du auch mal dort gearbeitet?«

»Nein, aber Southport ist ein Nest, und das Ivan's ist eine Institution. Je länger du hier wohnst, desto besser wirst du verstehen, dass es hier keine Geheimnisse gibt. Jeder weiß alles über alle. Und gewisse Leute, wie zum Beispiel – sagen wir mal – Melody, haben das Tratschen zu einer Kunstform erhoben. Früher hat mich das unheimlich genervt. Die Hälfte der Einwohner von Southport ist so. In einem kleinen Kaff gibt es nicht viel zu tun, also redet man über die anderen.«

»Aber du bist wieder zurückgekommen.«

Jo zuckte die Achseln. »Stimmt. Was soll ich sagen? Vielleicht gefällt es mir, wenn mich etwas nervt.« Sie trank einen Schluck Kaffee und zeigte nach draußen. »Früher, als ich im Zentrum gewohnt habe, wusste ich gar nicht, dass diese beiden Cottages existieren.«

»Der Besitzer hat mir erzählt, es sind ehemalige Jagdhütten. Sie haben zur Plantage gehört, bevor sie vermietet wurden.«

Kopfschüttelnd sagte Jo: »Ich verstehe nicht, dass du so weit rausgezogen bist.«

»Du wohnst doch auch hier«, erwiderte Katie trocken.

»Ja, aber ich habe das überhaupt nur in Erwägung gezogen, weil ich wusste, ich bin nicht die einzige Frau am Ende der Schotterstraße, mitten im Nichts. Hier ist man doch ganz schön isoliert.«

Deswegen wollte ich das Cottage ja unbedingt haben, dachte Katie. »Ach, so schlimm ist es nicht. Ich habe mich inzwischen daran gewöhnt.«

»Hoffentlich gewöhne ich mich auch bald ein«, sagte Jo und pustete wieder in ihren Kaffee, um ihn noch mehr abzukühlen. »Und was hat dich nach Southport verschlagen? Ich wette, es waren nicht die spannenden Karrieremöglichkeiten im Ivan's. Hast du Familie hier in der Gegend? Eltern? Geschwister?«

»Nein, niemanden.«

»Bist du einem Freund gefolgt?«

»Nein, auch nicht.«

»Willst du sagen, du … du bist einfach ohne jeden Grund hierhergezogen?«

»Ja.«

»Aber warum tut jemand so was?«

Katie antwortete nicht. Diese Fragen hatten ihr auch Ivan und Melody und Ricky gestellt. Ihr war klar, dass keine schlimmen Absichten hinter dieser Fragerei steckten, es war reine Neugier, aber trotzdem wusste sie nie recht, was sie sagen sollte. Deshalb entschied sie sich immer für die Wahrheit.

»Ich wollte einfach irgendwohin, wo ich ganz von vorn anfangen kann.«

Jo trank noch einen Schluck. Sie dachte über diese Antwort nach, das sah man ihr an, aber zu Katies Überraschung stellte sie keine weiteren Fragen, sondern nickte nur verständnisvoll.

»Kann ich nachvollziehen. Manchmal ist ein Neuanfang genau das, was man braucht. Und ich finde so etwas bewundernswert. Es gibt nicht viele Leute, die den Mut dazu haben.«

»Glaubst du?«

»Ich weiß es.« Nach einer kurzen Pause redete sie weiter. »Und – was hast du heute vor? Was ich mache, weiß ich schon: jammern, auspacken und putzen, bis mir die Hände wehtun.«

»Später muss ich zur Arbeit. Aber sonst habe ich nichts geplant. Das heißt – ich muss ein paar Kleinigkeiten einkaufen.«

»Gehst du zu Fisher's oder in die Innenstadt?«

»Nur zu Fisher's«, antwortete Katie.

»Kennst du den Besitzer? Den Mann mit den grauen Haaren?«

»Nicht richtig, aber ein paarmal habe ich ihn schon gesehen.«

Jo trank ihren Kaffee aus und stellte die Tasse in die Spüle. »Also dann«, sagte sie mit einem tiefen Seufzer. »Jetzt hab ich meine Arbeit lange genug vor mir her geschoben. Wenn ich nicht bald anfange, werde ich nie fertig. Wünsch mir Glück.«

»Viel Glück.«

»War schön, dich kennenzulernen, Katie«, sagte sie noch und winkte ihr zum Abschied zu.

Von ihrem Küchenfenster aus konnte Katie sehen, wie Jo den Teppich ausschüttelte, den sie vorhin beiseitegelegt hatte. Ihre neue Nachbarin war sehr nett, doch Katie wusste nicht, ob sie selbst schon bereit war für eine Freundschaft mit ihr. Vielleicht war es ja schön, jemanden zu haben, den man ab und zu besuchen konnte. Aber eigentlich hatte sie sich daran gewöhnt, allein zu sein.

Andererseits war ihr bewusst, dass man in einer Kleinstadt diese selbst gewählte Einsamkeit nicht ewig aufrechterhalten konnte. Sie musste arbeiten, einkaufen gehen, in der Stadt dies und das erledigen. Einige der Restaurantgäste erkannten sie schon auf der Straße. Und außerdem hatte es ihr großen Spaß gemacht, mit Jo zu reden. Katie hatte den Eindruck, dass ihre Nachbarin viel ernsthafter und vielschichtiger war, als man auf den ersten Blick vermutete. Sie wirkte sehr … vertrauenerweckend, obwohl Katie nicht erklären konnte, warum. Und die Tatsache, dass Jo eine Frau war und Single wie sie, erschien ihr sehr positiv. Sie wollte gar nicht daran denken, wie sie reagiert hätte, wenn ein Mann das Haus nebenan gemietet hätte. Komisch, dass ihr diese Möglichkeit beim Einzug gar nicht in den Sinn gekommen war.

Mit ein paar Handgriffen wusch sie die Kaffeetassen in der Spüle ab und stellte sie zurück in den Schrank. Ach, sie kannte diesen Vorgang so gut – wie oft hatte sie nach dem Morgenkaffee zwei Tassen weggeräumt! Einen Augenblick lang kam es ihr beinahe so vor, als wäre sie in ihr altes Leben zurückgekehrt. Ihre Hände begannen zu zittern. Sie presste die Handflächen gegeneinander und atmete ein paarmal tief durch, bis das Zittern nachließ. Vor zwei Monaten hätte sie das noch nicht geschafft – selbst vor zwei Wochen wäre es ihr kaum gelungen. Nur gut, dass diese Angstattacken sie nicht mehr völlig lähmten. Doch das bedeutete natürlich auch, dass sie anfing, sich hier wohlzufühlen. Diese Erkenntnis beunruhigte sie. Wenn sie sich wohlfühlte, wurde sie womöglich unvorsichtig und leichtsinnig, und das konnte sie sich auf keinen Fall leisten.

Trotzdem war sie froh, dass sie in Southport gelandet war. Es war eine kleine Stadt mit Geschichte, ein paar Tausend Einwohner, an der Mündung des Cape Fear River gelegen, da, wo er mit dem Intracoastal Waterway zusammentraf. Hier gab es Gehwege mit Bäumen, die kühlen Schatten spendeten. Spanisches Moos hing von den Zweigen herunter, während sich Kletterpflanzen die alten Stämme hinaufrankten. In dem sandigen Boden blühten alle möglichen Blumen. Kinder fuhren auf der Straße Fahrrad oder spielten Ball, und an fast jeder Ecke stand eine Kirche. Abends hörte man Grillen zirpen und Frösche quaken. Ja, dieser Ort fühlte sich *richtig* an. Das war von Anfang an so gewesen. Dieser Ort gab ihr Sicherheit, ein Gefühl der Geborgenheit, als hätte er sie zu sich gerufen und ihr Zuflucht versprochen.

Katie zog ihr einziges Paar Schuhe an, die abgetragenen Converse-Turnschuhe. Ihre Kommode war so gut wie leer, und in der Küche gab es kaum Vorräte, aber als sie aus dem Haus trat, hinaus in den hellen Sonnenschein, um sich auf den Weg zum Laden zu machen, dachte sie: *Das ist mein Zuhause*. Tief atmete sie den Duft von Hyazinthen und frisch geschnittenem Gras ein. Ja, hier war sie so glücklich wie lange nicht.

KAPITEL 3

Seine Haare wurden schon grau, als er gerade mal Anfang zwanzig war, und seine Freunde zogen ihn immer damit auf, was sie aber nicht böse meinten. Es war keine graduelle Veränderung gewesen, bei der sich erst einmal ein paar Haare silbern verfärbten und dann hier und da eine Strähne. Nein, im Januar hatte er noch pechschwarze Haare gehabt, und ein Jahr später waren sie fast alle weiß. Seinen beiden älteren Brüdern war dieses Schicksal erspart geblieben, aber seit ein paar Jahren hatten sie immerhin graue Schläfen. Weder seine Mutter noch sein Vater konnte sich das Phänomen erklären. Soweit sie wussten, war es in beiden Familien noch nie vorgekommen.

Seltsamerweise machte es ihm gar nichts aus. Beim Militär war es sogar manchmal ein Vorteil gewesen. Er war bei der *Criminal Investigation Division*, kurz *CDI*, stationiert in Deutschland und in Georgia. Zehn Jahre lang hatte er als militärischer Ermittler gearbeitet und war mit allen möglichen kriminellen Handlungen konfrontiert: unerlaubte Abwesenheit von der Truppe, Raubüberfälle, häusliche Gewalt, Vergewaltigungen – bis hin zu Mord. In regelmäßigen Abständen wurde er befördert, und mit zweiunddreißig beendete er als Major seine Laufbahn beim Heer.

Anschließend war er nach Southport gezogen, der Heimatstadt seiner Frau. Sie waren noch nicht lange verheiratet gewesen und erwarteten gerade ihr erstes Kind. Eigentlich wollte er sich für einen Job bei der Polizei bewerben, aber dann bot sein Schwiegervater an, ihm das Familienunternehmen zu verkaufen.

Es war ein altmodischer Laden mit weißen Holzwänden, blauen Fensterläden, einer schiefen, überdachten Veranda und einer Bank davor. Solche Geschäfte hatte es früher überall gegeben, aber inzwischen waren die meisten verschwunden. Die Wohnung befand sich im ersten Stock, über dem Geschäft. Eine riesige Magnolie beschattete eine Seite des Gebäudes, und vor dem Haus stand eine alte Eiche. Nur ein Teil des Parkplatzes war asphaltiert – die andere Hälfte war geschottert –, aber er war selten leer. Sein Schwiegervater hatte den Laden eröffnet, noch bevor Carly auf der Welt war. Damals gab es hier in der Gegend fast nichts anderes als Felder und Wiesen. Sein Schwiegervater war sehr stolz auf seine Menschenkenntnis und darauf, dass es ihm immer gelungen war, genau die Dinge auf Lager zu haben, die gebraucht wurden. Was zur Folge hatte, dass der Laden mit allem Möglichen vollgeräumt war. Alex dachte ganz ähnlich und hatte deswegen kaum etwas verändert. In fünf oder sechs Gängen bot er Lebensmittel und Toilettenartikel an, und die großen Kühlschränke mit den Glastüren ganz hinten enthielten alles, was man sich wünschen konnte, von Wasser und Limonade bis zu Bier und Wein. Wie in einem Supermarkt gab es vorn bei der Kasse Ständer mit Chips, Süßigkeiten und Snacks, die sich die Leute noch schnell in den Korb packten, während sie aufs Zahlen warteten. Aber da hörten die Ähnlichkeiten auch schon auf. Manche Regale waren nämlich mit verschiedenen Anglergerätschaften und frischem Köder gefüllt. Und man konnte auch eine Kleinigkeit essen: Etwas abgetrennt stand ein Grill, an dem Roger Thompson arbeitete, der früher an der Wall Street spekuliert hatte und nach Southport gezogen war, weil er sich nach einem einfacheren Leben sehnte. An diesem Grill gab es Hamburger, Sandwiches und Hotdogs und sogar ein paar Sitzgelegenheiten. Doch damit nicht genug: Wer wollte, konnte in diesem Laden auch DVDs leihen, Munition, Regenjacken und Schirme kaufen sowie Zündkerzen, Keilriemen und Gasflaschen, und außerdem war noch eine kleine Auswahl von Bestsellern und klassischen Romanen im Angebot. Mit Hilfe einer Maschine im Hinterzimmer konnte Alex Schlüssel nachmachen. Draußen vor dem Laden hatte er drei Benzinpumpen und außerdem eine zusätzliche Pumpe an der Anlegestelle, wenn jemand sein Boot auftanken wollte, was sonst nur im Jachthafen möglich war. Gläser mit eingelegten Gurken, gekochten Erdnüssen und Körbe mit frischem Gemüse standen vorn bei der Theke.

Erstaunlicherweise fiel es Alex nicht schwer, den Überblick über das Warenangebot zu behalten. Manche Sachen wurden regelmäßig verlangt und waren rasch ausverkauft, andere nicht. Wie sein Schwiegervater hatte auch er ein ausgeprägtes Gespür dafür, was die Leute brauchten, schon wenn sie den Laden betraten. Er bemerkte Signale, die anderen Menschen entgingen, und vergaß die Informationen nie wieder – eine Begabung, die ihm bei seiner Arbeit als Ermittler oft geholfen hatte. Jetzt plante er immer sorgfältig, welche Artikel er ins Sortiment aufnahm, und orientierte sich dabei an den wechselnden Ansprüchen seiner Kunden.

Er hätte nie gedacht, dass er einmal einen Laden führen würde, aber es war eine gute Entscheidung gewesen. Und sei es auch nur, weil er auf diese Weise ein Auge auf die Kinder haben konnte. Josh ging schon in die Schule, aber Kristen kam erst im Herbst in die erste Klasse und verbrachte den ganzen Tag bei ihm im Laden. Alex hatte hinter der Kasse eine Spielecke für sie eingerichtet. Seine intelligente und redselige kleine Tochter schien sich dort sehr wohlzufühlen. Mit ihren fünf Jahren wusste sie schon, wie die Kasse funktionierte. Um die Tasten zu erreichen, musste sie allerdings auf einen kleinen Hocker klettern. Sie konnte sogar das Wechselgeld herausgeben, und Alex freute sich immer, wenn Leute, die nicht Bescheid wussten, erstaunt zuschauten, wie das kleine Mädchen die Kasse bediente.

Trotzdem waren es natürlich keine idealen Bedingungen für ein Kind. Kristen kannte zwar nichts anderes, aber wenn Alex ehrlich zu sich selbst war, musste er zugeben, dass es ihn ziemlich strapazierte, sich um die Kinder zu kümmern und gleichzeitig den Laden zu managen. Manchmal hatte er das Gefühl, dass seine Kräfte kaum ausreichten – er musste für Josh ein Lunchpaket vorbereiten und ihn dann zur Schule bringen, er musste bei seinen Lieferanten Bestellungen aufgeben, sich mit den Großhändlern treffen, die Kunden bedienen und nebenher immer auch noch dafür sorgen, dass sich Kristen nicht langweilte. Und das war ja längst nicht alles. Die Abende waren noch voller gepackt. Er bemühte sich, mit Josh und Kristen kindgemäße Dinge zu unternehmen – mit Josh machte er kleine Fahrradtouren, ließ Drachen steigen und ging mit ihm angeln, aber Kristen wollte lieber mit ihren Puppen spielen und basteln, was ihm noch nie besonders leichtgefallen war. Außerdem blieb ihm nicht erspart, zu kochen und zu putzen, und meistens hielt er nur mit Mühe und Not den Kopf über Wasser. Und wenn er es dann endlich geschafft hatte, die Kinder ins Bett zu bringen, durfte er sich immer noch nicht ausruhen, weil es noch viel zu tun gab. Alex zweifelte schon, ob er überhaupt noch wusste, wie man sich entspannt.

Wenn die Kinder endlich schliefen, blieb er meistens zu Hause. Klar, er kannte fast alle Leute in der kleinen Stadt, hatte aber nicht viele echte Freunde. Die Paare, mit denen er und Carly sich manchmal zu Grillpartys oder zum Abendessen getroffen hatten, waren langsam, aber sicher aus seinem Leben verschwunden. Zum Teil war er selbst daran schuld – die Arbeit und die Erziehung der Kinder beanspruchten fast seine ganze Zeit –, aber er hatte auch gelegentlich das Gefühl, dass sie ihm aus dem Weg gingen. Vielleicht erinnerte er sie daran, dass das Leben unberechenbar und gefährlich war und dass von einem Augenblick zum anderen alles zu Ende sein konnte.

Häufig war er müde und fühlte sich isoliert, aber für ihn kamen Josh und Kristen eindeutig an erster Stelle. Seit Carlys Tod hatten beide Kinder immer wieder Alpträume, wenn auch nicht mehr so oft wie am Anfang. Wenn sie mitten in der Nacht aufwachten und untröstlich weinten, nahm er sie in die Arme und flüsterte ihnen beruhigende Worte ins Ohr, bis sie endlich wieder einschliefen. Ganz am Anfang waren sie alle zu einer Beratungsstelle gegangen, die Kinder hatten Bilder gemalt und über ihre Empfindungen gesprochen. Allerdings hatte die Beratung nicht so viel gebracht, wie Alex sich erhofft hatte. Manchmal, wenn er mit Kristen ein Bild malte oder mit Josh angelte, wurden sie ganz still, und dann wusste er, dass sie an ihre Mutter dachten. Kristen sagte immer wieder, wie sehr sie ihre Mom vermisse, mit einer kindlichen, zitternden Stimme, und dabei liefen ihr Tränen über die Wangen. Alex hatte dann das Gefühl, ihm müsste das Herz brechen, weil er nichts tun oder sagen konnte, um ihre Welt wieder in Ordnung zu bringen. Bei der Beratungsstelle hatte man ihm versichert, dass Kinder widerstandsfähig seien und dass die Alpträume eines Tages aufhören und die Tränen nicht mehr so oft fließen würden – solange die Kinder nur wussten, dass sie geliebt wurden. Mit der Zeit stellte sich heraus, dass diese Prognose stimmte, aber jetzt sah sich Alex mit einer anderen Art von Verlust konfrontiert, der ihm in der Seele wehtat. Ihm war klar, dass es den Kindern besserging, weil die Erinnerungen an ihre Mutter langsam, aber sicher verblassten. Sie waren noch so klein gewesen, als sie ihre Mom verloren – vier und drei –, und das bedeutete, dass irgendwann der Tag kommen würde, an dem ihre Mutter für sie nur noch eine Vorstellung, aber keine konkrete Person mehr war. Das konnte niemand verhindern, aber Alex fiel es schwer zu akzeptieren, dass sie sich dann nicht mehr an den Klang von Carlys Lachen erinnern würden oder daran, wie zärtlich ihre Mom sie an sich gedrückt hatte, als sie noch klein waren. Und wie sehr sie ihre beiden Kinder geliebt hatte.

Er war nie ein besonders guter Fotograf gewesen, aber Carly hatte immer gern zur Kamera gegriffen. Deshalb gab es Dutzende von Bildern, auf denen er mit den Kindern zu sehen war. Carly hingegen war nur auf wenigen mit dabei, und obwohl Alex großen Wert darauf legte, gemeinsam mit den Kindern immer wieder die Alben durchzublättern und ihnen von ihrer Mutter zu erzählen, fürchtete er, dass die Geschichten für Josh und Kristen nach und nach genau das wurden, nämlich Geschichten. Die Gefühle, die dazugehörten, waren wie Sandburgen in der Flut, die unaufhaltsam ins Meer hinausgespült wurden. Und dann war da Carlys Porträt, das in seinem Schlafzimmer hing. Er hatte es im ersten Jahr ihrer Ehe in Auftrag gegeben, gegen Carlys heftigen Protest. Er war froh, dass er sich durchgesetzt hatte. Auf dem Foto sah sie sehr schön und selbstsicher aus: die willensstarke Frau, die sein Herz gewonnen hatte. Abends, wenn die Kinder im Bett waren, setzte er sich manchmal vor dieses Porträt und schaute es an. Dabei gerieten seine Gefühle jedes Mal in heftigen Aufruhr. Aber Josh und Kristen bemerkten das Bild fast gar nicht mehr.

Alex dachte ständig an Carly. Ihm fehlte die selbstverständliche Kameradschaft, die sie miteinander verbunden hatte, und die Freundschaft, die der Fels war, auf dem ihre Ehe von Anfang an ruhte. Und in seltenen Augenblicken gestand er sich ein, dass er sich danach sehnte, all das wieder zu finden. Er war einsam, auch wenn er es nicht gern zugab. Nach Carlys Tod hatte er sich lange Zeit nicht vorstellen können, je wieder eine Beziehung einzugehen, geschweige denn, sich richtig zu verlieben. Selbst nach dem ersten Jahr hatte er solche Gedanken weit von sich gewiesen. Das Leid war noch zu frisch, die Erinnerung an das Erlebte zu schmerzhaft. Aber vor ein paar Monaten war er mit den Kindern ins Aquarium gegangen, und als sie vor der Glasscheibe standen, hinter der sich die Haie befanden, hatte er sich mit der attraktiven Frau unterhalten, die zufällig neben ihm stand. Genau wie er hatte auch sie ihre Kinder mitgebracht. Und wie er trug sie keinen Ring am Finger. Ihre Kinder waren ungefähr gleich alt wie Josh und Kristen, und während die vier Kleinen begeistert die Fische beobachteten, lachte die Frau belustigt über eine Bemerkung von ihm, und er spürte, dass kurz eine gewisse Freude in ihm aufblitzte. Diese Freude kannte er von früher, und er musste an all das denken, was er einmal besessen hatte. Das Gespräch mit der Frau ging zu Ende, sie wanderten in verschiedene Richtungen weiter, doch auf dem Weg nach draußen sah er sie noch einmal. Sie winkte ihm zu, und einen Moment lang überlegte er, ob er zu ihrem Wagen hinüberlaufen und sie um ihre Telefonnummer bitten sollte. Aber er tat es nicht. Gleich darauf fuhr sie vom Parkplatz, und er hatte sie nie wieder gesehen.

Als er dann am Abend bei den schlafenden Kindern saß, wartete er darauf, dass ihn eine Welle der Selbstvorwürfe und der Reue überschwemmen würde, aber seltsamerweise passierte nichts dergleichen. Er fand das, was er erlebt hatte, gar nicht unangemessen. Im Gegenteil, es fühlte sich irgendwie … okay an. Nicht aufmunternd, nicht belebend, nein, einfach nur *okay*, und intuitiv wusste er, dass diese Erfahrung den Beginn des Heilungsprozesses markierte. Was nicht hieß, dass er nun bereit war, sich in das Leben als suchender Single zu stürzen. Wenn es passierte, dann passierte es. Und wenn nicht? Na ja, diese Brücke würde er überqueren, wenn es so weit war. Er wollte einfach warten, bis er die Richtige traf. Eine Frau, die nicht nur wieder Freude in sein Leben brachte, sondern auch die Kinder so liebte wie er. Ihm war bewusst, dass seine Chancen, diese Person hier in der Stadt zu finden, extrem gering waren. Southport war zu klein. Fast alle Leute, die er kannte, waren verheiratet oder im Ruhestand oder gingen noch in die Schule. Es gab kaum alleinstehende Frauen und erst recht keine, die sich so eine Familienpackung mit Kindern wünschten. Doch genau das war für ihn der entscheidende Faktor. Klar, er fühlte sich einsam und sehnte sich nach Gesellschaft, aber er war nicht bereit, die Kinder deswegen zu vernachlässigen. Sie hatten schon genug durchgemacht und mussten folglich immer seine oberste Priorität sein.

Trotzdem … es gab da eine Möglichkeit. Er interessierte sich für eine Frau, auch wenn er fast nichts über sie wusste, außer, dass sie allein war. Seit Anfang März kam sie ein- bis zweimal in der Woche in seinen Laden. Als er sie das erste Mal sah, wirkte sie bleich und war fast beängstigend dünn. Oft kamen Menschen, die auf der Durchreise hier waren, in seinen Laden, um sich etwas zu trinken zu kaufen, um zu tanken oder um Junkfood als Proviant mitzunehmen. Er sah sie selten wieder. Aber diese Frau hatte nichts dergleichen gekauft. Mit gesenktem Kopf war sie zu den Regalen mit den Lebensmitteln gegangen, und er hatte das Gefühl gehabt, sie würde sich am liebsten unsichtbar machen, ein Geist in Menschengestalt. Aber ihr Versuch, unsichtbar zu werden, war leider zum Scheitern verurteilt: Sie war viel zu attraktiv, um nicht bemerkt zu werden. Er schätzte sie auf Ende zwanzig. Sie hatte nicht sehr lange braune Haare, die ein bisschen unregelmäßig geschnitten waren, verwendete kein Make-up, und ihre hohen Wangenknochen und die großen, weit auseinanderstehenden Augen verliehen ihr eine etwas zerbrechliche Aura.

Als sie an die Kasse kam, sah Alex, dass sie aus der Nähe noch hübscher war als von weitem. Ihre Augen waren grünlich bis haselnussbraun, mit goldenen Flecken. Ihr geistesabwesendes Lächeln verschwand ebenso rasch wieder, wie es gekommen war. Sie legte nichts als Grundnahrungsmittel auf die Theke: Kaffee, Reis, Haferflocken, Nudeln, Erdnussbutter. Dazu einige Toilettenartikel. Er spürte, dass es ihr unangenehm wäre, wenn er ein Gespräch anfing, deshalb tippte er schweigend die Beträge in die Kasse. Und dann hörte er zum ersten Mal ihre Stimme.

»Haben Sie vielleicht auch Bohnen? Ich meine nicht frische, sondern …«, fragte sie zögernd.

»Tut mir leid«, antwortete er. »Normalerweise habe ich sie nicht im Sortiment.«

Als er ihre Einkäufe in eine Tüte packte, fiel ihm auf, dass sie aus dem Fenster starrte und gedankenverloren auf ihrer Unterlippe kaute. Aus irgendeinem Grund hatte er das Gefühl, sie würde gleich in Tränen ausbrechen.

Er räusperte sich. »Wenn es etwas gibt, was Sie regelmäßig brauchen, bestelle ich es gern für Sie. Ich müsste dann nur wissen, welche Sorte Bohnen Sie bevorzugen.«

»Ich will Ihnen keine Umstände machen.« Sie sprach so leise, dass er sie kaum verstand.

Sie bezahlte mit kleinen Scheinen, nahm ihre Tüten und verließ das Geschäft. Zu seiner Verwunderung überquerte sie den gesamten Parkplatz, und erst da begriff er, dass sie nicht mit dem Auto hier war. Was seine Neugier noch verstärkte.

In der folgenden Woche gab es in seinem Laden Bohnen. Er bestellte drei verschiedene Sorten: Pintobohnen, Kidneybohnen und Limabohnen, allerdings jeweils nur eine Packung, und als die junge Frau das nächste Mal kam, wies er sie darauf hin, dass die Bohnen in dem Regal hinten unten lagen, neben dem Reis. Sie trat mit allen drei Sorten an die Theke und erkundigte sich, ob er vielleicht eine Zwiebel habe. Alex deutete auf ein kleines Netz Zwiebeln in einem Korb bei der Tür, aber sie schüttelte den Kopf. »Ich brauche nur eine«, murmelte sie mit einem schüchternen Lächeln. Ihre Hände zitterten leicht, als sie die Scheine abzählte, und wieder ging sie zu Fuß nach Hause.

Seither hatte er die Bohnen stets auf Lager, und es gab auch einzelne Zwiebeln in seinem Angebot. In den Wochen nach ihren ersten beiden Einkäufen wurde sie eine Art Stammkundin. Sie sprach immer noch kaum ein Wort, aber mit der Zeit wirkte sie weniger zerbrechlich, weniger nervös. Die dunklen Ringe unter ihren Augen verschwanden nach und nach, und als neulich ein paar Tage lang sonniges Wetter war, bekam ihr Gesicht etwas Farbe. Sie hatte sogar ein bisschen zugenommen – nicht viel, aber doch genug, um ihre feinen Gesichtszüge etwas weicher zu machen. Auch ihre Stimme klang kräftiger, und obwohl er in ihrem Blick kein Interesse an ihm feststellen konnte, schaute sie ihn doch länger an als zu Anfang. Sie wechselten im Grunde immer die gleichen Sätze. *Haben Sie alles gefunden, was Sie brauchen?*, fragte er, worauf die Antwort folgte: *Ja, vielen Dank*. Aber statt möglichst schnell aus dem Laden zu fliehen wie ein gehetztes Reh, wanderte sie manchmal etwas länger durch die Gänge, und einmal unterhielt sie sich sogar mit Kristen, als die beiden allein waren. Da beobachtete Alex zum ersten Mal, wie diese Frau ihre Abwehrstrategien für ein paar Momente aufgab und ganz unverkrampft war. Man merkte ihr an, dass sie Kinder mochte. Alex schoss durch den Kopf, dass er vielleicht kurz die Frau gesehen hatte, die sie früher gewesen war und die sie vielleicht auch wieder sein konnte. Kristen schien diese Veränderung ebenfalls zu spüren, denn nachdem sie gegangen war, verkündete seine kleine Tochter, sie habe eine neue Freundin gefunden, und die heiße Miss Katie.

Das bedeutete allerdings nicht, dass Katie auch ihm gegenüber weniger befangen wurde. Als sie letzte Woche wieder mit Kristen geredet hatte, war sie anschließend zu dem Regal mit den Büchern gegangen, um die Titel zu studieren. Sie kaufte aber keines. Alex fragte sie ganz beiläufig, wer ihr Lieblingsautor sei, sah aber sofort, wie ihre alte Nervosität zurückkehrte. Ich hätte ihr nicht indirekt zu verstehen geben dürfen, dass ich sie beobachtet habe, dachte er. Auf dem Weg nach draußen blieb sie kurz vor der Tür stehen, die Tüte auf den Armen, drehte sich halb zu ihm um und murmelte: »Ich mag Dickens.« Dann ging sie hinaus und wanderte wie immer die Straße entlang.

Seither musste er oft an sie denken, ihn faszinierte ihre geheimnisvolle Präsenz. Ja, er würde sie gern näher kennenlernen. Doch wie sollte er das anstellen? Er hatte Carly etwa ein Jahr lang umworben, aber sonst hatte er seine Begabung auf dem Gebiet nie getestet. Am College hatte er sich ganz aufs Schwimmen und auf seine Kurse konzentriert, und dadurch war ihm wenig Zeit geblieben, mit anderen um die Häuser zu ziehen. Beim Militär war er nur mit seiner Karriere beschäftigt gewesen, hatte unzählige Überstunden geschoben, und mit jeder Beförderung war er an einen anderen Posten versetzt worden. Er hatte ein paar Frauen kennengelernt, aber es waren nur kurze Affären gewesen, die im Schlafzimmer anfingen und auch dort endeten. Manchmal, wenn er auf sein Leben zurückblickte, hatte Alex das Gefühl, den Mann, der er früher war, kaum zu kennen. Dass er sich so verändert hatte – dafür war ganz eindeutig Carly verantwortlich.

Ja, es war oft schwer. Ja, er fühlte sich einsam. Er vermisste seine Frau, und obwohl er das nie jemandem erzählen würde, gab es immer noch Momente, da hätte er schwören können, dass er ihre Gegenwart spürte, und er war sich ganz sicher, dass sie ihn beschützte und dafür sorgte, dass es ihm gutging.

Wegen des herrlichen Wetters war im Laden mehr los als sonst an einem Sonntag. Als Alex um sieben Uhr die Tür aufschloss, waren schon drei Boote am Dock festgebunden, und ihre Besitzer warteten darauf, dass die Benzinpumpe angestellt wurde. Und als sie anschließend im Laden für den Sprit bezahlten, steckten sie schnell noch ein paar Snacks und verschiedene Getränke oder Beutel mit Eiswürfeln ein, als Vorrat auf dem Boot. Roger, der wie immer am Grill arbeitete, hatte nicht einen Moment Ruhe gehabt, seit er seine Schürze umgebunden hatte. An allen Tischen saßen Leute, die Würstchen oder Cheeseburger aßen und Börsentipps austauschten.

Meistens war Alex bis zwölf Uhr mittags an der Kasse. Dann konnte er den Stab an Joyce weiterreichen, die genau die Art von Mitarbeiterin war, durch die die Arbeit im Laden viel weniger stressig wurde. Ganz ähnlich war es bei Roger, der auch unglaublich hilfreich war. Joyce hatte bis zu ihrer Pensionierung beim Gericht gearbeitet, und Alex hatte sie sozusagen mit dem Laden übernommen: Sein Schwiegervater hatte Joyce vor zehn Jahren eingestellt, und obwohl sie inzwischen schon die siebzig überschritten hatte, zeigte sie keine Ermüdungserscheinungen. Ihr Mann war vor ein paar Jahren gestorben, ihre Kinder waren weggezogen, und sie betrachtete die Kunden sozusagen als Familienersatz. Joyce gehörte zum Laden wie die Waren in den Regalen.

Es gab allerdings einen Aspekt, der fast noch wichtiger war: Joyce brachte größtes Verständnis dafür auf, dass Alex möglichst viel mit seinen Kindern zusammen sein wollte. Sie war gern bereit, auch sonntags zu arbeiten. Sobald sie auftauchte, setzte sie sich an die Kasse und teilte Alex mit, er könne jetzt verschwinden. Dabei klang sie eher wie die Chefin als wie eine Angestellte. Joyce war auch seine Babysitterin – die einzige Person, der er seine Kinder anvertraute, wenn er wegfahren musste, was jedoch selten vorkam – in den letzten beiden Jahren insgesamt nur zweimal, weil Alex sich in Raleigh mit einem alten Kameraden aus seiner Militärzeit treffen wollte. Joyce war für ihn einer der großen Glücksfälle im Leben. Wenn er sie brauchte, war sie für ihn da.

Während er an diesem Sonntag auf sie wartete, ging er noch einmal kurz durch die Gänge. Das Computersystem war fantastisch, wenn es darum ging, die Vorräte zu inventarisieren, aber Alex wusste, dass die Zahlenreihen der Wirklichkeit nicht immer ganz gerecht wurden. Er fand, dass er einen besseren Eindruck von seinem Warenangebot bekam, wenn er die Regale überprüfte und nachschaute, was am Tag vorher verkauft worden war. Um erfolgreich zu wirtschaften, musste man in einem Laden die Ware so schnell wie möglich umsetzen, und das bedeutete, dass er manchmal Dinge anbot, die es in keinem anderen Geschäft zu kaufen gab. Er hatte selbst gekochte Marmeladen und Gelees, Gewürzmischungen nach »Geheimrezepten«, die sich erstklassig für Rind- oder Schweinefleisch eigneten, sowie eine Auswahl von Obst- und Gemüsesorten, die hier in der Gegend in Dosen konserviert wurden. Selbst Leute, die normalerweise bei Discountern wie Food Lion oder Piggly Wiggly einkauften, kamen auf dem Heimweg bei Alex vorbei, um irgendwelche regionalen Spezialitäten mitzunehmen, die er gezielt in sein Sortiment aufgenommen hatte.

Noch mehr als die Frage, wie oft sich etwas verkaufte, interessierte ihn, *wann* es verkauft wurde, was man den Zahlen nicht unbedingt entnehmen konnte. Er hatte zum Beispiel herausgefunden, dass die Brötchen für Hotdogs besonders gut am Wochenende liefen, während an normalen Arbeitstagen kaum jemand welche kaufte. Bei einfachem Brot war es genau umgekehrt. Seit er das wusste, konnte er das Gewünschte zur gegebenen Zeit anbieten, was wiederum zur Folge hatte, dass der Umsatz noch anstieg. Es war kein riesiger Unterschied, aber auch kleine Summen zählten und ermöglichten es ihm, seinen Laden in den schwarzen Zahlen zu halten, wohingegen viele andere Geschäfte in der Gegend schließen mussten.

Während er die Regale inspizierte, überlegte er sich nebenher, was er heute Nachmittag mit den Kindern unternehmen konnte. Er beschloss, eine kleine Fahrradtour zu machen. Carly hatte die beiden Kleinen immer mit großer Begeisterung in den Fahrradanhänger gepackt und sie durch die ganze Stadt kutschiert. Aber eine Fahrradtour reichte nicht aus, um den restlichen Tag zu füllen. Vielleicht konnten sie in den Park fahren … ja, das wäre sicher schön für die Kinder.

Alex warf einen schnellen Blick durch die Ladentür, um sich zu vergewissern, dass gerade niemand kam, dann eilte er in den hinteren Lagerraum und schaute nach draußen. Josh angelte am Dock. Das war seine Lieblingsbeschäftigung. Es gefiel Alex nicht, dass er allein dort saß – bestimmt hielten manche Leute ihn für einen schlechten Vater, weil er so etwas erlaubte –, aber Josh blieb immer in dem Bereich der Videoüberwachung, und Alex konnte auf dem Monitor hinter der Kasse alles mitverfolgen. An diese strenge Vorschrift hielt sich sein Sohn konsequent. Kristen saß wie meistens an ihrem Tischchen in der Ecke hinter der Kasse. Sie hatte die Kleider ihrer *American-Girl*-Puppe in verschiedene Stapel geordnet und schien ganz und gar davon ausgefüllt zu sein, ihrer Puppe immer wieder etwas anderes anzuziehen. Jedes Mal, wenn sie fertig war, schaute sie mit strahlendem Gesicht zu ihrem Vater hoch, um ihn zu fragen, wie ihm die Puppe gefiel. Als würde er ihr je eine negative Antwort geben.

So war das mit den kleinen Mädchen. Sie konnten das kälteste Herz zum Schmelzen bringen.

Alex rückte gerade ein paar der Soßengläser zurecht, als die Ladenglocke bimmelte. Er reckte sich, um über das Regal blicken zu können, und sah, dass Katie das Geschäft betrat.

»Hallo, Miss Katie!«, rief Kristen und tauchte hinter

der Kasse auf. »Wie findest du meine Puppe in diesen Kleidern?«

Von da, wo er stand, konnte Alex kaum den Kopf seiner kleinen Tochter sehen, aber sie hielt ihre Puppe – Vanessa? Rebecca? Oder wie hieß gleich die mit den braunen Haaren? – hoch über die Theke, damit Katie sie begutachten konnte.

»Ich finde, sie sieht toll aus«, sagte Katie. »Ist das Kleid neu?«

»Nein, ich habe es schon eine Weile.«

»Und wie heißt deine Puppe?«

»Vanessa.«

»Hast du den Namen ausgesucht?«

»Nein, den hat sie schon gehabt. Aber kannst du mir vielleicht helfen, ihr die Stiefel anzuziehen? Bitte. Ich schaffe es nicht allein.«

Alex sah, wie sie Katie die Puppe reichte und diese anfing, ihr die weichen Plastikstiefel überzuziehen. Aus eigener Erfahrung wusste er, dass das schwerer war, als es aussah. Sogar er selbst hatte Probleme damit, aber bei Katie sah es kinderleicht aus. Sie gab Kristen die Puppe zurück und fragte: »Gut so?«

»Super«, lobte Kristen. »Meinst du, ich soll ihr auch den Mantel anziehen?«

»Draußen ist es nicht besonders kalt.«

»Ich weiß. Aber Vanessa friert oft. Ich glaube, sie braucht einen Mantel.« Kristens Kopf verschwand hinter der Theke, tauchte aber gleich wieder auf. »Welchen findest du besser? Den blauen oder den lilafarbenen?«

Mit ernster Miene legte Katie den Finger an die Lippen. »Ich glaube, lila ist schöner.«

Kristen nickte. »Finde ich auch. Vielen Dank.«

Lächelnd wandte sich Katie ab, und Alex widmete sich schnell wieder den Regalen, bevor sie merken konnte, dass er sie beobachtete. Er zog die Senf- und Gewürzgläser nach vorn. Aus dem Augenwinkel sah er, wie sich Katie einen Korb nahm und in einen anderen Gang einbog.

Schnell eilte er zurück zur Kasse. Als Katie ihn sah, winkte sie ihm freundlich zu.

»Guten Morgen«, sagte er.

»Hallo.« Sie versuchte, eine Haarsträhne hinters Ohr zu streichen, aber die Haare waren noch zu kurz und hielten nicht richtig. »Ich muss heute nur ein paar Kleinigkeiten besorgen.«

»Sagen Sie mir Bescheid, wenn Sie etwas nicht finden. Manchmal sind die Sachen an einer anderen Stelle als sonst.«

Sie nickte und ging weiter. Alex warf einen Blick auf den Monitor hinter der Kasse. Josh stand immer noch an derselben Stelle. Ganz in seiner Nähe legte ein Boot an.

»Wie findest du meine Puppe, Daddy?« Kristen zupfte an seinem Hosenbein und hielt ihm ihre Puppe hoch.

»Wow! Sie sieht superschön aus.« Er kauerte sich zu ihr. »Besonders gut gefällt mir der Mantel. Vanessa friert manchmal, stimmt's?«

»Ja, das stimmt«, sagte Kristen. »Aber sie hat mir gerade gesagt, dass sie gern auf die Schaukeln möchte, also muss sie sich wahrscheinlich nochmal umziehen.«

»Verstehe«, sagte Alex. »Vielleicht können wir ja nachher alle miteinander in den Park gehen? Falls du auch ein bisschen schaukeln willst.«

»Ich will nicht schaukeln. Vanessa will schaukeln! Und wir spielen ja nur, es wäre so, Daddy.«

»Ach so«, sagte er. »Okay.« Er stand wieder auf. Dann kann ich die Idee mit dem Park ja vergessen, dachte er.

Ganz in ihre eigene Welt versunken, begann Kristen, die Puppe wieder auszuziehen. Alex überprüfte erneut am Monitor, ob bei Josh alles in Ordnung war. In dem Moment kam ein Jugendlicher in den Laden, der nur Boardshorts trug und ihm ein Bündel Geldscheine in die Hand drückte.

»Für die Benzinpumpe am Dock«, murmelte er und war schon wieder fort.

Alex tippte den Betrag in die Kasse ein und stellte die Pumpe an. Katie kam jetzt zu ihm. Sie hatte die gleichen Sachen ausgesucht wie sonst auch, aber zusätzlich eine Tube mit Sonnenschutzmittel. Als sie über die Theke hinweg zu Kristen schaute, fiel Alex wieder ihre wunderschön schillernde Augenfarbe auf.

»Haben Sie alles gefunden, was Sie brauchen?«

»Ja, vielen Dank.«

Er begann, ihre Sachen in eine Tüte zu packen, und sagte leise: »Mein Lieblingsroman von Dickens ist ›Große Erwartungen‹.« Er wollte nett und unaufdringlich klingen. »Welchen mögen Sie am liebsten?«

Sie antwortete nicht sofort, sondern musterte ihn verdutzt. Wahrscheinlich wunderte sie sich, weil er sich noch daran erinnerte, dass sie Dickens mochte.

»›Eine Geschichte aus zwei Städten‹.«

»Ja, den Roman mag ich auch sehr. Aber er ist so traurig.«

Da er wusste, dass sie immer zu Fuß nach Hause ging, packte er ihre Lebensmittel in eine Doppeltüte.

»Sie kennen meine Tochter jetzt schon so gut, also sollte ich mich ebenfalls vorstellen, finde ich. Ich heiße Alex. Alex Wheatley.«

»Und sie heißt Miss Katie«, meldete sich Kristen von hinten. »Aber das habe ich dir schon erzählt, Daddy. Erinnerst du dich?«

Alex blickte über die Schulter und zwinkerte der Kleinen zu. Als er sich wieder seiner Kundin widmete, reichte diese ihm mit einem Lächeln auf den Lippen das Geld.

»Nicht Miss Katie – einfach nur Katie.«

»Schön, Sie kennenzulernen, Katie.« Er drückte die Taste, und mit einem Klingeln sprang die Schublade der Kasse auf. »Gehe ich recht in der Annahme, dass Sie hier in der Gegend wohnen?«

Sie antwortete nicht. Stattdessen bemerkte Alex, dass ihre Augen plötzlich vor Schreck ganz groß wurden. Sie starrte entsetzt auf den Bildschirm. Blitzschnell drehte er sich um und sah, was sie sah: Josh war ins Wasser gerutscht, er ruderte verzweifelt mit den Armen, voller Panik. Alex schnürte es vor Angst die Kehle zu, und er handelte instinktiv. Er raste durch den Laden und den Lagerraum, stieß einen Karton mit Papiertüchern um, rannte unbeirrt weiter zur Hintertür hinaus.

Das Adrenalin pumpte durch seinen Körper, als er über eine niedrige Hecke sprang, um den Weg zur Anlegestelle abzukürzen. Er sauste über die Planken des Landestegs, und dann sah er Josh, der immer noch hilflos um sich schlug, als würde er gleich untergehen.

Alex' Herz hämmerte gegen die Rippen. Kurz entschlossen sprang er ins Wasser. Er war nicht weit von Josh entfernt. An dieser Stelle war das Wasser relativ flach, keine zwei Meter tief, und in dem weichen Schlamm am Grund sank er fast bis zu den Knien ein. Mühsam kämpfte er sich an die Oberfläche, was ihn viel Kraft kostete, aber schon bald konnte er Josh packen.

»Ich hab dich!«, rief er. »Ich hab dich!«

Aber Josh wehrte sich und hustete hektisch, weil er nicht richtig Luft bekam. Alex hatte größte Mühe, ihn ans Ufer zu ziehen, doch mit einer enormen Kraftanstrengung gelang es ihm schließlich. Die ganze Zeit überlegte er krampfhaft, welche Hilfsmaßnahmen nötig sein würden. Herz-Lungen-Wiederbelebung. Magen auspumpen. Beatmung. Er versuchte, Josh hinzulegen, doch der zappelte und spuckte die ganze Zeit. Ein gutes Zeichen, das wusste Alex. Es bedeutete, dass Josh bei Bewusstsein war.

Später konnte er sich nicht mehr erinnern, wie lange die ganze Aktion gedauert hatte – vermutlich nur ein paar Sekunden, aber vom Gefühl her war es viel länger gewesen. Josh würgte plötzlich heftig, dann hustete er und gab einen riesigen Schwall Wasser von sich. Danach bekam er endlich wieder einigermaßen Luft. Er keuchte und röchelte, aber nach ein paar Atemzügen schien er zu verstehen, was geschehen war, obwohl ihn die Panik immer noch im Griff hatte.

Er tastete nach seinem Vater, und Alex presste ihn fest an sich. Da brach Josh in Tränen aus. Seine schmalen Schultern bebten, und beim Gedanken daran, was alles hätte passieren können, wurde Alex richtig übel. Was wäre geschehen, wenn er nicht gesehen hätte, wie Katie auf den Bildschirm starrte? Wenn er auch nur eine Minute später entdeckt hätte, was sich da im Wasser abspielte?

Bei dem Gedanken an die fürchterlichen Konsequenzen zitterte er mindestens so sehr wie Josh.

Es dauerte eine Weile, bis der Junge ruhiger wurde und zwischen den Schluchzern die ersten Worte herausbrachte.

»Tut mir so leid, Daddy« stammelte er.

»Mir auch, Josh«, flüsterte Alex. Er drückte seinen Sohn noch fester an sich, weil ihn die irrationale Angst quälte, wenn er ihn losließe, könnte die Zeit rückwärts laufen, und dann würde alles vielleicht ein böses Ende nehmen.

Als er ihn endlich doch losließ, sah er, dass sich hinter dem Laden mehrere Personen versammelt hatten. Roger stand da und mit ihm alle Kunden, die etwas gegessen hatten. Zwei weitere Leute, die wahrscheinlich gerade erst in den Laden gekommen waren, reckten neugierig die Köpfe. Und natürlich war auch Kristen bei ihnen. Plötzlich fühlte sich Alex wieder wie ein miserabler Vater: Er sah, dass seine kleine Tochter weinte – bestimmt hatte sie Angst gehabt und ihn gebraucht. Aber wenigstens hatte sie sich trostsuchend in Katies Arme geflüchtet.

Erst als Josh und Alex wieder trockene Kleidung anhatten, versuchten sie zu rekonstruieren, was genau geschehen war. Roger hatte in der Zwischenzeit für beide Kinder Hamburger und Pommes gemacht, und nun saßen sie alle an einem Tisch im Grillbereich. Allerdings schien niemand allzu großen Appetit zu haben.

»Meine Angelschnur hat sich mit einem Boot verheddert«, berichtete Josh stockend. »Und dann ist das Boot losgefahren, aber ich wollte doch nicht meine Angel verlieren! Ich habe gedacht, die Schnur reißt gleich, aber sie hat mich ins Wasser gezogen. Da habe ich ganz viel Wasser geschluckt und keine Luft mehr gekriegt, und irgendwas hat mich nach unten gezerrt.« Josh schwieg für einen Moment. »Ich glaube, meine Angel ist weg.«

Kristen saß neben ihm, ihre Augen waren immer noch rot und geschwollen, weil sie so viel geweint hatte. Sie hatte Katie gebeten, noch ein bisschen bei ihr zu bleiben. Diese war gern dazu bereit gewesen und hielt jetzt Kristens Hand.

»Das ist nicht schlimm«, beruhigte Alex seinen Sohn. »Ich gehe nachher an den Fluss und sehe nach, ob ich sie irgendwo finde. Und wenn nicht, kaufe ich dir eine neue. Aber das nächste Mal lässt du sie einfach los, versprochen?«

Josh schniefte und nickte. »Es tut mir so leid«, sagte er noch einmal.

»Es war ein Unfall«, besänftigte Alex ihn.

»Aber jetzt erlaubst du mir bestimmt nicht mehr, dass ich angle.«

Würde ich wirklich nochmal das Risiko eingehen?, überlegte Alex kurz. Auf keinen Fall! »Darüber reden wir später, einverstanden?«, antwortete er ausweichend.

»Und wenn ich verspreche, dass ich nächstes Mal ganz bestimmt loslasse?«

»Wir reden später darüber«, wiederholte Alex. »Möchtest du nicht etwas essen?«

»Ich habe keinen Hunger.«

»Das glaube ich dir. Aber jetzt ist Mittagszeit, und du musst irgendwas essen.«

Josh nahm ein Pommes, biss ein kleines Stück ab und

kaute mechanisch. Kristen tat das Gleiche. Am Tisch ahmte sie fast immer ihren Bruder nach, was diesen manchmal fast verrückt machte, aber jetzt schien er gar nicht genug Kraft zu haben, um sich aufzuregen.

Alex wandte sich an Katie. Er musste schlucken, weil er plötzlich ganz nervös wurde. »Könnte ich kurz mit Ihnen reden?«

Katie nickte und erhob sich vom Tisch. Sie und Alex entfernten sich ein paar Schritte von den Kindern, und sobald sie außer Hörweite waren, räusperte er sich und sagte: »Ich möchte mich bei Ihnen bedanken – für alles, was Sie getan haben.«

»Ich habe doch gar nichts getan!«, protestierte sie.

»Doch, doch! Wenn Sie nicht auf den Monitor geschaut hätten, dann hätte ich gar nicht so schnell gemerkt, was los ist. Ich wäre vielleicht nicht mehr rechtzeitig bei Josh gewesen.« Er machte eine kurze Pause, ehe er fortfuhr: »Und ich möchte Ihnen auch dafür danken, dass Sie sich um meine Tochter gekümmert haben. Kristen ist extrem sensibel. Ich bin froh, dass Sie meine Tochter nicht allein gelassen haben. Auch als ich mit Josh nach oben gegangen bin, um trockene Sachen anzuziehen.«

»Was ich getan habe, ist doch selbstverständlich«, beharrte Katie. Sie schwiegen beide für eine Weile, doch dann schien Katie plötzlich zu merken, wie dicht sie nebeneinanderstanden, und wich einen Schritt zurück. »Aber jetzt sollte ich wirklich gehen.«

»Warten Sie bitte noch einen Augenblick«, sagte Alex und ging zu den großen Kühlschränken hinten im Laden. »Trinken Sie gern ein Glas Wein?«

»Manchmal schon, aber –«

Ehe sie den Satz beenden konnte, hatte er schon einen Karton geöffnet und reichte ihr lächelnd eine Flasche Chardonnay.

»Bitte, nehmen Sie diesen Wein mit. Ich würde mich sehr freuen. Er ist übrigens ausgezeichnet. Ich weiß – Sie denken sicher, in einem solch kleinen Laden kann man keinen Qualitätswein kaufen, aber beim Militär hatte ich einen Freund, der mir einiges über Weine beigebracht hat. Er ist fast so etwas wie ein Experte und sagt mir immer, was ich ins Sortiment aufnehmen soll. Dieser hier wird Ihnen bestimmt schmecken.«

»Aber das ist wirklich nicht nötig.«

»Es ist das mindeste, was ich für Sie tun kann.« Er lächelte. »Als Ausdruck meiner Dankbarkeit.«

Zum ersten Mal schaute sie ihm in die Augen und hielt seinen Blick fest. »Okay«, sagte sie.

Mit einem kurzen Nicken nahm sie ihre Lebensmittel und verließ den Laden, während Alex zu den anderen zurückging. Mit ein bisschen Überredungskunst brachte er die Kinder dazu, ihre Portionen aufzuessen. Dann ging er hinunter zum Dock, um nach Joshs Angel zu suchen – mit Erfolg. Als er zurückkam, zog Joyce schon ihre Schürze an, und er beschloss, mit den Kindern ein Stück Fahrrad zu fahren. Anschließend fuhr er mit ihnen nach Wilmington, wo sie ins Kino gingen und danach noch eine Pizza aßen – die üblichen Aktivitäten, wenn man mit Kindern unterwegs ist. Die Sonne war schon untergegangen, als sie nach Hause kamen, und sie waren alle sehr müde. Die Kleinen duschten und zogen ihre Schlafanzüge an. Alex legte sich zwischen die beiden und las ihnen noch eine Geschichte vor, bis er endlich das Licht ausknipste.

Im Wohnzimmer machte er den Fernseher an und zappte durch die Sender, merkte aber schnell, dass er eigentlich nicht in der Stimmung war fernzusehen. Er dachte an Josh, und obwohl er wusste, dass die Kinder sicher und geborgen in ihren Betten lagen, packte ihn wieder die Angst. Und dieses entsetzliche Gefühl, versagt zu haben. Er tat sein Bestes als Vater, und niemand liebte seine Kinder mehr als er, aber trotzdem kam es ihm oft so vor, dass seine Bemühungen nicht ausreichten.

Später, lange nachdem Josh und Kristen eingeschlafen waren, holte sich Alex ein Bier aus dem Kühlschrank, setzte sich aufs Sofa und trank es in kleinen Schlucken. Die Ereignisse des Tages zogen wieder an ihm vorbei, ein endloser Film, aber diesmal sah er vor allem seine Tochter vor sich und wie sie sich an Katie klammerte, das kleine Gesicht an ihren Hals geschmiegt.

Er kannte dieses Bild. Das letzte Mal hatte er es gesehen, als Carly noch lebte.

KAPITEL 4

Auf den April folgte der Mai, und die Tage vergingen in einem gleichmäßigen Rhythmus. Der Betrieb im Restaurant nahm immer mehr zu, und das Geldscheinbündel in der Kaffeedose wurde beruhigend dick. Katie geriet nicht mehr in Panik, wenn sie darüber nachdachte, ob sie genug Geld hatte, um wieder von hier fortzugehen, falls es notwendig werden sollte.

Selbst nachdem sie die Miete und die Nebenkosten bezahlt hatte, reichte ihr Einkommen problemlos für die wichtigsten Lebensmittel, und es blieben sogar ein paar Dollar übrig, zum ersten Mal seit Jahren. Nicht besonders viel, aber doch genug für sie, um sich leicht und frei zu fühlen. Am Freitagmorgen ging sie zu *Anna's Jeans*, einem Secondhandladen. Sie brauchte fast den ganzen Vormittag, um das Angebot zu durchstöbern, aber am Ende kaufte sie zwei Paar Schuhe, zwei Hosen, Shorts, drei hübsche T-Shirts und ein paar Blusen. Die meisten Sachen waren Markenklamotten und sahen aus wie neu. Katie staunte immer, dass manche Frauen so viele tolle, superteure Kleidungsstücke besaßen, die sie dann einfach in solch einen Laden brachten.

Als sie nach Hause kam, war Jo gerade dabei, eine Windorgel aufzuhängen. Seit ihrer ersten Begegnung hatten sie nicht besonders häufig Kontakt gehabt. Katie wusste nicht, was Jo arbeitete, aber ihr Job schien sie sehr zu beanspruchen, und sie selbst übernahm im Lokal ja auch so viele Schichten wie nur möglich. Abends sah sie manchmal, dass bei Jo Licht brannte, aber es war immer zu spät, um noch vorbeizugehen, und am vergangenen Wochenende war Jo gar nicht da gewesen.

»Lange nicht gesehen!«, rief Jo und winkte ihr zu. Sie tippte mit dem Finger gegen die Stäbe, die melodisch klimperten, dann kam sie herüber.

Katie stellte ihre Tüten auf der Veranda ab. »Wo warst du die ganze Zeit?«, fragte sie.

Jo zuckte die Achseln. »Ach, du weißt ja, wie das ist. Abends wird es spät, morgens muss man früh raus, und dauernd ist irgendetwas los. Die Hälfte der Zeit habe ich das Gefühl, sie zerren von allen Richtungen an mir.« Sie deutete auf die Schaukelstühle. »Hast du was dagegen? Ich brauche dringend eine Pause. Den ganzen Morgen musste ich putzen, und jetzt habe ich gerade dieses Ding aufgehängt. Ich höre das Geklimper so gern.«

»Ja – setz dich«, sagte Katie.

Jo nahm Platz und rollte die Schultern, um die Verspannung zu lockern. »Du bist richtig braun geworden. Warst du am Strand?«, erkundigte sie sich.

»Nein«, antwortete Katie und schob eine der Tüten beiseite, um Platz für die Füße zu haben. »Ich arbeite seit zwei Wochen oft zusätzlich die Tagesschicht, und da muss ich immer draußen auf der Terrasse bedienen.«

»Sonne, Wasser … kann man sich was Schöneres vorstellen? Ist das nicht fast ein bisschen wie Ferien, wenn man im Ivan's kellnert?«

Katie musste lachen. »Nicht ganz. Und wie sieht's bei dir aus?«

»Für mich gibt's zurzeit keine Sonne und keinen Spaß.« Mit einer Kopfbewegung zeigte Jo auf die Tüten mit den Klamotten. »Ich wollte schon heute Morgen vorbeikommen und einen Kaffee mit dir trinken, aber du warst nicht da.«

»Ich war einkaufen.«

»Das habe ich mir fast gedacht! Hast du was Schönes gefunden?«

»Ja, schon.«

»Dann sitz hier nicht so faul rum, sondern zeig mir, was du gekauft hast – bitte!«

»Willst du's wirklich sehen?«

Jo grinste. »Ich wohne in einem kleinen Häuschen am Ende eines Schotterwegs, mitten im Nichts, und heute habe ich stundenlang Schränke und so weiter ausgewischt. Da kann ich ein bisschen Abwechslung gut brauchen.«

Katie zog eine Jeans aus der Tüte und gab sie ihr. Jo hielt sie hoch und drehte sie hin und her. »Wow!«, rief sie. »Die hast du bestimmt bei *Anna's Jeans* gefunden. Ich liebe diesen Laden!«

»Woher weißt du, dass ich bei *Anna's Jeans* war?«

»Weil die anderen Geschäfte hier nicht so schicke Sachen haben. Diese Hose stammt aus dem Kleiderschrank einer sehr reichen Frau, würde ich mal sagen. Viele von den Klamotten dort sind so gut wie nagelneu.« Mit dem Finger fuhr Jo über die Stickerei auf der Tasche hinten. »Echt super! Und geschmackvoll. Was hast du sonst noch?«, fragte sie.

Katie zeigte ihr ein Teil nach dem anderen, und bei jedem fing Jo an zu schwärmen. Nachdem sie alles ausführlich begutachtet hatte, seufzte sie tief. »Okay, jetzt ist es offiziell: Ich bin neidisch. Und ich würde mal schätzen, dass du den gesamten Laden leergekauft hast, oder?«

Katie zuckte die Achseln. Plötzlich war sie verlegen. »Na ja – ich war ziemlich lange dort.«

»Kann ich gut verstehen. Die haben echt fantastische Angebote. Eine wahre Fundgrube.«

Mit einem Blick zu Jos Häuschen erkundigte sich Katie: »Wie läuft's denn so? Hast du schon angefangen zu streichen?«

»Leider noch nicht.«

»Zu viel Arbeit?«

Jo verzog das Gesicht. »Ehrlich gesagt, nachdem ich alles ausgepackt hatte und das Haus von oben bis unten geputzt war, hatte ich echt keine Energie mehr. Nur gut, dass wir Freundinnen sind – da kann ich wenigstens ab und zu mal rüberkommen, und hier ist es hell und freundlich.«

»Du bist immer willkommen.«

»Danke. Das tröstet mich. Aber der böse Mr Benson will morgen ein paar Eimer Farbe vorbeibringen. Das erklärt auch, warum ich hier bin. Es gruselt mich bei dem Gedanken, dass ich mein ganzes Wochenende mit Streichen verbringen muss.«

»Es ist nicht so schlimm. Wenn du erstmal angefangen hast, geht es schnell.«

»Siehst du meine Hände?«, fragte Jo und hielt die Hände hoch. »Die sind dafür da, gut aussehende Männer zu streicheln und mit feinen Fingernägeln und teuren Diamantringen geschmückt zu werden. Für Farbrollen und dergleichen sind sie nicht geschaffen. Überhaupt nicht für schwere manuelle Arbeit.«

Katie kicherte. »Möchtest du, dass ich dir helfe?«

»Nein, auf keinen Fall. Ich bin eine Expertin, wenn es darum geht, Dinge vor sich her zu schieben – aber du darfst nicht denken, dass ich generell inkompetent bin. In meinem Job bin ich nämlich ziemlich gut.«

Ein Schwarm Stare flog auf und entfernte sich in harmonischer Formation. Unter den Schaukelstühlen knarrten leise die Verandadielen.

»Was machst du denn beruflich?«, fragte Katie.

»So eine Art psychologische Beratung.«

»An der Highschool?«

Jo schüttelte den Kopf. »Nein. Ich bin Trauer-Begleiterin.«

»Oh.« Katie schwieg für einen Moment. »Ich weiß gar nicht genau, was man da tut.«

Jetzt zuckte Jo die Achseln. »Tja – ich besuche die Leute und versuche, ihnen irgendwie zu helfen. Die meisten brauchen Beistand, weil jemand gestorben ist, der ihnen nahe war.« Nach einer kurzen Pause fuhr sie mit leiser Stimme fort: »Die Menschen reagieren ganz unterschiedlich, und meine Aufgabe ist es, herauszufinden, wie ich sie darin unterstützen kann, das, was geschehen ist, zu akzeptieren – das Wort kann ich eigentlich nicht leiden, weil kein Mensch es wirklich *akzeptieren* will. Ich habe jedenfalls noch keinen getroffen. Aber man muss es lernen. So ungefähr könnte man mein Betätigungsfeld beschreiben. Denn letzten Endes lebt man besser weiter, wenn man den Verlust annimmt, auch wenn es einem noch so schwerfällt. Aber manchmal …«

Sie verstummte und kratzte gedankenverloren ein bisschen abblätternde Farbe von dem alten Schaukelstuhl. »Wenn ich mit den Leuten rede, kann es passieren, dass plötzlich noch ganz andere Themen zur Sprache kommen. In letzter Zeit habe ich das öfter erlebt. Weil die Menschen auch in anderer Hinsicht Unterstützung brauchen.«

»Das klingt nach einem sehr sinnvollen Job.«

»Stimmt. Aber oft ist es extrem anstrengend.« Jo musterte Katie mit interessiertem Blick. »Und was ist mit dir?«

»Du weißt doch, dass ich im Ivan's arbeite.«

»Aber sonst hast du mir noch nicht viel von dir erzählt.«

»Weil es nicht viel zu erzählen gibt«, erwiderte Katie in der Hoffnung, dass es ihr gelang, mit dieser Antwort alle weiteren Fragen abzuschneiden.

»Ach, es gibt doch immer was. Jeder Mensch hat eine Geschichte. Zum Beispiel – wieso bist du ausgerechnet nach Southport gekommen?«

»Das habe ich dir schon gesagt. Ich wollte nochmal ganz von vorn anfangen.«

Jo schien durch sie hindurchzusehen, während sie über die Antwort nachdachte. »Okay«, murmelte sie dann beiläufig. »Du hast Recht. Es geht mich nichts an.«

»Aber das habe ich nicht gesagt ...«

»Doch. Du hast es nur sehr nett und höflich formuliert. Und ich respektiere deine Antwort, weil du wirklich Recht hast – es geht mich nichts an. Aber wenn du sagst, du wolltest noch mal neu anfangen, dann fragt sich natürlich die Psychologin in mir, was der Grund dafür sein könnte. Oder anders ausgedrückt: was du hinter dir lassen möchtest.«

Katie spürte, wie sich ihre Schultern verkrampften. Jo schien zu merken, dass sie sich nicht wohlfühlte, und sagte mit sanfter Stimme:

»Hör zu, ich mach dir einen Vorschlag. Vergiss einfach, dass ich die Frage gestellt habe. Aber falls du mal das Bedürfnis haben solltest, darüber zu reden – ich bin für dich da. Okay? Ich kann gut zuhören. Vor allem meinen Freunden. Und ob du's glaubst oder nicht: Manchmal tut es gut, über etwas zu sprechen.«

»Aber was ist, wenn ich nicht darüber sprechen *kann*?« Katie flüsterte, obwohl sie das gar nicht wollte.

»Denk einfach nicht dran, dass ich bei einer Beratungsstelle arbeite. Wir sind Freundinnen, und Freundinnen können über alles Mögliche reden. Zum Beispiel darüber, wo du auf die Welt gekommen bist und was du als Kind besonders gern gemacht hast.«

»Warum ist das wichtig?«

»Es ist nicht wichtig. Genau das ist der Punkt. Du musst nichts sagen, was du nicht sagen willst.«

Katie ließ die Worte auf sich wirken, dann betrachtete sie Jo mit zusammengekniffenen Augen. »Du bist sicher gut in deinem Job, stimmt's?«

»Man tut, was man kann.«

Katie faltete die Hände im Schoß. »Also gut. Ich wurde in Altoona geboren. Altoona, Pennsylvania.«

Jo lehnte sich in ihrem Stuhl zurück. »Da war ich noch nie. Ist es schön dort?«

»Altoona ist eine von diesen typischen alten Eisenbahnstädten. Dort wohnen anständige, fleißige Menschen, die hart arbeiten, um etwas aus ihren Leben zu machen. Und die Stadt ist ziemlich hübsch, vor allem im Herbst, wenn die Blätter bunt werden. Ich habe immer gedacht, nirgends auf der Welt kann es schöner sein als in Altoona.« Katie senkte den Blick, ganz in ihren Erinnerungen verloren. »Meine beste Freundin hieß Emily. Und wir haben immer Pennymünzen auf die Bahngleise gelegt. Nachdem der Zug vorbeigefahren war, haben wir die Münzen überall gesucht, und meistens haben wir sie auch gefunden und uns jedes Mal darüber gewundert, dass die ganze Prägung weg war. Manchmal waren sie noch richtig heiß. Ich habe mir einmal fast die Finger verbrannt. Wenn ich an meine Kindheit denke, fallen mir immer solche Kleinigkeiten ein.«

Sie zuckte die Achseln, aber weil Jo schwieg, erzählte sie weiter.

»Ich bin in Altoona auch in die Schule gegangen. Bis zum Highschool-Abschluss. Aber dann – ich weiß auch nicht … Wahrscheinlich hatte ich die Stadt einfach satt. In solch einem kleinen Kaff ist jedes Wochenende gleich. Dieselben Leute bei den Partys, dieselben Jungs, die hinten auf ihren Pick-up-Trucks Bier trinken. Ich wollte etwas Neues sehen. Mit dem College hat es leider nicht geklappt – und schließlich bin ich in Atlantic City gelandet. Dort habe ich eine Weile gearbeitet, aber ich bin öfter umgezogen, und jetzt bin ich hier.«

»Wieder in einer Kleinstadt, in der immer alles gleich bleibt.«

Katie schüttelte den Kopf. »Nein, hier ist es irgendwie anders. Hier fühle ich mich …«

Als sie zögerte, vollendete Jo den Satz für sie.

»Sicher?«

Katie blickte verdutzt auf. Jo lächelte. »Es ist nicht besonders schwer, darauf zu kommen. Du hast ja gesagt, dass du nochmal neu anfangen möchtest. Und dafür gibt es nichts Besseres als ein Nest wie Southport, eine Stadt, in der nie etwas passiert.« Sie überlegte kurz. »Das heißt – so ganz stimmt das nicht. Ich habe gehört, dass es erst neulich einen kleinen Zwischenfall gab, gerade als du im Laden warst, nicht wahr?«

»Du hast davon gehört?«

»Ja, so ist das in einer Kleinstadt. Es ist unmöglich, *nicht* davon zu erfahren. Was ist denn genau passiert?«

»Es war echt schlimm. Ich habe mich gerade mit Alex unterhalten, und da ist mein Blick zufällig auf den Monitor hinter der Kasse gefallen, und bevor ich was sagen konnte, hat Alex schon an meinem Gesichtsausdruck gemerkt, dass irgendwas nicht stimmt, und ist sofort losgerannt. Wie der Blitz ist er davongeschossen, und dann kam Kristen und hat auf den Bildschirm geschaut und ist total in Panik geraten. Ich habe sie auf den Arm genommen und bin mit ihr hinter ihrem Vater hergelaufen. Und als wir unten am Fluss waren, hatte Alex seinen Sohn schon aus dem Wasser geholt. Ich war so erleichtert, dass ihm nichts zugestoßen ist!«

»Ja, das kann ich mir vorstellen.« Jo nickte nachdenklich. »Wie findest du Kristen? Ist sie nicht süß?«

»Ja, allerdings. Sie sagt immer Miss Katie zu mir.«

»Ich habe sie auch sehr gern, die Kleine«, sagte Jo und zog die Knie an. »Und es überrascht mich gar nicht, dass ihr zwei gut miteinander auskommt. Oder dass sie bei dir Schutz sucht, wenn sie sich fürchtet.«

»Wie meinst du das?«

»Kristen ist ein sensibles Kind, und sie spürt intuitiv, dass du ein gutes Herz hast.«

Katie war da eher skeptisch. »Ich glaube, sie hatte einfach Angst um ihren Bruder, und weil ihr Vater weggerannt ist, um ihn zu retten, war nur noch ich da.«

»Du musst dein Licht nicht unter den Scheffel stellen. Wie gesagt, sie ist sensibel und hat gute Antennen.« Jo ließ nicht locker. »Und wie ging es Alex? Ich meine, danach.«

»Er war ziemlich fertig, denke ich, aber insgesamt hat er es gut weggesteckt.«

»Hast du seither nochmal mit ihm gesprochen?«

Katie zuckte wieder vage die Schultern. »Nicht richtig. Wenn ich in den Laden komme, ist er sehr freundlich, und er hat die Sachen vorrätig, die ich brauche, aber das ist auch schon alles.«

»Er kann sich immer schnell merken, was seine Kunden wollen.«

»So wie's klingt, kennst du ihn gut.«

Jo schaukelte ein bisschen vor und zurück. »Ja, ich denke schon.«

Eigentlich erwartete Katie, dass sie noch mehr dazu sagen würde, aber Jo blieb stumm.

»Möchtest du darüber sprechen?«, fragte Katie betont unschuldig. »Manchmal hilft es nämlich, wenn man über Dinge redet – vor allem mit Freundinnen.«

»Ich hab schon die ganze Zeit gedacht, dass du's viel dicker hinter den Ohren hast, als man erstmal denkt.« Jos Augen funkelten. »Du verwendest meine eigenen Sätze gegen mich – ganz schön frech!«

Katie grinste, sagte aber nichts. Genauso hatte Jo es auch bei ihr gemacht. Und erstaunlicherweise funktionierte es.

»Ich weiß nicht, wie viel ich erzählen soll. Aber eines

kann ich dir verraten: Alex ist ein echt guter Typ. Auf ihn kann man sich verlassen. Das merkt man schon daran, wie liebevoll er mit seinen Kindern umgeht.«

Katie presste kurz die Lippen aufeinander. »Habt ihr euch schon privat getroffen?«

Ihre Nachbarin wählte ihre Worte mit Bedacht. »Ja, aber nicht so, wie du vielleicht denkst. Und um eins klarzustellen: Es ist sehr lange her, und jeder ist dann seinen eigenen Weg gegangen.«

Wie sollte sie diese Antwort verstehen? Am liebsten hätte Katie nachgefragt, aber sie wollte nicht aufdringlich erscheinen. »Was ist eigentlich bei ihm los? Ich nehme an, er ist geschieden – oder?«

»Das musst du ihn schon selbst fragen.«

»Ich soll ihn fragen? Warum denn?«

»Weil du mich gefragt hast.« Jo zog die Augenbrauen hoch. »Was ein Zeichen dafür ist, dass du dich für ihn interessierst.«

»Nein, ich interessiere mich nicht für ihn.«

»Warum machst du dir dann Gedanken?«

Katie runzelte die Stirn. »Für eine Freundin bist du ganz schön manipulativ.«

»Ich sage den Leuten nur, was sie sowieso schon wissen, sich selbst aber nicht eingestehen wollen.«

»Nur damit du's weißt« – Katie lachte – »ich ziehe hiermit offiziell meine Angebot zurück, dir beim Streichen zu helfen.«

»Aber vorhin hast du gesagt, du hilfst mir.«

»Ich weiß. Aber ich habe es mir anders überlegt.«

Jetzt musste auch Jo lachen. »Okay. Und was hast du heute Abend vor?«

»Ich muss gleich zur Arbeit. Genauer gesagt – ich sollte mich jetzt mal umziehen.«

»Wie sieht's morgen aus? Arbeitest du da auch?«

»Nein. Ich habe das ganze Wochenende frei.«

»Wie wär's, wenn ich mit 'ner Flasche Wein vorbeikomme? Ich brauche garantiert was zur Entspannung, und außerdem möchte ich die Farbdämpfe nicht länger einatmen als unbedingt nötig. Hast du Lust?«

»Klingt super.«

»Das finde ich schön.« Jo erhob sich. »Dann haben wir eine offizielle Verabredung.«

KAPITEL 5

Am Samstagmorgen war der Himmel in der Frühe noch wunderbar blau, doch schon bald zogen Wolken auf, dicke, graue Gewitterwolken, die der ständig stärker werdende Wind vor sich her trieb. Die Temperatur fiel rasch, und als Katie aus dem Haus ging, musste sie ein Sweatshirt anziehen. Der Laden befand sich knapp zwei Meilen von ihrem Cottage entfernt, das heißt, wenn sie zügig ging, brauchte sie eine gute halbe Stunde. Wenn sie also nicht in das drohende Unwetter kommen wollte, musste sie sich beeilen.

Als Katie die Hauptstraße erreichte, fing es bereits an zu donnern. Sie beschleunigte ihren Schritt. Die Luft wurde immer drückender, man roch das Salzaroma, das vom Meer heraufgeweht wurde. Ein Lastwagen rauschte an Katie vorbei, gefolgt von einer dichten Staubwolke. Vorsichtshalber wich sie auf den sandigen Seitenstreifen aus. Über ihr kreiste ein Rotschwanzbussard, der sich meistens von den Aufwinden tragen ließ.

Während sie zielstrebig in Richtung Laden eilte, begannen ihre Gedanken zu wandern. Sie musste wieder an die Unterhaltung mit ihrer Nachbarin denken. Nicht wegen der Geschichten, die sie ihr erzählt hatte, sondern wegen Jos Bemerkungen über Alex. Ach, Jo hatte keine Ahnung, wovon sie redete. Sie, Katie, hatte nur Konversation gemacht, doch Jo war lediglich darauf aus gewesen, ihr die Worte im Mund umzudrehen. Alex war ein sympathischer Typ, und Kristen war ein sehr niedliches Kind, das stimmte, aber sie interessierte sich wirklich nicht für ihn. Sie kannte ihn ja kaum. Seit Josh ins Wasser gefallen war, hatten sie höchstens drei Sätze gewechselt. Und außerdem war eine Beziehung zurzeit das Allerletzte, was Katie sich wünschte.

Warum hatte sie dann das Gefühl, dass ihre neue Freundin versuchte, sie mit Alex zusammenzubringen?

Sie konnte es sich nicht erklären, aber im Grunde war es ihr gleichgültig. Sie freute sich, dass Jo heute Abend vorbeikam. Zwei Freundinnen, die zusammen ein Glas Wein trinken … etwas ganz Normales. Andere Leute, andere Frauen machten so was dauernd. Sie runzelte die Stirn. Okay – vielleicht nicht dauernd, aber die meisten gingen davon aus, dass sie das jederzeit tun könnten, wenn sie wollten. Vermutlich war das der Unterschied zwischen ihr und den anderen. Wie lange war es her, seit sie etwas getan hatte, was sich so normal anfühlte?

Eigentlich seit ihrer Kindheit. Seit der Zeit, als sie und ihre Freundin Emily Münzen auf die Bahngleise gelegt hatten. Aber sie hatte nicht alles erzählt – sie hatte zum Beispiel nicht erwähnt, dass sie oft zu den Gleisen geflohen war, um den Streitereien ihrer Eltern zu entkommen. Um nicht mehr hören müssen, wie sie sich mit lallenden Stimmen gegenseitig beschimpften. Sie hatte Jo auch nicht erzählt, dass sie mehr als einmal zwischen die Fronten geraten war. Mit zwölf war sie von einer Schneekugel getroffen worden, die ihr Vater nach ihrer Mutter geworfen hatte. Sie hatte eine Platzwunde am Kopf, die stundenlang blutete, aber weder ihr Vater noch ihre Mutter machten irgendwelche Anstalten, Katie ins Krankenhaus zu bringen. Sie hatte Jo auch verschwiegen, dass ihr Dad immer aggressiv wurde, wenn er betrunken war, und dass sie nie andere Kinder mit nach Hause bringen durfte, nicht einmal Emily, und dass sie nur deshalb nicht aufs College gegangen war, weil ihre Eltern fanden, das sei reine Zeit- und Geldverschwendung. Oder dass ihre Eltern sie an dem Tag, als sie die Highschool abschloss, aus dem Haus warfen.

Vielleicht würde sie ihrer Freundin das alles irgendwann erzählen. Vielleicht aber auch nicht. War es wirklich so wichtig? Was war denn schon dabei, dass sie keine perfekte Kindheit gehabt hatte? Ja, ihre Eltern waren Alkoholiker und oft arbeitslos gewesen, aber außer der Sache mit der Schneekugel war ihr körperlich nie etwas zugestoßen. Sie hatte zwar kein Auto bekommen und nie eine Geburtstagsparty gefeiert, aber andererseits war sie nie hungrig ins Bett gegangen, und im Herbst hatte sie immer neue Kleider für die Schule bekommen, gleichgültig, wie knapp das Geld zu Hause war. Ihr Vater hatte sich nie nachts heimlich zu ihr ins Zimmer geschlichen, um schreckliche Dinge mit ihr zu machen, Dinge, von denen sie wusste, dass manche Freundinnen sie erleiden mussten. Mit achtzehn betrachtete sie ihre Situation überhaupt nicht als aussichtslos. Sie war zwar ein bisschen enttäuscht, weil sie nicht aufs College gehen konnte, und nervös, weil sie sich allein und ohne Beistand in der Welt zurechtfinden musste, aber sie hatte nicht das Gefühl, so hoffnungslos kaputt zu sein, dass eine Reparatur unmöglich war. Und sie hatte es geschafft. Atlantic City war gar nicht übel gewesen. Sie hatte ein paar nette Typen kennengelernt, und sie erinnerte sich an viele Abende mit den Leuten von der Arbeit, an denen sie bis in die frühen Morgenstunden rumgesessen, geredet und gelacht hatten.

Nein, ihre Kindheit hatte nicht ihr Leben bestimmt, und dass sie nach Southport gekommen war, hatte ganz andere Gründe. Jo war zwar schon eine Art Freundin, aber auch Jo wusste absolut nichts über sie. Niemand hier wusste über sie Bescheid.

»Hallo, Miss Katie!«, rief Kristen von ihrem kleinen Tischchen hinter der Kasse aus, diesmal ohne Puppen. Heute hatte sie ein Malbuch vor sich liegen und malte mit ihren Wachsstiften hingebungsvoll ein Bild mit Einhörnern und Regenbogen aus.

»Hallo, Kristen. Wie geht's dir?«

»Gut!« Sie blickte von ihrem Malbuch hoch. »Warum kommst du eigentlich immer zu Fuß hierher?«

Katie schwieg einen Moment lang, dann ging sie um die Theke herum und kauerte neben Kristen nieder, um auf Augenhöhe mit ihr zu sein. »Weil ich kein Auto habe.«

»Und warum hast du kein Auto?«

Weil ich keinen Führerschein habe, dachte Katie. Und selbst wenn ich einen hätte – ich könnte mir kein Auto leisten. »Ich sag dir was. Ich überleg mir, ob ich mir eins kaufe, okay?«

Kristen nickte. »Okay. Und wie findest du mein Bild?« Sie hielt ihr Malbuch hoch.

»Sehr hübsch. Du machst das wirklich gut.«

»Danke. Wenn es fertig ist, schenke ich es dir.«

»Das musst du aber nicht.«

»Ich weiß.« Kristen war selbstbewusst und gleichzeitig charmant. »Aber ich möchte es dir gern schenken. Du kannst es an deinen Kühlschrank hängen.«

Lächelnd richtete sich Katie wieder auf. »Das ist eine tolle Idee.«

»Brauchst du Hilfe beim Einkaufen?«

»Ich glaube, ich schaffe es ganz gut allein. Und du kannst solange weitermalen.«

»Okay.«

Katie holte sich einen Korb. In dem Moment sah sie Alex kommen. Er winkte ihr zu, und obwohl es völlig unlogisch war, hatte sie auf einmal das Gefühl, als würde sie ihn zum ersten Mal sehen. Er hatte zwar schon graue Haare, aber kaum Falten, nur um die Augen herum ein paar, aber die steigerten den allgemeinen Eindruck von Vitalität eher noch. Breite Schultern, schmale Taille. Ein Mann, der weder zu viel aß noch zu viel trank.

»Hallo, Katie. Wie geht's?«

»Gut, danke. Und Ihnen?«

»Kann mich nicht beschweren.« Er grinste. »Gut, dass Sie heute kommen. Ich möchte Ihnen etwas zeigen.« Er deutete auf den Bildschirm, auf dem Josh mit seiner Angel zu sehen war.

»Sie haben ihm wieder erlaubt, an den Fluss zu gehen?«, fragte sie.

»Sehen Sie, dass er eine Weste anhat?«

Sie beugte sich ein bisschen näher zum Bildschirm und kniff die Augen zusammen, um besser sehen zu können. »Eine Schwimmweste?«

»Ich musste eine Weile suchen, bis ich eine gefunden habe, die nicht zu dick oder zu warm ist. Aber die hier ist ideal. Und ich hatte keine andere Wahl. Sie können sich nicht vorstellen, wie unglücklich Josh war, weil er nicht angeln durfte. Dauernd hat er mich angefleht, ich soll es mir anders überlegen. Ich habe es nicht mehr ausgehalten, und dann kam mir zum Glück die rettende Idee.«

»Ist Josh damit einverstanden, dass er die Weste anziehen muss?«

»Ja, es ist einfach eine neue Regel – Weste anziehen oder Angelverbot. Aber ich glaube, es macht ihm nichts.«

»Fängt er eigentlich auch manchmal einen Fisch?«

»Ab und zu erwischt er schon einen, aber er würde am liebsten tausend Fische fangen.«

»Und essen Sie die Fische dann zum Abendessen?«

»Manchmal.« Alex nickte. »Allerdings wirft Josh sie meistens wieder ins Wasser. Ihm macht es auch dann Spaß, wenn er immer wieder denselben Fisch fängt.«

»Ich freue mich, dass Sie eine praktische Lösung gefunden haben.«

»Ein besserer Vater hätte sich wahrscheinlich schon vorher etwas einfallen lassen.«

Jetzt schaute sie ihn endlich an. »Ich habe den Eindruck, dass Sie ein ziemlich guter Vater sind.«

Einen Moment lang begegneten sich ihre Blicke, aber dann zwang sich Katie, wegzuschauen. Alex bemerkte ihre Unruhe und begann deshalb, hinter der Theke herumzukramen.

»Ich habe noch etwas für Sie«, verkündete er und stellte eine Tüte auf die Theke. »Es gibt hier in der Nähe eine kleine Farm, mit der ich zusammenarbeite. Sie haben ein Gewächshaus, deshalb können sie Sachen anbauen, die es bei anderen Leuten nicht gibt. Gestern haben sie frisches Gemüse vorbeigebracht. Tomaten, Gurken, verschiedene Kürbisse. Vielleicht wollen Sie die Produkte mal ausprobieren. Meine Frau hat immer gesagt, sonst gibt es nirgendwo so gutes Gemüse.«

»Ihre Frau?«

Alex schüttelte den Kopf. »Entschuldigen Sie. Das passiert mir immer noch manchmal. Ich wollte sagen, meine verstorbene Frau. Sie ist vor zwei Jahren von uns gegangen.«

»Oh, das tut mir leid«, murmelte Katie und dachte wieder an ihr Gespräch mit Jo.

Was ist eigentlich bei ihm los?

Das musst du ihn schon selbst fragen, hatte Jo erwidert.

Ganz bestimmt wusste sie schon lange, dass seine Frau nicht mehr lebte. Aber warum hatte sie es nicht gesagt? Sehr seltsam.

Alex merkte nicht, dass Katies Gedanken abschweiften. »Vielen Dank«, sagte er leise. »Meine Frau war ein wunderbarer Mensch. Sie hätten sich bestimmt gut mit ihr verstanden.« Er schwieg nachdenklich. »Nun – jedenfalls hat sie diese Farm immer über den grünen Klee gelobt. Sie bauen dort biologisch an, und die Familie erntet alles von Hand. Normalerweise ist das Zeug innerhalb von ein paar Stunden weg, aber ich habe etwas für Sie beiseitegelegt, falls Sie das Gemüse mal versuchen wollen.« Er lächelte. »Außerdem – Sie sind doch Vegetarierin, oder? Als Vegetarierin werden Sie diese Produkte sehr zu schätzen wissen. Das kann ich Ihnen versprechen.«

Sie musterte ihn verblüfft. »Wie kommen Sie auf die Idee, dass ich Vegetarierin bin?«

»Stimmt es nicht?«

»Es stimmt nicht.«

»Ach so.« Er vergrub die Hände tief in den Taschen. »Dann habe ich mich offensichtlich geirrt.«

»Kein Problem«, sagte sie. »Man hat mir schon schlimmere Dinge unterstellt.«

»Das kann ich mir gar nicht vorstellen.«

Bitte nicht, dachte Katie. »Okay.« Sie nickte. »Ich nehme die Sachen sehr gern und probiere sie. Vielen Dank!«

KAPITEL 6

Während Katie ihre Einkäufe zusammensuchte, widmete sich Alex der Kasse, beobachtete sie aber nebenher heimlich aus dem Augenwinkel. Er räumte die Theke auf, kontrollierte am Bildschirm, wie es bei Josh aussah, schaute sich Kristens Bild an, wandte sich wieder der Theke zu und gab sich überhaupt größte Mühe, beschäftigt zu wirken.

Katie hatte sich in den letzten Wochen auffallend verändert. Ihre Haut besaß schon eine leichte Sommerbräune und dadurch einen seidig frischen Glanz. Außerdem reagierte sie in seiner Gegenwart nicht mehr ganz so gehetzt. Heute war ein gutes Beispiel. Klar, sie hatten mit ihrer Unterhaltung nicht gerade die Welt in Brand gesetzt – aber es war immerhin ein Anfang, oder?

Aber ein Anfang wovon?

Schon als er sie das erste Mal gesehen hatte, war ihm klar gewesen, dass sie irgendwie in Schwierigkeiten steckte. Wenn er so etwas merkte, reagierte er instinktiv mit großer Hilfsbereitschaft. Und sie war natürlich sehr hübsch, obwohl ihre Haare schlecht geschnitten waren und sie sich ziemlich unauffällig anzog. Am tiefsten hatte ihn allerdings berührt, dass Katie seine Tochter so liebevoll tröstete, als Josh in den Fluss gefallen war. Und wenn er daran dachte, wie Kristen auf Katie reagierte ... Sie hatte sich schutzsuchend zu Katie geflüchtet, so wie sich ein Kind an seine Mutter klammerte.

Ihm wurde schwer ums Herz, wenn er daran dachte, dass seine Kinder ihre Mutter mindestens so schmerzlich vermissten wie er. Josh und Kristen trauerten immer noch, das wusste er, und deshalb versuchte er, so gut es ging, für sie die Mutter zu ersetzen. Doch erst seit er Katie und Kristen zusammen gesehen hatte, war ihm richtig bewusst geworden, dass die Traurigkeit nur *ein* Aspekt war. Es gab auch noch das Gefühl der Verlassenheit, und die Einsamkeit der Kinder spiegelte seine eigene.

Katie hingegen war für ihn ein Buch mit sieben Siegeln. Irgendein Stück im Puzzle fehlte. Etwas, das ihn nicht losließ. Und während er sie verstohlen beobachtete, fragte er sich, wer sie wirklich war und was sie nach Southport geführt hatte.

Sie stand bei einem der Kühlschränke hinten im Laden. Das hatte sie noch nie getan. Konzentriert studierte sie die Waren hinter den Glastüren. Dabei runzelte sie die Stirn, und er sah, wie sich die Finger ihrer rechten Hand um ihren linken Ringfinger legten, als würden sie an einem nicht vorhandenen Ring drehen, während sie überlegte, was sie kaufen sollte. Diese Geste erschien ihm einerseits vertraut und gleichzeitig wie eine Erinnerung an eine vergangene Zeit.

Es war eine Geste, die er während seiner Jahre als Ermittler beim Militär öfter gesehen hatte. Vor allem bei Frauen, deren Gesichter geschwollen und entstellt waren. Sie saßen ihm gegenüber und drehten zwanghaft an ihrem Ehering, als wäre dieser Ring die Kette, die sie an ihren Ehemann band. Meistens leugneten diese Frauen, dass ihre Männer sie geschlagen hatten, und wenn sie es erzählten, bestanden sie darauf, dass es nicht die Schuld des Mannes sei, sondern dass sie ihn provoziert hätten. Sie hätten das Essen anbrennen lassen oder die Wäsche nicht rechtzeitig gewaschen. Oder er hätte getrunken. Und immer, *immer* schworen diese Frauen, dass es das erste Mal passiert sei, und sie versicherten ihm, dass sie keine Anzeige erstatten wollten, weil sonst die Karriere des Mannes ruiniert gewesen wäre. Jeder wusste, dass beim Militär gegen Männer, die ihre Frauen misshandelten, sehr streng vorgegangen wurde.

Manche Frauen verhielten sich allerdings anders, jedenfalls am Anfang. Sie wollten ihren Mann unbedingt anzeigen. Alex begann dann, ihre Aussage aufzunehmen, und sie wollten wissen, warum die bürokratische Vorarbeit wichtiger zu sein schien als die Verhaftung, wichtiger als die Umsetzung des Gesetzes. Er schrieb trotzdem seinen Bericht und las den Frauen dann ihre eigenen Worte vor, ehe er sie bat, die Aussage zu unterschreiben. Und genau in dem Moment verließ viele von ihnen der Mut, und es wurde eine völlig verängstigte Frau sichtbar, die sich unter der Oberfläche verborgen hatte. Oft unterzeichneten sie nicht, und auch diejenigen, die ihre Unterschrift gaben, überlegten es sich schnell anders, wenn ihre Männer hereingeführt wurden. Diese Fälle wurden trotzdem verhandelt, unabhängig davon, wie sich die Frauen entschieden. Später, wenn die Klägerinnen vor Gericht nicht aussagen wollten, kam es dann zu einem milderen Urteilsspruch. Alex begriff nach und nach, dass nur diejenigen, die tatsächlich Anzeige erstatteten, hinterher frei sein konnten, denn das Leben, das sie bis dahin geführt hatten, war eigentlich nichts anderes als ein Gefängnis, auch wenn die meisten von ihnen das niemals zugeben konnten.

Es gab jedoch für die Frauen noch eine andere Möglichkeit, dem Horror zu entkommen. In seinen Jahren als Ermittler war er aber nur ein einziges Mal mit solch einem Fall konfrontiert gewesen. Er hatte mit der Frau gesprochen, und wie üblich leugnete auch sie alles und machte nur sich selbst Vorwürfe. Aber zwei Monate später hörte er, dass sie geflohen sei. Nicht zu ihrer Familie und auch nicht zu Freunden, sondern an einen Ort, wo auch ihr Mann sie unmöglich finden konnte. Der Mann kochte vor Wut, weil seine Frau verschwunden war. Er drehte völlig durch, besoff sich immer sinnlos, und nach einer besonders schlimmen Saufnacht schlug er einen Kameraden blutig. Er landete im Bundesgefängnis in Leavenworth, und Alex konnte nicht anders – er grinste zufrieden, als er davon erfuhr. Und wenn er an die Ehefrau dachte, sagte er in Gedanken immer zu ihr: *Gut gemacht*.

Als er jetzt sah, dass Katie mit einem imaginären Ring spielte, meldeten sich sofort seine Ermittlerinstinkte. Irgendwann hatte es in Katies Leben einen Ehemann gegeben, so viel war sicher. Dieser Mann war das fehlende Stück im Puzzle. Entweder war sie noch verheiratet oder nicht mehr – aber unabhängig davon sagte ihm seine Intuition, dass Katie immer noch Angst vor diesem Mann hatte.

Der Himmel explodierte, als Katie gerade eine Packung Cracker aus dem Regal holte. Ein greller Blitz, und schon nach wenigen Sekunden ein krachender Donnerschlag, der in ein bedrohliches Grummeln überging. Josh kam hereingestürzt, kurz bevor es anfing zu gießen, in der Hand seine Schachtel mit den Ködern und die Angel. Sein Gesicht war ganz rot, und er keuchte wie ein Langstreckenläufer, der mit Mühe und Not die Ziellinie erreicht hat.

»Hey, Dad!«

Alex blickte auf. »Hast du was gefangen?«

»Nur den Katzenfisch, den ich jedes Mal erwische.«

»Gleich gibt's Mittagessen, okay?«

Josh verschwand im hinteren Lagerraum, und Alex hörte, wie er die Treppe zur Wohnung hinaufpolterte.

Draußen regnete es jetzt in Strömen, und der Wind peitschte die Tropfen gegen die Glasscheiben. Die Bäume neigten sich, als würden sie sich vor einer höheren Gewalt verbeugen. Immer wieder wurde der dunkle Himmel von zuckenden Blitzen zerrissen, und der Donner dröhnte so laut, dass die Fensterscheiben zitterten. Alex sah, wie Katie zusammenzuckte, ihr Gesicht verzerrt von Angst und Schrecken, und instinktiv fragte er sich, ob ihr Ehemann sie auch so gesehen hatte.

Die Ladentür ging auf, und ein Mann kam herein. Er hinterließ auf dem alten Holzfußboden eine regelrechte Wasserspur, und als er sich schüttelte, spritzten die Regentropfen nur so von seinen Ärmeln. Er nickte Alex zur Begrüßung kurz zu, ehe er zum Grill ging.

Katie kehrte zu dem Regal mit den Crackern zurück. Alex bot keine große Auswahl an, nur Saltines und Ritz, weil das die beiden einzigen Marken waren, die sich unter Garantie verkauften. Sie entschied sich für eine Packung Ritz.

Dann lud sie noch ihre üblichen Waren in den Korb und kam zur Kasse. Nachdem Alex alles eingetippt hatte, deutete er auf die Tüte, die er vorhin schon für sie auf die Theke gelegt hatte.

»Vergessen Sie Ihr Gemüse nicht.«

Katie schaute auf die Summe, die die Kasse anzeigte. »Sind Sie sicher, dass Sie alles eingetippt haben?«

»Ja, klar.«

»Weil es nicht mehr kostet als sonst.«

»Ich habe für das Bio-Gemüse einen Einführungspreis berechnet.«

Katie runzelte die Stirn, da sie nicht wusste, ob sie ihm glauben sollte, dann nahm sie die Tüte, holte eine Tomate heraus und schnupperte daran.

»Riecht sehr gut!«

»Ich habe gestern Abend auch welche gegessen. Sie sind besonders lecker mit einer Prise Salz. Und die Gurken brauchen gar nichts.«

Katie nickte, aber ihr Blick wanderte schon zur Tür. Der Wind trieb den Regen in heftigen Böen vor sich her. Knarrend sprang die Tür auf, die Nässe kam fast bis ins Ladeninnere. Die Welt draußen war nur undeutlich zu erkennen.

Die Kunden hatten sich am Grill versammelt und unterhielten sich darüber, dass es vermutlich das Beste war, einfach zu warten, bis das Unwetter vorbeigezogen war.

Katie holte tief Luft und nahm ihre Tüten.

»Miss Katie!«, rief Kristen aufgeregt. Sie schwenkte das angemalte Bild, das sie schon aus dem Malbuch herausgerissen hatte. »Du hättest fast dein Bild vergessen.«

Mit einem strahlenden Lächeln nahm Katie es entgegen. Für einen kurzen Augenblick schien sie alles andere auf der Welt zu vergessen.

»Das ist wirklich wunderschön«, murmelte sie. »Ich kann's kaum erwarten, es zu Hause aufzuhängen.«

»Wenn du das nächste Mal kommst, male ich noch eins für dich.«

»Das würde mich sehr freuen.«

Kristens Gesicht leuchtete, als sie sich wieder an ihren Tisch setzte. Sorgfältig rollte Katie das Bild zusammen, damit es nur ja nicht knickte, und steckte es in ihre Tüte. Wieder zuckte ein Blitz, und fast gleichzeitig donnerte es laut. Der Parkplatz wirkte schon wie eine richtige Seenlandschaft aus riesigen Pfützen. Der Himmel war dunkel wie das Nordmeer.

»Haben Sie eine Ahnung, wie lange das Gewitter noch dauert?«, fragte Katie besorgt.

»Angeblich soll es heute den ganzen Tag stürmen und regnen«, antwortete Alex.

Sie starrte zur Tür hinaus. Während sie überlegte, spielte sie wieder mit dem nicht vorhandenen Ring. Kristen zupfte ihren Vater am Hemd.

»Du musst Miss Katie nach Hause fahren«, sagte sie. »Sie hat doch kein Auto. Und es regnet so doll.«

Alex schaute Katie fragend an. Er wusste ja, dass sie Kristens Vorschlag gehört hatte. »Möchten Sie, dass ich Sie nach Hause bringe?«

Katie schüttelte den Kopf. »Nein, danke, das geht schon.«

»Aber was ist mit meinem Bild?«, rief Kristen. »Das wird bestimmt nass!«

Als Katie nicht gleich antwortete, trat Alex hinter der Theke hervor. »Kommen Sie«, sagte er und deutete mit einer Kopfbewegung nach hinten. »Es gibt keinen Grund, warum Sie klatschnass werden müssten. Mein Wagen steht gleich beim Hinterausgang.«

»Ich will Ihnen aber keine Umstände machen …«

»Sie machen mir keine Umstände.« Er klopfte auf seine Jackentasche und holte die Autoschlüssel heraus, bevor er Katie die Tüten abnahm. »Lassen Sie mich die Sachen tragen.« Und an Kristen gewandt fügte er hinzu: »Schätzchen, würdest du bitte nach oben gehen und Josh sagen, dass ich in zehn Minuten wieder da bin?«

»Ja, klar, Daddy.«

»Roger? Kannst du kurz ein Auge auf den Laden und die Kinder haben?«

»Kein Problem!«, rief Roger und winkte ihm zu.

Alex schaute Katie auffordernd an. »Gehen wir?«

Sie rannten zu seinem Jeep, so schnell sie nur konnten. Die Schirme halfen nichts, weil sie sich im Sturm verbogen. Es blitzte immer wieder, und für einen Moment wurden dann die schwarzen Wolken taghell. Im Wagen wischte Katie mit der Hand das Kondenswasser von den Scheiben.

»Dass es so sintflutartig kommt, habe ich nicht erwartet, als ich aus dem Haus gegangen bin.«

»Ja, niemand rechnet mit so etwas – bis es tatsächlich losgeht. Wir bekommen sehr häufig Unwetterwarnungen im Wetterbericht, deshalb glauben die Leute solche Prognosen nicht mehr. Wenn es nicht so schlimm kommt wie angekündigt, beschweren wir uns. Und wenn der Sturm noch dramatischer zuschlägt, als vorhergesagt wurde, beschweren wir uns erst recht. Wenn die Vorhersage aber eintrifft, beschweren wir uns ebenfalls und sagen, der Wetterbericht irrt sich so oft, deshalb konnte man unmöglich wissen, dass er diesmal ausnahmsweise Recht hat. Die Leute brauchen einfach etwas, worüber sie sich beschweren können.«

»Wie die Leute am Grill?«

Grinsend nickte Alex. »Ja, aber im Grunde sind sie alle sehr nett. Sie sind fleißig, ehrlich und gutmütig. Jeder Einzelne von ihnen wäre sofort bereit gewesen, auf den Laden aufzupassen, wenn ich ihn darum gebeten hätte, und anschließend würden sie jeden Penny gewissenhaft abrechnen. So ist das hier. Denn tief in seinem Inneren weiß jeder, dass in solch einer kleinen Stadt alle einander brauchen. Es ist großartig – auch wenn es eine Weile gedauert hat, bis ich mich daran gewöhnt habe.«

»Sie sind nicht von hier?«

»Nein. Meine Frau war von hier, ich stamme aus Spokane, Washington. Als ich hierhergezogen bin, dachte ich am Anfang, ich kann unmöglich in einer Kleinstadt leben. Noch dazu in den Südstaaten. Kein Mensch interessiert sich hier dafür, was der Rest der Welt denkt. Damit muss man erstmal zurechtkommen. Aber dann ... mit der Zeit wird es immer besser. Mir hilft es, mich auf die wirklich wichtigen Dinge zu konzentrieren.«

Mit leiser Stimme fragte Katie: »Was sind die wirklich wichtigen Dinge?«

»Das ist bei jedem anders – es kommt auf den Einzelnen an, nicht wahr? Für mich geht es im Moment besonders um meine Kinder. Hier ist ihr Zuhause. Und nach allem, was sie durchgemacht haben, ist gerade Stabilität für sie lebenswichtig. Sie müssen beide wissen, dass ich immer da bin, wenn sie mich brauchen. Dieses Städtchen und der Laden, sie geben ihnen Sicherheit, hier fühlen sie sich geborgen. Und das ist es, was ich mir wünsche. Was ich brauche.«

Er verstummte. Auf einmal war es ihm peinlich, dass er so viel geredet hatte. »Dabei fällt mir ein – wohin fahre ich überhaupt?«

»Immer geradeaus. Nach einer Weile kommt eine Schotterstraße, in die müssen Sie einbiegen, ziemlich bald nach der großen Kurve.«

»Sie meinen die Schotterstraße bei der Plantage?«

Katie nickte. »Ja, genau.«

»Ich habe gar nicht gewusst, dass diese Straße irgendwo hinführt.« Er runzelte die Stirn. »Das ist aber eine ganz schön lange Strecke!«, sagte er. »Wie weit ungefähr? Zwei Meilen?«

»Ach, so schlimm ist es nicht.«

»Vielleicht bei schönem Wetter. Aber heute müssten Sie ja praktisch nach Hause schwimmen. Bei dem Regen kann man unmöglich so weit zu Fuß gehen. Und Kristens Bild wäre völlig ruiniert worden.«

Alex sah, dass ein Lächeln über Katies Gesicht huschte, aber sie sagte nichts.

»Jemand hat mal erwähnt, dass Sie im Ivan's arbeiten. Stimmt das?«, fragte er.

»Ja. Ich habe im März dort angefangen.«

»Und wie finden Sie es?«

»Ganz okay. Es ist ein Job – aber der Besitzer ist sehr freundlich zu mir.«

»Ivan?«

»Sie kennen ihn?«

»Jeder kennt Ivan. Wissen Sie schon, dass er sich im Herbst immer als General der Konföderation verkleidet, wenn die berühmte Schlacht von Southport aus dem amerikanischen Bürgerkrieg nachgestellt wird? Als General Sherman die Stadt in Schutt und Asche gelegt hat? Das ist alles gut und schön – nur dass es im ganzen Bürgerkrieg nie eine Schlacht von Southport gegeben hat. Southport hieß damals noch gar nicht Southport, sondern Smithville. Und General Sherman ist nie bis in diese Gegend hier vorgedrungen.«

»Ehrlich?«

»Verstehen Sie mich nicht falsch. Ich mag Ivan sehr – er ist ein guter Mensch, und das Restaurant ist eine wichtige Institution hier. Kristen und Josh lieben die frittierten Klößchen aus Maismehl, die wir hier im Süden ›Hushpuppies‹ nennen, und Ivan begrüßt uns immer sehr freundlich, wenn wir kommen. Aber manchmal frage ich mich doch, was ihn antreibt. Seine Familie ist in den fünfziger Jahren aus Russland nach Southport gekommen. Das heißt, er ist zwar hier geboren, aber in seiner Großfamilie weiß vermutlich niemand, was der Bürgerkrieg wirklich war. Und Ivan verbringt ein ganzes Wochenende damit, mit seinem Schwert herumzufuchteln und Befehle zu rufen, mitten auf der Straße vor dem Gericht!«

»Warum habe ich noch nie davon gehört?«

»Weil die Leute nicht besonders gern darüber reden. Es ist irgendwie … exzentrisch, verstehen Sie? Selbst die Einwohner von Southport, die Ivan wirklich schätzen und mögen, versuchen ihn in der Situation zu ignorieren. Wenn sie ihn in der Stadt in seiner Uniform sehen, schauen sie fort und sagen Sachen wie: ›Sind die Chrysanthemen vor dem Gericht nicht wunderschön?‹«

Jetzt musste Katie laut lachen. »Ich weiß nicht, ob ich Ihnen die Geschichte abnehmen soll.«

»Kein Problem. Wenn Sie im Oktober noch hier sind, werden Sie es selbst sehen. Aber ich muss es nochmal sagen: Ivan ist sehr nett, und sein Lokal ist erstklassig. Wenn wir an den Strand gehen, essen wir anschließend dort fast immer etwas. Bei unserem nächsten Besuch fragen wir nach Ihnen.«

Eine Sekunde zögerte Katie, dann sagte sie: »Okay.«

»Sie mag Sie«, sagte Alex. »Kristen, meine ich.«

»Ich mag sie auch. Sie ist so ein fröhliches, aufgewecktes Kind – und schon eine richtige Persönlichkeit.«

»Das muss ich ihr erzählen. Vielen Dank.«

»Wie alt ist sie?«

»Fünf. Im Herbst kommt sie in die Schule. Das wird sicher komisch für mich, weil es im Laden dann so still ist.«

»Sie wird Ihnen fehlen.«

»Ja, bestimmt. Ich bin fest davon überzeugt, dass es ihr in der Schule gefällt, aber ich finde es auch schön, wenn sie in meiner Nähe ist.«

Die ganze Zeit prasselte der Regen gegen die Windschutzscheibe. Immer wieder zuckten Blitze über den Himmel, fast unmittelbar gefolgt von ohrenbetäubenden Donnerschlägen.

Katie blickte gedankenverloren aus dem Beifahrerfenster. Alex wartete ab, weil er ahnte, dass sie das Schweigen bald brechen würde.

»Wie lange waren Sie und Ihre Frau verheiratet?«, erkundigte sich Katie schließlich.

»Fünf Jahre. Davor waren wir schon ein Jahr zusammen. Ich habe sie kennengelernt, als ich in Fort Bragg stationiert war.«

»Sie waren beim Militär?«

»Ja, zehn Jahre lang. Es war eine gute Sache, und ich bin froh, dass ich es gemacht habe. Aber andererseits war ich auch sehr erleichtert, als es vorbei war.«

Katie zeigte durch die Windschutzscheibe. »Da vorn kommt die Abzweigung.«

Alex bog in die Schotterstraße ein und drosselte das Tempo. Die Straße war völlig überschwemmt, und das Wasser spritzte bis zu den Fenstern. Er musste sich ganz darauf konzentrieren, den Wagen sicher durch die tiefen Pfützen zu steuern. Auf einmal wurde ihm bewusst, dass er zum ersten Mal seit Carlys Tod allein mit einer Frau im Auto saß.

»Welches der beiden Häuschen ist es?«, fragte er, als die Cottages auftauchten.

»Das rechte.«

Er fuhr in die provisorische Einfahrt, so dicht wie möglich an die Haustür. »Ich trage Ihnen die Tüten bis an die Tür.«

»Aber das ist nicht nötig.«

»Sie haben keine Ahnung, wie ich erzogen wurde«, erwiderte er. Schnell sprang er aus dem Wagen, packte die Tüten, ehe Katie protestieren konnte, und rannte zur Veranda. Als er sie vor der Tür abstellte, kam auch Katie angelaufen, mit dem Schirm, den Alex ihr geliehen hatte.

»Vielen Dank!« Sie musste fast schreien, um das Rauschen des Regens zu übertönen.

Sie wollte ihm den Schirm zurückgeben, doch er schüttelte den Kopf. »Behalten Sie ihn ruhig eine Weile.

Von mir aus auch für immer. Wenn Sie hier so viel zu Fuß gehen, brauchen Sie ihn garantiert mal wieder.«

»Ich bezahle ihn gern, wenn Sie –«

Alex unterbrach sie. »Machen Sie sich keine Gedanken.«

»Aber der Schirm ist aus dem Laden.«

»Ist schon okay«, sagte er. »Wirklich. Und wenn Sie ihn absolut nicht annehmen können, dann geben Sie mir einfach das Geld, wenn Sie das nächste Mal ins Geschäft kommen, okay?«

»Alex, ich –«

Wieder ließ er sie nicht ausreden. »Sie sind eine gute Kundin, und es macht mir Freude, meinen Kunden zu helfen.«

Katie schwieg für einen Moment. »Vielen Dank«, sagte sie dann, ihre Augen, die jetzt dunkelgrün schimmerten, fest auf ihn gerichtet. »Und vielen Dank, dass Sie mich nach Hause gefahren haben.«

Grinsend legte er den Kopf schräg. »Gern.«

Was sollte er mit den Kindern unternehmen? Es war eine ewig wiederkehrende und manchmal nicht zu beantwortende Frage, mit der er an jedem Wochenende konfrontiert war. Und wie meistens fiel ihm erstmal nichts ein.

Der Sturm tobte immer noch mit voller Wucht, und es gab keinerlei Anzeichen dafür, dass er bald nachlassen würde, deshalb war es völlig unmöglich, irgendetwas im Freien zu machen. Sollte er mit den Kindern ins Kino gehen? Aber es gab momentan leider keinen Film, der für beide geeignet war. Eine Weile konnte er sie sich selbst überlassen. Er kannte viele Eltern, die das ohne Bedenken taten. Andererseits waren seine Kinder noch zu klein, um sich längere Zeit vollkommen selbstständig zu beschäftigen. In Gedanken ging er also die verschiedenen Möglichkeiten durch, während er gegrillte Käsesandwiches zubereitete. Aber schon schweiften seine Gedanken ab und wanderten zu Katie. Sie tat offensichtlich ihr Bestes, um nicht aufzufallen, aber Alex wusste, dass dieser Versuch in einer Stadt wie Southport zwangsläufig zum Scheitern verurteilt war. Außerdem war sie viel zu hübsch, um unsichtbar zu sein, und wenn die Leute erst einmal herausfanden, dass sie immer zu Fuß ging, würden sie anfangen, darüber zu tratschen und sich Fragen nach ihrer Vergangenheit zu stellen.

Alex wollte das möglichst verhindern. Nicht aus egoistischen Gründen, sondern weil Katie das Recht hatte, hier das Leben zu führen, das sie sich wünschte. Ein normales Leben. Ein Leben mit den simplen Freuden, die von den meisten Menschen als selbstverständlich hingenommen wurden: die Möglichkeit, sich frei zu bewegen und hinzugehen, wo sie wollte und wann sie wollte, und in einem Haus zu wohnen, in dem sie sich sicher und geborgen fühlte. Außerdem brauchte sie etwas, womit sie schneller von einem Ort zum anderen kommen konnte.

»Hey, Kinder«, sagte er und legte die Sandwiches auf die Teller. »Ich habe eine Idee. Wir basteln was für Miss Katie.«

»Okay!«, rief Kristen erfreut.

Josh, immer unkompliziert und kooperativ, nickte nur.

KAPITEL 7

Düstere Regenwolken wurden vom Wind über den Himmel von North Carolina getrieben, und die Tropfen trommelten gegen das Küchenfenster. Am frühen Nachmittag hatte Katie ihre Wäsche in der Küchenspüle gewaschen, und nachdem sie Kristens Bild am Kühlschrank befestigt hatte, merkte sie plötzlich, dass die Decke im Wohnzimmer undicht war. Schnell stellte sie einen Topf an die Stelle, an der das Wasser tropfte. Und diesen Topf hatte sie inzwischen schon zweimal ausgeleert. Am nächsten Morgen wollte sie als Erstes den Vermieter anrufen, aber sie bezweifelte, ob er die undichte Stelle sofort reparieren konnte. Falls er überhaupt dazu bereit war.

In der Küche schnitt sie kleine Würfel von dem großen Stück Cheddarkäse ab und steckte sich zwischendurch immer wieder einen in den Mund. Auf einem gelben Plastikteller lagen Cracker mit Tomaten- und Gurkenscheiben, aber sie konnte sie nicht so hübsch arrangieren, wie es ihren Vorstellungen entsprach. Nichts sah je so aus, wie sie es wollte! In ihrer früheren Wohnung hatte sie ein stilvolles Holzbrett besessen und ein Käsemesser aus Silber, in das ein Kardinalvogel eingraviert war. Und einen ganzen Satz Weingläser. Und natürlich einen Esstisch aus Kirschholz sowie feine Gardinen an den Fenstern. Hier wackelte der Tisch, die Stühle passten nicht zusammen, die Fenster waren kahl, und wenn Jo nachher kam, mussten sie den Wein aus Kaffeebechern trinken. Ihr früheres Leben war grauenvoll gewesen, aber die schönen Dinge für den Haushalt anzuschaffen, hatte ihr trotzdem Spaß gemacht. Aber wie alles, was sie zurückgelassen hatte, empfand sie inzwischen auch diese Luxusgegenstände als Feinde, die zur anderen Seite übergewechselt waren.

Durchs Fenster sah sie, dass bei Jo drüben das Licht ausging. Sofort eilte sie zur Haustür und öffnete sie. Jo kam durch die Pfützen gehopst, in der einen Hand einen Regenschirm, in der anderen eine Flasche Wein. Noch ein paar Schritte, und sie hatte Katies Veranda erreicht. Ihr gelber Regenmantel war allerdings schon patschnass.

»Jetzt kann ich mir vorstellen, wie sich Noah gefühlt haben muss! Ist es denn zu fassen, solch ein Unwetter! Ich habe überall in meiner Küche kleine Pfützen.«

Katie zeigte über ihre Schulter. »Meine undichte Stelle befindet sich im Wohnzimmer.«

»Trautes Heim, Glück allein, was? Hier«, sagte Jo und reichte Katie den Wein. »Wie versprochen. Und den habe ich heute wirklich nötig, das kannst du mir glauben.«

»War's ein anstrengender Tag?«

»Noch viel schlimmer.«

»Komm rein.«

»Ich glaube, meinen Mantel lasse ich lieber draußen, sonst hast du gleich *zwei* Pfützen in deinem Wohnzimmer«, sagte Jo und schüttelte ihn ab. Sie legte den Mantel über den Schaukelstuhl und den Regenschirm daneben, dann folgte sie Katie in die Küche.

Lächelnd stellte Katie den Wein auf die Arbeitsplatte und holte aus der Schublade neben dem Kühlschrank ein etwas rostiges Schweizer Messer hervor, an dem sich auch ein Flaschenöffner befand.

In der Zwischenzeit hatte ihre Nachbarin schon den Käseteller entdeckt. »Ach, das ist ja super. Ich komme nämlich fast um vor Hunger, weil ich den ganzen Tag keine Minute Zeit hatte, etwas zu essen.«

»Bitte, bedien dich. Wie ging's denn mit dem Streichen?«

»Das Wohnzimmer habe ich immerhin schon fertig. Aber danach verlief der Tag nicht so optimal.«

»Was ist passiert?«

»Ich erzähl's dir später. Zuerst würde ich gern einen Schluck Wein trinken. Und wie war dein Tag? Was hast du gemacht?«

»Nichts Besonderes – einkaufen, aufräumen, Wäsche waschen. Das war's schon fast.«

Jo setzte sich an den Tisch und nahm sich einen Cracker. »Mit anderen Worte, ein entscheidender Tag für die Memoiren.«

Katie lachte, während sie den Korkenzieher hineindrehte. »Ja, allerdings. Superspannend.«

»Soll ich das machen?«, fragte Jo.

»Ich glaube, ich hab's gleich geschafft.«

»Gut.« Jo grinste. »Ich bin nämlich der Gast und erwarte, dass ich verwöhnt werde.«

Katie klemmte die Flasche zwischen die Knie, und mit einem satten *Plopp* kam der Korken heraus.

»Aber jetzt mal im Ernst – es ist echt nett von dir, dass du mich eingeladen hast.« Jo seufzte tief. »Du hast keine Ahnung, wie sehr ich mich darauf gefreut habe.«

»Ehrlich?«

»Tu nicht so.«

»Wie tu ich denn?«, frage Katie.

»Du tust überrascht, dass ich gern rüberkommen wollte. Dass ich mit einer Flasche Wein auf unsere Freundschaft anstoßen möchte. Aber so macht man das, wenn man befreundet ist.« Sie zog die Augenbrauen hoch. »Ach, und übrigens: Bevor du anfängst, dir zu überlegen, ob wir wirklich befreundet sind und wie gut wir einander kennen – vertrau mir einfach, wenn ich sage, dass ich dich voll und ganz als Freundin betrachte.« Jo ließ das Gesagte wirken und fügte dann hinzu: »Und wie wär's jetzt mit einem Glas Wein?«

Am frühen Abend legte sich der Sturm endlich, und Katie öffnete das Küchenfenster. Die Temperatur war stark gefallen, die Luft fühlte sich kühl und klar an. Vom Boden stieg Nebel auf, und dunkle Wolkenfetzen zogen am Mond vorbei, so dass sich Licht und Schatten ständig abwechselten. Die Blätter leuchteten silbern, verfärbten sich pechschwarz und strahlten dann wieder hell in der abendlichen Brise.

Verträumt genoss Katie die Situation: Wein, die kühle Abendluft, Jos fröhliches Lachen. Die Cracker mit dem würzigen Käse schmeckten fantastisch, und sie musste daran denken, wie hungrig sie früher manchmal gewesen war. Es hatte eine Zeit gegeben, in der sie so dünn und zerbrechlich war wie ein Glasfaden in einer Glasbläserei.

Ihre Gedanken wanderten. Sie dachte an ihre Eltern, nicht an die schlechten Zeiten, sondern an die guten, wenn die Dämonen schliefen: Ihre Mom machte Eier mit Speck, und der verlockende Duft erfüllte das ganze

Haus … Oder ihr Vater schlich zu ihrer Mutter in die Küche und schob ihre Haare beiseite, um sie seitlich auf den Hals zu küssen, wovon sie immer lachen musste … Einmal waren sie alle miteinander nach Gettysburg gefahren, daran konnte sich Katie noch gut erinnern. Dad hatte ihre Hand gehalten, während sie durch die Straßen liefen, und Katie hatte bis heute nicht vergessen, wie sanft und zugleich beschützend sich diese Geste angefühlt hatte. Ihr Vater war groß, mit breiten Schultern und dunkelbraunen Haaren, und auf dem Oberarm hatte er ein Tattoo. Er hatte vier Jahre lang auf einem Zerstörer gedient und war in Japan, Korea und Singapur gewesen, aber darüber sprach er so gut wie nie.

Ihre Mutter war zart und blond. Sie hatte einmal bei einem Schönheitswettbewerb mitgemacht und den zweiten Platz gewonnen. Sie liebte Blumen, und im Frühjahr pflanzte sie immer Zwiebeln in Blumentöpfe aus Keramik, die sie dann in den Garten stellte. Alles gedieh sehr schön unter ihren Händen, Tulpen und Narzissen, Pfingstrosen und Veilchen blühten und schufen ein leuchtend buntes Farbenmeer, das Katie fast blendete. Wenn sie umzogen, wurden die Blumentöpfe auf den Rücksitz gestellt und mit Sicherheitsgurten festgezurrt. Beim Putzen sang ihre Mutter oft vor sich hin, Lieder aus ihrer Kindheit, manche auf Polnisch, und Katie lauschte heimlich im Nebenzimmer und versuchte, die Wörter zu verstehen.

Der Wein, den Jo und Katie tranken, hatte ein dezentes Eichenfass- und Aprikosenaroma und schmeckte hervorragend. Katie trank ihren Becher aus, und Jo goss nach. Als eine Motte um das Licht über der Spüle herumschwirrte, wild entschlossen und zugleich völlig verwirrt flatternd, begannen die beiden jungen Frauen zu kichern. Katie schnitt ein zusätzliches Stück Käse ab und legte noch ein paar Cracker auf den Teller. Sie unterhielten sich über Filme und Bücher, und Jo quiekte vor Vergnügen, als Katie sagte, ihr Lieblingsfilm sei *Ist das Leben nicht schön?* mit James Stewart. Das sei auch ihr Lieblingsfilm, erklärte sie, und Katie erzählte, als sie noch klein war, hätte sie sich von ihrer Mutter eine Glocke gewünscht, um einem Engel zu helfen, seine Flügel zu bekommen, genau wie im Film. Nach dem zweiten Becher Wein fühlte sie sich so leicht wie eine Feder im Sommerwind.

Jo stellte kaum Fragen. Sie plauderten eher über alltägliche Themen, und Katie konnte es richtig genießen, dass Jo bei ihr war. Als das silberne Mondlicht die Welt draußen vor dem Fenster erhellte, traten sie beide auf die Veranda. Katie merkte, dass sie schon ein wenig schwankte, deshalb hielt sie sich vorsichtshalber am Geländer fest. Die Wolken rissen immer mehr auf, und plötzlich war der ganze Himmel mit Sternen übersät. Katie zeigte auf den Großen Bären und den Polarstern. Das waren die einzigen Sterne, die sie kannte, aber Jo konnte noch Dutzende benennen. Voller Bewunderung blickte Katie zum Himmel hinauf. Wirklich erstaunlich, dass ihre neue Freundin so viele Sternbilder kannte! Bis sie schließlich merkte, welche Namen Jo den Bildern gab: »Das da drüben heißt Bugs Bunny, und siehst du die Sterne über dem Baum da? Das ist Daffy Duck.« Als Katie kapierte, dass ihre Nachbarin genauso wenig über die Sterne wusste wie sie selbst, kicherte diese wie ein ungezogenes Kind.

In der Küche verteilte Katie den restlichen Wein auf die Becher und trank einen kleinen Schluck. Die Flüssigkeit wärmte ihre Kehle, und ihr wurde leicht schwindelig. Die Motte tanzte immer noch um das Licht herum. Oder waren es etwa schon zwei?, fragte sich Katie. Ach, sie war so glücklich, sie fühlte sich sicher und geborgen. Was für ein wunderschöner Abend.

Sie hatte eine Freundin, eine richtige Freundin, die gern lachte und die Witze über Sternbilder machte. Katie wusste nicht, ob sie lachen oder weinen sollte, weil es schon so lange her war, dass sie etwas so Unkompliziertes und Unbeschwertes erlebt hatte.

»Ist alles okay?«, fragte Jo.

»Ja, alles okay«, antwortete Katie. »Ich dachte nur gerade, wie sehr ich mich freue, dass du hier bist.«

Jo musterte sie aufmerksam. »Du bist ein bisschen beschwipst, glaube ich.«

»Könnte stimmen.«

»Na, dann mal los. Was sollen wir machen? Weil du ja offensichtlich betütelt bist und Spaß haben willst.«

»Ich verstehe nicht ganz, was du meinst.«

»Hast du Lust, noch was zu unternehmen? Wollen wir in die Stadt gehen, in irgendein spannendes Lokal?«

Katie schüttelte den Kopf. »Nein.«

»Du willst nicht unter Leute?«

»Nein. Ich fühle mich wohler allein.«

Nachdenklich strich Jo mit dem Finger den Rand des Bechers entlang, dann sagte sie: »Glaub mir: Auf die Dauer fühlt sich kein Mensch wohl, wenn er immer allein ist.«

»Ich schon.«

Jetzt beugte sich ihre Freundin näher zu ihr. »Willst du damit sagen, dass du am liebsten ganz allein auf einer einsamen Insel wärst, wenn du nur genug zu essen hättest und eine Unterkunft und Kleidung und auch sonst noch alles, was man braucht, um zu überleben? Du wärst lieber mitten im Nichts, ohne andere Menschen, bis an dein Lebensende? Ganz ehrlich?«

Katie blinzelte, um Jo klarer zu sehen. »Weshalb denkst du, ich bin nicht ehrlich?«

»Weil alle Menschen lügen. Das gehört dazu, wenn man in einer Gemeinschaft lebt. Versteh mich nicht falsch – ich halte es für notwendig. Niemand möchte in einer Gesellschaft leben, in der absolute Ehrlichkeit herrscht. Kannst du dir die Gespräche vorstellen? ›Du bist klein und fett‹, sagt der eine, und der andere erwidert: ›Ich weiß. Und du stinkst.‹ Das würde nicht funktionieren. Also lügen die Leute die ganze Zeit, indem sie einen Teil der Wahrheit auslassen. Man erzählt den größten Teil einer Geschichte … aber der Teil, den man weglässt, ist oft der wichtigste. Das weiß ich aus Erfahrung. Die Menschen verbergen die Wahrheit, weil sie Angst haben.«

Katie hatte das Gefühl, als würde mit diesen Worten ein Finger ihr Herz berühren. Auf einmal hatte sie Schwierigkeiten zu atmen.

»Sprichst du von mir?«, fragte sie mit belegter Stimme.

»Das weiß ich nicht. Kommt es dir so vor?«

Katie spürte, dass sie blass wurde, aber ehe sie etwas erwidern konnte, sagte Jo lächelnd:

»Eigentlich habe ich an meinen Tag heute gedacht. Ich habe dir ja schon gesagt, dass alles sehr anstrengend war. Also – das, was ich gerade gesagt habe, gehört auch dazu. Es ist so frustrierend und nervig, wenn die Leute nicht die Wahrheit sagen wollen. Wie soll ich ihnen helfen, wenn sie die Hälfte verbergen? Dann kann ich doch gar nicht wissen, was los ist.«

Katie bekam richtig Beklemmungen. »Vielleicht wollen sie ja darüber reden, aber sie wissen, dass du ihnen unmöglich helfen kannst«, flüsterte sie.

»Irgendetwas kann ich immer für sie tun.«

In dem Mondlicht, das durchs Küchenfenster fiel, schimmerte Jos Haut ganz hell. Ging sie nie hinaus in die Sonne? Der Wein bewirkte, dass sich das Zimmer drehte und die Wände Wellen bildeten. Katie spürte, wie ihr die Tränen in die Augen stiegen, und sie hatte alle Mühe, sie zu unterdrücken. Ihr Mund wurde trocken.

»Das glaube ich nicht«, entgegnete sie leise und schaute zum Fenster hinaus. Der Mond hing tief in den Bäumen. Sie schluckte, und auf einmal hatte sie das Gefühl, als würde sie sich selbst vom anderen Ende des Zimmers aus beobachten: Sie sah sich mit Jo am Tisch sitzen, und als sie anfing zu reden, schien es gar nicht ihre eigene Stimme zu sein. »Ich hatte einmal eine Freundin. Sie lebte in einer schrecklichen Ehe und konnte mit niemandem darüber sprechen. Ihr Mann hat sie geschlagen, und beim ersten Mal sagte sie zu ihm, wenn das nochmal vorkommt, dann verlässt sie ihn. Er schwor, dass es nie wieder passiert, und sie hat ihm geglaubt. Aber es wurde immer schlimmer. Wenn das Essen zu kalt war oder wenn sie erzählte, dass sie sich mit einem der Nachbarn unterhalten hatte, der mit seinem Hund unterwegs war, ging es schon los. Dabei war es ein ganz harmloses Gespräch gewesen. Aber an dem Abend hat ihr Mann sie gegen den Spiegel geschleudert.«

Katie starrte auf den Fußboden. In den Ecken löste

sich das Linoleum ab, doch sie hatte keine Ahnung, wie sie das in Ordnung bringen konnte. Sie hatte es mit Klebstoff versucht, doch leider ohne Erfolg.

»Er entschuldigte sich hinterher immer, und manchmal hat er sogar geweint, wegen der blauen Flecken an ihren Armen und Beinen oder auf dem Rücken. Er sagte immer, dass er das, was er getan hatte, ganz furchtbar findet, aber im selben Atemzug fügte er hinzu, sie hätte es verdient. Wenn sie besser aufgepasst hätte, dann wäre es nicht geschehen. Wenn sie aufgepasst hätte oder nicht so dumm gewesen wäre, dann hätte er nicht die Beherrschung verloren. Sie versuchte, sich anzupassen, sich zu verändern. Sie gab sich große Mühe, eine bessere Ehefrau zu sein und alles genau so zu machen, wie er es wollte, aber es war nie gut genug.«

Katie fühlte den Druck der Tränen, und obwohl sie versuchte, sie zu unterdrücken, liefen ihr die Tropfen über die Wangen. Jo saß reglos auf der anderen Seite des Tisches und schaute sie nur an.

»Und sie hat ihn so geliebt! Am Anfang war er unglaublich nett zu ihr. Er gab ihr ein Gefühl der Sicherheit und Geborgenheit. An dem Abend, als sie sich kennenlernten, hatte sie gearbeitet, und nachdem ihre Schicht zu Ende war, wurde sie von zwei Männern verfolgt. Als sie um die Ecke bog, packte der eine sie und hielt ihr den Mund zu. Sie versuchte mit aller Kraft, sich zu befreien, aber die Männer waren natürlich viel stärker als sie, und wer weiß, was passiert wäre, wenn ihr zukünftiger Mann nicht vorbeigekommen wäre und dem einen Typen einen kräftigen Schlag in den Nacken verpasst hätte, so dass er zu Boden ging. Dann packte er den anderen und schleuderte ihn gegen die Mauer, und damit waren die beiden kampfunfähig. Einfach so. Er half ihr auf und begleitete sie nach Hause, und am nächsten Tag lud er sie auf eine Tasse Kaffee ein. Er war höflich und entgegenkommend und behandelte sie wie eine Prinzessin – bis zu den Flitterwochen.«

Katie wusste, sie sollte das alles nicht erzählen, aber sie konnte sich nicht mehr bremsen. »Zweimal hat meine Freundin versucht wegzulaufen. Das erste Mal ist sie freiwillig zu ihm zurückgegangen, weil sie nicht wusste, wohin. Und als sie das zweite Mal fortlief, dachte sie, sie sei endlich frei. Aber er suchte sie und schleppte sie wieder nach Hause. Dort hat er sie zusammengeschlagen und ihr eine Pistole an die Schläfe gehalten und gedroht, wenn sie nochmal abhaut, bringt er sie um. Und dass er jeden Mann erschießt, für den sie sich interessiert. Und sie hat ihm geglaubt, denn zu dem Zeitpunkt wusste sie schon, dass er verrückt ist. Aber sie saß in der Falle. Er gab ihr nie Geld, er verbot ihr, aus dem Haus zu gehen. Während seiner Arbeitszeit fuhr er immer wieder mit dem Auto am Haus vorbei, um sich zu vergewissern, dass sie da war. Er überwachte das Telefon und startete dauernd Kontrollanrufe, und er erlaubte ihr nicht, den Führerschein zu machen. Als sie einmal mitten in der Nacht aufwachte, sah sie, dass er an ihrem Bett stand und sie anstarrte. Er hatte getrunken und hielt wieder die Pistole in der Hand, und sie hatte so maßlose Angst, dass sie sich nicht traute, irgendetwas zu sagen. Stattdessen forderte sie ihn auf, zu ihr ins Bett zu kommen. Aber in dem Moment war ihr klar, wenn sie blieb, dann würde ihr Mann sie irgendwann töten.«

Katie wischte sich die Augen. Ihre Finger waren nass von den salzigen Tränen. Sie konnte nicht richtig atmen, aber der Strom der Worte war nicht mehr aufzuhalten. »Sie fing an, Geld aus seiner Brieftasche zu stehlen. Nie mehr als ein, zwei Dollar. Sonst hätte er ja etwas gemerkt. Normalerweise schloss er sein Geld nachts irgendwo ein, aber manchmal vergaß er es auch. Es dauerte sehr lange, bis sie genug Geld beisammenhatte, um zu fliehen. Aber sie musste es schaffen. Sie musste diesem Mann entkommen. Sie musste irgendwohin gehen, wo er sie nicht finden würde. Denn sie wusste, dass er nie aufhören würde, sie zu suchen. Und sie konnte keiner Menschenseele von ihren Plänen erzählen, weil sie keine Familie mehr hatte. Dass die Polizei nicht rechtzeitig eingreifen würde, war sonnenklar. Wenn ihr Mann auch nur den geringsten Verdacht schöpfte, würde er sie umbringen. Also stahl sie und sparte das Geld, auch die Münzen, die sie zwischen den Sofakissen und in der Waschmaschine fand. Sie sammelte alles in einer Plastiktüte, die sie unter einem großen Blumentopf versteckte, und jedes Mal, wenn er nach draußen ging, hatte sie Angst, er könnte die Tüte entdecken. Es dauerte ewig, bis sie genug Geld zusammengespart hatte, weil sie weit fort musste, um für ihn außer Reichweite zu sein. Damit sie einen richtigen Neuanfang machen konnte.«

Katie hatte es zuerst nicht gemerkt, aber jetzt fiel ihr auf, dass Jo ihre Hand hielt und sie nicht mehr nur von weitem beobachtete. Sie schmeckte das Salz der Tränen auf den Lippen. Vielleicht dringt meine ganze Seele nach außen, dachte sie. Und sie hatte nur noch einen Wunsch: Sie wollte schlafen.

»Deine Freundin hat sehr viel Mut«, sagte Jo leise und schaute ihr fest in die Augen.

»Nein«, erwiderte Katie. »Meine Freundin hat die ganze Zeit nur Angst.«

»Das ist manchmal das Gleiche wie Mut. Wenn sie keine Angst gehabt hätte, dann hätte sie auch keinen Mut gebraucht. Ich bewundere sie sehr für das, was sie getan hat.« Jo drückte Katies Hand. »Ich glaube, sie würde mir gut gefallen. Danke, dass du mir von ihr erzählt hast.«

Katie wandte den Blick ab. Sie war vollkommen erschöpft. »Ich hätte dir das gar nicht erzählen sollen.«

»Mach dir darüber keine Gedanken. Mit der Zeit wirst du merken, dass ich Geheimnisse sehr gut für mich behalten kann. Vor allem Geheimnisse von Leuten, die ich nicht kenne.«

Katie nickte. »Ich verstehe.«

Ihre neue Nachbarin blieb noch eine Stunde, aber sie sprachen jetzt über leichtere Themen. Katie erzählte von ihrer Arbeit im Ivan's und von verschiedenen Gästen, die sie schon besser kannte. Jo wollte wissen, wie sie die Malerfarbe unter den Fingernägeln loswerden konnte. Die Weinflasche war leer, und Katies Schwips ließ nach. Jetzt fühlte sie sich vor allem ausgelaugt. Jo begann auch schon zu gähnen, und schließlich beschlossen sie, den Abend zu beenden. Jo half noch beim Aufräumen, obwohl ja nicht viel mehr zu tun war, als die zwei Becher auszuspülen. Dann begleitete Katie ihre Freundin zur Tür.

Als Jo auf die Veranda trat, blieb sie verdutzt stehen. »Oh, ich glaube, wir hatten Besuch.«

»Wie meinst du das?«

»An deinem Baum lehnt ein Fahrrad.«

Katie ging auch nach draußen. Jenseits der erleuchteten Veranda war die Welt sehr dunkel, und die Umrisse der weiter entfernten Bäume erinnerten Katie an den gezackten Rand eines schwarzen Lochs. Glühwürmchen wetteiferten mit den Sternen, sie blinkten und funkelten. Katie kniff die Augen zusammen. Jo hatte Recht!

»Wessen Fahrrad ist das?«, fragte sie.

»Keine Ahnung«, sagte Jo.

»Hast du was gehört?«

»Nein. Ich könnte mir vorstellen, dass es jemand für dich hergebracht hat.« Sie zeigte auf den Lenker. »Da! Siehst du die Schleife?«

Ja, da war tatsächlich eine Schleife. Ein Damenfahrrad, mit einem Korb auf jeder Seite des Hinterrads und einem dritten vorn am Lenker. Um den Sattel war locker eine Kette geschlungen, in der der Schlüssel steckte. »Wer sollte mir denn ein Fahrrad bringen?«

»Wieso fragst du mich das? Ich weiß genauso wenig wie du, wer dahintersteckt.«

Sie gingen die Treppe von der Veranda hinab. Die Pfützen waren großenteils schon im sandigen Boden versickert, aber das Gras war noch nass, so dass sie feuchte Schuhe bekamen. Katie berührte das Fahrrad und rieb die Schleife zwischen den Fingern, als wollte sie das Material testen, wie ein Teppichhändler. Unter dem Band steckte eine Karte, und neugierig zog Katie sie heraus.

»Das Rad ist von Alex!«, rief sie verblüfft.

»Alex vom Laden oder ein anderer Alex?«

»Alex vom Laden.«

»Und? Was steht da?«

Kopfschüttelnd las Katie den Text noch einmal, bevor sie die Karte weiterreichte. *Ich dachte, Sie freuen sich vielleicht*.

Jo deutete auf die Worte. »Das bedeutet, er interessiert sich genauso für dich wie du dich für ihn.«

»Aber ich interessiere mich doch gar nicht für ihn.«

»Natürlich nicht.« Jo zwinkerte ihr zu. »Wieso auch?«

KAPITEL 8

Alex fegte gerade hinten bei den Kühlschränken den Fußboden, als Katie in den Laden kam. Eigentlich hatte er gedacht, sie würde gleich am Morgen vorbeikommen, um mit ihm über das Fahrrad zu sprechen. Er lehnte den Besen gegen die Glastür, stopfte sein Hemd in die Hose und fuhr sich rasch mit der Hand durch die Haare.

»Hallo, Miss Katie!«, rief Kristen. »Hast du das Fahrrad bekommen?«

»Ja, vielen Dank! Deswegen bin ich hier.«

»Wir haben uns große Mühe gegeben!«

»Es ist ganz toll«, sagte Katie. »Ist dein Dad da?«

»Ja – hinten«, antwortete Kristen. »Aber da kommt er schon.«

Katie drehte sich um.

»Hallo«, sagte Alex.

Sie verschränkte die Arme vor der Brust. »Können wir kurz draußen reden?«

Ihre Stimme war betont kühl, und Alex ahnte, dass sie vor Kristen nicht zeigen wollte, wie wütend sie war.

»Ja, klar.« Er hielt ihr die Tür auf, und während er ihr ins Freie folgte, fiel sein Blick, ob er wollte oder nicht, bewundernd auf ihre gute Figur.

Am Fahrrad angekommen, drehte sie sich zu ihm um. In dem vorderen Korb lag der Schirm, den sie sich am Tag vorher von ihm geborgt hatte. Mit finsterer Miene legte sie die Hand auf den Sattel. »Darf ich fragen, was das soll?«, fragte sie schroff.

»Gefällt es Ihnen nicht?«

»Warum haben Sie das für mich gekauft?«

»Ich habe es nicht für Sie gekauft.«

»Aber auf der Karte …« Sie blinzelte verblüfft.

Alex zuckte die Achseln. »Das Rad stand in einem Schuppen und ist dort seit zwei Jahren langsam, aber sicher verrostet. Glauben Sie mir – ich würde nie auf die Idee kommen, Ihnen ein Fahrrad zu kaufen.«

»Das ist nicht der Punkt!« Ihre Augen funkelten. »Sie geben mir immer wieder irgendetwas umsonst, aber damit muss Schluss sein. Ich will nichts von Ihnen. Ich brauche keinen Schirm, kein Gemüse, keinen Wein. Und ich will auch kein Fahrrad.«

»Dann verschenken Sie es weiter«, sagte er trocken. »Ich brauche es nicht mehr.«

Sie schwieg für einen Moment, und Alex konnte an ihrem Gesicht ablesen, wie sich ihre Verwirrung erst in Frustration und dann in Resignation verwandelte, ehe sie sich kopfschüttelnd zum Gehen wandte. Alex räusperte sich. »Bevor Sie sich verabschieden – würden Sie mir wenigstens den Gefallen tun und meine Erklärung anhören?«

Über die Schulter warf sie ihm einen gereizten Blick zu. »Ihre Erklärung ist mir nicht wichtig.«

»Ihnen vielleicht nicht, aber mir.«

Ihre Lider zuckten kurz, und sie seufzte. Alex zeigte auf die Bank vor dem Laden. Als er diese vor Jahren zwischen dem Eiswürfelautomaten und dem Regal mit den Propangasflaschen aufgestellt hatte, sollte das eher eine

Art Scherz sein – er war fest davon überzeugt gewesen, dass niemand je dort sitzen würde. Wer wollte schon auf einen Parkplatz und eine Straße starren? Aber zu seiner großen Verwunderung war die Bank fast dauernd besetzt.

Katie zögerte, doch dann nahm sie wortlos Platz. Alex setzte sich zu ihr, die Hände im Schoß gefaltet.

»Was ich über das Fahrrad gesagt habe – dass es im Schuppen verrostet ist –, stimmt nicht ganz. Es fehlt etwas. Dieses Fahrrad hat meiner Frau gehört«, begann er. »Sie mochte es sehr und hat es oft benutzt. Einmal ist sie sogar damit nach Wilmington gefahren, aber als sie dort angekommen ist, war sie total k. o., und ich musste sie mit dem Auto abholen, obwohl niemand auf den Laden aufpassen konnte. Mir blieb nichts anderes übrig, als ihn zwei Stunden zu schließen.« Alex schwieg einen Moment lang. »Das war ihre letzte Fahrt mit dem Rad. An dem Abend hatte sie ihren ersten Anfall, und ich brachte sie schnell ins Krankenhaus. Danach ging es ihr immer schlechter, und sie konnte nicht mehr Fahrrad fahren. Ich habe es zuerst in die Garage gestellt, dann in den Schuppen, aber jedes Mal, wenn ich es sehe, muss ich an diesen furchtbaren Abend denken.« Jetzt setzte er sich gerade hin. »Ich weiß, ich hätte es schon längst weggeben sollen, aber ich wollte nicht, dass es jemand bekommt, der vielleicht ein paarmal damit fährt und es dann stehen lässt. Ich wollte, dass der neue Besitzer – oder die neue Besitzerin – das Rad zu schätzen weiß, so wie meine Frau, und es wirklich benutzt. Das hätte meine Frau sich auch so gewünscht. Wenn Sie sie gekannt hätten, würden Sie mich verstehen. Sie würden mir den Gefallen tun und das Rad annehmen.«

Als Katie antwortete, klang sie richtig bedrückt. »Ich kann das Rad Ihrer Frau nicht annehmen.«

»Sie wollen es also immer noch zurückgeben?«

Als sie nickte, beugte er sich vor, die Ellbogen auf die Knie gestützt. »Sie und ich, wir haben mehr gemeinsam, als Sie glauben. An Ihrer Stelle hätte ich mich genauso verhalten wie Sie. Sie möchten auf keinen Fall das Gefühl haben, irgendjemandem etwas schuldig zu sein. Sie wollen sich beweisen, dass Sie es allein schaffen, ohne fremde Hilfe, stimmt's?«

Katie machte den Mund auf, um etwas zu sagen, schloss ihn dann aber wieder.

»Als meine Frau gestorben ist, war ich auch so«, fuhr Alex fort. »Sehr lange. Viele von den Leuten, die in den Laden gekommen sind, boten mir an, sie anzurufen, wenn ich etwas brauche. Die meisten wussten ja, dass ich hier keine Familienangehörigen habe, und sie meinten ihr Angebot ernst, aber ich habe nie jemanden angerufen, weil das einfach nicht meine Art ist. Selbst wenn ich etwas gewollt hätte, wäre es mir schwergefallen – ich weiß nicht, wie man bittet, und außerdem war mir die meiste Zeit gar nicht klar, was ich brauche oder will. Ich habe nur gemerkt, dass ich nicht mehr kann, und mit Mühe und Not habe ich mich von einem Tag zum nächsten gehangelt. Ich musste mich ja plötzlich um zwei kleine Kinder kümmern und um den Laden sowieso, und die Kinder brauchten damals natürlich noch viel mehr Zuwendung als jetzt. Aber dann ist eines Tages Joyce aufgetaucht.« Er schaute Katie fragend an. »Haben Sie Joyce schon kennengelernt? Sie arbeitet an mehreren Nachmittagen in der Woche im Laden, auch sonntags. Eine ältere Dame, die mit jedem redet. Josh und Kristen lieben sie.«

»Ich glaube nicht, dass ich ihr schon begegnet bin.«

»Ist auch nicht so wichtig. Jedenfalls ist sie eines Nachmittags aufgetaucht, so gegen fünf Uhr, und sie sagte zu mir, sie wird für die Kinder sorgen, während ich mich eine Woche am Strand erhole. Einfach so. Sie hatte schon ein Zimmer für mich gebucht und behauptete, ich hätte keine andere Wahl, ich müsse das machen, sonst würde ich direkt auf einen Nervenzusammenbruch zusteuern.«

Alex presste seinen Nasenrücken zusammen, als könnte er dadurch die Erinnerung an diese Zeit etwas abmildern. »Zuerst war ich richtig empört. Immerhin sind das meine Kinder, oder? Und was war ich für ein Vater, wenn ich mich einfach verdrückte? Würden die Leute nicht denken, dass ich meine Vaterpflichten vernachlässige? Im Gegensatz zu allen anderen hat Joyce nicht gesagt, ich soll sie anrufen, wenn ich etwas brauche. Sie wusste, was ich durchmache, und sie hat das getan, was sie für richtig hielt, ohne lange zu fragen. Und ehe ich mich's versah, war ich schon unterwegs zum Strand. Joyce hatte Recht. An den ersten beiden Tagen war ich noch völlig erledigt. Aber dann habe ich lange Strandspaziergänge gemacht, Bücher gelesen, viel geschlafen, und als ich wieder nach Hause kam, habe ich selbst gespürt, dass ich viel entspannter war als vorher.«

Er verstummte, vielleicht auch, weil er Katies prüfenden Blick spürte.

»Ich weiß nicht, wieso Sie mir das alles erzählen.«

Jetzt drehte er sich zu ihr um. »Wir wissen beide, dass Sie garantiert abgelehnt hätten, wenn ich Sie gefragt hätte, ob Sie das Fahrrad haben möchten. Also habe ich es so gemacht wie Joyce damals bei mir: Ich habe die Initiative ergriffen und habe Ihnen das Fahrrad einfach gebracht, weil ich es richtig fand. Weil ich durch Joyce begriffen habe, dass es okay ist, hin und wieder ein bisschen Hilfe anzunehmen.« Mit einer Kopfbewegung zeigte er auf das umstrittene Objekt. »Nehmen Sie es an. Ich brauche es nicht, und Sie müssen zugeben, dass Sie mit Fahrrad viel leichter zur Arbeit und zurück kommen.«

Es dauerte ein paar Sekunden, bis sich ihre Schultern entspannten und sie mit einem schiefen Lächeln erwiderte: »Haben Sie diese Predigt auswendig gelernt?«

»Ja, klar.« Er tat so, als wäre ihm die Frage peinlich. »Aber nehmen Sie das Rad jetzt an?«

Sie konnte sich immer noch nicht entscheiden. »Praktisch wäre es schon«, räumte sie schließlich ein. »Äh – also, vielen Dank.«

Dann schwiegen sie beide. Alex betrachtete Katies Profil, und wieder fiel ihm auf, wie hübsch sie war. Vermutlich war ihr selbst das gar nicht so klar. Was sie nur noch attraktiver machte.

»Gern geschehen«, sagte er.

»Aber jetzt ist Schluss mit den Gratisgaben, okay? Sie haben schon mehr als genug für mich getan.«

»Einverstanden. Aber eine Frage habe ich noch: Fährt das Rad einigermaßen? Mit den vielen Körben, meine ich.«

»Es ist toll. Warum?«

»Weil Kristen und Josh mir gestern geholfen haben, diese Körbe anzubringen. Es war ein typisches Projekt für einen Regentag, verstehen Sie? Kristen hat die Körbe ausgesucht. Am liebsten hätte sie auch noch glitzernde Lenkergriffe anmontiert, weil sie fand, so etwas brauchen Sie. Aber da habe ich dann doch Widerspruch eingelegt.«

»Gegen glitzernde Griffe hätte ich nichts einzuwenden.«

Er lachte. »Ich werd's Kristen ausrichten.«

Katie nickte nachdenklich. »Ich finde, Sie machen das ganz prima. Mit den Kindern, meine ich.«

»Vielen Dank.«

»Im Ernst. Und ich kann mir vorstellen, dass es nicht immer leicht ist.«

»Das stimmt. Aber so ist das Leben. Oft ist es alles andere als einfach. Wir können nur versuchen, das Beste daraus zu machen.«

Die Ladentür ging auf, und als sich Alex vorbeugte, sah er Josh, der auf den Parkplatz hinausspähte. Kristen stand dicht hinter ihm. Offenbar suchten sie ihn. Mit seinen braunen Haaren und den dunklen Augen hatte der kleine Junge große Ähnlichkeit mit seiner Mutter.

»Wir sind hier!«, rief Alex den Kindern zu.

Josh kratzte sich am Hinterkopf und kam angelaufen. Kristen winkte Katie strahlend zu.

»Du, Dad …«, begann Josh.

»Ja, was ist?«

»Wir wollten dich fragen, ob wir heute wirklich an den Strand gehen. Du hast es uns versprochen.«

»Stimmt. So soll es sein.«

»Grillen wir auch was?«

»Na, klar.«

»Okay.« Zufrieden rieb Josh sich die Nase. »Hallo, Miss Katie.«

Katie winkte zur Begrüßung.

»Gefällt dir das Fahrrad?«, zwitscherte Kristen.

»Ja, sehr. Vielen Dank.«

»Ich musste meinem Dad helfen, es wieder richtig hinzukriegen«, verkündete Josh. »Er ist nämlich nicht besonders praktisch veranlagt.«

Katie grinste Alex an. »Aha! Das hat er mir gar nicht verraten.«

»Ist schon okay«, sagte Josh. »Ich hab ja gewusst, wie's geht. Aber mit dem Schlauch hat er mir dann geholfen.«

»Kommst du mit an den Strand?« Kristen schaute Katie fragend an.

Sie straffte den Rücken. »Ich glaube nicht.«

Doch Kristen ließ nicht locker. »Warum nicht?«

»Ich vermute, dass Katie arbeiten muss«, mischte sich Alex ein.

»Nein, heute habe ich ausnahmsweise mal frei. Aber ich muss verschiedene Dinge im Haus erledigen.«

»Ach, komm doch lieber mit uns!«, rief Kristen. »Am Strand ist es so schön.«

»Aber es ist ein Familienausflug«, beharrte Katie. »Da will ich nicht stören.«

»Du störst uns doch nicht. Und es macht immer so viel Spaß. Ich kann dir zeigen, wie ich schwimme. Bitte, bitte!«, bettelte Kristen.

Alex schwieg, weil er keinen Druck auf Katie ausüben wollte. Er erwartete, dass sie ablehnen würde, aber zu seiner großen Überraschung nickte sie und sagte leise: »Okay.«

KAPITEL 9

Als Katie vom Einkaufen zurückkam, stellte sie das Rad hinters Haus und ging hinein, um sich umzuziehen. Sie besaß keinen Badeanzug oder Bikini, aber selbst wenn sie einen gehabt hätte, wäre es ihr unpassend vorgekommen, ihn anzuziehen. Für junge Mädchen war es vielleicht ganz normal, im Bikini, also letztlich in Slip und BH, vor fremden Leuten am Strand herumzuspazieren. Sie selbst fand die Vorstellung, sich Alex und den Kindern so zu zeigen, ziemlich peinlich.

Trotzdem erschien ihr der Gedanke, mit ihm allein zu sein, irgendwie verlockend. Aber nicht, weil Alex schon so viel für sie getan hatte, obwohl das wirklich sehr nett von ihm war, sondern eher deswegen, weil er manchmal so traurig lächelte. Und weil er ihr mit solch einer melancholischen Miene von seiner Frau erzählt hatte. Und natürlich weil er so lieb zu seinen Kindern war. Ihn umgab eine tiefe Einsamkeit, die er nicht überspielen konnte, und Katie wusste, dass es bei ihr selbst ganz ähnlich war.

Sie spürte intuitiv, dass er Interesse an ihr hatte. Schließlich war sie erfahren genug, um zu merken, wenn Männer sie anziehend fanden, gleichgültig, ob es der Verkäufer im Gemüseladen war, der immer zu viel redete, oder irgendein Fremder, der sie intensiv musterte. Oder der Kellner in einem Restaurant, der ein bisschen zu häufig an ihren Tisch kam. Im Laufe der Zeit hatte sie gelernt, die Aufmerksamkeit dieser Männer einfach zu ignorieren. Manchmal hatte sie allerdings auch mit kühler Ablehnung reagiert, weil sie aus Erfahrung wusste, was ihr passierte, falls sie keine klaren Grenzen zog. Später. Wenn sie nach Hause kamen. Sobald sie allein waren.

Aber das galt nicht mehr. Dieses Leben war vorbei. Katie holte sich Shorts aus der Schublade und schlüpfte in die Sandalen, die sie bei *Anna's Jeans* gekauft hatte. Gestern hatte sie am Abend mit einer Freundin Wein getrunken, heute fuhr sie mit Alex und seiner Familie an den Strand. Das waren normale Unternehmungen in einem normalen Leben. Aber für sie fühlte sich alles so fremd an, als müsste sie die Sitten und Gebräuche eines Landes lernen, das sie nicht kannte, und sie war einerseits beschwingt, andererseits aber auch sehr unsicher.

Kaum hatte sie sich umgezogen, da sah sie auch schon Alex' Jeep die Schotterstraße herauffahren. Sie atmete tief durch, als er vor ihrem Häuschen hielt. Jetzt oder nie, dachte sie und trat hinaus auf die Veranda.

»Du musst dich anschnallen, Miss Katie!«, rief Kristen von hinten, nachdem sie eingestiegen war. »Mein Dad fährt nämlich erst los, wenn alle angeschnallt sind.«

Alex schaute Katie an, als wollte er sie fragen: *Na, bist du bereit?* Sie lächelte tapfer.

»Okay«, sagte er. »Fahren wir.«

Sie brauchten keine Stunde, um nach Long Beach zu kommen, ein hübsches Städtchen mit alten Kolonialhäusern und einem fantastischen Strand. Alex fuhr auf einen kleinen Parkplatz bei den Dünen. Das Riedgras bog sich in der frischen Brise. Katie stieg aus, blickte aufs Meer und atmete die würzige Luft ein.

Die Kinder rannten sofort zu dem schmalen Pfad, der zwischen den Dünen hindurchführte.

»Ich schaue mal, wie warm das Wasser ist, Dad!«, rief Josh und hielt Schnorchel und Taucherbrille hoch.

»Ich auch!« Kristen sauste hinter ihm her.

Alex fing schon an, den Jeep auszuladen. »Halt, nicht so schnell!«, rief er. »Wartet bitte einen Moment, okay?«

Seufzend blieb Josh stehen und trat ungeduldig von einem Fuß auf den anderen, während Alex eine riesige Kühltasche aus dem Wagen hievte.

»Brauchen Sie Hilfe?«, fragte Katie.

Er schüttelte den Kopf. »Nein, ich schaff das schon. Aber können Sie vielleicht die Kinder mit Sonnenschutzmittel einreiben und sie ein paar Minuten ablenken? Sie sind immer kaum zu bändigen, wenn wir hierherfahren.«

»Ja, gern«, antwortete Katie und wandte sich den Kindern zu. »Kann's losgehen, ihr zwei?«

Alex schleppte die Sachen zu einem Picknicktisch, den die Flut nicht erreichen konnte. Es waren noch andere Familien da, aber sie kampierten ein ganzes Stück entfernt. Diesen Teil des Strandes hatten sie fast für sich. Katie zog ihre Sandalen aus und schaute zu, wie Josh und Kristen jetzt im flachen Wasser herumplanschten. Zwar hatte sie die Arme vor der Brust verschränkt, aber Alex fand trotzdem, dass sie ungewohnt zufrieden wirkte.

Er nahm zwei Handtücher und ging zu den dreien. »Man kann es schon nicht mehr glauben, dass gestern solch ein schweres Unwetter war, oder?«

Beim Klang seiner Stimme drehte sich Katie um. »Mir war gar nicht bewusst, wie sehr ich das Meer vermisse.«

»Ist es schon länger her, dass Sie das letzte Mal am Wasser waren?«

»Viel zu lange.« Konzentriert lauschte sie dem regelmäßigen Rhythmus der Brandung, die sanft ans Ufer rollte.

Josh rannte in die Wellen und wieder zurück, während Kristen nun im Sand kauernd nach hübschen Muscheln suchte.

»Es ist bestimmt nicht immer leicht, wenn man seine Kinder allein erziehen muss«, sagte Katie.

»Meistens ist es gar nicht so schwierig«, antwortete Alex leise. »Wir haben mit der Zeit eine gemeinsame Routine entwickelt, verstehen Sie? In unserem Alltag sowieso. Aber wenn wir etwas unternehmen wie heute – also etwas machen, das keine feste Struktur hat –, kann es schon manchmal frustrierend sein.« Er kickte ein bisschen Sand auf, so dass ein kleiner Graben entstand. »Als meine Frau und ich darüber geredet haben, ob wir ein drittes Kind bekommen wollen, hat sie mich immer gewarnt und erklärt, es ist dann nicht mehr eins zu eins, sondern drei gegen zwei. Sie hat gelacht und gesagt, sie sei sich nicht sicher, ob ich mich dem gewachsen fühlen würde. Und jetzt bin ich jeden Tag mit einer Mehrheit konfrontiert.« Er schüttelte den Kopf. »Entschuldigen Sie. Ich hätte das nicht sagen sollen.«

»Was hätten Sie nicht sagen sollen?«

»Jedes Mal, wenn ich mich mit Ihnen unterhalte, fange ich irgendwann an, von meiner Frau zu erzählen.«

Erst jetzt schaute sie ihn richtig an. »Aber warum sollten Sie nicht über Ihre Frau reden?«

Alex schob den Sandhügel, den er geschaffen hatte, mit dem Fuß vor und zurück und füllte dann den kleinen Graben wieder auf. »Weil ich nicht möchte, dass Sie denken, ich kann über nichts anderes reden und lebe nur in der Vergangenheit.«

»Sie haben Ihre Frau sehr geliebt, nicht wahr?«

»Ja, das stimmt.«

»Und sie war ein zentraler Teil Ihres Lebens und die Mutter Ihrer Kinder.«

»Ja.«

»Dann ist es doch völlig logisch, dass Sie über sie reden. Das ist ganz normal. Ihre Frau ist ein Teil von Ihnen.«

Alex schenkte Katie ein dankbares Lächeln, wusste aber nicht recht, was er sagen sollte. Katie schien das zu spüren, denn sie fragte ihn mit sanfter Stimme: »Wie haben Sie Ihre Frau kennengelernt?«

»Ausgerechnet in einer Bar. Eine Freundin von Carly hat dort mit mehreren Leuten ihren Geburtstag gefeiert. Es war heiß, die Beleuchtung gedämpft, die Musik laut, und sie … sie war irgendwie anders als die anderen. Ihre Freundinnen wirkten alle ein bisschen überdreht und haben ständig gekichert, aber sie war absolut cool.«

»Ich wette, sie war auch sehr hübsch.«

»Ja, klar«, sagte er. »Also habe ich meine Hemmungen überwunden und die große Charmeoffensive gestartet.« Er sah, dass ein Lächeln um Katies Lippen spielte.

»Und?«, fragte sie.

»Und es hat trotzdem noch drei Stunden gedauert, bis ich ihren Namen und ihre Telefonnummer rausbekommen habe.«

Jetzt lachte Katie richtig. »Lassen Sie mich raten, wie's weiterging – Sie haben Carly am nächsten Tag angerufen und gefragt, ob sie sich mit Ihnen treffen will, stimmt's?«

»Woher wissen Sie das?«

»So würde ich Sie einschätzen.«

»Sie reden wie eine Frau, die sich auskennt.«

Katie zuckte die Achseln, was viele Interpretationen zuließ. »Und was kam dann?«

»Warum möchten Sie das wissen?«

»Keine Ahnung. Es interessiert mich.«

Alex betrachtete sie aufmerksam. »Okay. Wie Sie mit Ihren hellseherischen Fähigkeiten schon vorausgeahnt haben – ja, am nächsten Tag haben wir uns zum Mittagessen verabredet und den Rest des Nachmittags ohne Pause miteinander geredet. Und am Wochenende habe ich ihr gesagt, dass wir eines Tages heiraten.«

»Sie machen Witze.«

»Ich weiß, es klingt verrückt. Sie fand es auch völlig irre. Aber ich … ich wusste es einfach. Sie war klug und sympathisch, und wir hatten sehr viel gemeinsam. Wir wollten das Gleiche im Leben. Sie lachte gern, und sie hat auch mich oft zum Lachen gebracht … ehrlich gesagt, von uns beiden war ich der Glückspilz.«

Die Wellen umspülten Katies Knöchel. »Ihre Frau fand sicher auch, dass sie Glück hatte.«

»Aber nur, weil ich ihr etwas vorgemacht habe.«

»Das bezweifle ich.«

»Weil ich Ihnen auch etwas vormache.«

Katie grinste. »Glaube ich nicht.«

»Sie sagen das nur, weil wir Freunde sind.«

»Sie finden, wir sind Freunde?«

»Ja«, sagte Alex und schaute ihr fest in die Augen. »Sie nicht?«

Er sah ihr an, dass das Wort »Freunde« sie überraschte, doch bevor sie etwas erwidern konnte, kam Kristen angelaufen, die Hände voller Muscheln.

»Miss Katie!«, rief sie. »Ich habe hübsche Muscheln gefunden.«

Katie beugte sich lächelnd zu ihr hinunter. »Darf ich sie sehen?«

Strahlend zeigte Kristen ihr die Fundstücke und legte sie ihr dann in die Hand, weil ihr schon wieder etwas anderes eingefallen war. »Hey, Daddy – können wir jetzt grillen? Ich habe solchen Hunger!«

»Ja, klar, mein Schatz.« Er bildete mit den Händen einen Trichter und rief: »Hallo, Josh! Ich werfe den Grill an! Kommst du bitte aus dem Wasser?«

»Jetzt sofort?«, rief Josh zurück.

»In ein paar Minuten.«

Er sah, wie sein Sohn enttäuscht die Schultern sinken ließ. Katie musste es ebenfalls beobachtet haben, denn sie meldete sich zu Wort.

»Ich kann noch eine Weile hierbleiben, wenn Sie wollen.«

»Ehrlich?«

»Kristen und ich wollen ja auch noch ihre Muscheln anschauen.«

Alex nickte und drehte sich dann wieder zu Josh um. »Miss Katie bleibt hier und passt auf. Aber geh nicht zu weit raus, okay? Bleib in der Nähe.«

»Wird gemacht«, antwortete Josh grinsend.

KAPITEL 10

Wenig später führte Katie eine vor Kälte zitternde Kristen und einen strahlenden Josh zu der Decke, die Alex für alle ausgebreitet hatte. Den Grill hatte er ebenfalls schon angeworfen, die Kohlen glühten weiß an den Rändern.

Alex stellte gerade den vierten Klappstuhl auf die Decke und blickte den dreien erwartungsvoll entgegen. »Und – wie war das Wasser?«

»Super!«, antwortete Josh. Seine Haare standen in alle Richtungen ab. »Wann gibt's was zu essen?«

Alex überprüfte den Grill. »Na ja, zwanzig Minuten dauert es noch.«

»Können Kristen und ich dann nochmal runter ans Wasser?«

»Ihr seid doch gerade erst rausgekommen! Macht lieber mal 'ne kleine Pause.«

»Wir wollen ja nicht mehr schwimmen. Wir wollen Sandburgen bauen.«

Als Alex sah, wie Kristen mit den Zähnen klapperte, fragte er besorgt: »Willst du das wirklich? Du hast ganz blaue Lippen.«

Kristen nickte entschlossen. »Mir geht's prima«, sagte sie bibbernd. »Und am Strand muss man doch Schlösser bauen.«

»Einverstanden. Aber zieht bitte beide ein T-Shirt über. Und bleibt so nahe, dass ich euch sehen kann.«

»Ist klar, Dad, das weiß ich doch«, sagte Josh. »Ich bin kein kleines Kind mehr.«

Alex wühlte in der Strandtasche und half den beiden, etwas überzuziehen. Dann ergriff Josh den Beutel mit den Plastikspielsachen und den Schaufeln und rannte los. Ein paar Meter vor dem Wasserrand machte er halt. Kristen lief eifrig hinter ihm her.

»Soll ich zu ihnen gehen?«, fragte Katie.

Alex schüttelte den Kopf. »Nein, das ist schon in Ordnung so. Diese Situation kennen die beiden. Sie wissen, wenn ich mit dem Grill beschäftigt bin, dürfen sie nicht ins Wasser.«

Er ging zur Kühltasche, kauerte sich hin und öffnete sie. »Haben Sie auch Hunger?«, fragte er.

»Ja, ein bisschen.« Erst als Katie das gesagt hatte, wurde ihr bewusst, dass sie seit dem Käse und dem Wein vom Abend zuvor nichts mehr gegessen hatte. Wie auf ein Stichwort begann ihr Magen zu knurren. Sie verschränkte die Arme, in der Hoffnung, dass man es nicht hörte.

»Gut. Ich komme nämlich schon fast um vor Hunger. Ich dachte, ich mache einen Hotdog für Josh, einen Cheeseburger für Kristen und für uns beide jeweils ein Steak.« Alex holte das Fleisch heraus, legte es beiseite und beugte sich über den Grill, um die Kohlen anzupusten. Während er herumhantierte, fiel Katie auf, dass er sehr kräftige Arme hatte.

»Kann ich irgendetwas helfen?«

»Sie könnten das Tischtuch auf den Tisch legen. Es ist auch in der Kühltasche.«

»Ja, gern.« Katie starrte verblüfft in die Tasche. »Das Essen reicht ja für ein halbes Dutzend Familien!«

»Nun, ich habe das Motto, wenn man mit Kindern etwas unternimmt, sollte man lieber zu viel mitnehmen als zu wenig, weil man nie genau weiß, wie viel sie essen. Sie können sich nicht vorstellen, wie oft wir schon hierhergekommen sind, und dann hatte ich irgendetwas Wichtiges vergessen und musste die Kinder wieder ins Auto packen, um zurück zum Laden zu fahren. Heute wollte ich das unbedingt vermeiden.«

Katie faltete die Plastiktischdecke auseinander. Alex demonstrierte ihr, wie man sie mit den Briefbeschwerern, die er klugerweise mitgebracht hatte, so sichern konnte, dass sie nicht wegflog.

»Und jetzt? Soll ich schon mal alles auf den Tisch stellen?«

»Wir haben noch ein bisschen Zeit. Ich weiß nicht, wie's Ihnen geht – aber ich könnte jetzt ein Bier vertragen«, sagte er und holte eine Flasche aus der Kühltasche. »Was hätten Sie gern?«

»Irgendeine Limo.«

»Wie wär's mit einer Cola light?«

»Ausgezeichnet.«

Er reichte ihr die Dose und berührte dabei ganz leicht ihre Hand, aber Katie wusste nicht, ob er es überhaupt bemerkte.

Lächelnd deutete er auf die Klappstühle. »Wollen wir uns setzen?«

Sie wusste nicht recht, ob sie den Stuhl neben ihm nehmen sollte. Aber beim Aufstellen der Stühle hatte Alex darauf geachtet, sie so weit voneinander zu platzieren, dass man sich nicht zufällig berührte. Er trank einen großen Schluck aus seiner Flasche. »An einem heißen

Tag am Strand gibt es nichts Erfrischenderes als ein kaltes Bier.«

Katie lächelte, obwohl sie ein bisschen nervös war, weil sie mit ihm allein hier saß. »Das glaube ich Ihnen.«

»Sie mögen kein Bier?«

Plötzlich sah Katie ihren Vater vor sich und die leeren Bierdosen, die immer um seinen Fernsehsessel herumgelegen hatten.

»Nicht besonders.«

»Nur Wein?«

Es dauerte eine Sekunde, bis ihr wieder einfiel, dass sie eine Flasche von ihm geschenkt bekommen hatte. »Gestern Abend habe ich ein Glas Wein getrunken, das stimmt. Mit meiner Nachbarin.«

»Klingt nett.«

Katie wollte nicht näher darauf eingehen und suchte nach einem unverfänglichen Konversationsthema. »Sie haben mal erwähnt, dass Sie aus Spokane stammen?«

Alex streckte entspannt die Beine aus. »Geboren und aufgewachsen. Ich habe immer im selben Haus gewohnt, bis ich aufs College ging.« Er sah sie von der Seite an. »Ich war auf der University of Washington. ›Go Huskies‹, hieß die Parole unseres Footballteams.«

»Leben Ihre Eltern noch dort?«

»Ja.«

»Dann ist es gar nicht so einfach für sie, ihre Enkelkinder zu besuchen.«

»Ich denke, nein.«

Diese Formulierung verwirrte sie etwas. »Was heißt das?«

»Sie sind nicht die Art von Großeltern, die häufig vorbeikommen würden, selbst wenn sie in der Nähe wohnen würden. Sie haben die Kinder erst zweimal gesehen – einmal, als Kristen auf die Welt gekommen ist, und das zweite Mal bei der Beerdigung meiner Frau.« Alex schüttelte ratlos den Kopf. »Fragen Sie mich nicht nach einer Erklärung. Aber meine Eltern interessieren sich nicht besonders für die Kinder. Sie schicken nur Karten zu den Geburtstagen und Geschenke zu Weihnachten. Sie gehen auf Reisen oder unternehmen irgendwas anderes.«

»Und?«

»Was soll ich machen? Bei mir haben sie sich nicht grundsätzlich anders verhalten, obwohl ich ihr Jüngster bin. Am College haben sie mich das erste Mal besucht, als ich meinen Abschluss gemacht habe. Ich war ein erstklassiger Schwimmer und habe deswegen ein volles Stipendium bekommen, aber sie haben mich nur bei zwei Wettkämpfen gesehen. Ich vermute, selbst wenn ich ihnen direkt gegenüber wohnen würde, hätten sie keine große Lust, die Kinder öfter zu sehen. Das ist einer der Gründe, weshalb ich in Southport geblieben bin.«

»Was ist mit den anderen Großeltern?«

Alex zupfte am Etikett der Bierflasche. »Da ist die Situation etwas komplizierter. Sie haben noch zwei Töchter, und die sind beide nach Florida gezogen. Nachdem der Vater den Laden verkauft hat, haben er und seine Frau sich ebenfalls im Süden niedergelassen. Sie kommen nur ein oder zwei Mal im Jahr für ein paar Tage her, aber es fällt ihnen immer noch sehr schwer. Sie wollen nicht im Haus übernachten. Wegen Carly. Zu viele Erinnerungen.«

»Mit anderen Worten – Sie sind ziemlich allein.«

»Im Gegenteil – ich habe die beiden Kinder!«

»Aber es ist viel Arbeit. Der Laden, die Kinder –«

»So schlimm ist es nicht. Wenn ich morgens um sechs aufstehe und nicht vor Mitternacht ins Bett gehe, schaffe ich es problemlos.«

Katie musste lachen. »Würden Sie sagen, die Kohlen sind so weit?«, fragte sie dann.

»Ich seh mal nach.« Alex stellte seine Bierflasche in den Sand, stand auf und ging zum Grill. Die Kohlen glühten weiß und schickten flirrende Hitzewellen in die Luft. »Sie haben das perfekte Zeitgefühl«, lobte er Katie und legte die Steaks und den Hamburger auf den Grill, während Katie den Tisch deckte. Es gab jede Menge Tupperdosen: mit Kartoffelsalat, Krautsalat, Bohnensalat, mit sauren Gurken und mit Obststücken. Außerdem zwei Chipstüten, Käsescheiben und verschiedene Soßen und Dips.

Amüsiert schüttelte Katie den Kopf. Alex hatte anscheinend völlig aus den Augen verloren, dass die Kinder noch klein waren. Jedenfalls hatte er mehr zu essen mitgebracht, als sie während der ganzen Zeit, die sie jetzt in Southport wohnte, je im Haus gehabt hatte.

Alex drehte den Hamburger und die Steaks um und legte dann auch das Würstchen für den Hotdog auf den Grill. Nebenbei schielte er immer wieder auf Katies Beine, während sie um den Tisch herumging. Sie war wirklich ausgesprochen hübsch.

Katie schien seinen Blick zu spüren. »Was ist los?«, fragte sie.

»Nichts.«

»Sie haben doch irgendetwas gedacht.«

»Ich freue mich, dass Sie mitgekommen sind«, sagte er schließlich mit einem leisen Seufzer. »Für mich macht das den Tag viel schöner.«

Während sich Alex am Grill betätigte, unterhielt er sich weiter mit Katie, und das Gespräch fiel beiden leicht. Er erzählte, wie es war, einen kleinen Laden zu führen. Voller Sympathie beschrieb er verschiedene Stammkunden, die man, freundlich ausgedrückt, als Exzentriker bezeichnen konnte. Insgeheim fragte sich Katie, ob er sie auch in diese Kategorie einordnen würde, wenn er mit einer anderen Begleitung an den Strand gefahren wäre.

Nein, wahrscheinlich nicht. Denn je mehr er redete, desto klarer wurde ihr, dass er insgesamt ein Mensch war, der in anderen immer nur das Beste sehen wollte. Jemand, der sich nicht beklagte. Sie versuchte sich auszumalen, wie er wohl als junger Mann gewesen war, aber es gelang ihr nicht, deshalb lenkte sie das Gespräch in diese Richtung. Bereitwillig erzählte er, wie es war, in Spokane aufzuwachsen, er schilderte die langen Wochenenden, an denen er gemeinsam mit seinen Freunden mit dem Fahrrad auf dem Centennial Trail unterwegs war. Dass er irgendwann gemerkt hatte, was für ein guter Schwimmer er war, und wie das Schwimmen für ihn schnell zu einer Obsession wurde. Damals schwamm er vier oder fünf Stunden am Tag und träumte davon, an den Olympischen Spielen teilzunehmen, doch dann erlitt er eine schwere Schulterverletzung, und damit war seine Sportlerkarriere beendet. Er erzählte Katie auch von den Partys während des Studiums, von seinen Collegefreunden – fast alle diese Freundschaften seien im Laufe der Zeit langsam, aber sicher eingeschlafen. Katie fand es angenehm, dass er beim Erzählen die Ereignisse der Vergangenheit weder übertrieb noch herunterspielte. Es schien ihn auch nicht sehr zu interessieren, was andere Leute von ihm dachten.

Man konnte noch Spuren des Leistungssportlers sehen, der er einmal gewesen war, vor allem an seinen ausgewogenen, schnellen Bewegungen. Er lächelte auf eine Art, als wäre er sowohl an Siege als auch an Niederlagen gewöhnt. Als er schließlich schwieg, bekam Katie schon Angst, er könnte sie über ihre Vergangenheit ausfragen, doch er merkte anscheinend, dass ihr das nicht recht wäre, und erzählte stattdessen noch eine Anekdote aus seinem eigenen Leben.

Endlich war das Essen fertig, und Alex rief die Kinder. Sie kamen sofort angerannt, über und über mit Sand bedeckt. Alex führte sie ein Stückchen zur Seite, damit er sie erst einmal abreiben konnte. Lächelnd verfolgte Katie das Ganze – ihrer Meinung nach war er ein viel besserer Vater, als er dachte. In jeder Hinsicht.

Durch die Anwesenheit der Kinder veränderte sich natürlich das Gesprächsthema. Katie hörte zu, wie die beiden von ihrer Sandburg schwärmten und von einer Sendung im Disney Channel, die sie sehr mochten. Dann fingen sie an, über den Nachtisch zu diskutieren – Graham Cracker mit Marshmallows und Schokolade, bis zum Schmelzen erhitzt. Alex hatte sichtlich ganz besondere Traditionen für seine Kinder geschaffen, die ihnen viel Spaß machten. Ach, er war so anders als die Männer, die Katie bisher kennengelernt hatte! Eigentlich anders als alle Leute, die sie kannte. Und während sie dem fröhlichen Geplapper der Kinder zuhörte, spürte sie, dass ihre Nervosität endgültig dahinschwand.

Das Essen schmeckte sehr gut – eine willkommene Abwechslung von ihrer sonst so sparsamen Ernährung. Der Himmel war und blieb blitzblau. Hin und wieder flog eine Möwe über sie hinweg, und manchmal kam eine leichte Brise auf, wodurch die Hitze nie allzu drückend wurde. Der friedlich rauschende Rhythmus der Wellen trug zu dem allgemeinen Gefühl der Entspannung bei.

Nach dem Essen halfen Josh und Kristen, den Tisch abzudecken und die Reste wegzupacken. Ein paar Sachen, die nicht gekühlt werden mussten – die sauren Gurken und die Chips zum Beispiel –, blieben auf dem Tisch. Die Kinder wollten jetzt mit dem Boogieboard ins Wasser, und nachdem Alex sie noch einmal mit Sonnenschutzmittel eingecremt hatte, zog er sein Hemd aus und folgte ihnen in die Wellen.

Katie trug ihren Klappstuhl an den Wasserrand und schaute zu, wie Alex seinen Kindern half, auf den Wellen zu reiten, indem er ihnen abwechselnd die richtige Technik demonstrierte. Die zwei quiekten vor Vergnügen. Katie bewunderte Alex, weil es ihm gelang, beiden das Gefühl zu geben, im Mittelpunkt zu stehen. Er war so liebevoll, so unendlich geduldig. Wie schaffte er das nur? Als am späteren Nachmittag die ersten Wolken aufzogen, wurde Katie bewusst, dass sie sich zum ersten Mal seit vielen Jahren innerlich ruhig fühlte. Und nicht nur das. Dieser Tag am Strand machte ihr mindestens so viel Freude wie den Kindern.

KAPITEL 11

Als sie aus dem Wasser kamen, verkündete Kristen, sie friere ganz schrecklich. Sie brauchte dringend trockene Sachen. Alex ging mit ihr zu den Kabinen, um ihr beim Umziehen zu helfen, während Katie mit Josh auf der Decke sitzen blieb und aufs Meer hinausschaute, wo das Sonnenlicht über die Wasseroberfläche tanzte. Josh baute kleine Hügel aus Sand.

»Hey, hast du Lust, mit mir meinen Drachen steigen zu lassen, Miss Katie?«, fragte Josh unvermittelt.

»Ich weiß gar nicht, ob ich das kann – ich habe so was noch nie gemacht.«

»Es ist kinderleicht«, erklärte Josh und kramte aus den Spielsachen, die Alex mitgebracht hatte, einen kleinen Drachen hervor. »Ich zeig's dir. Komm mit.«

Er rannte ein Stück den Strand hinunter, und Katie folgte ihm mit raschen Schritten. Als sie ihn einholte, war er schon dabei, die Schnur abzuwickeln. Er reichte ihr den Drachen. »Du musst ihn nur über den Kopf halten, okay?«

Sie nickte. Josh ging ein paar Schritte rückwärts, wickelte dabei mit geschickten Bewegungen die Schnur weiter ab und blieb dann stehen.

»Bist du so weit?«, rief er. »Wenn ich losrenne und ganz laut rufe, musst du einfach nur loslassen.«

»Ich bin so weit!«

Josh fing an zu laufen, und als Katie die Spannung im Drachen spürte und Joshs lauten Ruf hörte, ließ sie augenblicklich los. Sie war sich nicht sicher, ob der Wind stark genug war, aber innerhalb von Sekunden schoss der Drachen hinauf zum Himmel. Josh hielt an, drehte sich um und wickelte sogar noch mehr Schnur ab.

Katie trat neben ihn und hielt schützend die Hand über die Augen, während sie den Flug des Drachens beobachtete. Er stieg immer höher, doch selbst aus der Entfernung war das schwarz-gelbe Batman-Logo deutlich zu erkennen.

»Ich bin ein Experte im Drachensteigen«, verkündete Josh stolz. »Wieso hast du das noch nie gemacht?«

»Keine Ahnung. Es war irgendwie nicht üblich bei uns.«

»Aber du hättest es unbedingt ausprobieren sollen. Es ist doch supertoll!«

Er schaute die ganze Zeit hochkonzentriert nach oben. Erst in dem Moment fiel Katie auf, wie sehr sich Josh und Kristen ähnlich sahen.

»Wie gefällt es dir eigentlich in der Schule? Du bist in der ersten Klasse, stimmt's?«

»Ach, da ist es ganz in Ordnung. Am besten sind die Pausen. Wir machen immer Wettrennen und solches Zeug.«

Kann ich mir vorstellen, dachte Katie. Seit sie am Strand waren, hatte er sich pausenlos bewegt. »Habt ihr eine nette Lehrerin?«

»Ja, sie ist super. Ich finde, sie ist wie mein Dad. Sie schreit nie rum oder so was.«

»Dein Dad schreit auch nie rum?«

»Nie!«, sagte Josh mit dem Brustton der Überzeugung.

»Was macht er, wenn er wütend wird?«

»Er wird nicht wütend.«

Katie musterte ihn prüfend. Ja, er meinte das wirklich ernst.

»Hast du viele Freunde?«, fragte Josh sie dann.

»Nein, nicht besonders viele. Warum fragst du?«

»Weil mein Dad sagt, dass du mit ihm befreundet bist. Deshalb hat er dich an den Strand mitgenommen.«

»Wann hat er das gesagt?«

»Vorhin, beim Wellenreiten.«

»Was hat er denn sonst noch gesagt?«

»Er hat gefragt, ob es uns stört, dass du dabei bist.«

»Und – stört es euch?«

»Warum denn?« Er zuckte die Achseln. »Alle Leute brauchen Freunde, und hier am Strand ist es schön.«

Das konnte niemand bestreiten.

»Meine Mom ist auch mit uns hierhergekommen, weißt du.«

»Ach, ja?«

»Ja. Aber sie ist gestorben.«

»Ich weiß. Es tut mir sehr leid. Das ist nicht leicht für euch. Sie fehlt dir bestimmt sehr.«

Josh nickte. Einen Moment lang sah er älter aus, als er war – und gleichzeitig viel jünger. »Manchmal ist mein Dad traurig. Er weiß nicht, dass ich es weiß, aber ich merke es immer.«

»Ich wäre auch traurig.«

Kurz schien er über ihre Antwort nachzudenken. Dann sagte er: »Danke, dass du mir mit dem Drachen geholfen hast.«

»Ihr zwei amüsiert euch gut, so wie's aussieht«, sagte Alex, als er mit Kristen zurückkam. Er selbst half nun seiner kleinen Tochter, ihren Drachen in die Luft zu bekommen, und trat dann neben Katie. Sie standen auf dem festen Sand am Rand des Wassers, und ihre Haare wehten leicht in der Brise.

»Josh ist wirklich ein netter Junge«, sagte sie. »Und er war viel gesprächiger, als ich erwartet hatte.«

Alex behielt ständig seine Kinder im Auge, und Katie hatte den Eindruck, dass ihm wirklich nichts entging.

»Verbringen Sie so meistens Ihre Wochenenden, wenn Sie nicht im Laden sind? Unternehmen Sie oft etwas mit den Kindern?«

»Ja, immer. Mir ist das sehr wichtig.«

»Obwohl Ihre Eltern das bei Ihnen anscheinend nicht so gesehen haben.«

Alex zögerte kurz. »Das wäre eine Erklärung, oder? Ich habe mich vernachlässigt gefühlt, also habe ich mir geschworen, alles anders zu machen als meine Eltern? Klingt gut, aber ich weiß nicht, ob es wirklich stimmt. Eigentlich unternehme ich vor allem deswegen etwas mit den beiden, weil ich es gern mache. Ich bin gern mit ihnen zusammen. Es macht mir Vergnügen, mitzubekommen, wie sie aufwachsen, und ich möchte sie dabei begleiten.«

Katie musste an ihre eigene Kindheit denken. Hätten ihre Eltern je so etwas gesagt wie Alex? Wohl kaum.

»Warum sind Sie nach der Schule zum Militär gegangen?«

»Damals hielt ich die Entscheidung für richtig. Ich habe nach neuen Herausforderungen gesucht, ich wollte etwas anderes ausprobieren, und auf diese Weise hatte ich außerdem eine hervorragende Ausrede, endlich von Spokane wegzugehen. Ich bin vorher nie richtig rausgekommen, höchstens zu Schwimmwettbewerben.«

»Haben Sie je …«

Als sie nicht weitersprach, vollendete er ihren Satz. »Ob ich je an Kampfhandlungen beteiligt war? Nein, ich war nicht an der Front. Am College habe ich Jura studiert, und deshalb bin ich CID geworden.«

»Was ist das?«

Er erklärte ihr seine Aufgaben bei der militärischen Ermittlungsbehörde, der Criminal Investigation Division.

Katie schaute ihn fragend an. »Heißt das, Sie waren so eine Art Polizist?«

»Ja, könnte man sagen.«

Katie wandte sich abrupt ab, und ihr Gesicht wirkte plötzlich verschlossen.

»Habe ich etwas Falsches gesagt?«, wollte er wissen.

Stumm schüttelte sie den Kopf. Alex studierte ihr Gesicht aufmerksam, konnte sich aber beim besten Willen nicht erklären, was los war. Bestimmt hat es etwas mit ihrer Vergangenheit zu tun, dachte er.

»Was ist los, Katie?«

»Nichts«, beharrte sie, doch er merkte schon an ihrem Tonfall, dass es nicht stimmte. Wenn sie irgendwo anders gewesen wären, unter anderen Begleitumständen, hätte er nachgehakt, aber für den Moment ließ er das Thema fallen.

»Wir müssen nicht darüber reden«, sagte er leise. »Und außerdem bin ich längst ein ganz anderer Mensch. Glauben Sie mir, ich bin viel glücklicher, seit ich mein Geschäft führe.«

Katie nickte dankbar, aber er spürte immer noch eine Spur von Unruhe bei ihr. Ihm war klar, dass sie Zeit brauchte und dass man sie nicht bedrängen durfte. Aber warum verhielt sie sich so? Was steckte hinter dieser eigenartigen Reaktion? Das hätte er gern gewusst. Mit dem Daumen deutete er über die Schulter. »Mir fällt gerade ein, dass ich noch Kohlen nachlegen muss. Wenn die Kinder ihren Nachtisch nicht bekommen, sind sie sauer, und ich muss mir eine Strafpredigt anhören. Bin gleich wieder da.«

»Ja, klar«, sagte Katie mit gespielter Leichtigkeit. Als sie allein war, atmete sie tief durch. Es kam ihr vor, als wäre sie gerade noch davongekommen. Er war früher Polizist, dachte sie. Aber das macht nichts. Trotzdem musste sie sich fast eine Minute lang darauf konzentrieren, ganz ruhig zu atmen, um das Gleichgewicht wiederzufinden. Kristen und Josh standen immer noch ungefähr an derselben Stelle. Kristen bückte sich gerade, um eine Muschel aufzuheben, und verlor dabei ihren Drachen vorübergehend aus dem Auge.

In dem Moment hörte Katie, dass sich Alex ihr von hinten näherte. »Da bin ich wieder!«, verkündete er fröhlich. »Ich glaube, wenn wir den Nachtisch gegessen haben, sollten wir nach Hause fahren. Ich würde zwar gern bis zum Sonnenuntergang bleiben, aber Josh muss morgen früh in die Schule.«

»Ich richte mich natürlich nach Ihnen und bin mit allem einverstanden.«

Alex fiel auf, wie verspannt ihre Schultern jetzt waren und dass sie etwas gepresst redete. Nachdenklich runzelte er die Stirn. »Ich weiß nicht, was ich gesagt habe – aber wenn ich Sie versehentlich gekränkt habe, möchte ich dafür um Entschuldigung bitten«, sagte er schließlich. »Und wenn Sie darüber reden möchten, bin ich jederzeit für Sie da.«

Wieder nickte sie stumm. Alex wartete eine ganze Weile, bevor er sie fragte: »Ist das immer so bei Ihnen?«

»Wie meinen Sie das?«

»Ich habe bei Ihnen gelegentlich das Gefühl, dass ich über dünnes Eis gehe – ohne zu ahnen, warum.«

»Ich würde es Ihnen gern sagen, aber ich kann nicht«, antwortete Katie so leise, dass ihre Worte fast vom Rauschen der Wellen übertönt wurden.

»Können Sie mir wenigstens sagen, ob ich irgendetwas getan oder gesagt habe, was Sie ärgert?«

Jetzt schaute sie ihm endlich direkt in die Augen. »Nein, Sie haben nichts Falsches gesagt und auch nichts Falsches getan. Aber im Moment kann ich leider nicht viel mehr dazu sagen, in Ordnung?«

Er hielt ihren Blick fest. »Einverstanden. Solange Sie sich mit uns wohlfühlen … Das ist mir das Wichtigste.«

Es kostete Katie einige Anstrengung, aber schließlich gelang ihr doch ein Lächeln. »Für mich ist das heute der schönste Tag seit langem. Das schönste Wochenende.«

»Sind Sie denn immer noch sauer wegen des Fahrrads?«, sagte er und kniff scheinbar misstrauisch die Augen zusammen. Katie musste trotz ihrer inneren Anspannung lachen.

»Ja, es dauert bestimmt ewig, bis ich mich davon erholt habe«, sagte sie und tat so, als würde sie schmollen.

Aber dann wurde sie schnell wieder ernst. »Darf ich Sie etwas fragen? Sie müssen nicht antworten, wenn Sie nicht wollen.«

»Schießen Sie los.«

»Was hat Ihrer Frau gefehlt? Sie haben nur gesagt, dass sie einen Anfall hatte, aber Sie haben nicht erwähnt, welche Krankheit sie hatte.«

Er seufzte, als hätte er die ganze Zeit gewusst, dass Katie diese Frage stellen würde, und als fiele es ihm trotz allem schwer, darauf zu antworten. »Sie hatte einen Gehirntumor«, begann er. »Oder, genauer gesagt, drei verschiedene Arten von Gehirntumoren. Ich habe das damals nicht gewusst, aber inzwischen habe ich herausgefunden, dass so etwas ziemlich häufig vorkommt. Der Tumor, der langsam wuchs, war genau so, wie man sich das immer vorstellt, er war etwa so groß wie ein Hühnerei, und die Chirurgen konnten ihn größtenteils entfernen. Aber die anderen beiden waren komplizierter. Sie breiteten sich aus wie mit Spinnenbeinen, und man konnte sie nicht operieren, ohne auch einen Teil des Gehirns zu zerstören. Außerdem waren sie extrem aggressiv. Die Ärzte haben ihr Bestes getan, aber schon als sie aus dem Operationssaal kamen und mir sagten, die OP sei den Umständen entsprechend gut verlaufen, wusste ich genau, was sie damit sagen wollten.«

»Ich kann mir gar nicht vorstellen, wie es sich anfühlt, wenn man so etwas gesagt bekommt.« Mit bedrückter Miene starrte Katie auf den Sand.

»Ehrlich gesagt – zuerst konnte ich es nicht fassen. Es kam alles so … unerwartet! Eine Woche vorher waren wir noch eine normale Familie, und auf einmal heißt es, sie wird bald sterben, und ich kann nichts tun, um es zu verhindern.«

Drüben standen die Kinder und konzentrierten sich

immer noch auf ihre Drachen, aber Katie wusste, dass Alex sie jetzt nicht richtig wahrnahm.

»Nach der Operation dauerte es ein paar Wochen, bis Carly wieder auf die Beine kam, und ich wollte unbedingt glauben, dass alles in Ordnung ist. Aber dann habe ich kleine Veränderungen bemerkt, von Woche zu Woche. Die linke Körperseite wurde schwächer, und wenn sie sich mittags hinlegte, schlief sie immer länger. Es war alles sehr schwierig, aber das Schlimmste für mich war, dass sie sich von den Kindern zurückzog. Ich glaube, sie wollte vermeiden, dass Josh und Kristen sie als krank in Erinnerung behalten. Sie wollte, dass für die Kinder ihre Mutter so bleibt, wie sie vor der Krankheit gewesen war.« Alex schwieg eine Weile lang, dann schüttelte er traurig den Kopf. »Es tut mir leid – ich hätte Ihnen das nicht sagen dürfen. Sie war eine wunderbare Mutter. Man muss sich ja nur anschauen, wie gut die beiden geraten sind.«

»Ich glaube, der Vater hat auch etwas damit zu tun.«

»Ich gebe mir Mühe. Aber die Hälfte der Zeit weiß ich gar nicht, was ich eigentlich mache. Es ist, als würde ich nur eine Rolle spielen.«

»Das Gefühl haben alle Eltern, nehme ich an.«

Fragend warf Alex ihr einen Blick zu. »Ihre Eltern auch?«

Katie wusste nicht, was sie dazu sagen sollte. »Ich denke, meine Eltern haben ihr Bestes gegeben.« Keine großen Lobeshymnen, sondern die Wahrheit.

»Haben Sie ein enges Verhältnis zu ihnen?«

»Sie sind beide bei einem Verkehrsunfall ums Leben gekommen, als ich neunzehn war.«

Er war tief betroffen. »Das tut mir sehr leid.«

»Ja, es war eine schwere Zeit.«

»Haben Sie Geschwister?«

»Nein.« Katie schaute hinaus aufs Meer. »Ich bin ganz allein.«

Ein paar Minuten später holte Alex mit den Kindern die Drachen wieder ein, und sie gingen alle zurück zum Picknicktisch. Die Kohlen im Grill waren noch nicht heiß genug, und Alex nutzte die Zeit, um die Boogieboards abzuwaschen und den Sand aus den Handtüchern zu schütteln, bevor er die Zutaten für den Nachtisch bereitstellte.

Kristen und Josh halfen ihm, ihre Sachen einzupacken, und Katie füllte die Kühltasche, während Alex schon anfing, alles zum Jeep zu tragen. Schließlich waren nur noch die Decke und die Klappstühle übrig. Die Kinder stellten sie im Kreis um den Grill auf. Alex verteilte lange Stangen und holte die Tüte mit den Marshmallows. In seiner Begeisterung riss Josh sie etwas zu hastig auf, und ein paar Marshmallows kullerten auf die Decke.

Katie machte den Kindern alles nach. Sie spießte drei Marshmallows auf ihre Stange, und dann standen sie zu viert um den Grill herum und drehten die Stangen hin und her, bis die Zuckerkugeln goldbraun wurden. Katie hielt ihre ein bisschen zu dicht an die Hitze, und zwei Marshmallows fingen Feuer, aber Alex pustete die Flammen geistesgegenwärtig aus.

Als sie fertig waren mit dem Rösten der Marshmallows, half Alex den Kindern mit dem Rest: Sie legten die Schokolade auf die Grahamcracker, darauf kamen die geschmolzenen Marshmallows und dann noch ein zweiter Cracker. Das Ergebnis war unglaublich klebrig und süß, doch Katie fand, dass sie noch nie im Leben etwas so Leckeres gegessen hatte.

Sie saß zwischen den Kindern und schaute zu, wie Alex mit seinem krümelnden Cracker kämpfte. Als er sich mit den Fingern den Mund abwischen wollte, machte er alles nur noch schlimmer. Die Kinder bogen sich vor Lachen, und auch Katie musste kichern. Zu ihrer großen Verwunderung spürte sie, dass plötzlich so etwas wie Hoffnung in ihr aufstieg. Trotz der Tragödie, die diese drei durchgemacht hatten, sah sie hier eine glückliche Familie vor sich. Und alle gingen ausgesprochen liebevoll miteinander um. Für die kleine Familie war es ein ganz normaler Tag an einem normalen Wochenende, aber für Katie war es wie eine Offenbarung, miterleben zu dürfen, dass so wundervolle Augenblicke möglich waren. Und dass sie vielleicht, ganz vielleicht, selbst irgendwann etwas Ähnliches erleben konnte.

KAPITEL 12

»Und was ist dann passiert?«

Jo saß ihr am Tisch gegenüber. Die Küche war nur von dem warmen Schein der Lampe über dem Herd erleuchtet. Als Katie heimgekommen war, hatte Jo gleich bei ihr geklopft, lauter Farbkleckse in den Haaren. Schnell hatte Katie eine Kanne Kaffee gekocht.

»Nichts Besonderes mehr. Wir haben die Marshmallows mit Crackern und Schokolade gegessen, sind noch mal runter ans Wasser gegangen, dann sind wir alle ins Auto geklettert und heimgefahren.«

»Hat er dich bis an die Tür begleitet?«

»Ja.«

»Hast du ihn gefragt, ob er reinkommen möchte?«

»Die Kinder mussten doch nach Hause.«

»Hast du ihn zum Abschied geküsst?«

»Natürlich nicht!«

»Warum nicht?«

»Hörst du mir nicht richtig zu? Er ist mit Josh und Kristen an den Strand gefahren und hat mich nur gefragt, ob ich mitkommen will. Das war doch kein Date!«

Jo trank einen Schluck. »Ich finde aber, es hört sich nach einem Date an.«

»Es war ein Familienausflug.«

Jo nickte nachdenklich. »So wie du es beschreibst, habt ihr euch ziemlich gut verstanden.«

Katie lehnte sich zurück. »Ich habe den Eindruck, du möchtest gern, dass es ein Date war.«

»Wieso sollte ich das wollen?«

»Keine Ahnung. Aber seit wir uns kennen, fängst du immer wieder von ihm an. Als ob du versuchen würdest ... ach, ich weiß auch nicht. Als ob du mich dazu bringen wolltest, dass ich ihn gut finde.«

Jo schwenkte den Inhalt in ihrer Tasse hin und her, stellte sie dann aber wieder auf den Tisch. »Und – findest du ihn gut?«

Katie warf die Hände in die Luft. »Da siehst du's wieder!«

Jo musste lachen. Sie schwieg kurz, dann fuhr sie fort: »Ich kenne viele Leute, und im Laufe der Zeit habe ich ein gutes Gespür entwickelt, eine Menschenkenntnis, auf die ich mich verlassen kann. Wie wir beide wissen, ist Alex ein sehr netter Mann, und als ich dich kennengelernt habe, hatte ich bei dir ein ganz ähnliches Gefühl. Aber abgesehen davon habe ich nichts getan – außer dass ich dich ein bisschen mit ihm aufgezogen habe. Du kannst nicht behaupten, ich hätte dich in den Laden gezerrt und ihm vorgestellt oder was. Ich war auch nicht dabei, als er dich gefragt hat, ob du an den Strand mitgehst. Übrigens eine Einladung, die du gern angenommen hast, oder?«

»Kristen hat gesagt, ich soll doch mitkommen ...«

»Ich weiß. Das hast du mir schon erzählt.« Jo zog die Augenbrauen hoch. »Und ich bin davon überzeugt, dass du nur deswegen mitgegangen bist.«

Ärgerlich machte Katie eine Grimasse. »Du hast eine komische Art, die Dinge zu verdrehen.«

Doch Jo lachte wieder. »Bist du je auf die Idee gekommen, das könnte etwas damit zu tun haben, dass ich neidisch bin? Nicht, weil du mit Alex ans Meer gefahren bist, sondern weil du die Möglichkeit hattest, an den Strand zu gehen, an einem perfekten Tag – während ich im Haus eingesperrt war und die Wände streichen musste. Schon den zweiten Tag! Ich will nie wieder in meinem ganzen Leben eine Malerrolle in die Hand nehmen. Meine Arme tun weh, meine Schultern tun weh, es ist furchtbar.«

Katie ging an die Spüle, goss sich noch eine Tasse Kaffee ein und hielt Jo die Kanne hin. »Nachschub?«

»Nein, danke. Ich muss heute Nacht gut schlafen, und das Koffein würde mich wach halten. Ich glaube, ich bestelle mir beim Chinesen eine Frühlingsrolle. Möchtest du auch was?«

»Nein, danke, Hunger habe ich wirklich nicht«, antwortete Katie. »Ich habe heute zu viel gegessen.«

»Kann ich mir gar nicht vorstellen. Aber du hast von der Sonne echt Farbe bekommen. Steht dir gut. Auch wenn du natürlich später davon Falten kriegst.«

»Danke für die ermutigenden Worte!«, schnaubte Katie empört.

»Wozu hat man Freunde?« Jo stand jetzt auch auf und streckte sich wie eine Katze. »Übrigens – der Abend gestern hat mir Spaß gemacht. Aber ich muss gestehen, dass ich heute Morgen dafür büßen musste.«

»Es war echt nett, finde ich auch.«

Katies Nachbarin ging in Richtung Tür, drehte sich aber noch einmal um. »Da fällt mir ein – ich habe ganz vergessen, dich zu fragen, ob du das Fahrrad behältst.«

»Ja, ich behalte es.«

»Find ich gut.«

»Wie meinst du das?«

»Ich will damit nur sagen, ich denke nicht, dass du es zurückgeben solltest. Du brauchst es offensichtlich, und er wollte es dir geben. Warum sollst du es dann nicht behalten?« Sie zuckte die Achseln. »Dein Problem ist, dass du Dinge manchmal überinterpretierst.«

»Zum Beispiel bei meiner manipulativen Freundin?«

»Findest du wirklich, dass ich manipulativ bin?«

Katie überlegte kurz. »Ein bisschen schon.«

Jo grinste. »Und wie sieht dein Terminplan nächste Woche aus? Musst du viel arbeiten?«

»Ja, allerdings. Sechs Abendschichten und außerdem drei Tagschichten.«

»Ach du Schreck.«

»So schlimm ist das nicht. Ich brauche die Kohle, und ich bin es gewohnt.«

»Und du hattest schließlich ein sehr erholsames Wochenende.«

»Ja«, sagte Katie nach einer Pause. »Das stimmt.«

KAPITEL 13

Die nächsten Tage verliefen ziemlich ereignislos – weshalb für Alex die Zeit nur noch langsamer zu vergehen schien. Er hatte nicht mehr mit Katie gesprochen, seit er sie am Sonntagabend nach Hause gebracht hatte. Dass sie nicht im Laden auftauchte, war nicht weiter verwunderlich – er wusste, dass sie während der Woche viel arbeiten musste. Trotzdem trat er mehr als einmal hinaus ins Freie und schaute die Straße entlang. Und war jedes Mal enttäuscht, weil er Katie nicht sah.

Auf jeden Fall konnte er sich nicht der Illusion hingeben, er hätte sie so verzaubert, dass sie jeden Tag zu ihm in den Laden gerannt kam. Er staunte selbst über die fast pubertäre Vorfreude, die ihn überkam, wenn er daran dachte, dass er sie bald wiedersehen würde. Auch wenn es ihr offenbar anders ging. Er sah sie vor sich, wie sie am Meer stand, er sah ihre kastanienbraunen Haare, die im Wind wehten, ihre feinen Gesichtszüge und ihre Augen, die jedes Mal, wenn sie ihn anschaute, die Farbe zu wechseln schienen. Im Laufe des Tages hatte sie sich immer mehr entspannt, und Alex hatte überhaupt das Gefühl, dass sich dort am Strand ihre abweisende Art ein wenig gelockert hatte.

Aber was war in ihrer Vergangenheit geschehen, worüber sie nicht sprechen konnte? Er hätte es so gern erfahren! Und auch sonst wusste er so gut wie nichts über sie.

Welche Art von Musik hörte sie? Woran dachte sie als Erstes, wenn sie morgens aufwachte? War sie schon mal bei einem Baseballspiel gewesen? Er hätte gern gewusst, ob sie auf dem Rücken oder auf der Seite schlief und ob sie lieber duschte oder ein Bad nahm. Und je mehr er über Katie nachdachte, desto neugieriger wurde er.

Er wollte, dass sie ihm vertraute und ihm die Ereignisse aus ihrer Vergangenheit erzählte. Nicht, weil er sich einbildete, dass er sie irgendwie retten könnte, und auch nicht, weil er das Gefühl hatte, dass sie überhaupt gerettet werden musste. Sondern weil er davon überzeugt war, dass sie, wenn sie offen über ihre Vergangenheit zu sprechen wagte, endlich auch die Tür zur Zukunft öffnen konnte. Und dann erst konnten sie richtig miteinander reden.

Am Donnerstag überlegte er schließlich, ob er bei ihr vorbeifahren sollte. Er hätte es sehr gern getan, und einmal hielt er schon die Autoschlüssel in der Hand, überlegte es sich dann aber doch anders, weil er nicht wusste, was er zu ihr sagen sollte. Und er hatte ja auch nicht die geringste Ahnung, wie sie reagieren würde. Mit einem freundlichen Lächeln? Oder nervös? Würde sie ihn auffordern, hereinzukommen, oder ihn bitten, gleich wieder zu gehen? Alex konnte sich beim besten Willen nicht vorstellen, was passieren würde, und deshalb hatte er die Schlüssel wieder fortgelegt.

Es war alles so kompliziert! Und Katie war eine sehr rätselhafte Frau, so viel war sicher.

Es dauerte nicht lange, bis Katie zugeben musste, dass das Fahrrad ihrem Leben tatsächlich eine neue Qualität verlieh. Sie konnte jetzt zwischen zwei Schichten kurz nach

Hause fahren, und außerdem hatte sie zum ersten Mal das Gefühl, die Stadt erkunden zu können. Und das tat sie auch. Am Dienstag schaute sie sich in zwei Antiquitätenläden um, begutachtete die Aquarelle in der Kunstgalerie – die meisten waren Meerespanoramen –, radelte durch ihr unbekannte Viertel und bewunderte die großzügigen Veranden und die Säulengänge, mit denen sich die historischen Gebäude in der Nähe des Wassers schmückten. Am Mittwoch ging sie in die Bibliothek und verbrachte ganze zwei Stunden damit, die Regale zu inspizieren und die Klappentexte von Büchern zu lesen, und sie nahm in ihrem Fahrradkorb ein paar Romane mit, die sie dringend lesen wollte.

Wenn sie jetzt abends im Bett lag und las, merkte sie, wie ihre Gedanken manchmal zu Alex wanderten. Sie musste auch an ihre Kindheit in Altoona denken, und ihr wurde bewusst, dass Alex sie an den Vater ihrer Freundin Callie erinnerte. Callie wohnte im vorletzten Schuljahr in derselben Straße wie sie, und obwohl sie einander nicht besonders gut kannten – Callie war zwei Jahre jünger als sie –, war Katie am Samstagvormittag oft bei ihr zu Besuch. Sie saßen auf der Veranda, und jedes Mal kam Callies Vater aus der Garage und schob pfeifend den Rasenmäher über die Wiese. Man konnte die Uhr danach stellen. Er war sehr stolz auf seinen Garten – der mit Abstand der am besten gepflegte in der ganzen Umgebung war –, und Katie schaute fasziniert zu, wie er mit militärischer Präzision den Rasenmäher hin und her schob. Zwischendurch blieb er immer wieder stehen, um einen heruntergefallenen Zweig aufzuheben, und meistens wischte er sich dann auch noch mit einem Taschentuch, das in seiner hinteren

Hosentasche steckte, den Schweiß von der Stirn. Wenn er mit dem Mähen fertig war, lehnte er sich an die Kühlerhaube seines Ford, der in der Einfahrt stand, und trank ein Glas Limonade, das seine Frau ihm brachte. Manchmal blieb sie für eine Weile bei ihm. Katie fand es lustig, dass er seiner Frau den Hintern tätschelte, wenn er ihre Aufmerksamkeit haben wollte.

Er wirkte in diesen Momenten zufrieden mit sich und der Welt, und Katie dachte damals schon, dass er bestimmt glücklich war mit dem Leben, das er führte, und dass alle seine Träume in Erfüllung gegangen waren. Sie fragte sich oft, wie ihr eigenes Leben aussehen würde, wenn sie in diese Familie geboren worden wäre.

Alex strahlte dieselbe Zufriedenheit aus, wenn seine Kinder da waren. Er hatte es anscheinend nicht nur geschafft, die Tragödie, die der Tod seiner Frau zweifellos für ihn bedeutete, irgendwie zu verarbeiten, sondern hatte auch die Kraft gefunden, seinen Kindern zu helfen, ebenfalls mit dem Verlust fertigzuwerden. Wenn er über seine Frau sprach, hörte Katie immer sehr genau zu und suchte in seiner Stimme nach Spuren von Bitterkeit und Selbstmitleid, aber sie konnte nichts dergleichen entdecken. Man spürte natürlich die Trauer und eine gewisse Einsamkeit, aber er blieb immer gefasst, und gleichzeitig gab er Katie nie das Gefühl, dass er Carly irgendwie mit ihr verglich. Er schien Katie so zu akzeptieren, wie sie war. Sie wusste selbst nicht, wann es angefangen hatte, aber sie merkte immer deutlicher, dass sie sich zu ihm hingezogen fühlte.

Ihre Gefühle waren allerdings sehr kompliziert. Seit Atlantic City hatte sie nie wieder jemandem erlaubt, ihr nahezukommen, denn damals hatte es in einem Alptraum geendet. Aber sie konnte sich noch so fest vornehmen, Distanz zu wahren – wenn sie Alex sah, schien jedes Mal irgendetwas zu passieren, was sie näher zusammenführte. Manchmal war es Zufall, wie zum Beispiel an dem Tag, als Josh in den Fluss gestürzt war und sie bei Kristen bleiben musste, aber dann wieder wirkte es fast wie vorbestimmt. Wie bei dem schweren Unwetter. Oder als Kristen sie bat, mit an den Strand zu kommen. Bis jetzt war Katie klug genug gewesen, nicht zu viel von sich preiszugeben, aber genau da lag das Problem – je mehr Zeit sie mit Alex verbrachte, desto stärker wurde bei ihr das Gefühl, dass er viel mehr wusste, als er zugab. Und das machte ihr Angst. Sie fühlte sich nackt und verwundbar, und das war einer der Gründe, weshalb sie diese Woche noch nicht im Laden gewesen war. Sie brauchte Zeit, um nachzudenken und um zu entscheiden, wie sie sich verhalten sollte.

Trotzdem konnte sie nicht umhin, an die feinen Fältchen zu denken, die sich in seinen Augenwinkeln bildeten, wenn er grinste. Oder daran, wie toll er ausgesehen hatte, als er aus den Wellen an den Strand kam. Oder sie dachte daran, wie Kristen nach seiner Hand gefasst hatte. Ein so tiefes Vertrauen lag in dieser kleinen Geste! Am Anfang hatte Jo gesagt, Alex sei ein guter Typ, jemand, auf den man sich verlassen könne, und obwohl Katie ihn noch nicht besonders gut kannte, sagte ihr die Intuition, dass sie ihm vertrauen konnte. Dass er ihr beistehen würde, gleichgültig, was sie ihm erzählte. Dass ihre Geheimnisse bei ihm gut aufgehoben sein würden und er sie nie einsetzen würde, um ihr wehzutun.

Diese Gedanken waren irrational und unlogisch, und sie widersprachen allen Vorsätzen, die Katie gefasst hatte, als sie hierherzog, aber sie spürte immer klarer, wie sehnlich sie sich wünschte, dass Alex sie richtig gut kennenlernte. Sie wollte, dass er sie verstand. Doch woher kam das eigenartige Gefühl, dass er ein Mann war, in den sie sich verlieben könnte, selbst wenn sie es nicht wollte?

KAPITEL 14

Schmetterlingsjagd.

Die Idee war ihm gekommen, als er am Samstag aufwachte, noch bevor er nach unten ging, um den Laden zu öffnen. Während er darüber nachdachte, was er mit den Kindern unternehmen könnte, war ihm nämlich ein Projekt eingefallen, das er selbst in der sechsten Klasse durchgeführt hatte. Der Lehrer hatte die Schüler aufgefordert, eine Insektensammlung anzulegen. Alex konnte sich noch daran erinnern, wie er in der Pause über eine Wiese gerannt war und alles gejagt hatte, was er sah, von Hummeln bis Laubheuschrecken. Bestimmt machte so etwas seinen Kindern auch Spaß. Er war richtig stolz auf sich, weil es mal etwas ganz anderes war für einen Nachmittag am Wochenende. Sofort begutachtete er die Fischernetze, die er auf Lager hatte, und er fand tatsächlich drei, die ungefähr die richtige Größe hatten.

Als er beim Mittagessen seinen Vorschlag machte, waren Josh und Kristen alles andere als begeistert.

»Ich möchte aber keinem Schmetterling wehtun«, protestierte Kristen. »Ich mag Schmetterlinge.«

»Wir müssen ihnen nicht wehtun. Wir können sie gleich wieder fliegen lassen.«

»Aber warum sollen wir sie dann erst fangen?«

»Weil es Spaß macht.«

»Es hört sich aber nicht lustig an. Es hört sich gemein an.«

Alex wollte etwas sagen, wusste aber nicht recht, wie er reagieren sollte. Josh biss kräftig in sein gegrilltes Käsesandwich.

»Es ist ziemlich heiß heute, Dad«, sagte er dann mit vollem Mund.

»Das ist nicht schlimm. Danach können wir im Fluss schwimmen gehen. Und außerdem – man redet nicht mit vollem Mund.«

Josh schluckte. »Warum gehen wir nicht gleich im Fluss schwimmen?«

»Weil wir Schmetterlinge fangen.«

»Können wir nicht ins Kino?«

»Ja!«, jubelte Kristen. »Wir gehen ins Kino!«

Alex seufzte innerlich.

»Heute ist so schönes Wetter, da ist es schade, wenn man die ganze Zeit drinnen sitzt. Wir fangen Schmetterlinge, okay? Es macht euch bestimmt Freude.«

Nach dem Mittagessen fuhr Alex mit den beiden zu einer Blumenwiese am Stadtrand. Er gab jedem Kind ein Netz und schickte sie los. Josh zog seines lässig hinter sich her, während Kristen ihres an sich drückte wie eine Puppe.

Da begriff Alex, dass er die Sache selbst in die Hand nehmen musste. Er überholte die beiden, sein Netz fangbereit gezückt. Ein Stück weiter vorn entdeckte er Dutzende von Schmetterlingen, die zwischen den Blumen herumflatterten. Als er nahe genug dran war, holte er aus und erwischte tatsächlich einen. Rasch ging er in die Hocke, um ihn zu betrachten. Durch das dünne Netz konnte man deutlich die orangerote und braune Färbung erkennen.

»Wow!«, rief er so begeistert wie möglich. »Ich hab einen gefangen!«

Schon waren Kristen und Josh zur Stelle und schauten ihm über die Schulter.

»Sei vorsichtig, Daddy!«, rief Kristen.

»Keine Sorge, Baby, ich passe auf ihn auf. Seht ihr die wunderschönen Farben?«

Die beiden beugten sich noch weiter vor.

»Cool!«, rief Josh bewundernd, und eine Minute später rannte er los, fröhlich sein Netz schwingend.

Kristen betrachtete immer noch den gefangenen Schmetterling. »Was ist das für eine Sorte?«

»Es ist ein Skipper. So nennt man die hier«, antwortete Alex. »Aber ich weiß nicht genau, was für einer.«

»Ich glaube, der Skipper hat Angst«, flüsterte Kristen.

»Es fühlt sich bestimmt ganz wohl. Aber ich lasse ihn trotzdem wieder fliegen, einverstanden?«

Sie nickte, und Alex drehte behutsam das Netz um. Zuerst klammerte sich der Schmetterling noch an das Gewebe, doch dann flatterte er eilig davon.

Mit großen Augen schaute Kristen ihm nach. »Hilfst du mir einen fangen?«, fragte sie dann.

»Ja, gern.«

Sie verbrachten eine gute Stunde auf der Wiese, rannten kreuz und quer und fingen etwa acht verschiedene Arten von Schmetterlingen, unter anderem auch ein Pfauenauge. Alle anderen waren Skipper, ähnlich wie der erste. Als sie wieder aufbrachen, hatten die Kinder rote Wangen, ihre Augen leuchteten, und Alex fuhr zuerst noch mit ihnen zu einer Eisbude, bevor sie im Fluss hinter dem Haus schwimmen gingen. Zu dritt sprangen sie von der Landestelle ins Wasser – die Kinder trugen Schwimmwesten – und ließen sich mit der langsamen Strömung flussabwärts treiben. So hatte Alex als Kind oft seine Tage verbracht. Als sie schließlich nach Hause gingen, dachte er zufrieden, dass es das beste Wochenende seit langem war – außer dem Tag am Strand natürlich.

Sie waren alle sehr müde. Nachdem die Kinder geduscht hatten, wollten sie einen Film sehen. Alex wählte *Zurück nach Hause – die unglaubliche Reise* aus, obwohl sie diesen Film bestimmt schon zehnmal gesehen hatten, aber sie schauten ihn sich immer wieder gern an. Er war lustig und zugleich etwas fürs Herz, die Geschichte von zwei Hunden und einer Katze, die zu ihrer geliebten Familie zurückwollen. Von der Küche aus konnte Alex die Kinder auf der Couch sitzen sehen, beide starrten fast reglos auf den Bildschirm, wie das für erschöpfte Kinder so typisch ist.

Alex wischte den Küchentisch ab und füllte die Spülmaschine mit schmutzigem Geschirr, stellte die Waschmaschine an, räumte das Wohnzimmer auf und schrubbte das Bad der Kinder sehr gründlich, bevor er sich für eine Weile zu den beiden aufs Sofa setzte. Josh schmiegte sich von der einen Seite an ihn, Kristen kuschelte sich an die andere. Als der Film zu Ende war, merkte Alex, dass ihm die Augen zufielen. Zuerst die Arbeit im Laden, dann die Aktivitäten mit den Kindern, dann die Putzerei – da war es sehr angenehm, sich ein bisschen zu entspannen.

Joshs Stimme holte ihn aus dem Halbschlaf.

»Hey, Dad?«

»Ja?«

»Was gibt's zum Abendessen? Ich habe Hunger!«

Von ihrem Platz hinter der Theke spähte Katie hinaus auf die Terrasse. Das konnte doch nicht wahr sein! Da waren tatsächlich Alex und die Kinder! Sie ließen sich von der Hostess an einen freien Tisch direkt am Geländer führen. Kristen winkte strahlend, als sie Katie entdeckte, und kam dann zwischen den Tischen hindurch zu ihr gerannt. Katie beugte sich zu dem kleinen Mädchen hinunter, und Kristen fiel ihr um den Hals.

»Wir wollten dich überraschen!«

»Das ist euch gelungen. Was macht ihr hier?«

»Dad hatte heute Abend keine Lust, für uns zu kochen.«

»Ehrlich?«

»Ja, er hat gesagt, er ist zu müde.«

»Die Geschichte ist ein bisschen komplizierter«, sagte Alex. »Glauben Sie mir.«

Katie hatte gar nicht gehört, dass er sich ihr genähert hatte. Sie richtete sich auf.

»Oh, hallo«, sagte sie und wurde wider Willen rot.

»Wie geht es Ihnen?«, erkundigte sich Alex.

»Gut, danke.« Warum bin ich nur so durcheinander?, fragte sie sich. »Viel Betrieb, wie Sie sehen.«

»Ja, es ist einiges los hier. Wir mussten sogar warten, bis wir einen Tisch in Ihrem Bereich bekommen haben.«

»Es geht schon den ganzen Tag so.«

»Wir wollen Sie nicht länger von der Arbeit abhalten. Komm mit, Kristen. Wir gehen wieder an unseren Tisch. Wir sehen uns ja in ein paar Minuten – oder wann immer Sie so weit sind, uns zu bedienen.«

»Tschüss, Miss Katie!« Kristen winkte ihr zu.

Katie schaute ihnen nach. Irgendwie freute sie sich über den Besuch. Sie sah, wie Alex die Speisekarte aufklappte und sich dann zu Kristen beugte, um ihr bei der Auswahl zu helfen. Einen Moment lang wünschte sie sich, sie könnte sich einfach zu ihnen setzen.

Schnell zupfte sie ihre Bluse zurecht und betrachtete ihr Spiegelbild in der Kaffeekanne aus rostfreiem Stahl. Viel konnte sie nicht erkennen, aber vorsichtshalber fuhr sie sich mit der Hand durch die Haare. Dann überprüfte sie, ob keine Flecken auf ihrer Kleidung waren. Katie hätte nicht viel dagegen machen können, klar, aber sie wollte es trotzdem wissen, bevor sie zu ihnen an den Tisch ging.

»Hallo, ihr zwei«, sagte sie zu Josh und Kristen. »Stimmt es, dass euer Dad nicht für euch kochen will?«

Kristen kicherte, aber Josh nickte ganz ernst. »Ja, er hat gesagt, er ist zu müde.«

»Das habe ich gehört«, sagte sie.

Alex verdrehte die Augen. »Meine eigenen Kinder werfen mich den Wölfen zum Fraß vor. Ich kann's nicht glauben!«

»Ich würde dich nie den Wölfen zu fressen geben, Daddy!«, protestierte Kristen.

»Vielen Dank, mein Schatz.«

Katie lächelte. »Habt ihr Durst? Soll ich euch was zu trinken bringen?«

Sie bestellten Eistee und dazu einen Korb mit Hushpuppies. Katie brachte die Getränke an den Tisch, und als sie sich entfernte, spürte sie, dass Alex' Blick ihr folgte. Sie hätte sich gern kurz umgedreht, um zu sehen, ob es stimmte, traute sich aber nicht.

Während der nächsten Minuten nahm sie verschiedene Bestellungen entgegen und räumte Tische ab, servierte zwei Gerichte und ging dann mit dem Korb Hushpuppies wieder an den Tisch der drei.

»Vorsicht – sie sind noch heiß!«, warnte sie.

»Dann sind sie am besten«, erklärte Josh und griff in den Korb. Kristen folgte seinem Beispiel.

»Wir haben heute Schmetterlinge gejagt«, verkündete sie dann.

»Wirklich?«

»Ja. Aber wir haben ihnen nichts getan. Wir haben alle wieder fliegen lassen.«

»Das hat bestimmt Spaß gemacht, oder?«

»Es war super!«, schwärmte Josh. »Ich hab mindestens hundert Schmetterlinge gefangen. Und dann waren wir noch schwimmen.«

»Hört sich an, als ob ihr einen schönen Tag gehabt hättet«, sagte Katie aufrichtig. »Kein Wunder, dass euer Dad müde ist.«

»Aber ich bin nicht müde!«, riefen Josh und Kristen wie im Chor.

»Kann ja sein«, sagte Alex. »Aber ihr müsst leider trotzdem gleich ins Bett. Weil euer armer alter Vater seinen Schlaf dringend nötig hat.«

Katie schüttelte den Kopf. »Sagen Sie so was nicht«, rügte sie scherzhaft. »*Arm* sind Sie wirklich nicht.«

Er brauchte eine Sekunde, bis er den Witz verstand. Dann lachte er so laut, dass die Gäste an den Nachbartischen sich umschauten, aber das schien ihn nicht zu interessieren.

»Ich komme hierher, um mich zu entspannen und um was Gutes zu essen, und dann macht die Bedienung freche Bemerkungen über mich!«

»Tja, das Leben ist nicht immer leicht.«

»Das können Sie laut sagen. Und als Nächstes schlagen Sie mir wahrscheinlich vor, eins der Kindergerichte zu bestellen, weil ich sonst zunehme.«

»Na ja, ich will nicht taktlos sein«, sagte Katie mit einem Blick auf seine Taille. Er lachte wieder, und als er sie anschaute, bemerkte sie ein entzücktes Leuchten in seinen Augen. Ja, es gab keinen Zweifel daran, dass sie ihm gefiel.

»Ich glaube, wir können jetzt bestellen«, erklärte er.

»Was darf ich Ihnen bringen?«

Alex bestellte für alle drei, und Katie notierte es sich. Sie schaute ihm einen Moment lang in die Augen, bevor sie zurückging, um die Bestellungen in der Küche aufzugeben. Während sie die anderen Gäste in ihrem Bereich bediente – wenn jemand ging, waren die Plätze sofort wieder besetzt –, fand sie doch immer wieder einen Vorwand, an Alex' Tisch vorbeizuschauen. Sie brachte frisches Wasser, frischen Eistee, sie nahm den Korb mit, als alle Hushpuppies aufgegessen waren, und brachte Josh eine frische Gabel, weil seine auf den Boden gefallen war. Es fiel ihr leicht, unbefangen mit Alex zu plaudern, es war sogar das reinste Vergnügen für sie. Und schließlich servierte sie den dreien auch die gewünschten Gerichte.

Später, als sie fertig waren, räumte Katie den Tisch ab und brachte Alex die Rechnung. Die Sonne ging schon unter, und Kristen gähnte immer wieder, aber im Restaurant war fast noch mehr los als vorher. Als die Kinder schon die Stufen hinuntertrotteten, konnte sich Katie nur knapp verabschieden. Alex blieb kurz stehen, und sie hatte das Gefühl, dass er sie gleich fragen würde, ob sie mit ihm ausgehen wolle. Was sollte sie antworten? Doch in dem Moment verschüttete einer der Gäste sein Bier, sprang vor Schreck viel zu schnell auf und stieß gegen den Tisch, so dass noch zwei Gläser umfielen. Alex wich zurück, und der Bann war gebrochen – auch weil ihm klar war, dass sich Katie um die Katastrophe kümmern musste.

»Bis bald!«, rief er und winkte ihr noch zu, während er hinter seinen Kindern herlief.

Am nächsten Tag erschien Katie schon eine halbe Stunde nach Öffnung im Laden.

»Sie sind heute aber früh dran«, sagte Alex überrascht.

»Ich bin zeitig aufgewacht und dachte, ich erledige schon mal meine Einkäufe.«

»War gestern noch den ganzen Abend so viel Betrieb?«

»Ja, erst kurz vor Schluss wurde es weniger. Diese Woche sind zwei Mitarbeiterinnen nicht da. Eine Kollegin ist bei der Hochzeit ihrer Schwester, und die andere hat sich krankgemeldet. Deswegen ist es so viel.«

»Ich hab's gemerkt. Aber das Essen war sehr gut – auch wenn die Bedienung etwas langsam war.«

Als Katie ihn irritiert musterte, lachte Alex. »Ich zahle es Ihnen nur heim, dass Sie mich gestern reingelegt haben.« Er schüttelte den Kopf. »Wie können Sie mich als *alt* bezeichnen! Meine Haare sind grau geworden, da war ich noch keine dreißig.«

»Sie sind aber empfindlich!«, bemerkte Katie mit einem frechen Grinsen. »Aber ich muss sagen, die grauen Haare stehen Ihnen gut. Sie verleihen Ihnen eine gewisse Aura, wie bei einer Respektsperson.«

»Ist das gut oder schlecht?«

Katie antwortete nicht, sondern griff nach einem Korb. Alex räusperte sich. »Müssen Sie nächste Woche viel arbeiten?«

»Nicht besonders.«

»Und wie sieht's am Wochenende aus?«

Sie überlegte. »Am Samstag habe ich frei. Warum fragen Sie?«

Unsicher trat er von einem Fuß auf den anderen, dann schaute er ihr doch in die Augen. »Ich dachte, ich könnte Sie vielleicht zum Essen einladen. Nur wir zwei, zur Abwechslung. Ohne Kinder.«

Katie wusste, dass dies ein entscheidender Moment war und dass sich der Grundton ihrer Beziehung verändern würde. Gleichzeitig war sie genau deswegen so früh in den Laden gekommen – um herauszufinden, ob sie sich geirrt hatte oder ob es stimmte, was sie am Abend vorher in seinem Blick gesehen hatte. Und sie hatte sich zum ersten Mal eingestanden, dass sie von ihm eingeladen werden wollte.

Sie antwortete nicht sofort, und er interpretierte ihr Zögern falsch. »Aber – kein Problem. Es ist nicht so wichtig.«

»Doch«, sagte sie jetzt und schaute ihm fest in die Augen. »Ich fände ein gemeinsames Essen wunderbar. Unter einer Bedingung.«

»Und die wäre?«

»Sie haben schon so viel für mich getan, dass ich zur Abwechslung gern etwas für Sie tun würde. Wie wär's, wenn ich für Sie koche? Bei mir zu Hause?«

Er lächelte erfreut. »Klingt wunderbar.«

KAPITEL 15

Am Samstag wachte Katie später auf als sonst. Sie hatte die letzten beiden Tage damit verbracht, alles Mögliche einzukaufen und das Haus auf Vordermann zu bringen – im Wohnzimmer hingen neue Spitzengardinen, sie hatte ein paar preisgünstige Drucke aufgehängt und mehrere kleine Läufer für den Fußboden gekauft sowie richtige Tischsets und Gläser für das Abendessen. Am Freitagabend hatte sie bis nach Mitternacht geschuftet, am Schluss ihre neuen Sofakissen frisch aufgeschüttelt und noch einmal überall gründlich Staub gewischt. Und obwohl jetzt die Sonne längst ihre Strahlen durchs Fenster und auf ihr Bett schickte, wurde Katie erst wach, als sie ein lautes Hämmern hörte. Erstaunt blickte sie auf die Uhr. Es war schon nach neun.

Gähnend stolperte sie in die Küche und stellte Kaffeewasser auf, bevor sie auf die Veranda hinaustrat. Die Morgensonne war so hell, dass sie die Augen zusammenkneifen musste. Jo stand drüben auf ihrer Veranda und holte gerade zum nächsten Schlag aus, als sie Katie sah. Schnell ließ sie den Hammer wieder sinken.

»Auweia – ich hab dich aufgeweckt, stimmt's?«

»Ja, aber das ist gut so. Ich muss sowieso aufstehen. Was machst du?«

»Ich will verhindern, dass der Fensterladen runterkracht. Als ich gestern Abend heimgekommen bin, hing er schon völlig schief, und ich war fest davon überzeugt, dass er in der Nacht auf den Boden knallt. Und weil ich dachte, das Gepolter weckt mich bestimmt auf, bin ich natürlich ewig nicht eingeschlafen.«

»Kann ich dir helfen?«

»Nein, danke, ich hab's fast geschafft.«

»Wie wär's mit 'nem Kaffee?«

»Klingt gut. Ich bin gleich bei dir.«

Katie ging ins Schlafzimmer, zog ihren Pyjama aus und ersetzte ihn durch Shorts und T-Shirt. Dann putzte sie sich die Zähne und bürstete sich die Haare, damit sie nicht ganz so zerzaust aussahen. Durchs Fenster beobachtete sie, dass sich Jo auf den Weg machte, öffnete die Haustür, und als ihre Nachbarin hereinkam, goss sie gerade zwei Tassen Kaffee ein und hielt Jo eine hin.

»Dein Haus wird immer schöner! Mir gefallen die Bilder und die Teppiche.«

Katie zuckte fast verlegen die Achseln. »Na ja … allmählich fühlt sich Southport irgendwie heimisch an, und da habe ich gedacht, ich mach's mir ein bisschen gemütlicher.«

»Super. So wie's aussieht, baust du dir ein kleines Nest.«

»Wie ist es bei dir drüben?«

»Es bessert sich, aber im Scheckentempo. Wenn ich fertig bin, zeig ich dir alles.«

»Wo warst du? Ich hab dich in den letzten Tagen kaum gesehen.«

Jo machte eine abwehrende Handbewegung. »Ich war ein paar Tage fort, aus beruflichen Gründen, und letztes Wochenende habe ich jemanden besucht. Ich muss zurzeit ziemlich viel arbeiten. Du weißt ja, wie das ist.«

»Ja, ich war auch dauernd im Restaurant und musste tausend Extraschichten übernehmen.«

»Arbeitest du heute Abend?«

Katie nippte an ihrem Kaffee. »Nein. Ich habe jemanden zum Essen eingeladen.«

Da blitzten Jos Augen. »Soll ich raten?«

»Wahrscheinlich ahnst du es schon.« Katie versuchte zu verhindern, dass die Röte, die langsam vom Hals nach oben kroch, sich noch mehr ausbreitete.

»Ich hab's doch gewusst!«, rief Jo. »Find ich gut. Hast du dir schon überlegt, was du anziehst?«

»Nein, noch nicht.«

»Spielt ja auch keine Rolle. Du siehst sowieso super aus, egal, was du anhast. Wirst du kochen?«

»Ob du's glaubst oder nicht – ich bin eine ziemlich gute Köchin.«

»Was gibt es denn?«

Als Katie es ihr sagte, nickte Jo anerkennend.

»Das schmeckt bestimmt toll. Ich freue mich ehrlich für dich. Für euch beide. Bist du schon aufgeregt?«

»Es ist doch nur ein Abendessen …«

»Ich nehme das mal als ein Ja.« Jo zwinkerte Katie zu. »Schade, dass ich euch nicht ein bisschen nachspionieren kann. Ich würde schrecklich gern sehen, wie's weitergeht, aber ich muss weg.«

»Ja«, sagte Katie grinsend, »echt schade, dass du nicht dabei sein kannst.«

Jo musste lachen. »Sarkasmus passt nicht zu dir, nebenbei bemerkt. Aber nur dass du's weißt – so einfach kommst du mir nicht davon. Sobald ich wieder hier bin, möchte ich einen vollständigen Bericht.«

»Es ist doch nur ein Abendessen«, wiederholte Katie.

»Umso besser, dann ist es ja auch ganz leicht für dich, mir alles zu erzählen.«

»Ich glaube, du brauchst dringend ein anderes Hobby.«

»Kann sein«, sagte Jo. »Aber im Moment macht es mir großen Spaß, das mitzuverfolgen, weil mein eigenes Liebesleben praktisch nicht existent ist. Der Mensch braucht Träume, verstehst du?«

Als Erstes radelte Katie zum Friseur. Eine junge Frau namens Brittany schnitt ihr die Haare und föhnte sie anschließend. Dazu plapperte sie ohne Unterbrechung. Gleich gegenüber auf der anderen Straßenseite war die einzige Boutique in ganz Southport, und dorthin ging Katie als Nächstes. Sie war schon öfter an dem Geschäft vorbeigekommen, hatte sich aber noch nie hineingewagt. Bisher hatte sie immer gedacht, dass sie die Sachen dort weder wollte noch brauchte, aber als sie sich jetzt näher umschaute, war sie positiv überrascht. Es gab hier sehr hübsche Klamotten, und die Preise waren eigentlich auch in Ordnung. Vor allem, weil einige Einzelstücke heruntergesetzt waren. Auf die konzentrierte sie sich.

Es war ein eigenartiges Gefühl, in solch einem Geschäft allein einzukaufen. Wann hatte sie das zum letzten Mal gemacht? Vor einer halben Ewigkeit! Als sie sich in der Kabine umzog, fühlte sie sich so frei und unbeschwert wie seit Jahren nicht mehr.

Sie kaufte ein paar heruntergesetzte Teile, unter anderem eine beigefarbene, mit Perlen bestickte Bluse, die ihre Figur betonte, aber doch nicht zu sehr. Außerdem fand sie einen wunderschön gemusterten Sommerrock, genau passend zu der Bluse. Er war ein bisschen zu lang, aber sie konnte ihn selbst schnell umnähen. Nachdem Katie bezahlt hatte, ging sie in das einzige Schuhgeschäft in ganz Southport, nur zwei Häuser weiter. Dort kaufte sie ein Paar Sandalen, das ebenfalls heruntergesetzt war. Normalerweise hätte sie sich bei solchen Einkäufen Sorgen um ihre Finanzen gemacht, aber in den letzten Tagen hatte sie viel Trinkgeld bekommen, so dass sie ruhig mal über die Stränge schlagen konnte. Na ja, in Maßen jedenfalls.

Anschließend betrat sie die Drogerie und kaufte ein paar Kosmetika, und schließlich radelte sie noch quer durch die Stadt zum Gemüsehändler. Sie ließ sich Zeit, schlenderte durch die Gänge und spürte dabei, wie alte, quälende Erinnerungen an die Oberfläche kommen wollten – aber ohne Erfolg.

Als sie mit allem fertig war, fuhr sie nach Hause und begann mit den Vorbereitungen für das Essen. Sie bereitete Shrimps mit Krabbenfleisch zu, in Scampisoße gekocht. Sie musste sich auf ihr Gedächtnis verlassen, aber zum Glück hatte sie das Rezept im Kopf, denn im Laufe der Jahre hatte sie dieses Gericht schon mindestens zehnmal gemacht. Deshalb war sie sich ziemlich sicher, dass sie nichts vergessen hatte. Als Beilagen entschied sie sich für gefüllte Paprika und Maisbrot, während sie als Vorspeise einen in Speckscheiben gewickelten Brie an Himbeersoße servieren wollte.

Es war schon lange her, dass Katie solch eine komplizierte Mahlzeit gekocht hatte, aber sie hatte schon immer gern aus Zeitschriften Rezepte ausgeschnitten, auch schon als Kind. Kochen war so ziemlich das Einzige, was sie und ihre Mutter gern zusammen gemacht hatten.

Den ganzen Nachmittag war Katie sehr beschäftigt. Sie mischte den Teig für das Maisbrot und schob es in den Backofen, danach machte sie sich an die gefüllten Paprika, die sie dann in den Kühlschrank stellte, zu dem Speck-Brie. Sobald das Maisbrot fertig war, kam es zum Abkühlen auf die Arbeitsplatte, und Katie begann mit der Himbeersoße. Gar nicht schwierig – Zucker, Himbeeren, Wasser –, doch schon bald durchzog ein himmlischer Duft die Küche. Als auch diese Soße im Kühlschrank stand, legte Katie eine Pause ein. Alles Übrige konnte bis später warten.

In ihrem Schlafzimmer nähte sie den Rock um, bis knapp über das Knie. Danach ging sie ein letztes Mal durchs Haus, um sich zu versichern, dass alles okay war. Dann erst konnte sie sich entspannen und begann, sich fertig zu machen.

Unter der Dusche dachte sie an Alex. Sie sah ihn vor sich – sein Lächeln, seine sportlichen Bewegungen. Bei dieser Vorstellung fühlte sie ein leichtes Ziehen im Bauch. Ob er vielleicht auch jetzt gerade duschte? Der Gedanke hatte etwas sehr Erotisches, er war wie ein Versprechen, dass etwas Neues, Spannendes sie erwartete. Es ist doch nur ein Abendessen, sagte sie sich erneut, doch sie wusste, dass sie sich selbst gegenüber nicht ganz ehrlich war.

Es war noch etwas anderes im Spiel, etwas, das sie krampfhaft zu leugnen versuchte. Sie fühlte sich viel stärker zu ihm hingezogen, als sie sich eingestehen wollte. Deshalb musste sie vorsichtig sein. Alex war der Typ Mann, in den sie sich verlieben konnte, das war ihr bewusst, aber dieses Wissen machte ihr Angst. Sie war noch nicht so weit.

Oder vielleicht doch?, flüsterte eine leise Stimme in ihrem Inneren.

Katie trocknete sich ab, rieb sich mit einer duftenden Bodylotion ein und zog ihre neuen Sachen an. Dann kam das Make-up an die Reihe, das sie in der Drogerie gekauft hatte. Sie brauchte nicht viel, nur ein bisschen Lippenstift, außerdem Wimperntusche und einen zarten Lidschatten. Sie bürstete sich die Haare und legte die Ohrhänger an, die sie sich aus einer Laune heraus gekauft hatte. Als sie mit allem fertig war, trat sie einen Schritt zurück und betrachtete sich im Spiegel.

Das ist es, dachte sie. Das ist alles, was ich zu bieten habe. Sie drehte sich erst in die eine Richtung, dann in die andere, zupfte ihre Bluse zurecht – und schließlich erschien ein Lächeln auf ihrem Gesicht. So gut hatte sie seit einer Ewigkeit nicht mehr ausgesehen.

Die Sonne stand schon tief im Westen, aber im Haus war es noch sehr warm. Katie öffnete das Küchenfenster. Die leichte Brise genügte, um die Luft etwas abzukühlen, während sie den Tisch deckte. Alex hatte sie gefragt, ob er eine Flasche Wein mitbringen dürfe. Sie stellte zwei Gläser bereit. In der Mitte des Tisches stand eine Kerze. Als Katie alles begutachtete, hörte sie schon Motorgeräusche. Alex war überpünktlich.

Sie atmete tief durch, um sich zu beruhigen. Dann trat sie hinaus auf die Veranda. Alex stand auf der Beifahrerseite und beugte sich ins Auto, offensichtlich, um etwas herauszuholen. Er trug Jeans und ein blaues Hemd mit aufgerollten Ärmeln. Seine Haare waren am Kragen noch ein bisschen feucht.

Mit zwei Flaschen Wein im Arm tauchte er auf, und

als er Katie sah, stutzte er und starrte sie ungläubig an. Sie stand da, umgeben von den letzten Strahlen der untergehenden Sonne, wie eine Lichtgestalt, und er war fassungslos vor Staunen.

Katie genoss mit allen Sinnen das Gefühl, bewundert zu werden. Am liebsten hätte sie es festgehalten.

»Sie haben es geschafft«, sagte sie.

Durch den Klang ihrer Stimme wurde der Bann gebrochen, aber Alex vermochte trotzdem nicht den Blick von ihr zu nehmen. Er hätte jetzt irgendetwas Geistreiches sagen müssen, etwas Charmantes, um die Spannung zu lösen, das war ihm klar, aber stattdessen konnte er nur einen einzigen Gedanken denken: Das ist etwas Ernstes. Etwas sehr Ernstes.

Er wusste selbst nicht, wann es passiert war. Oder wann es angefangen hatte. Vielleicht an dem Morgen, als er gesehen hatte, wie Katie seine kleine Tochter im Arm hielt, nachdem Josh in den Fluss gefallen war. Oder an dem Gewitternachmittag, als er sie durch den strömenden Regen nach Hause fuhr. Oder vielleicht an dem Tag, den sie gemeinsam am Strand verbracht hatten. Er konnte nur raten, aber eines wusste er genau, nämlich dass er sich jetzt, in diesem Augenblick, für immer in diese Frau, die da vor ihm stand, verliebte. Und er konnte nur inständig hoffen, dass sie seine Gefühle erwiderte.

Schließlich räusperte er sich und murmelte: »Ja, ich hab's geschafft.«

KAPITEL 16

Der Abendhimmel leuchtete in verschiedenen Farben, als Katie Alex durch das kleine Wohnzimmer in die Küche führte.

»Ich weiß nicht, wie es Ihnen geht, aber ich könnte jetzt ein Glas Wein vertragen«, sagte sie.

»Gute Idee. Ich wusste nicht, was wir essen, deswegen haben ich einen Sauvignon blanc und einen Zinfandel mitgebracht. Was möchten Sie lieber?«

»Ich lasse Sie entscheiden.«

Katie lehnte sich an die Arbeitsplatte, die Füße gekreuzt, während Alex die Flasche Sauvignon blanc aufmachte. Zur Abwechslung schien er noch nervöser zu sein als sie. Trotzdem gelang es ihm, mit schnellen, geschickten Bewegungen den Korken einwandfrei herauszuziehen. Katie stellte die Gläser auf die Arbeitsplatte, und plötzlich spürte sie, wie dicht sie nebeneinanderstanden.

»Ich weiß, ich hätte es gleich sagen sollen – aber Sie sehen wirklich wunderschön aus.«

»Vielen Dank«, sagte sie nur.

Er goss ihnen ein, stellte dann die Flasche ab und reichte ihr ein Glas. Als sie die Hand ausstreckte, roch er kurz das leichte Kokosnussaroma ihrer Bodylotion.

»Der Wein wird Ihnen schmecken. Hoffe ich jedenfalls.«

»Ganz bestimmt schmeckt er mir.« Sie hob ihr Glas. »Zum Wohl«, sagte sie und stieß mit ihm an.

Katie trank einen Schluck. Alles erschien ihr perfekt: der Wein, die letzten Duftspuren der Himbeersoße, die Art, wie Alex sie musterte, während er gleichzeitig versuchte, seine Bewunderung zu überspielen. Sie fühlte sich richtig wohl.

»Wollen wir auf die Veranda gehen?«, schlug sie vor.

Er nickte. Sie setzten sich in die Schaukelstühle. Die Luft wurde schon etwas kühler, und die Grillen begannen zu zirpen, um die Dunkelheit zu begrüßen.

Katie mochte den Wein. Er hinterließ einen fruchtigen Geschmack auf der Zunge. »Wie war's heute mit Kristen und Josh?«

»Alles bestens.« Alex reckte sich. »Ich bin mit ihnen ins Kino gegangen.«

»Obwohl so schönes Wetter war?«

»Ja, aber am Montag ist schließlich Memorial Day, da kriegen wir noch genug frische Luft.«

»Haben Sie den Laden am Memorial Day geöffnet?«

»Ja, natürlich. Gerade an solchen Tagen ist immer unglaublich viel los, weil alle den freien Tag am Strand verbringen wollen und noch irgendetwas brauchen. Ich arbeite voraussichtlich bis mittags um eins oder so.«

»Ich würde Sie ja bemitleiden – aber ich muss auch arbeiten.«

»Vielleicht kommen wir ins Restaurant und nerven Sie wieder.«

»Sie haben mich überhaupt nicht genervt.« Katie musterte Alex über den Rand ihres Weinglases hinweg. »Oder genauer gesagt: Die Kinder haben mich nicht genervt. Wenn ich mich richtig erinnere, hatten Sie etwas am Service auszusetzen, und das nervt mich immer.«

»Alte Männer wie ich machen so was gern«, entgegnete er grinsend.

Lachend schaukelte Katie vor und zurück. »Wenn ich nicht arbeite, sitze ich sehr gern hier draußen und lese. Es ist so ruhig. Manchmal habe ich das Gefühl, dass ich weit und breit der einzige Mensch bin.«

»Sie sind ja auch der einzige Mensch weit und breit. Hier wohnt man wie hinter dem Mond.«

Spielerisch boxte sie ihn gegen die Schulter. »Vorsicht! Zufällig mag ich mein kleines Häuschen.«

»Dazu haben Sie auch allen Grund. Es ist besser in Schuss, als ich erwartet hatte. Echt gemütlich.«

»Ganz allmählich wird's was«, sagte sie. »Das Projekt ist ständig in Arbeit. Aber das Beste ist: Ich zahle die Miete, und niemand kann es mir wegnehmen.«

Alex schaute sie an. Katie blickte über die Schotterstraße hinweg zu der großen Wiese auf der anderen Seite.

»Alles in Ordnung?«, fragte er.

Sie überlegte einen Moment, bevor sie antwortete: »Ich habe gerade gedacht, wie froh ich bin, dass Sie hier sind. Sie kennen mich doch gar nicht.«

»Ich denke, ich kenne Sie gut genug.«

Schweigend senkte Katie den Blick. Nach einer Weile flüsterte sie: »Sie *denken*, dass Sie mich kennen. Aber Sie kennen mich nicht.«

Alex spürte, dass sie Angst hatte, mehr zu sagen. In der Stille hörte man die Verandadielen knarren, während Katie vor- und zurückschaukelte. »Wie wär's, wenn ich Ihnen erzähle, was ich denke, und Sie sagen mir, ob ich Recht habe oder nicht? Wären Sie damit einverstanden?«

Sie nickte, die Lippen fest aufeinandergepresst.

Mit gedämpfter Stimme fuhr Alex fort: »Ich denke, Sie sind klug und charmant, und Sie haben ein großes Herz. Wenn Sie wollen, können Sie schöner aussehen als alle Leute, die ich kenne. Sie sind sehr selbstständig, Sie haben Humor, und im Umgang mit Kindern legen Sie verblüffend viel Geduld an den Tag. Klar, ich habe keine Ahnung von den Einzelheiten in Ihrer Vergangenheit. Aber ich weiß nicht, ob die so wichtig sind. Es sei denn, Sie wollen mir davon erzählen. Jeder Mensch hat eine Vergangenheit, aber die ist – na ja, vergangen. Man kann daraus etwas lernen, aber ändern kann man sie nicht mehr. Außerdem kenne ich die Person von früher ja gar nicht. Die Frau, mit der ich hier sitze, ist auch die Frau, die ich noch näher kennenlernen möchte.«

Ein Lächeln huschte über Katies Gesicht. »Bei Ihnen klingt das alles ganz einfach.«

»Es kann ja auch ganz einfach sein.«

Nachdenklich drehte sie ihr Weinglas hin und her. »Aber was ist, wenn die Vergangenheit nicht vollständig vergangen ist? Wenn sie immer noch Einfluss hat?«

Ihre Blicke begegneten sich, als er sagte: »Sie wollen sagen … was ist, wenn er Sie findet?«

Katie zuckte zusammen. »Was haben Sie gerade gesagt?«

»Sie haben mich genau verstanden.« Alex sprach sehr ruhig, als wäre es normaler Smalltalk. Diese Technik hatte er als Ermittler gelernt. »Ich vermute, dass Sie verheiratet waren … und dass Ihr Mann möglicherweise versucht, Sie zu finden.«

Mit weit aufgerissenen Augen starrte Katie ihn an. Plötzlich bekam sie kaum Luft und sprang von ihrem Schaukelstuhl auf. Dabei verschüttete sie den Rest ihres Weins. Alles Blut war ihr aus dem Gesicht gewichen.

»Woher wissen Sie so viel über mich? Wer hat Ihnen das erzählt?«, rief sie. In ihrem Kopf rasten die Gedanken, weil sie versuchte, irgendwie eine Erklärung zu finden. Er konnte das doch unmöglich irgendwo gehört haben! Sie hatte keiner Menschenseele davon erzählt.

Außer Jo.

Erschrocken schaute sie hinüber zu dem anderen Häuschen. Ihre Nachbarin hatte sie verraten. Ihre *Freundin* hatte sie verraten.

Alex überlegte krampfhaft, was er sagen sollte, um ihr zu helfen. Er sah die Angst in ihren Augen, aber diese Angst war ihm nicht neu. Schon viel zu oft hatte er sie bei Katie gesehen. Außerdem wusste er, dass es Zeit war, mit den Spielchen aufzuhören, wenn sie irgendwie weiterkommen wollten.

»Niemand hat mir etwas erzählt«, versicherte er ihr. »Ihre Reaktion beweist allerdings, dass ich Recht habe. Doch das ist nicht das Wichtigste. Ich kenne den Mann nicht, Katie. Wenn Sie mir von ihm erzählen wollen, bin ich bereit, Ihnen zuzuhören und Ihnen beizustehen, so gut ich kann, aber ich werde Ihnen keine Fragen stellen. Und wenn Sie mir nichts sagen wollen, ist das auch okay, weil – ich kann es nur nochmal sagen – weil ich den Mann ja gar nicht kenne. Sie haben bestimmt gute Gründe, warum Sie die Details für sich behalten wollen. Doch ich versichere Ihnen, dass ich mit keinem Menschen darüber reden werde. Gleichgültig, was zwischen uns passiert – oder nicht passiert. Sie können auch eine nagelneue Geschichte erfinden, und ich werde Sie darin unterstützen. Sie können mir vertrauen.«

Katie musterte ihn skeptisch. Sie war verwirrt, sie hatte Angst, und gleichzeitig war sie wütend, aber sie hörte ihm genau zu, Wort für Wort.

»Aber … wie …«

»Ich habe gelernt, Dinge wahrzunehmen, die anderen Leuten entgehen«, sagte Alex. »Es gab eine Phase in meinem Leben, da habe ich nichts anderes gemacht. Und Sie sind nicht die erste Frau in dieser Lage, der ich begegne.«

»Sie sprechen von Ihrer Arbeit beim Militär?«

Er nickte. Schließlich erhob er sich und ging vorsichtig auf sie zu. »Darf ich Ihnen noch ein bisschen Wein nachgießen?«

Katie war so durcheinander, dass sie nicht antworten konnte, aber als er ihr das Glas aus der Hand nahm, wehrte sie sich nicht. Die Verandatür quietschte und schloss sich wieder hinter ihm, und Katie blieb allein zurück.

Sie trat ans Geländer. In ihrem Kopf herrschte ein fürchterliches Chaos. Verzweifelt kämpfte sie gegen den Impuls an, ihre Koffer zu packen, die Kaffeedose mit dem Geld zu nehmen und von hier abzuhauen.

Aber was dann? Wenn Alex die Wahrheit erschließen konnte, indem er sie beobachtete, dann waren auch andere Leute dazu fähig. Und vielleicht waren sie nicht so verständnisvoll wie Alex.

Die Tür quietschte erneut, und Alex trat zu ihr ans Geländer. Behutsam stellte er das Weinglas vor ihr ab.

»Haben Sie sich schon entschieden?«

»Inwiefern?«

»Ob Sie so bald wie möglich irgendwohin aufbrechen, wo niemand Sie kennt.«

Schockiert drehte sie sich zu ihm um.

Er breitete die Arme aus. »Worüber sollten Sie sonst nachdenken? Aber ganz ehrlich – ich stelle die Frage nur, weil ich ziemlich großen Hunger habe. Es würde mir gar nicht gefallen, wenn Sie vor dem Essen verschwinden.«

Katie brauchte einen Moment, um zu begreifen, dass er es witzig meinte, und obwohl sie es vor ein paar Minuten noch nicht für möglich gehalten hätte, grinste sie erleichtert.

»Dann wollen wir mal essen«, sagte sie.

»Und morgen?«

Statt zu antworten, nahm sie ihr Weinglas. »Ich wüsste gern, wie Sie das herausgefunden haben.«

»Es war nicht in einer bestimmten Situation«, antwortete er. Er nannte ein paar Dinge, die ihm aufgefallen waren. »Aber die meisten Leute hätten daraus nichts geschlossen.«

Sie schaute in ihr Glas, als läge darin die Antwort auf ihre Fragen. »Aber *Sie* haben Ihre Schlüsse gezogen.«

»Ich konnte nicht anders. Es ist tief in mir verwurzelt.«

Katie nickte nachdenklich. »Das heißt, Sie wissen es schon seit einer ganzen Weile. Oder jedenfalls hatten Sie den Verdacht.«

»Ja.«

»Und deshalb haben Sie mich nie nach meiner Vergangenheit gefragt.«

»Ja.«

»Aber Sie wollten sich trotzdem mit mir treffen?«

Sein Gesicht wurde sehr ernst. »Ich wollte mich mit

Ihnen treffen, seit ich Sie das erste Mal gesehen habe. Ich musste nur warten, bis Sie so weit waren.«

Das letzte Sonnenlicht am Horizont war verblasst, Dämmerung legte sich über die Landschaft, und der wolkenlose Himmel nahm ein blasses Violett an. Sie standen schweigend am Geländer, und Alex sah aus dem Augenwinkel, wie ein leichter Südwind ein paar von Katies Haarsträhnen, die sich gelöst hatten, sanft bewegte. Und wie sich ihre Brust mit den Atemzügen sachte hob und senkte. Sie blickte in die Ferne, ihr Gesichtsausdruck war nicht zu entschlüsseln, und Alex spürte eine seltsame Befangenheit, weil er nicht ahnte, was ihr durch den Kopf ging.

»Sie haben meine Frage von vorhin nicht beantwortet«, sagte er schließlich.

Katie blieb für eine Weile stumm, doch dann erschien ein schüchternes Lächeln auf ihren Lippen.

»Ich glaube, ich bleibe noch etwas länger in Southport – falls Sie das meinen.«

Erleichtert atmete er ihren Duft ein. »Du kannst mir vertrauen«, flüsterte er.

Sie schmiegte sich an ihn und spürte seine Kraft, als er schützend den Arm um sie legte. »Ich nehme an, es bleibt mir gar nichts anderes übrig, oder?«

Ein paar Minuten später gingen sie wieder in die Küche. Katie stellte ihr Weinglas ab und schob die Appetithäppchen und die gefüllten Paprika in den Backofen. Sie konnte es immer noch nicht fassen, dass Alex es geschafft hatte, ihre Vergangenheit so zutreffend zu analysieren. Und auch sonst war diese neue Nähe für sie so ungewohnt, dass sie froh war, sich den Essensvorbereitungen widmen zu können. Es erschien ihr fast unglaublich, dass er trotz allem den Abend mit ihr verbringen wollte! Und, was noch entscheidender war: dass sie einen Abend mit ihm verbringen wollte. Tief in ihrem Herzen war sie nicht wirklich davon überzeugt, dass sie das Recht hatte, glücklich zu sein, und sie konnte es nicht glauben, dass sie jemanden verdient hatte, der so … so normal war.

Das war das schmutzige Geheimnis, das in ihrer Vergangenheit verborgen lag. Nicht die Tatsache, dass sie misshandelt worden war, sondern dass sie das Gefühl hatte, es verdient zu haben. Selbst jetzt noch schämte sie sich, weil sie es zugelassen hatte, und es gab Phasen, da fühlte sie sich so unendlich hässlich, als könnte jeder die Narben sehen, die diese Erfahrung bei ihr hinterlassen hatte.

Doch hier und jetzt erschien ihr das alles nicht mehr so schlimm, weil sie den Eindruck hatte, dass Alex ihre Schamgefühle verstand. Und dass er sie akzeptierte.

Katie holte die Himbeersoße aus dem Kühlschrank und gab sie löffelweise in einen kleinen Kochtopf, um sie noch einmal aufzuwärmen, was nicht lange dauerte. Kurz stellte sie den Topf beiseite und nahm den Speck-Brie aus dem Backofen, gab die Soße darüber und trug alles zum Tisch.

»Das ist nur der Anfang«, sagte sie. »Die Paprika braucht ein bisschen länger.«

Alex beugte sich zu der Platte. »Es riecht sagenhaft gut.«

Dann gab er ein Stückchen Brie auf seinen Teller und kostete. »Wow!«, rief er.

Sie grinste. »Gut, was?«

»Super. Woher hast du das Rezept?«

»Ich war mal mit einem Chefkoch befreundet. Und er hat gesagt, mit dieser Vorspeise kann man jedem ein ›Wow‹ entlocken.«

Alex nahm sich noch eine kleine Portion. »Übrigens – ich freue mich sehr, dass du in Southport bleibst«, sagte er. »Ich glaube nämlich, dass ich das hier gern noch öfter essen würde – selbst wenn ich dafür Waren aus meinem Laden eintauschen muss.«

»Das Rezept ist gar nicht kompliziert.«

»Du hast noch nie gesehen, wie ich koche. Ich mache leckere Kindergerichte, aber zu mehr reicht es nicht.«

Er trank einen Schluck Wein und fuhr fort: »Zu dem Käse würde ein Rotwein besser passen. Bist du einverstanden, wenn ich die andere Flasche öffne?«

»Aber natürlich.«

Er öffnete den Zinfandel, während Katie zwei frische Gläser aus dem Schrank holte. Alex goss ein, und sie standen wieder so dicht nebeneinander, dass Alex sich beherrschen musste, um sie nicht an sich zu drücken. Er räusperte sich.

»Ich möchte dir etwas sagen – aber du darfst mich bitte nicht falsch verstehen.«

Katie musterte ihn misstrauisch. »Warum gefällt mir dieser Satz nicht so ganz?«

»Dafür gibt es keinen Grund. Ich möchte dir nur sagen, wie sehr ich mich auf den Abend gefreut habe. Ich … ich habe die ganze Woche daran gedacht.«

»Warum sollte ich das falsch verstehen?«

»Keine Ahnung. Weil du eine Frau bist? Weil es klingt,

als wäre ich verzweifelt auf Kontaktsuche – und Frauen mögen keine verzweifelten Männer.«

Zum ersten Mal lachte Katie belustigt. »Ich glaube überhaupt nicht, dass du verzweifelt bist. Ich habe das Gefühl, dass du gelegentlich etwas überfordert bist, weil der Laden und die Kinder dir einiges abverlangen, aber es ist ja nicht so, dass du mich jeden Tag anrufst.«

»Ich rufe nur nicht an, weil du kein Telefon hast! Jedenfalls möchte ich, dass du weißt, wie wichtig du mir bist. Ich habe mit solchen Dingen nicht viel Erfahrung.«

»Mit Abendessen?«

»Mit Dates. Das ist alles ganz schön lange her.«

Willkommen im Club, dachte Katie. Aber das, was er sagte, gab ihr ein gutes Gefühl. »Komm, bedien dich«, sagte sie mit einer einladenden Handbewegung. »Es schmeckt besser, solange es noch warm ist.«

Als sie die Vorspeise gegessen hatten, schaute Katie in den Backofen. Die Paprika brauchten noch ein wenig Zeit, also spülte sie schnell den kleinen Topf ab, in dem sie vorher die Himbeersoße erhitzt hatte, stellte die Zutaten für die Scampisoße zusammen und rührte sie an. Danach begann sie, die Shrimps zu sautieren. Als sie gar waren, war auch die Soße bereit. Katie gab jeweils eine Paprika sowie eine Portion des Hauptgerichts auf die Teller, dämpfte das Licht und zündete die Kerze auf dem Tisch an. Das herzhafte Aroma von Butter mit Knoblauch und das flackernde Licht an der Wand verwandelten die alte Küche in einen Ort der Verheißung.

Sie aßen und unterhielten sich dabei angeregt. Draußen blinkten die ersten Sterne. Alex lobte immer wieder Katies Kochkunst und sagte, so etwas Leckeres habe er noch nie gegessen. Langsam brannte die Kerze herunter, die Weinflasche leerte sich, und Katie erzählte aus ihrer Kindheit in Altoona. Bei Jo hatte sie einiges für sich behalten, was ihre Eltern betraf, doch Alex bekam die unzensierte Version zu hören: die ständigen Umzüge, der Alkoholismus ihrer Eltern, die Tatsache, dass sie, Katie, seit ihrem achtzehnten Geburtstag auf sich selbst gestellt war. Ihr Gast schwieg die ganze Zeit und hörte zu, ohne ein Urteil zu fällen. Trotzdem hätte sie gern gewusst, was er über all das dachte. Als sie schließlich verstummte, fragte sie sich, ob sie vielleicht doch zu viel gesagt hatte. Aber genau in dem Moment legte Alex seine Hand auf ihre. Katie wagte nicht, ihm in die Augen zu schauen. Schweigend saßen sie am Tisch, hielten sich an den Händen und wollten beide nicht loslassen.

»Ich sollte langsam anfangen, die Küche aufzuräumen«, sagte Katie schließlich und erhob sich. Ihr Stuhl schrappte über den Boden, und Alex wusste, dass der Zauber des Augenblicks verflogen war, doch er wünschte sich nichts sehnlicher, als ihn zurückzuholen.

»Du sollst wissen, dass es für mich ein wunderbarer Abend war«, begann er.

»Alex, ich …«

»Du brauchst nichts zu sagen, ich –«

Aber Katie ließ ihn nicht weiterreden. »Aber ich möchte etwas sagen, okay?« Sie stand am Tisch, und ihre Augen blitzten auf eine Art, die er noch nicht kannte. »Für mich war es auch ein wunderbarer Abend. Aber ich weiß, wohin so etwas führt, und ich möchte nicht verletzt werden.« Sie atmete tief durch, um Kraft zu sammeln für das, was sie jetzt vorhatte. »Ich kann nichts versprechen.

Ich kann dir nicht sagen, wo ich morgen sein werde – ganz zu schweigen davon, wo ich in einem Jahr sein werde. Als ich zuerst weggelaufen bin, dachte ich, dass ich alles hinter mir lassen und nochmal von vorn anfangen kann, verstehst du? Ich dachte, ich könnte weiterleben und einfach so tun, als wäre nichts passiert. Aber kann ich das wirklich? Du glaubst, du kennst mich, aber ich bin mir nicht mal sicher, ob ich selbst noch weiß, wer ich bin. Und auch wenn du inzwischen einiges über mich erfahren hast – es gibt noch sehr viel, was du nicht weißt.«

Alex merkte, wie ihn der Mut verließ. »Willst du damit sagen, dass du mich nicht mehr sehen möchtest?«

»Nein, nein.« Sie schüttelte heftig den Kopf. »Ich sage das alles nur, weil ich dich sehr gern wiedersehen will, und tief in meinem Inneren macht mir das Angst – du hast nämlich etwas Besseres verdient. Du verdienst eine Frau, auf die du zählen kannst. Auf die deine Kinder zählen können. Wie gesagt – es gibt noch sehr vieles, was du nicht ahnst.«

»Das ist alles nicht wichtig«, stellte Alex ernst fest.

»Wie kannst du so etwas sagen?«

Sie schwiegen beide. Man hörte nur das leise Brummen des Kühlschranks, und draußen vor dem Fenster war der Mond zu sehen, der über den Bäumen schwebte. Ein Licht in der Nacht.

»Ich kann es sagen, weil ich mich kenne«, sagte Alex schließlich. Und in dem Moment wusste er mit unwiderruflicher Klarheit: Er liebte diese Frau. Er liebte Katie, so wie sie hier vor ihm stand, und er liebte auch die Katie, der er nie begegnet war. Wortlos erhob er sich und ging zu ihr.

»Alex, ich kann nicht …«

»Katie!«, flüsterte er nur. Einen Moment lang rührten sie sich nicht. Doch dann legte Alex den Arm um Katies Hüfte und zog sie an sich. Sie seufzte, als würde eine jahrtausendealte Last von ihr abfallen, und als sie Alex in die Augen blickte, spürte sie, dass alle ihre Ängste überflüssig waren. Dass er sie lieben würde, gleichgültig, was sie ihm erzählte, ja, dass er sie schon jetzt liebte und sie immer lieben würde.

Und gleichzeitig merkte sie, dass sie seine Liebe erwiderte.

Sie schmiegte sich an ihn. Wie gut sich unsere Körper ergänzen, dachte er, während er ihr mit der Hand über die Haare strich. Es war eine sanfte, zärtliche Berührung, ganz anders als alles, was sie bisher erlebt hatte. Sie sah, wie er die Augen schloss und sein Gesicht dicht zu ihr beugte.

Als ihre Lippen sich endlich berührten, schmeckte sie noch den Wein auf seiner Zunge. Sie gab sich seiner Umarmung hin. Er küsste sie auf die Wangen, auf den Hals, und Katie lehnte sich zurück und genoss seine Berührung mit allen Sinnen, seine Lippen auf ihrer Haut. Seufzend schlang sie die Arme um seinen Nacken.

So fühlt es sich also an, wenn man jemanden wirklich liebt, dachte sie, und wenn die Liebe erwidert wird. Tränen stiegen ihr in die Augen. Katie blinzelte, aber es war zu spät, sie waren nicht mehr aufzuhalten. Ja, sie liebte ihn, sie wollte ihn, und sie wünschte sich nichts sehnlicher, als dass er sie so liebte, wie sie wirklich war, mit all ihren Schwächen und Geheimnissen. Sie wollte, dass er die ganze Wahrheit erfuhr.

Ihre Körper eng aneinandergepresst, küssten sie sich leidenschaftlich. Katie zitterte, als sie das leichte Kratzen seiner Bartstoppeln fühlte, und als er mit seinen Fingern die Innenseite ihres Arms entlangfuhr, kam es ihr vor, als würde eine glühende Welle durch ihren Körper strömen.

»Ich möchte so gern mit dir zusammen sein, aber ich kann es jetzt nicht«, flüsterte sie schließlich und hoffte inständig, dass er nicht wütend wurde.

»Das ist in Ordnung«, murmelte Alex. »Der Abend war so schön, er kann gar nicht schöner werden.«

»Aber du bist enttäuscht.«

Er strich Katie eine Haarsträhne aus der Stirn. »Du kannst mich nicht enttäuschen.«

Sie schluckte, weil sie merkte, wie ihre Ängste zurückkehrten.

»Es gibt noch etwas, was du unbedingt über mich wissen solltest«, sagte sie leise.

»Was es auch ist – ich kann damit umgehen.«

Wieder schmiegte sie sich an ihn.

»Ich kann heute Abend nicht mit dir zusammen sein – aus demselben Grund, weshalb ich dich niemals heiraten kann«, flüsterte sie. »Ich habe einen Ehemann.«

»Ich weiß.«

»Und das macht dir nichts aus?«

»Schön ist es nicht, aber glaub mir – ich bin auch nicht perfekt. Deshalb ist es am besten, wir sehen einfach von Tag zu Tag weiter. Und wenn du bereit bist, werde ich für dich da sein. Ich warte auf dich.« Liebevoll fuhr er ihr mit dem Finger über die Wange. »Ich liebe dich, Katie. Du bist vielleicht noch nicht so weit, dass du diese Worte aussprechen kannst, und möglicherweise kannst du sie sogar nie sagen, aber das ändert nichts an meinen Gefühlen für dich.«

»Alex …«

»Du musst es nicht sagen.«

»Darf ich es erklären?«, fragte sie und löste sich von ihm.

Er versuchte nicht, seine Neugier zu verbergen.

»Ich möchte dir etwas erzählen«, sagte Katie. »Meine Geschichte.«

KAPITEL 17

Es war drei Tage, bevor Katie von New England aufbrach. Ein scharfer Januarwind verwandelte die Schneeflocken in winzige Eisklümpchen. Mit gesenktem Kopf ging sie die paar Schritte zum Friseursalon. Ihre langen blonden Haare flatterten, und sie spürte die frostigen Nadelstiche im Gesicht. Katie trug Highheels, keine Stiefel, und ihre Füße waren jetzt schon eiskalt. Kevin saß noch im Auto und beobachtete sie von hinten. Der Motor brummte im Leerlauf, und sie brauchte sich gar nicht umzudrehen, um zu wissen, dass seine Lippen zu einem schmalen, harten Strich zusammengepresst waren.

Die Menschenmassen, die sich in der Vorweihnachtszeit noch durch die Einkaufszeile gedrängt hatten, waren verschwunden. Rechts vom Friseur befand sich ein Elektronikshop, links eine Zoohandlung. Beide Geschäfte waren leer. An einem Tag wie diesem ging niemand nach draußen, wenn er nicht unbedingt musste. Katie öffnete die Tür des Salons, und wegen des heftigen Windes gelang es ihr kaum, sie wieder zu schließen. Schneidend kalte Luft folgte ihr, und auf den Schultern ihres Mantels lag eine hauchfeine weiße Schicht. Sie zog Handschuhe und Mantel aus und drehte sich um. Lächelnd winkte sie Kevin zum Abschied zu. Er mochte es, wenn sie lächelte.

Sie hatte um zwei einen Termin bei einer Frau namens Rachel. Die meisten Stühle waren besetzt, und Katie wusste nicht, wo sie hingehen sollte. Sie war zum ersten Mal hier und deshalb ein bisschen verkrampft. Keine der Friseurinnen sah älter aus als dreißig, und die meisten hatten etwas punkige Haare mit roten und blauen Strähnen. In dem Moment kam eine junge Frau auf sie zu, Mitte zwanzig, braungebrannt, mit Piercings und mit einem Tattoo im Nacken.

»Sind Sie meine Kundin für zwei Uhr? Färben und schneiden?«, fragte sie.

Katie nickte.

»Ich bin Rachel. Kommen Sie mit.«

Rachel blickte über die Schulter. »Ganz schön kalt draußen, was?«, sagte sie. »Ich bin fast gestorben auf dem Weg vom Auto zum Eingang. Wir müssen unsere Wagen am anderen Ende vom Parkplatz abstellen. Ich hasse das, aber was soll man machen?«

»Ja, es ist wirklich kalt«, sagte Katie.

Rachel führte sie zu einem Stuhl in der Ecke. Er war mit lila Plastik überzogen. Der Fußboden war schwarz gekachelt. Ein Laden für jüngere Leute, dachte Katie. Für Singles, die auffallen wollten. Nicht für verheiratete Frauen mit blonden Haaren. Sie zuckte leicht zusammen, als Rachel ihr den Umhang umlegte. Um ihre Füße zu wärmen, wackelte sie ein bisschen mit den Zehen.

»Sind Sie neu hier?«, erkundigte sich Rachel.

»Ich wohne in Dorchester.«

»Das ist ja ganz woanders! Hat jemand Ihnen unser Geschäft empfohlen?«

Vor zwei Wochen war Katie an dem Salon vorbeigekommen, als Kevin mit ihr einkaufen war. Aber das sagte sie nicht. Sie schüttelte nur stumm den Kopf.

»Na, dann hab ich ja Glück gehabt, dass ich gerade am Telefon war.« Rachel grinste. »Was für eine Farbe hätten Sie gern?«

Katie mochte es nicht, wenn sie sich selbst im Spiegel gegenübersaß, aber ihr blieb keine andere Wahl. Sie musste es irgendwie hinbekommen. Unbedingt. Am Spiegel steckte ein Foto von Rachel mit einem jungen Mann. Bestimmt ihr Freund. Er hatte noch mehr Piercings als sie und einen Irokesenschnitt. Unter dem Umhang presste Katie die Hände zusammen.

»Ich möchte, dass es natürlich aussieht, also vielleicht ein paar Lowlights für den Winter? Und der Haaransatz muss auch gemacht werden, glaube ich, damit es passt.«

Rachel nickte in den Spiegel. »Möchten Sie ungefähr denselben Farbton wie bisher? Oder vielleicht ein bisschen heller? Ein bisschen dunkler? Ich meine nicht die Lowlights.«

»Etwa so wie jetzt.«

»Ist Folie okay?«

»Ja.«

»Wunderbar«, sagte Rachel. »Ich hole nur schnell meine Sachen, dann fangen wir an, einverstanden?«

Katie nickte. Aus dem Augenwinkel sah sie eine Frau, die mit zurückgelegtem Kopf an einem Waschbecken saß, und bei ihr stand eine andere Friseurin. Sie hörte das Wasser plätschern. Im Hintergrund das Stimmengemurmel der anderen Kundinnen. Aus einem Lautsprecher tönte sanfte Musik.

Rachel kam mit Folie und Farbe zurück. Neben dem Stuhl stehend, rührte sie die Farbe an, bis sie die richtige Konsistenz hatte.

»Wie lange wohnen Sie schon in Dorchester?«

»Seit vier Jahren.«

»Und wo sind Sie aufgewachsen?«

»In Pennsylvania. Bevor ich hierhergezogen bin, habe ich in Atlantic City gearbeitet.«

»War das Ihr Mann, der Sie hier abgesetzt hat?«

»Ja.«

»Super Auto. Ich habe es gesehen, als Sie gewinkt haben. Was ist es für eins? Ein Mustang?«

Katie nickte stumm. Eine Weile arbeitete Rachel wortlos weiter, trug die Farbe auf und wickelte die Strähnen in Folie.

»Wie lange sind Sie denn schon verheiratet?«, fragte sie dann, während sie eine besonders widerspenstige Haarsträhne einwickelte.

»Seit vier Jahren.«

»Sind Sie deswegen nach Dorchester gezogen?«

»Ja, genau.«

»Und was machen Sie so?«

Katie starrte vor sich hin und versuchte, nicht in den Spiegel zu schauen. Wie gern wäre sie jemand anderes! Sie hatte anderthalb Stunden Zeit, ehe Kevin sie wieder abholte. Hoffentlich kam er nicht zu früh.

»Ich habe keinen Job«, antwortete sie auf Rachels Frage.

»Ich glaube, ich würde durchdrehen, wenn ich nicht arbeiten würde. Es ist nicht immer leicht – aber trotzdem. Was haben Sie gemacht, bevor Sie geheiratet haben?«

»Ich war Cocktail-Kellnerin.«

»In einem der Casinos in Atlantic City?«

Katie nickte.

»Und haben Sie da Ihren Mann kennengelernt?«

»Ja.«

»Was macht er denn jetzt? Ich meine, während Sie beim Friseur sind.«

Er ist vermutlich in einer Bar, dachte Katie. »Keine Ahnung.«

»Warum sind Sie nicht selbst gefahren? Dorchester ist ja nicht gerade um die Ecke.«

»Ich fahre nie selbst. Mein Mann bringt mich überallhin, wenn ich einen Termin habe oder so.«

»Ich weiß nicht, was ich ohne Auto tun würde. Mich würde es unglaublich nerven, wenn ich immer auf jemanden angewiesen wäre.«

Katie roch Parfüm in der Luft. Die Heizung unter der Theke war angesprungen. »Ich kann gar nicht fahren.«

Rachel zuckte lässig die Achseln, während sie wieder ein Stück Folie um eine Strähne wickelte. »Autofahren ist nicht schwer. Man muss nur ein bisschen üben, die Prüfung bestehen, und los geht's.«

Katie starrte Rachel im Spiegel an. Sie schien genau zu wissen, was sie wollte, dabei war sie noch so jung und stand erst am Anfang ihrer Laufbahn. Katie wünschte sich irgendwie, sie wäre älter und erfahrener. Eigentlich seltsam – sie selbst war ja nur etwa zwei Jahre älter als Rachel. Oder sogar noch weniger. Und trotzdem fühlte sie sich alt.

»Haben Sie Kinder?«

»Nein.«

Vielleicht hatte die junge Frau das Gefühl, etwas Falsches gesagt zu haben. Jedenfalls werkelte sie die nächsten paar Minuten wieder stumm vor sich hin. Mit den

Folien auf dem Kopf sah Katie aus wie ein Alien mit Antennen. Schließlich führte Rachel sie zu einem anderen Stuhl und knipste die Trockenhaube an.

»In ein paar Minuten bin ich wieder bei Ihnen, um alles zu kontrollieren, okay?«

Rachel ging hinüber zu einer ihrer Kolleginnen. Die beiden unterhielten sich, aber wegen des allgemeinen Geräuschpegels konnte Katie nichts verstehen. Sie schaute auf die Uhr. In einer knappen Stunde kam Kevin. Die Zeit verging wie im Flug. Viel zu schnell.

Nach einer Weile kam Rachel zurück und inspizierte Katies Haare. »Noch ein bisschen«, zwitscherte sie und begab sich wieder zu ihrer Kollegin, um das Gespräch fortzusetzen. Während sie redete, gestikulierte sie lebhaft mit den Händen. Jung und unbeschwert. Glücklich.

Weitere zehn Minuten vergingen. Zwölf. Katie bemühte sich, nicht auf die Uhr zu starren. Endlich war die Zeit abgelaufen. Rachel entfernte die Folie und führte Katie zum Waschbecken. Sie lehnte den Kopf zurück, so dass ihr Nacken auf dem Handtuch ruhte. Rachel stellte das Wasser an, und Katie spürte die kühle Flüssigkeit auf den Wangen. Mit geschickten Fingern massierte Rachel ihr das Shampoo in die Haare, spülte es aus, gab Conditioner darauf und spülte wieder.

»So, und jetzt bringen wir noch Form rein, okay?«

Als sie wieder an ihrem Platz saß, fand Katie, dass ihre Haare gut aussahen. Zwar konnte man noch nichts Endgültiges sagen, solange sie nass waren. Aber alles musste perfekt sein, sonst würde Kevin meckern. Rachel kämmte ihre Haare durch, um die kleinen Knoten zu lösen. Noch vierzig Minuten.

Die junge Frau musterte Katies Spiegelbild. »Wie viel soll ich wegnehmen?«

»Nicht zu viel«, antwortete Katie. »So, dass es wieder gepflegt aussieht. Mein Mann mag lange Haare gern.«

»Haben Sie eine konkrete Vorstellung? Ich habe ein Buch mit Fotos, falls Sie was Neues ausprobieren wollen.«

»So wie bisher ist es in Ordnung.«

»Wird gemacht.«

Katie schaute zu, wie Rachel den Kamm nahm, die Haare durch die Finger gleiten ließ und sie dann mit der Schere kürzer schnitt. Erst hinten, dann an den Seiten. Rachel kaute einen Kaugummi, ihr Kiefer bewegte sich dauernd auf und ab, während sie arbeitete.

»Bis jetzt alles okay?«

»Ja. Aber ich glaube, das reicht.«

Nun griff Rachel zu Föhn und Rundbürste. Umsichtig fuhr sie mit der Bürste durch die frisch geschnittenen Haare. Katie fand das Geräusch des Föhns etwas zu laut.

»Wie oft lassen Sie sich die Haare machen?«, fragte Rachel.

»Einmal im Monat. Aber manchmal lasse ich sie auch nur schneiden.«

»Sie haben sehr schöne Haare, nebenbei bemerkt.«

»Vielen Dank.«

Weil Katie leichte Wellen haben wollte, holte Rachel den Lockenstab. Es dauerte eine Weile, bis er warm genug war. Jetzt blieben nur noch zwanzig Minuten.

Rachel bearbeitete Katies Haare, bis sie zufrieden war. Dann begutachtete sie das Ergebnis im Spiegel.

»Und – wie finden Sie's?«, wollte sie wissen.

»Absolut perfekt.«

»Ich zeig Ihnen noch die Rückseite«, sagte Rachel, drehte den Stuhl und reichte Katie einen Spiegel. Diese nickte.

»Okay – das war's dann für heute«, verkündete die Friseurin.

»Was bin ich Ihnen schuldig?«

Rachel nannte die Summe, und Katie holte ihren Geldbeutel heraus, gab ihr das Geld und ein Trinkgeld. »Könnte ich bitte eine Quittung haben?«

»Ja, klar«, sagte Rachel. »Kommen Sie bitte mit zur Kasse.«

Katie wusste, dass Kevin die Summe überprüfen und das Wechselgeld haben wollte, sobald sie ins Auto stieg. Deshalb achtete sie darauf, dass Rachel auch das Trinkgeld notierte. Ein schneller Blick auf die Uhr. Noch zwölf Minuten.

Kevin war noch nicht da. Katies Herz schlug schneller. Sie zog ihren Mantel und die Handschuhe wieder an und verließ den Salon unvermittelt, obwohl Rachel noch mit ihr sprach. In dem Elektronikshop nebenan fragte Katie den Verkäufer nach einem Handy mit einer Karte, die ihr zwanzig Stunden Sprechzeit ermöglichte. Ihr war schwindelig, als sie das sagte, weil ihr klar wurde, dass es jetzt kein Zurück mehr gab.

Der Mann holte ein Handy unter der Theke hervor und begann, die Informationen in die Kasse einzutippen, während er erklärte, wie alles funktionierte. Katie hatte Extrageld dabei, das sie in einer Tamponschachtel aufbewahrte, weil sie wusste, dass Kevin da nie nachsehen würde. Aufgeregt legte sie die zerknitterten Scheine auf die Theke. Die Uhr tickte unerbittlich. Sie schaute hinaus auf den Parkplatz. Ihre Knie zitterten, ihr Mund war trocken.

Warum war der Verkäufer nur so langsam! Obwohl sie bar bezahlte, wollte er ihren Namen wissen, ihre Adresse samt Postleitzahl. Sinnlos. Albern. Sie wollte nur bezahlen und raus hier. Sie zählte bis zehn. Der Verkäufer schrieb immer noch. Draußen schaltete die Ampel auf Rot. Die Autos blieben stehen. Bog Kevin schon auf den Parkplatz ein? Würde er sie sehen, wenn sie aus dem Laden kam? Katie bekam kaum noch Luft.

Vergeblich versuchte sie, die Plastikverpackung aufzureißen. Es klappte nicht. Aber eingepackt war das Handy zu groß für ihre kleine Handtasche, zu groß für ihren Mantel. Schließlich bat sie den Verkäufer um eine Schere, und dieser vergeudete wieder wertvolle Zeit, weil er eine suchen musste. Am liebsten hätte sie ihn laut angeschrien, er solle sich beeilen. Kevin konnte jede Minute da sein. Verzweifelt drehte sie sich zum Fenster um.

Als endlich alles abgewickelt war, steckte sie das Handy mit der Prepaid-Karte in die Jackentasche. Der Verkäufer fragte, ob sie eine Tüte wolle, aber sie war schon zur Tür hinaus, ohne zu antworten. Das kleine Telefon erschien ihr bleischwer. Und es lag nicht nur am vereisten Untergrund, dass sie Mühe hatte, das Gleichgewicht zu halten.

Eilig ging sie zurück in den Friseursalon, zog Mantel und Handschuhe wieder aus und trat erneut an die Kasse. Dreißig Sekunden später sah sie Kevins Auto in den Parkplatz einbiegen. Sein Blick wanderte sofort in ihre Richtung.

Auf ihrem Mantel lag ein bisschen Schnee, den sie

rasch wegstrich. Sie war in Panik, aus Angst, dass Kevin doch etwas gesehen haben könnte. Aber sie durfte jetzt nicht durchdrehen. Sie musste sich ganz normal verhalten.

Rachel kam auf sie zu. »Haben Sie was vergessen?«, fragte sie.

»Ich wollte draußen warten, aber es ist zu kalt«, erklärte Katie mit einem Seufzer. »Außerdem ist mir eingefallen, dass ich vergessen habe, Ihre Karte mitzunehmen.«

Rachels Augen blitzten erfreut. »Ja, stimmt. Eine Sekunde – ich bin gleich wieder da.« Sie ging an ihren Platz und holte eine Visitenkarte aus der Schublade. Katie wusste, dass Kevin alles vom Auto aus beobachtete, tat aber so, als würde sie nichts merken.

Mit eifriger Miene reichte die junge Frau ihr die Karte und sagte noch: »Sonntags und montags arbeite ich meistens nicht.«

Katie nickte. »Danke. Ich melde mich.«

Sie hörte, wie hinter ihr die Tür aufging. Kevin. Normalerweise kam er nicht herein. Ihr Herz hämmerte. Sie zog den Mantel wieder an. Hoffentlich merkte niemand, wie ihre Hände zitterten. Dann drehte sie sich um. Und lächelte.

KAPITEL 18

Es schneite heftiger, als Kevin Tierney mit dem Auto in die Einfahrt bog. Auf dem Rücksitz standen mehrere Tüten mit Lebensmitteln. Er schnappte sich drei und ging zur Tür. Während der ganzen Fahrt hatte er nichts gesagt, und auch beim Einkaufen hatte er kaum ein Wort gesprochen. Er war nur neben Katie hergetrottet, während sie die Regale nach Sonderangeboten absuchte und sich verzweifelt bemühte, nur ja nicht an das Handy in ihrer Tasche zu denken.

Sie waren ständig knapp bei Kasse, und Kevin wurde immer furchtbar wütend, wenn sie beim Einkaufen zu viel Geld ausgab. Ihre Hypothek verschluckte fast die Hälfte seines Gehalts. Und die Kreditkartenrechnungen fraßen ein weiteres großes Stück. Meistens mussten sie zu Hause essen, aber ihr Mann wollte es haben wie im Restaurant, ein Hauptgericht mit zwei Beilagen und manchmal auch noch einen Salat. Er weigerte sich, Reste zu essen, deshalb war es sehr schwierig, mit dem Geld über die Runden zu kommen. Katie musste die Mahlzeiten genau durchplanen und hielt immer Ausschau nach Gutscheinen und Schnäppchen. Als Kevin für die Lebensmittel bezahlte, gab Katie ihm das Wechselgeld und die Quittung des Friseursalons. Er zählte die Summe genau nach, um sich zu vergewissern, dass alles stimmte.

Zu Hause rieb sie sich die Arme, weil sie so fror. Die

Räume waren kalt, und durch die Ritzen in den Fenstern und den Spalt unter der Tür kroch eisige Luft von draußen herein. Der Fußboden im Badezimmer war so frostig, dass ihr die Füße schmerzten, aber Kevin schimpfte immer über die astronomischen Heizölrechnungen und erlaubte ihr nicht, den Thermostat höher zu stellen. Solange er bei der Arbeit war, trug sie ein warmes Sweatshirt und Hausschuhe, aber wenn er nach Hause kam, wollte er, dass sie sexy aussah.

Er stellte die Lebensmitteltüten auf den Küchentisch, sie stellte ihre Tüten daneben. Und schon holte er eine Flasche Wodka aus dem Kühlschrank und ein paar Eiswürfel, die er in ein Glas klackern ließ, bevor er den Alkohol eingoss. Kevin hörte erst auf, als das Glas fast überlief, dann ging er stumm ins Wohnzimmer und machte den Fernseher an. Irgendeine Sportsendung. Der Sprecher sprach über Football und ob die Patriots wieder den Super Bowl gewinnen würden. Letztes Jahr war Kevin zu einem Spiel der Patriots gegangen, denn seit seiner Kindheit war er ein großer Fan.

Katie zog ihren Mantel aus und fasste in die Tasche. Sie hatte nur ein paar Minuten – hoffentlich reichte die Zeit. Nach einem kurzen Blick ins Wohnzimmer lief sie schnell zur Spüle. In dem Schrank unter dem Becken stand eine Packung mit SOS-Scheuerpads. Sie steckte das Handy ganz unten in die Schachtel und legte die Pads darüber. Leise schloss sie den Schrank wieder und nahm ihren Mantel. Hoffentlich hatte Kevin nichts gesehen. Sie atmete tief durch, um sich zu beruhigen, und ging durchs Wohnzimmer zur Garderobe im Flur. Der Raum schien sich endlos zu dehnen, wie in einem Zerrspiegel auf dem Rummelplatz. Aber sie durfte diesem Gefühl nicht nachgeben, denn Kevin konnte Gedanken lesen, das wusste sie. Bis jetzt hatte er allerdings noch kein einziges Mal die Augen vom Fernsehbildschirm genommen. Trotzdem wagte Katie erst wieder normal zu atmen, als sie zurück in der Küche war.

Sie fing an, die Lebensmittel auszupacken. Irgendwie war sie noch ganz benommen, aber ihr war klar, dass sie sich unauffällig verhalten musste, sonst merkte Kevin alles. Er wollte, dass im Haus Ordnung herrschte. Vor allem in der Küche und im Bad. Katie packte Käse und Eier in die dafür vorgesehenen Fächer im Kühlschrank, holte das alte Gemüse aus der Schublade, wischte diese kurz aus und legte dann das frische Gemüse hinein. Die grünen Bohnen ließ sie draußen und holte etwa ein Dutzend rote Kartoffeln aus einem Korb, der in der Speisekammer auf dem Boden stand. Außerdem legte sie für den Salat eine Gurke, einen Eisbergsalat und Tomaten bereit. Als Hauptgericht hatte sie marinierte Filetsteaks geplant.

Das Fleisch hatte sie schon am Tag zuvor in eine Marinade aus Rotwein, Orangensaft, Grapefruitsaft, Salz und Pfeffer eingelegt. Die Säure machte das Fleisch besonders zart und verlieh ihm eine zusätzliche Geschmacksnote.

Dann räumte sie die restlichen Lebensmittel fort und schob dabei immer systematisch die älteren Waren nach vorn. Sobald sie damit fertig war, faltete sie die Tüten zusammen und verstaute sie unter der Spüle. Als Nächstes holte sie aus der Schublade ein Messer, um die Kartoffeln zu halbieren. Gerade so viele, wie sie für sich und Kevin brauchte. Sorgfältig rieb sie eine Backform mit Öl ein, stellte den Backofen an und würzte die Kartoffeln mit

Salz, Pfeffer, Knoblauch und Petersilie. Sie mussten vor den Steaks in die Röhre und später nochmal kurz aufgewärmt werden, während sie die Steaks grillte.

Kevin wollte den Salat sehr fein geschnitten. Dazu Blaukäsekrümel, Croutons und italienisches Dressing. Katie schnitt die Tomaten jeweils in Hälften, doch von der Gurke nahm sie nur etwa ein Viertel, wickelte den Rest in Plastikfolie und legte ihn zurück in den Kühlschrank. Da merkte sie plötzlich, dass Kevin im Türrahmen zwischen Esszimmer und Küche stand. Er leerte mit einem kräftigen Schluck sein Wodkaglas und musterte sie mit glasigen Augen. Seine Gegenwart erdrückte sie fast.

Er weiß nicht, dass ich aus dem Friseursalon abgehauen bin, sagte sie sich. Er weiß nicht, dass ich mir ein Handy gekauft habe. Sonst hätte er bestimmt längst etwas gesagt. Und etwas getan.

»Gibt's heute Steak?«, fragte er.

Katie schloss den Kühlschrank, hantierte herum und ging auf und ab, um einen beschäftigten Eindruck zu machen. »Ja«, antwortete sie. »Ich habe den Backofen schon angemacht, aber es dauert noch ein paar Minuten. Ich muss zuerst die Kartoffeln garen.«

Kevin starrte sie an. »Deine Haare sehen gut aus«, brummte er.

»Danke. Die Friseurin ist sehr kompetent.«

Sie begann jetzt, die Tomate kleinzuschneiden.

»Nicht so große Stücke«, ermahnte Kevin sie.

»Ich weiß«, entgegnete sie mit einem Lächeln, während er ans Eisfach ging, um sich neues Eis zu holen.

»Worüber habt ihr euch unterhalten, du und die Friseurin?«

»Ach, über nichts Besonderes. Du weißt ja, wie Friseurinnen sind. Sie plappern einfach drauflos.«

Er schwenkte sein Glas hin und her, so dass man wieder das Klimpern der Eiswürfel hörte. »Habt ihr über mich geredet?«

»Nein.«

Sie wusste, das hätte ihm gar nicht gepasst. Er hasste Tratsch. Jetzt nickte er zufrieden und holte die Wodkaflasche aus dem Kühlschrank, stellte sie mit dem Glas auf die Arbeitsfläche und trat hinter Katie, um zu überwachen, wie sie die Tomaten schnitt. Die Stückchen durften höchstens erbsengroß sein. Sie spürte seinen Atem im Nacken und wäre fast zusammengezuckt, als er die Hand auf ihre Hüfte legte. Ach, sie wusste genau, was sie tun musste. Brav legte sie das Messer beiseite, drehte sich zu ihm um und schlang die Arme um seinen Nacken, um ihn zu küssen, ein leichter Zungenkuss, so wie er es gern hatte. Sie ahnte nicht, dass er sie schlagen würde, bis sie seine Hand auf der Wange fühlte. Ein brennender, heißer Schmerz. Tausend Nadelstiche.

»Deinetwegen habe ich einen ganzen Nachmittag verplempert!«, brüllte er los und packte sie so heftig an den Armen, dass es wehtat. Sein Mund war verzerrt, seine Augen blutunterlaufen. Sie roch den Alkohol in seinem Atem, spürte seine Spucke auf ihrem Gesicht. »Mein einziger freier Tag – und was machst du? Du gehst zum Friseur und lässt dir deine verdammten Haare schneiden, mitten in der Stadt! Und dann musst du auch noch einkaufen gehen!«

Katie versuchte, sich zu befreien, und nach einer Weile ließ er sie tatsächlich los. Seine Kiefermuskeln zuckten.

»Bist du schon mal auf den Gedanken gekommen, dass ich mich entspannen muss? Dass ich an meinem freien Tag einfach mal ’ne ruhige Kugel schieben will?«

»Es tut mir leid«, flüsterte sie und hielt sich die Wange. Es hatte keinen Sinn, sich zu verteidigen und ihn darauf hinzuweisen, dass sie ihn am Anfang der Woche zweimal gefragt hatte, ob er einverstanden sei. Und dass er sie gezwungen hatte, zu einem neuen Friseur zu gehen, weil er nicht wollte, dass sie mit irgendjemandem Freundschaft schloss. Dass irgendjemand sie näher kennenlernte.

»Es tut mir leid!«, äffte er sie nach und fixierte sie mit seinem Blick. »Himmelherrgott«, schimpfte er dann kopfschüttelnd. »Fällt es dir so schwer, dich in andere Menschen hineinzuversetzen? Denkst du immer nur an dich?«

Er griff nach ihr. Sie wollte weglaufen. Aber wohin? Es gab kein Entkommen, und er schlug zu, hart und erbarmungslos drosch er mit den Fäusten auf sie ein. Sie ächzte dumpf, kurz wurde ihr schwarz vor Augen, es war ein Gefühl, als würde sie mit einem Messer durchbohrt. Dann sank sie wehrlos zu Boden, ihre Nieren rebellierten, der Schmerz raste das Rückgrat hinauf, die Welt drehte sich, und als sie sich aufrappeln wollte, wurde alles nur noch schlimmer, deshalb blieb sie liegen.

»Du bist so maßlos egoistisch!«, brüllte Kevin und baute sich drohend vor ihr auf.

Sie sagte nichts. Sie vermochte gar nichts zu sagen, weil sie kaum Luft bekam. Krampfhaft biss sie sich auf die Lippen, um nicht laut zu schreien. Bestimmt war morgen ihr Urin voller Blut. Der Schmerz war wie eine Rasierklinge, die ihre Nerven zerschnitt, aber wenn sie anfing zu weinen, wurde Kevin nur noch wütender.

Mit einem angewiderten Seufzer nahm er schließlich sein Glas und die Wodkaflasche und verließ die Küche.

Katie brauchte fast eine Minute, um aufzustehen. Stumm widmete sie sich wieder den Tomaten, ihre Hände zitterten. In der Küche war es kalt, und ihr Rücken tat mörderisch weh. Bei jedem Atemzug durchzuckte sie ein messerscharfer Blitz. Letzte Woche hatte er sie so fest in den Magen getreten, dass sie sich den ganzen Abend übergeben musste. Sie war hingefallen, aber er hatte sie am Handgelenk gepackt und wieder hochgezogen. Seine Finger hatten blaue Flecken hinterlassen. Die Markierungen der Hölle.

Tränen liefen ihr über die Wangen, und sie musste ständig die Haltung wechseln, um den Schmerz zu verlagern. Sie schnitt die Tomate, sie schnitt die Gurke. Winzige Stücke. Auch beim Eisbergsalat. So wie Kevin es wollte. Mit dem Handrücken wischte sie die Tränen fort und ging langsam zum Kühlschrank, um den Blauschimmelkäse herauszuholen. Dann nahm sie die Croutons aus dem Schrank.

Kevin hatte im Wohnzimmer den Fernseher ganz laut gestellt.

Der Backofen war bereit. Katie schob das Backblech hinein und stellte die Zeituhr. Von der Hitze brannte ihre Gesichtshaut erneut, aber sie bezweifelte, dass seine Hand sichtbare Spuren hinterlassen hatte. Er wusste genau, wie hart er zuschlagen konnte. Hatte er das irgendwo gelernt? Oder war das etwas, was alle Männer wussten? Vielleicht gab es ja Kurse, in denen man so etwas beigebracht bekam. Oder war es einfach nur Kevins Spezialität?

Der stechende Schmerz in Rücken hatte sich in ein

quälendes Pulsieren verwandelt, so dass sie wenigstens wieder einigermaßen normal atmen konnte. Der kalte Wind kroch durch die Fensterritzen, und der Himmel war jetzt dunkelgrau. Sanft trieben die Schneeflocken gegen die Scheiben. Katie spähte ängstlich ins Wohnzimmer. Kevin hockte passiv auf der Couch. Sie lehnte sich an die Arbeitsplatte, zog einen ihrer Pumps aus und rieb sich die Zehen, um die Durchblutung anzuregen, damit sie wärmer wurden. Dann massierte sie auch noch den anderen Fuß, bevor sie sich an die Zubereitung der grünen Bohnen machte.

Sie wusch sie ab, putzte sie und gab etwas Olivenöl in die Bratpfanne. Mit den Bohnen würde sie erst anfangen, wenn die Steaks im Grill waren. Immer wieder wanderten ihre Gedanken zu dem Handy unter der Spüle. Nein, sie durfte sich davon auf keinen Fall ablenken lassen.

Als sie gerade das Backblech aus dem Backofen holte, kam Kevin erneut in die Küche. Das Glas in seiner Hand war schon wieder halbleer. Seine Augen waren blutunterlaufen, vier oder fünf Drinks hatte er sich bereits genehmigt. Katie stellte das Backblech auf den Herd.

»Es dauert nicht mehr lange«, sagte sie mit möglichst neutraler Stimme. Am besten war es, wenn sie so tat, als wäre nichts vorgefallen. Aus Erfahrung wusste sie, wenn sie sich anmerken ließ, dass sie wütend und verletzt war, brachte ihn das noch mehr in Rage. »Ich muss nur noch die Steaks grillen, dann ist das Essen fertig.«

»Tut mir leid«, brummte er, leicht schwankend.

Katie lächelte. »Ich weiß. Ist schon okay. Die letzten Wochen waren nicht leicht für dich. Du hast extrem viel gearbeitet.«

»Sind die Jeans neu?« Er lallte schon richtig.

»Nein, ich habe sie nur länger nicht getragen.«

»Sehen gut aus.«

»Danke.«

Er kam näher. »Du bist wunderschön. Du weißt doch, dass ich dich liebe, oder?«

»Aber ja.«

»Es macht mir keinen Spaß, dich zu schlagen. Ich will das nicht. Aber manchmal bist du einfach so gedankenlos.«

Sie nickte mit abgewandtem Blick. Was sollte sie tun? Sie musste einen beschäftigten Eindruck machen. Da fiel ihr ein, dass sie den Tisch decken musste. Sie ging zu dem Schrank neben der Spüle, um das Geschirr herauszuholen.

Er folgte ihr, drehte sie um und presste sie an sich. Obwohl sie sich vor ihm ekelte, gab sie einen wohligen Seufzer von sich, weil sie wusste, dass ihm das gefiel. »Du musst sagen, dass du mich auch liebst«, murmelte er heiser und küsste sie auf die Wange. Sie schlang abermals die Arme um ihn. Ach, sie wusste längst, was er von ihr wollte.

»Ich liebe dich«, hauchte sie.

Seine Hand umschloss ihre Brust. Katie erwartete, dass er sie quetschen würde, doch das tat er nicht, er streichelte sie sanft. Obwohl sie es nicht wollte, wurden ihre Nippel hart. Sie konnte gar nichts dagegen machen. Sein Atem war heiß und stank nach Wodka.

»Mein Gott, du bist so schön! Als ich dich das erste Mal gesehen habe, ist mir gleich aufgefallen, wie wunderschön du bist.« Er drängte sich an sie. »Komm, wir warten noch mit den Steaks und essen später.«

»Ich dachte, du hast Hunger.« Sie versuchte, scherzhaft zu klingen.

»Im Moment habe ich auf was ganz anderes Hunger«, keuchte er, knöpfte ihre Bluse auf und begann dann, an ihrer Jeans herumzufummeln.

»Nicht hier«, protestierte sie leise und legte den Kopf in den Nacken, damit er sie auf die Kehle küssen konnte. »Das Schlafzimmer ist besser.«

»Wie wär's mit dem Tisch? Oder mit der Arbeitsfläche?«

»Bitte, Baby«, flüsterte sie. »Das ist doch nicht romantisch.«

»Aber sexy.«

»Und wenn uns jemand durch das Fenster beobachtet?«

»Du bist eine Spielverderberin.«

»Bitte – mir zuliebe. Du weißt, wie aufregend ich dich im Bett finde.«

Er küsste sie noch einmal, dann öffnete er vorn ihren Büstenhalter. Er mochte keine BHs, die den Verschluss hinten hatten. Katie sah die nackte Gier in seinen Augen. Genüsslich leckte er sich die Lippen, während er sie ins Schlafzimmer zerrte.

Er konnte sich kaum noch beherrschen, als er die Tür hinter sich geschlossen hatte, zog hektisch ihre Jeans nach unten und drückte ihre Brüste. Am liebsten hätte Katie geschrien vor Qual, aber sie wusste, dass es nichts helfen würde. Er warf sie aufs Bett, sie stöhnte und seufzte und rief seinen Namen, weil er das wollte, und sie musste ja mit allen Mitteln verhindern, dass er erneut in Wut geriet. Denn dann würde er nur wieder zuschlagen.

Und er durfte auf keinen Fall ihr Handy finden. Sie musste ihn bei Laune halten, auch wenn es noch so wehtat – bis sein Körper krampfhaft zuckte. Als alles vorbei war, stand sie auf, zog sich an, küsste ihn und ging zurück in die Küche.

Kevin setzte sich wieder mit seinem Wodka vor die Glotze, bis Katie ihn an den Tisch rief. Während des Essens erzählte er ihr von der Arbeit, und als sie anschließend aufräumte, schaute er wieder fern. Später befahl er ihr, sich neben ihn zu setzen, bis es Zeit war, schlafen zu gehen.

Kaum hatte er sich hingelegt, da schnarchte er auch schon. Er merkte nicht, dass Katie tonlos in sich hineinschluchzte und sich selbst hasste für das, was abermals passiert war. Er ahnte nichts von dem Geld, das sie seit fast einem Jahr heimlich abzweigte, auch nichts von dem Haarfärbemittel, das sie vor einem Monat gekauft und im Schrank versteckt hatte. Und selbstverständlich wusste er nichts von dem Handy unter der Küchenspüle und davon, dass sie in ein paar Tagen, wenn alles so klappte, wie sie es plante, auf Nimmerwiedersehen verschwinden würde und er sie nie wieder schlagen konnte.

KAPITEL 19

Katie saß neben Alex auf der Veranda, der Himmel über ihnen eine dunkle Kuppel mit unzähligen hell funkelnden Punkten. Monatelang hatte sie versucht, die konkreten Erinnerungen zu verdrängen. Sie wollte nicht an Kevin denken, sie wollte ihn aus ihrem Gedächtnis löschen, als hätte er nie existiert. Trotzdem wusste sie natürlich, dass er immer da sein würde.

Alex hatte die ganze Zeit schweigend zugehört, seinen Stuhl zu ihr hingedreht, während sie ihre Geschichte erzählte. Katie hatte immer weitergeredet, ohne Pause, obwohl ihr die Tränen übers Gesicht liefen. Anscheinend hatte sie das gar nicht gemerkt. Ihre Stimme klang unbeteiligt, fast so, als wäre sie in Trance und als wäre das alles gar nicht ihr selbst passiert, sondern einer anderen Frau. Als sie schwieg, war ihm fast übel.

Ähnliche Versionen der gleichen Geschichte hatte er schon öfter gehört, doch diesmal war es anders. Katie war nicht nur ein Opfer unter vielen, nein, er betrachtete sie als Freundin. Sie war die Frau, in die er sich verliebt hatte. Zärtlich strich er ihr eine Haarsträhne hinters Ohr.

Sie fuhr leicht zusammen, als er sie berührte, doch dann entspannte sie sich wieder und seufzte erschöpft. Erschöpft vom vielen Reden. Und weil der Gedanke an die Vergangenheit sie so unendlich belastete.

»Gut, dass du fortgegangen bist«, sagte Alex leise und voller Verständnis.

Es dauerte einen Moment, bis sie antwortete. »Ich weiß.«

»Das Ganze hatte nichts mit dir zu tun.«

Stumm starrte sie in die Dunkelheit. »Doch«, erwiderte sie dann. »Es hatte etwas mit mir zu tun. Ich habe ihn mir ausgesucht. Ich habe ihn geheiratet. Ich habe zugelassen, dass er mich misshandelt, einmal, zweimal, und danach war es zu spät. Ich habe weiter für ihn gekocht und geputzt. Ich habe mit ihm geschlafen, wenn er Lust hatte, ich habe alles getan, was er wollte. Ich habe ihm vorgespielt, dass ich ihn liebe.«

»Du hast getan, was du tun musstest, um zu überleben«, sagte Alex mit ruhiger Stimme.

Wieder schwieg Katie. Die Grillen zirpten, und von den Bäumen hörte man das Surren der Wanderheuschrecken. »Weißt du – ich hätte nie angenommen, dass mir so etwas passieren könnte. Mein Vater hat getrunken, aber gewalttätig war er nie. Ich war einfach so … schwach! Ich weiß selbst nicht, warum ich es hingenommen habe.«

»Weil du ihn früher einmal geliebt hast. Weil du ihm geglaubt hast, wenn er dir versprach, dass er es nie wieder tun wird. Weil er mit der Zeit immer aggressiver wurde und dich immer mehr kontrolliert hat. Aber der Prozess ging trotzdem so schleichend, dass du das Gefühl hattest, er könnte sich jederzeit bessern – bis du schließlich begriffen hast, dass er sich niemals ändern wird.«

Katie holte tief Luft, dann senkte sie den Kopf. Alex sah, wie ihre Schultern bebten. Ihr Leid erschütterte ihn. Er war wütend, weil ihr all das angetan worden war, und gleichzeitig unendlich traurig, weil sie immer noch in dieser Vergangenheit lebte. Er wollte sie in die Arme schließen, aber er wusste, dass es im Augenblick für sie am besten war, wenn er einfach abwartete. Sie war zu tief in ihre Erinnerungen verstrickt. Und sehr verletzlich.

Es dauerte ein paar Minuten, bis Katie endlich aufhören konnte zu weinen. Ihre Augen waren rot und verquollen. »Entschuldige, dass ich dir das alles erzählt habe«, sagte sie mit erstickter Stimme. »Ich hätte es nicht tun sollen.«

»Ich bin froh, dass du es mir erzählt hast.«

»Ich hasse diesen Mann«, sagte sie. »Aber ich hasse auch mich selbst. Ich habe ja schon gesagt, dass es besser für alle ist, wenn ich allein bleibe. Ich bin nicht so, wie du denkst. Ich bin nicht die Frau, für die du mich hältst.«

Wieder war sie den Tränen nahe. Jetzt stand Alex auf, nahm ihre Hand und zog sie hoch. Katie erhob sich, ohne ihn anzuschauen. Mit leiser Stimme versuchte er, sie zu besänftigen und seine Wut auf ihren Ehemann beiseitezuschieben.

»Hör mir zu.« Mit dem Finger hob er ihr Kinn, zuerst leistete sie Widerstand, doch dann gab sie nach und blickte ihm in die Augen. »Nichts, was du mir erzählst, wird je meine Gefühle für dich verändern. Nichts. Weil das nicht du bist. Du bist die Frau, die ich kennengelernt habe. Die Frau, die ich liebe.«

Sie schaute ihn fragend an. Ach, wie gern sie ihm geglaubt hätte! In ihrem Innern wusste sie, dass er die Wahrheit sagte, und dort war sie bereit, ihm zu vertrauen. Und doch …

»Aber –«

»Kein Aber«, unterbrach er sie. »Du siehst dich selbst als Person, die gefangen war. *Ich* sehe die mutige Frau, die fortgegangen ist. Du siehst dich selbst als Person, die sich schämen und sich schuldig fühlen muss, weil sie das alles zugelassen hat. Ich sehe eine warmherzige, schöne Frau, die stolz darauf sein sollte, dass sie einen Schlussstrich gezogen hat. Nicht viele Frauen besitzen die Kraft, dies zu tun. Das ist es, was ich in dir sehe. Was ich schon immer in dir gesehen habe.«

Katie lächelte. »Ich glaube, du brauchst eine Brille.«

»Lass dich nicht von den grauen Haaren täuschen. Meine Augen sind noch perfekt.« Alex trat auf sie zu, und als er spürte, dass sie nichts dagegen hatte, küsste er sie. Es war ein kurzer, sanfter Kuss. Voller Liebe. »Es tut mir nur leid, dass du diese Qualen durchmachen musstest.«

»Es ist noch nicht vorbei.«

»Du denkst, er sucht dich?«

»Ich bin fest davon überzeugt, dass er mich sucht. Und er wird nie aufgeben.« Sie schwieg für einen Moment. »Irgendetwas stimmt nicht mit ihm. Er ist … krank.«

Alex nickte nachdenklich. »Ich weiß, ich sollte diese Frage nicht stellen – aber hast du je in Erwägung gezogen, Anzeige gegen ihn zu erstatten?«

Katie ließ die Schultern sinken. »Ja«, antwortete sie. »Einmal habe ich die Polizei gerufen.«

»Und sie haben nichts unternommen?«

»Sie kamen vorbei und haben mit mir geredet. Und sie haben mir unmissverständlich klargemacht, dass ich meine Anzeige zurückziehen soll.«

»Das verstehe ich nicht.«

»Ich habe es sehr gut verstanden.« Sie zuckte die Achseln. »Kevin hatte mich schon gewarnt und gesagt, es würde mir nichts helfen, wenn ich die Polizei rufe.«

»Wie konnte er das wissen?«

Katie seufzte, dann gab sie sich einen Ruck. Es war besser, wenn sie Alex alles sagte. »Weil er Polizist ist.« Sie schaute ihm fest in die Augen. »Er arbeitet beim Boston Police Department. Und für ihn bin ich nicht Katie.« Ihr Blick wurde trüb. »Für ihn war ich Erin.«

KAPITEL 20

Am Memorial Day stand Kevin Tierney Hunderte von Meilen nördlich im Garten eines Hauses in Dorchester. Er trug Shorts und ein Hawaiihemd, das er auf Oahu gekauft hatte, während der Flitterwochen mit Erin.

»Erin ist wieder in Manchester«, sagte er.

Captain Bill Robinson, sein Vorgesetzter, wendete die Burger auf dem Grill. »Schon wieder?«

»Ich hab dir doch erzählt, dass ihre Freundin Krebs hat. Erin meint, sie muss ihr Beistand leisten.«

»Krebs ist übel«, brummelte Bill. »Wie geht's Erin in der Situation?«

»Ganz gut, aber ich glaube, sie ist oft sehr müde. Es ist nicht leicht, dauernd hin- und herzupendeln.«

»Kann ich mir vorstellen. Emily hat so was auch 'ne Weile gemacht, als ihre Schwester Lupus hatte. Mitten im Winter war sie zwei Monate in Burlington bei ihrer Schwester, in einer winzigen Wohnung. Sie sind beide fast verrückt geworden. Das Ende vom Lied war, dass die Schwester Emilys Koffer vor die Tür gestellt hat. Es gehe ihr besser allein, hat sie gesagt. Ich kann ihr deswegen keine Vorwürfe machen.«

Kevin trank einen großen Schluck Bier. Und weil es von ihm erwartet wurde, grinste er. Emily war Bills Frau, und die beiden waren seit fast dreißig Jahren verheiratet. Bill sagte immer gern, das seien die glücklichsten sechs

Jahre seines Lebens gewesen. Jeder auf der Wache hatte diesen Witz in den letzten Jahren mindestens fünfzigmal gehört, und die meisten dieser Leute waren jetzt hier. Jedes Jahr am Memorial Day veranstaltete Bill einen Grillnachmittag, und alle kamen, wenn sie nicht gerade Schicht hatten. Sie erschienen aber nicht nur aus Pflichtgefühl, sondern weil Bills Bruder als Bierlieferant arbeitete und somit für genug Vorrat gesorgt war. Frauen und Ehemänner, Freunde, Freundinnen und Kinder standen im Garten in Grüppchen herum, manche auch in der Küche oder auf der Terrasse. Vier Polizisten spielten Hufeisen werfen, und Sand flog um die Zielstäbe herum.

»Wenn sie wieder hier ist, müsst ihr zwei unbedingt zu uns zum Essen kommen. Emily fragt dauernd nach ihr«, sagte Bill. »Aber zuerst wollt ihr wahrscheinlich die verlorene Zeit wettmachen.« Er zwinkerte Kevin zu.

Kevin fragte sich, ob diese Einladung ernst gemeint war. An Tagen wie heute führte sich Bill auf, als wäre er einer der Jungs und nicht der Boss. Dabei war er eigentlich gnadenlos. Berechnend. Eher ein Politiker als ein Cop. »Ich werd's ihr ausrichten.«

»Wann ist sie losgefahren?«

»Heute Morgen. Inzwischen müsste sie schon dort sein.«

Die Burger zischten auf dem Grill, das tropfende Fett ließ die Flammen hochschießen.

Bill drückte auf einen der Hamburger, so dass der Saft herausquoll und das Fleisch viel zu trocken wurde. Dieser Mann hat keine Ahnung, wie man grillt, dachte Kevin. Ohne Saft schmeckten die Hamburger wie Steine – trocken, hart, fad. Nicht mehr essbar.

»Übrigens – der Fall Ashley Henderson«, begann Bill ohne Überleitung. »Ich glaube, wir können endlich Anklage erheben. Da hast du echt gute Arbeit geleistet.«

»Wird ja auch langsam Zeit«, sagte Kevin. »Meiner Meinung nach hatten sie schon vor einer ganzen Weile genug Beweismaterial.«

»Finde ich auch. Aber ich bin nicht der Staatsanwalt.« Bill presste wieder einen Hamburger zusammen und ruinierte ihn damit. »Außerdem wollte ich noch mit dir über Terry reden.«

Terry Canton war seit drei Jahren Kevins Partner, aber im Dezember hatte er einen Herzinfarkt erlitten. Seither fehlte er, und Kevin arbeitete zurzeit allein.

»Was ist mit ihm?«

»Er kommt nicht zurück. Das habe ich heute Morgen erfahren. Seine Ärzte haben ihm empfohlen, in den Ruhestand zu gehen, und wahrscheinlich haben sie Recht. Jedenfalls findet er, dass er seine Pflicht hinreichend getan hat. Und die Rente wartet auf ihn.«

»Was bedeutet das für mich?«

Bill zuckte die Achseln. »Wir besorgen dir einen neuen Partner, aber im Moment geht das leider nicht, weil die Stadt das Budget eingefroren hat. Vielleicht, wenn der neue Haushalt verabschiedet wird.«

»Vielleicht – oder bestimmt?«

»Keine Sorge, du bekommst garantiert einen Partner. Aber voraussichtlich erst im Juli. Tut mir leid. Ich weiß, das bedeutet einiges an Mehrarbeit für dich, aber ich kann nichts machen. Ich werde mein Bestes tun, um die Belastung in Grenzen zu halten.«

»Vielen Dank.«

Ein paar Kinder rannten mit verschmutzten Gesichtern quer über die Terrasse, und aus dem Haus kamen zwei Frauen mit Schüsseln voller Chips. Sie unterhielten sich lebhaft. Sicher tauschten sie den neuesten Tratsch aus. Kevin hasste Tratsch. Bill zeigte mit seinem Spachtel zum Geländer. »Würdest du mir bitte die große Platte holen? Die Hamburger sind gleich fertig.«

Kevin holte die Platte. Es war dieselbe, auf der schon die rohen Hamburger herausgetragen worden waren. Voller Flecken, und am Rand klebten ein paar Stückchen rohes Hackfleisch. Ekelhaft. Erin hätte bestimmt eine frische Platte genommen. Angewidert stellte Kevin sie neben den Grill.

»Ich brauche noch ein Bier«, verkündete er dann und hob seine Flasche hoch. »Möchtest du auch eins?«

Bill schüttelte den Kopf und zerquetschte noch einen Burger. »Ich hab meins noch gar nicht ausgetrunken. Trotzdem, danke.«

Mit schnellen Schritten eilte Kevin ins Haus. Seine Finger waren klebrig, weil er die schmutzige Platte angefasst hatte, und er spürte, wie das Fett langsam in seine Poren drang.

»Hey!«, rief Bill hinter ihm her. »Das Bier ist da drüben.« Er deutete zur Ecke der Terrasse.

»Ich weiß. Aber ich will mir vor dem Essen schnell noch die Hände waschen.«

»Beeil dich! Wenn ich die Platte freigebe, sind die Hamburger in null Komma nichts weg.«

Kevin blieb an der Hintertür stehen, um sich die Schuhe abzustreifen, ehe er das Haus betrat. In der Küche ging er an einer Gruppe plappernder Ehefrauen vorbei zum

Waschbecken und wusch sich die Hände zweimal mit Seife. Durchs Fenster sah er, wie Bill die Platten mit Hotdogs und Hamburgern auf den Picknicktisch stellte, zu den Brötchen, den Soßen und den Schüsseln mit Chips. Augenblicklich wurden Fliegen von dem Geruch angelockt, sie surrten gierig um das Essen herum und setzten sich auf das Fleisch. Aber den Leuten, die sofort eine Warteschlange bildeten, schien das gleichgültig zu sein. Sie verscheuchten die Fliegen nur halbherzig und luden sich ihre Teller voll, als würde nicht jede Menge Ungeziefer herumfliegen.

Ruinierte Burger und ein Fliegenschwarm.

Er und Erin hätten das anders gemacht. Er hätte die Hamburger nicht plattgedrückt, und Erin hätte die Dips und die Chips in der Küche aufgestellt, wo es sauber war, damit sich die Gäste dort bedienen konnten. Fliegen waren widerlich und die Burger steinhart, er würde keinen einzigen essen, weil ihm schon beim Gedanken daran kotzübel wurde.

Kevin wartete, bis die Platte mit den Burgern leer war, bevor er wieder hinausging. Mit gespielter Enttäuschung trat er an den Tisch.

»Ich habe dir doch gesagt, dass sie schnell weg sind«, verkündete Bill triumphierend. »Aber Emily hat noch eine Platte im Kühlschrank, das heißt, es gibt demnächst die zweite Runde. Holst du mir bitte ein Bier, während ich alles ranschaffe?«

»Ja, klar«, sagte Kevin.

Als die nächsten Burger fertig waren, lud sich Kevin den Teller voll und machte Bill Komplimente, wie lecker alles aussehe. Aber immer noch schwirrten Fliegen herum, das Fleisch war viel zu trocken, und als Bill anderweitig beschäftigt war, warf Kevin alles in den Metallmülleimer, der seitlich neben dem Haus stand. Später versicherte er Bill jedoch noch einmal, es habe hervorragend geschmeckt.

Kevin wollte sich nicht als Erster verabschieden. Auch nicht als Zweiter. Der Captain hatte den Wunsch, dass sie ihn als Kumpel betrachteten, da durfte man ihn nicht kränken. Weil er also noch nicht nach Hause gehen konnte, unterhielt er sich mit Coffey und Ramirez. Sie waren Polizisten wie er, aber sie aßen brav die Burger und scherten sich nicht um die Fliegen. Kevin mochte sie nicht. Manchmal verstummten die beiden, wenn Kevin dazukam, und es war natürlich klar, dass sie hinter seinem Rücken über ihn geredet hatten. Diese Tratschmäuler.

Aber Kevin war ein guter Cop, und er wusste es. Bill wusste es ebenfalls, genau wie Coffey und Ramirez. Kevin hatte ein klares Gespür dafür, wann man Fragen stellen und wann man schweigen musste. Er sah, wann ihn die Leute anlogen, und er brachte Mörder hinter Gitter, weil in der Bibel stand: Du sollst nicht töten. Er glaubte an Gott, und dadurch, dass er die Schuldigen ins Gefängnis brachte, erfüllte er Gottes Willen.

Als er wieder zu Hause war, irrte er unruhig durch die Räume. Er widerstand der Versuchung, nach Erin zu rufen. Wenn sie da wäre, gäbe es keine Staubschicht auf dem Kaminsims, die Zeitschriften wären ordentlich auf dem Couchtisch gestapelt, und auf dem Sofa würde keine leere Wodkaflasche herumliegen. Wenn Erin da wäre, hätte sie längst die Vorhänge aufgezogen, und das Sonnenlicht würde auf die Dielen scheinen. Wenn Erin hier wäre, hätte sie das Geschirr gespült und weggeräumt, auf dem Tisch würde ein Abendessen auf ihn warten, und sie würde ihn lächelnd fragen, wie sein Tag gewesen sei. Später würden sie miteinander schlafen, weil er sie liebte und weil sie ihn liebte.

Kevin ging hinauf ins Schlafzimmer und schaute in den Kleiderschrank. Ein Hauch von Erins Parfüm wehte ihm entgegen. Dieses Parfüm hatte er ihr zu Weihnachten geschenkt. Er hatte gesehen, wie sie aus einer ihrer Zeitschriften den Duftstreifen von einer Reklame abgezogen und mit einem verzückten Lächeln daran geschnuppert hatte. Als sie ins Bett ging, riss er die Seite heraus, faltete sie und steckte sie in seinen Geldbeutel, um nicht zu vergessen, welches Parfüm es war. Er sah sie vor sich, wie sie es sich behutsam hinter die Ohren und auf die Handgelenke getupft hatte, als er an Silvester mit ihr ausging. Und wie hübsch sie ausgesehen hatte in ihrem schwarzen Cocktailkleid! Im Restaurant hatte Kevin beobachtet, wie die anderen Männer sie anschauten, wenn sie am Tisch vorbeikamen. Zu Hause hatten sie dann miteinander geschlafen, gerade als das neue Jahr begann.

Das Kleid war noch da und hing am selben Platz. Dieser Anblick rief so viele Erinnerungen in ihm wach! Vor einer Woche hatte er es vom Bügel genommen und an sich gedrückt, während er auf der Bettkante saß und weinte.

Von draußen her drang das gleichmäßige Zirpen der Grillen zu ihm herein, aber das Geräusch beruhigte ihn nicht. Eigentlich war es ja ein entspannter Tag gewesen, aber er war todmüde. Er hatte keine Lust gehabt, zu dem Grillfest zu gehen und die ganzen Fragen über Erin beantworten zu müssen. Er wollte nicht lügen. Nicht, weil er moralische Bedenken hatte, sondern weil es nicht leicht war, die Illusion, dass Erin ihn *nicht* verlassen hatte, die ganze Zeit aufrechtzuerhalten. Er hatte eine Geschichte erfunden, und an die hielt er sich schon seit ein paar Monaten: dass Erin jeden Abend anrief, dass sie die letzten Tage zu Hause gewesen war, dann aber wieder nach New Hampshire aufbrechen musste, weil ihre Freundin eine Chemotherapie bekam und Hilfe brauchte. Er wusste, dass er nicht ewig so weitermachen konnte, weil die Ausrede mit der Freundin schon jetzt ziemlich hohl klang. Bestimmt fragten sich die Leute bald, warum Erin nie in der Kirche zu sehen war oder in den Geschäften, warum man ihr nie auf der Straße begegnete und wie lange die Freundin noch ihren Beistand brauchte. Die Leute tuschelten garantiert bald hinter seinem Rücken über ihn und sagten Sachen wie: *Erin hat ihn verlassen* und *Ich glaube, ihre Ehe war doch nicht so perfekt, wie es aussah.* Bei dem Gedanken verkrampfte sich sein Magen, und ihm fiel ein, dass er noch nichts Richtiges gegessen hatte.

Der Kühlschrank war so gut wie leer. Erin hatte immer dafür gesorgt, dass Truthahnscheiben und Schinken und Dijon-Senf und frisches Roggenbrot aus der Bäckerei da waren. Aber jetzt hatte er nur eine Wahl: Er konnte das Mongolische Rindfleisch aufwärmen, das er vor zwei Tagen beim Chinesen mitgenommen hatte. Ganz unten im Kühlschrank waren ein paar Flecken zu sehen, und am liebsten hätte er wieder losgeheult, weil er an Erins Schreie denken musste. Und an den dumpfen Knall, als sie mit dem Kopf gegen die Tischkante donnerte, weil er sie quer durch die Küche geschleudert hatte. Er hatte sie geschlagen und getreten, weil im Kühlschrank Flecken waren. Und jetzt fragte er sich, warum er wegen solch einer Kleinigkeit derart ausgerastet war.

Kevin ging ins Bett. Und als er die Augen wieder öffnete, war es Mitternacht, und draußen war alles still. Auf der anderen Straßenseite, bei den Feldmans, brannte noch Licht. Er konnte die Feldmans nicht leiden. Im Gegensatz zu den übrigen Nachbarn winkte Larry Feldman ihm nie zur Begrüßung zu, wenn sie zufällig beide im Garten waren, und wenn seine Frau Gladys ihn sah, wandte sie den Blick ab und verschwand im Haus. Die beiden waren schon über sechzig und gehörten zu den Leuten, die schimpften, wenn ein Kind aus der Nachbarschaft über ihren Rasen lief, um eine Frisbee-Scheibe oder einen Baseball zu holen, der aus Versehen dort gelandet war. Und obwohl sie Juden waren, dekorierten sie vor den Festtagen ihr Haus mit Weihnachtslichtern, stellten aber auch den siebenarmigen Leuchter ins Fenster. All das verwirrte Kevin, und er fand, dass sie keine guten Nachbarn waren.

Er legte sich wieder hin, konnte aber nicht mehr einschlafen. Als Stunden später die ersten Sonnenstrahlen durchs Fenster drangen, musste er daran denken, dass sich für alle anderen nichts verändert hatte. Nur *sein* Leben war aus dem Lot. Sein Bruder Michael und dessen Frau Nadine machten ihre Kinder für die Schule fertig und fuhren dann zur Arbeit – sie waren beide am Boston College beschäftigt, und seine Mom und sein Dad lasen vermutlich den *Globe*, während sie ihre morgendliche Tasse Kaffee tranken. Es waren Verbrechen begangen worden, auf dem Revier warteten verschiedene Zeugen, und Coffey und Ramirez tratschten bestimmt schon wieder über ihn.

Kevin ging unter die Dusche. Zum Frühstück gab es Wodka mit Toast. Bei der Arbeit wurde er losgeschickt, um in einer Mordsache zu ermitteln. Eine junge Frau, Mitte zwanzig und höchstwahrscheinlich eine Prostituierte, war erstochen worden. Ihre Leiche lag in einem Müllcontainer. Den ganzen Vormittag sprach Kevin mit Gaffern, um möglichst viele Beweismittel zu sammeln. Als er die Befragungen abgeschlossen hatte, ging er zurück aufs Revier, um den Bericht zu schreiben, solange alles noch frisch in seinem Gedächtnis war. Ja, er war ein guter Cop.

Auf der Wache war viel Betrieb. Das Ergebnis eines langen Wochenendes. Polizeibeamte, die telefonierten oder am Schreibtisch Notizen machten oder mit Zeugen sprachen oder Opfern zuhörten, die von ihren Qualen erzählten. Ein hoher Geräuschpegel, ein ständiges Kommen und Gehen. Dauernd klingelte irgendwo ein Telefon. Kevin ging zu seinem Schreibtisch, einem von vieren in der Mitte des Raums. Durch die Tür winkte ihm Bill zu, stand aber nicht auf. Ramirez und Coffey saßen an ihren Tischen, ihm gegenüber.

»Alles okay?«, erkundigte sich Coffey. Er war Anfang vierzig, hatte Übergewicht und bekam schon eine Glatze. »Du siehst ganz schön beschissen aus.«

»Ich hab schlecht geschlafen«, erwiderte Kevin.

»Ich schlafe auch immer nicht gut, wenn Janet weg ist. Wann kommt Erin wieder nach Hause?«

Kevin verzog keine Miene.

»Nächstes Wochenende. Ich nehme ein paar Tage frei,

und wir wollen ans Cape fahren. Da waren wir seit Jahren nicht mehr.«

»Echt? Meine Mom wohnt dort. In welche Stadt wollt ihr?«

»Provincetown.«

»Genau da wohnt sie. Da gefällt es euch, unter Garantie. Ich bin auch oft dort. Wo habt ihr ein Zimmer gebucht?«

Wieso will er das alles wissen?, fragte sich Kevin. »Keine Ahnung«, antwortete er schließlich. »Um so was kümmert sich Erin.«

Er ging zur Kaffeekanne und goss sich einen Becher ein, obwohl er gar keine Lust auf Kaffee hatte. Auf jeden Fall musste er den Namen eines Bed-and-Breakfast und ein paar Restaurants heraussuchen, damit er irgendetwas erzählen konnte, wenn Coffey wieder fragte.

Seine Tage verliefen alle nach demselben Schema. Er arbeitete, befragte Zeugen und fuhr nach Hause. Der Job war anstrengend, und er wollte sich entspannen, aber zu Hause war nichts, wie es sein sollte, und die Arbeit verfolgte ihn. Früher hatte er gedacht, er würde sich irgendwann an den Anblick eines Mordopfers gewöhnen, aber die grauen, leblosen Körper gruben sich in sein Gedächtnis ein, und immer wieder kam es vor, dass ihm die Toten im Traum erschienen.

Er ging nicht gern nach Hause. Es begrüßte ihn keine wunderschöne Ehefrau mehr an der Tür. Seit Januar war Erin verschwunden. Inzwischen war das Haus ein einziges Chaos und völlig verdreckt, und er musste selbst die Wäsche waschen. Er hatte keine Ahnung gehabt, wie die Waschmaschine funktionierte. Beim ersten Versuch hatte er viel zu viel Waschpulver verwendet, und als er die Sachen herausholte, waren sie noch ganz seifig. Keine selbst gekochte warme Mahlzeit stand auf dem Tisch. Keine Kerzen. Stattdessen holte er sich auf dem Heimweg irgendwo etwas zu essen und aß auf dem Sofa. Manchmal machte er den Fernseher an. Erin mochte HGTV, einen Sender speziell für Heim und Garten, also guckte er ihn jetzt oft, obwohl dadurch die Leere in seinem Inneren fast unerträglich wurde.

Wenn er heimkam, machte er sich nicht mehr die Mühe, seine Waffe im entsprechenden Kästchen im Schrank zu verstauen. Dort lag noch eine zweite Glock für den Privatgebrauch. Erin hatte schon immer große Angst vor Schusswaffen gehabt, auch bevor er ihr die Pistole an die Schläfe gedrückt und gedroht hatte, er werde sie erschießen, wenn sie je wieder weglaufen würde. Sie hatte geschluchzt und geschrien, während er schwor, jeden Mann zu töten, mit dem sie ins Bett ging. Jeden Mann, den sie mochte. Sie war so dumm! Und er hatte sich so aufgeregt, weil sie abgehauen war! Er hatte von ihr verlangt, ihm den Namen des Mannes zu nennen, der ihr dabei geholfen hatte. Diesen Mann wollte er umbringen. Aber Erin hatte nur immer lauter geschrien und um ihr Leben gefleht und ihm versichert, es gebe keinen anderen Mann, und er hatte ihr geglaubt, denn immerhin war sie seine Ehefrau. Vor Gott und der Familie hatten sie sich ewige Treue gelobt, und in der Bibel stand: Du sollst nicht ehebrechen. Aber er hatte sowieso nicht geglaubt, dass Erin ihm untreu war. Es konnte eigentlich gar kein anderer Mann im Spiel sein. Seit sie verheiratet waren, passte er gut auf sie auf. Er rief im Laufe des Tages immer mal an und erlaubte ihr nie, ohne ihn einzukaufen und zum Friseur oder in die Bibliothek zu gehen. Sie hatte kein eigenes Auto, nicht mal einen Führerschein, und immer, wenn er zufällig in der Gegend war, hatte er einen kleinen Umweg gemacht und überprüft, ob sie zu Hause war. Sie war nicht fortgegangen, weil sie ihn mit einem anderen Mann betrügen wollte. Sie war abgehauen, weil sie nicht mehr getreten und geschlagen und die Kellertreppe hinuntergestoßen werden wollte. Er wusste ja selbst, dass er das nicht tun durfte, und er hatte hinterher immer Schuldgefühle gehabt und sich entschuldigt, aber genutzt hatte es alles nichts.

Sie hätte nicht weglaufen dürfen. Es brach ihm das Herz, denn er liebte sie mehr als sein Leben, und er hatte immer gut für sie gesorgt, ihr ein Haus gekauft und einen Kühlschrank und eine Waschmaschine, einen Trockner, neue Möbel. Und das Haus war immer blitzsauber gewesen, doch jetzt stapelte sich das Geschirr in der Spüle, und der Wäschekorb quoll über.

Ihm war klar, dass er putzen und aufräumen müsste, aber dazu fehlte ihm die Energie. Also ging er in die Küche und holte eine Flasche Wodka aus dem Gefrierfach. Es waren vier Flaschen da. Vor einer Woche waren es noch zwölf gewesen. Klar, er trank zu viel. Er wusste, dass er richtig essen und mit dem Trinken aufhören müsste, aber er hatte immer nur einen Wunsch: auf der Couch zu sitzen und Alkohol in sich hineinzuschütten. Wodka war gut, weil man davon keine Fahne bekam, und morgens merkte ihm keiner an, dass er einen fürchterlichen Kater hatte.

Er goss sich ein Glas ein, leerte es und füllte es gleich wieder, bevor er durch das leere Haus wanderte. Das Herz tat ihm weh, weil Erin nicht da war, und wenn sie plötzlich und unerwartet durch die Tür gekommen wäre, dann hätte er sich eindringlich dafür entschuldigt, dass er sie geschlagen hatte. Gemeinsam hätten sie die Probleme ausgeräumt und sich im Schlafzimmer geliebt. Er wollte sie in die Arme nehmen und ihr ins Ohr flüstern, wie sehr er sie anbetete, aber er wusste, dass sie nicht zurückkommen würde. Und obwohl er sie liebte, war er zugleich auch sehr wütend auf sie. Eine Ehefrau kann nicht einfach verschwinden! Eine Ehefrau kann nicht einfach ihr Eheleben aufgeben. Er wollte sie schlagen und treten und sie an den Haaren ziehen, weil sie so dumm war. Und so verdammt egoistisch! Er wollte ihr zeigen, dass es keinen Sinn hatte, abzuhauen.

Kevin kippte ein drittes Glas Wodka hinunter. Und ein viertes.

Ach, es war alles so verwirrend. Dieses Durcheinander! Im Wohnzimmer lag ein leerer Pizzakarton auf dem Fußboden, und der Türrahmen des Badezimmers war zersplittert und kaputt, die Tür schloss nicht mehr richtig. Er hatte sie eingetreten, weil seine Frau sich dort verkrochen hatte, um ihm zu entkommen. Er hatte sie an den Haaren gepackt, sie in der Küche verprügelt, sie war ins Bad gerannt, er hatte sie durchs ganze Haus verfolgt und dann die Tür eingetreten. Jetzt konnte er sich schon nicht mehr daran erinnern, weshalb sie sich gestritten hatten.

Überhaupt wusste er nicht mehr richtig, was an dem Abend passiert war. Er verdrängte, dass er ihr zwei Finger gebrochen hatte, obwohl es ganz offensichtlich gewesen war. Er erlaubte ihr eine Woche lang nicht, ins Krankenhaus zu gehen. Sie durfte erst zum Arzt, als die blauen

Flecken in ihrem Gesicht mit Make-up überdeckt werden konnten. Kochen und putzen musste sie mit einer Hand. Er schenkte ihr Blumen, er entschuldigte sich und sagte ihr, dass er sie liebe, und natürlich versprach er, dass es nie wieder passieren würde, und nachdem der Gipsverband abgenommen worden war, lud er sie zu einem Abendessen im Petroni's in Boston ein. Das Essen war sehr teuer, und über den Tisch hinweg lächelte er ihr zu. Anschließend waren sie ins Kino gegangen. Er wusste noch genau, wie er auf dem Heimweg dachte, dass er sie sehr liebte und dass er sich glücklich schätzen konnte, eine Frau wie sie zu haben.

KAPITEL 21

Alex blieb bis nach Mitternacht bei Katie und hörte ihr zu, während sie ihm die Geschichte ihres bisherigen Lebens erzählte. Als sie vor Müdigkeit und Erschöpfung nicht mehr weiterreden konnte, legte er den Arm um sie und gab ihr einen Gutenachtkuss. Auf der Heimfahrt wurde ihm klar, dass er noch nie einer Frau begegnet war, die so tapfer und stark war und so viel Lebensmut besaß.

Während der nächsten zwei Wochen waren sie viel zusammen – so oft es irgend ging. Alex arbeitete im Laden, Katie ihre Schichten im Ivan's, und dazwischen blieben ihnen meistens nur ein paar Stunden am Tag, aber er freute sich immer darauf, sie zu besuchen. Seit langem hatte er sich nicht mehr so auf etwas gefreut. Manchmal kamen Kristen und Josh mit. Es konnte aber auch passieren, dass Joyce ihn mit einem Augenzwinkern fortschickte und sagte, er solle sich gut amüsieren.

Sie trafen sich nur selten bei ihm zu Hause, und wenn, dann nur für einen kurzen Besuch. Alex redete sich ein, sie würden sich nur aus Rücksicht auf die Kinder so verhalten, aber ein Teil von ihm wusste, dass es auch etwas mit Carly zu tun hatte. Zwar gab es für ihn keinen Zweifel daran, dass er Katie liebte – und diese Überzeugung wuchs mit jedem Tag –, aber er war sich noch nicht sicher, ob er schon ganz dafür bereit war. Katie schien sein Zögern zu verstehen, und allem Anschein nach nahm sie es ihm nicht übel. Außerdem konnten sie in ihrem Cottage viel unkomplizierter allein sein.

Trotz allem hatten sie noch nicht miteinander geschlafen. Obwohl sich Alex oft ausmalte, wie schön es wäre, vor allem, wenn er kurz vor dem Einschlafen an Katie dachte, so wusste er doch, dass sie dazu noch nicht bereit war. Sie spürten beide intuitiv, dass es ihre Beziehung grundlegend verändern würde, weil es ein Zeichen dafür wäre, dass sie beide hofften, auf Dauer zusammenzubleiben. Doch im Moment genügte es ihnen, sich zu küssen und zu streicheln. Alex liebte den dezenten Duft von Katies Jasmin-Shampoo, er genoss es, ihre Hand in seiner zu halten. Diese Berührungen waren von einer süßen Vorfreude erfüllt, als würden sie sich für einander aufbewahren. Er hatte seit dem Tod seiner Frau mit keiner Frau geschlafen, und ihm wurde klar, dass er unbewusst auf Katie gewartet hatte.

Es machte ihm großen Spaß, ihr die Gegend zu zeigen. Sie gingen am Hafen spazieren, schauten sich die historischen Häuser an, die vornehme Architektur, und an einem Wochenende fuhr Alex mit Katie zu den Orton Plantation Gardens, wo sie zwischen tausend blühenden Rosenstöcken umherwanderten. Danach aßen sie in einem kleinen Bistro direkt am Wasser in Caswell Beach und hielten Händchen wie zwei Teenager.

Seit dem Abendessen bei ihr zu Hause hatte Katie nicht mehr über ihre Vergangenheit gesprochen, und Alex fragte sie auch nicht danach. Er nahm an, dass sie oft darüber nachdachte, vielleicht überlegte sie, wie viel sie ihm noch erzählen wollte, ob sie ihm wirklich vertrauen konnte, wie wichtig es war, dass sie noch verheiratet war, und was passieren würde, wenn Kevin sie womöglich aufspürte. Sobald Alex merkte, dass sie in Grübeleien versank, erinnerte er sie sanft daran, dass alles, was sie ihm anvertraute, bei ihm gut aufgehoben war. Er würde ihr Geheimnis stets für sich behalten.

Wenn er sie anschaute, überkam ihn manchmal eine maßlose Wut auf Kevin Tierney. Dass manche Männer ein solch schreckliches Verlangen hatten, andere Menschen zu unterwerfen und zu foltern, war ihm völlig unverständlich. Er vermochte sich das einfach nicht vorzustellen – so wenig wie er sich vorstellen konnte, zu fliegen oder unter Wasser zu atmen. Er wollte, dass Kevin seine gerechte Strafe bekam, dass auch er Ängste und Qualen durchleben musste wie Katie, die gleichen körperlichen Schmerzen. Beim Militär hatte er einmal einen Mann töten müssen, einen Soldaten, der Metamphetamine genommen hatte und so vollkommen durchgedreht war, dass er sogar eine Geisel mit einer Pistole bedrohte. Dieser Tod hatte seiner Arbeit eine neue, ernüchternde Dimension verliehen. Wenn Kevin je auftauchen sollte, würde er Katie beschützen, mit allem, was ihm zur Verfügung stand. Für ihn stand es außer Frage, dass man eine unschuldige Frau wie Katie vor einem Psychopathen beschützen musste.

An den meisten Tagen machten sich die Gespenster der Vergangenheit allerdings nicht bemerkbar. Katie und Alex waren entspannt und verstanden sich immer besser. Die Nachmittage mit den Kindern waren für ihn besonders schön. Katie besaß ein angeborenes Talent, mit Kindern umzugehen. Gleichgültig, ob sie mit Kristen am Teich die Enten fütterte oder ob sie mit Josh Ball spielte, sie traf immer genau den richtigen Ton, lustig, ermunternd, tröstlich – je nachdem. In dieser Hinsicht hatte sie große Ähnlichkeit mit Carly, und Alex war fest davon überzeugt, dass Katie die Frau war, von der Carly einmal gesprochen hatte.

In den letzten Wochen ihres Lebens hatte er immer an Carlys Bett Wache gehalten. Sie schlief fast die ganze Zeit, aber er befürchtete die seltenen Momente zu verpassen, in denen sie bei Bewusstsein war, auch wenn es noch so kurz sein mochte. In dieser Phase war die linke Seite ihres Körpers schon fast vollständig gelähmt, und sie konnte kaum noch sprechen. Aber in einer Nacht war sie kurz vor Anbruch der Morgendämmerung eine Weile lang hellwach und tastete nach seiner Hand.

»Ich möchte, dass du etwas für mich tust«, sagte sie mit großer Mühe und befeuchtete mit der Zunge immer wieder ihre aufgesprungenen Lippen. Ihre Stimme war heiser.

»Alles, was du willst.«

»Ich möchte, dass du … dass du glücklich bist.« Bei diesen Worten erschien ein Schatten ihres altvertrauten Lächelns auf ihren Lippen – selbstbewusst, optimistisch –, dieses Lächeln, das ihn schon bei ihrer ersten Begegnung so fasziniert hatte.

»Ich bin glücklich.«

Müde schüttelte sie den Kopf. »Ich rede von der Zukunft.« Ihre Augen leuchteten wie glühende Kohlen in ihrem abgemagerten Gesicht. »Wir wissen beide, was ich meine.«

»Nein, ich weiß es nicht.«

Sie ignorierte seine Worte. »Dass ich dich geheiratet

habe, dass ich jeden Tag mit dir verbringen konnte und dass ich zwei Kinder mit dir habe … das ist das Schönste, was mir im Leben passiert ist. Du bist der beste Mann, den ich kenne.«

Er spürte einen Kloß in der Kehle. »Mir geht es umgekehrt genauso.«

»Ich weiß«, erwiderte sie leise. »Und deswegen ist es auch so schwer für mich. Weil ich weiß, dass ich versagt habe und –«

»Du hast doch nicht versagt!«, unterbrach er sie.

Ihr Gesicht wurde traurig. »Ich liebe dich, Alex. Und ich liebe unsere Kinder«, flüsterte sie. »Und es würde mir das Herz brechen, wenn ich denken müsste, dass ihr nie wieder richtig glücklich werdet.«

»Carly –«

»Ich möchte, dass du eine neue Frau findest.« Sie hatte Mühe, richtig zu atmen, ihr schmaler Brustkorb zitterte. »Ich möchte, dass sie klug ist und gütig … und ich möchte, dass du dich in sie verliebst, denn du sollst nicht für den Rest deines Lebens allein bleiben.«

Alex brachte kein Wort über die Lippen, seine Augen waren blind vor Tränen.

»Die Kinder brauchen eine Mutter!« In seinen Ohren klang dies wie eine flehentliche Bitte. »Eine Frau, die sie genauso liebt wie ich und sie als ihre eigenen Kinder betrachtet.«

»Warum sagst du das alles?«, fragte er mit belegter Stimme.

»Weil ich glauben muss, dass es möglich ist.« Ihre abgemagerten Finger krallten sich verzweifelt in seinen Arm. »Es ist das Einzige, was mir noch bleibt.«

Und während er jetzt zuschaute, wie Katie hinter Josh und Kristen die Grasböschung zum Ententeich hinunterrannte, überkam ihn eine bittersüße Wehmut bei dem Gedanken, dass Carlys letzter Wunsch vielleicht endlich in Erfüllung gegangen war.

Sie mochte ihn. Sie mochte ihn mehr, als gut für sie war. Katie wusste, dass sie einen gefährlichen Grat entlangbalancierte. Alex von ihrer Vergangenheit zu erzählen, war ihr in der konkreten Situation richtig erschienen, und dass sie alles ausgesprochen und in Worte gefasst hatte, war für sie selbst ein Akt der Befreiung gewesen – als hätte sie eine erdrückende Last abgeschüttelt. Aber am Morgen danach war sie vor Angst wie gelähmt gewesen. Was hatte sie getan? Alex hatte als Ermittler gearbeitet, was bedeutete, dass er ohne Probleme ein paar Anrufe tätigen konnte, gleichgültig, was er ihr versprochen hatte. Er brauchte nur mit irgendjemandem zu sprechen, und dieser Jemand konnte mit einer dritten Person sprechen, und am Schluss würde Kevin alles erfahren. Sie hatte nicht erwähnt, dass Kevin eine fast unheimliche Begabung besaß, scheinbar unzusammenhängende Informationen miteinander zu verknüpfen – wenn ein Tatverdächtiger auf der Flucht war, gelang es Kevin fast immer, ihn ausfindig zu machen. Katie brauchte nur daran zu denken, dass sie Alex so viel anvertraut hatte, und schon wurde ihr übel.

Aber im Verlauf der nächsten Tage spürte sie, wie ihre Ängste nachließen. Alex fragte sie nicht aus, wenn sie allein waren, im Gegenteil, er verhielt sich so, als hätte ihre Geschichte für das gemeinsame Leben in Southport keine Bedeutung. Die Tage vergingen fröhlich und spontan und völlig unbelastet von den Schatten ihrer Vergangenheit. Katie verstand es selbst nicht, aber sie vertraute ihm. Wenn sie sich küssten, was immer häufiger passierte, bekam sie manchmal weiche Knie, und sie musste sich beherrschen, um ihn nicht an der Hand zu nehmen und in ihr Schlafzimmer zu ziehen.

Am Samstag, zwei Wochen nach ihrer ersten Verabredung, standen sie auf ihrer Veranda und küssten sich, eng umschlungen. Josh und Kristen waren bei einer Swimmingpool-Party, zu der ein Kind aus Joshs Klasse eingeladen hatte. Abends wollten Alex und Katie mit den beiden noch an den Strand fahren, um zu grillen, aber jetzt hatten sie ein paar Stunden für sich.

Als Alex Katie schließlich losließ, sagte sie mit einem Seufzer: »Du musst wirklich damit aufhören.«

»Womit? Was mache ich denn?«

»Alex – du weißt genau, was ich meine!«

»Aber ich kann nicht anders.«

Das Gefühl kenne ich, dachte Katie. »Soll ich dir sagen, was mir an dir gefällt?«

»Mein Körper?«

»Ja, klar, der auch.« Sie lachte. »Aber es gefällt mir auch, dass du mir das Gefühl gibst, etwas Besonderes zu sein.«

»Du *bist* etwas Besonderes!«

»Ich meine es ernst. Nur – manchmal frage ich mich, warum du keine andere gefunden hast. Seit deine Frau gestorben ist, meine ich.«

»Weil ich nicht gesucht habe«, antwortete er. »Aber selbst wenn es eine andere gäbe, würde ich sie augenblicklich verlassen, um mit dir zusammen zu sein.«

»Das ist nicht nett.« Katie boxte ihn in die Rippen.

»Aber es stimmt. Ob du's glaubst oder nicht – ich bin wählerisch.«

»Ja, sehr wählerisch. Du willst Frauen, die emotionale Narben haben.«

»Du hast keine emotionalen Narben, du bist zäh. Du weißt, wie man überlebt. Das ist irgendwie sexy.«

»Ich glaube, du willst dich bei mir einschmeicheln, weil du hoffst, dass ich dir dann die Kleider vom Leib reiße.«

»Und – funktioniert es?«

»Es fehlt nicht viel«, gab Katie zu, und als sie sein Lachen hörte, spürte sie wieder, wie sehr er sie liebte.

»Ich bin so froh, dass du nach Southport gekommen bist«, murmelte er.

»Hmm.« Einen Moment lang schien sie in ihrer eigenen Welt zu versinken.

»Was ist?« Prüfend musterte er ihr Gesicht, plötzlich hellwach.

Sie schüttelte den Kopf. »Es war sehr knapp …« Mit einem tiefen Seufzer schlang sie die Arme um sich, als wollte sie sich gegen die Erinnerungen wappnen. »Fast hätte ich es nicht geschafft.«

KAPITEL 22

Gefrorener Schnee bedeckte die Gärten in Dorchester, eine glitzernde Schicht lag auf der Welt vor Erins Fenster. Der Januarhimmel, gestern noch trist und grau, leuchtete jetzt eisblau, die Temperatur war weit unter den Gefrierpunkt gesunken.

Es war Sonntagmorgen. Der Tag nach ihrem Friseurbesuch. Sie schaute in die Kloschüssel, nachdem sie Wasser gelassen hatte, weil sie sicher war, dass sie Blut entdecken würde. Ihre Nieren pulsierten, der ganze Rücken tat weh. Im Grunde ging der Schmerz von den Schulterblättern hinunter bis in die Beine. Stundenlang hatte sie deswegen in der Nacht wachgelegen, während Kevin neben ihr schnarchte. Aber zum Glück schienen die Verletzungen nicht allzu ernst zu sein. Leise schloss sie die Tür hinter sich und humpelte in die Küche. In ein paar Tagen ist der Horror vorbei, sagte sie sich. Aber sie musste aufpassen, dass Kevin keinen Verdacht schöpft. Jeder Schritt musste stimmen. Wenn sie es ignorierte, dass er sie gestern Abend geschlagen hatte, wurde er garantiert misstrauisch. Wenn sie zu weit ging, ebenfalls. Nach vier Jahren in der Hölle hatte sie die Regeln gelernt.

Um zwölf Uhr musste Kevin zur Arbeit, obwohl Sonntag war. Bald würde er aufstehen. Im Haus war es kalt, also zog Erin ein Sweatshirt über ihren Schlafanzug. Morgens hatte Kevin nichts dagegen. Meistens war er zu verkatert, um sich für sie zu interessieren. Sie kochte Kaffee, stellte Milch und Zucker auf den Tisch, außerdem Butter und Marmelade. Sie legte Besteck für ihn bereit. Was fehlte noch? Genau – ein Glas mit Eiswasser neben der Gabel. Dann steckte sie zwei Scheiben Brot in den Toaster, legte drei Eier auf die Arbeitsplatte und gab schon mal sechs Scheiben Speck in die Bratpfanne. Sie zischten und brutzelten, als Kevin in die Küche kam, sich an den Tisch setzte und sein Wasser trank. Sie goss ihm eine Tasse Kaffee ein.

»Ich war völlig k. o. gestern«, sagte er. »Um wie viel Uhr sind wir eigentlich ins Bett gegangen?«

»Gegen zehn«, antwortete sie und stellte den Kaffee neben sein leeres Wasserglas. »Es war noch nicht sehr spät. Du hast viel gearbeitet in letzter Zeit, und du warst erschöpft.«

Seine Augen waren blutunterlaufen. »Tut mir leid wegen gestern Abend. Ich wollte das nicht. Aber ich stehe wirklich extrem unter Druck. Seit Terrys Herzinfarkt arbeite ich für zwei, und diese Woche geht der Fall Preston los.«

»Ist schon okay«, sagte sie. Kevin hatte immer noch eine Alkoholfahne. »Dein Frühstück ist gleich fertig.«

Sie drehte den Speck mit einer Gabel um. Ein Fettspritzer traf sie am Unterarm, und der brennende Stich ließ sie ein paar Sekunden lang ihren schmerzenden Rücken vergessen.

Als der Speck schön knusprig war, legte sie vier Scheiben auf Kevins Teller und zwei auf ihren eigenen. Sie goss das Fett in eine leere Suppendose, wischte die Pfanne mit einem Küchentuch aus und sprühte dann etwas Kochspray auf die heiße Fläche. Sie musste sich beeilen, damit der Speck nicht kalt wurde. Mit raschen Bewegungen stellte sie den Toaster an, schlug die Eier auf – Kevin mochte sie halbweich, ohne dass der Dotter aufplatzte, und sie beherrschte diese Kunst inzwischen bis zur Perfektion. Weil die Pfanne noch heiß war, ging alles schnell, sie wendete die Spiegeleier einmal kurz, bevor sie zwei auf seinen Teller gab und eins auf ihren. Die Toastscheiben klickten nach oben, und sie platzierte beide auf seinen Teller.

Sie nahm ihm gegenüber Platz, weil er darauf bestand, dass sie gemeinsam frühstückten. Er strich sich Butter auf den Toast und darauf Traubengelee, dann zerstach er mit seiner Gabel die Eier. Der Dotter floss aus, wie gelbes Blut. Mit dem Toastbrot tunkte er ihn auf.

»Was hast du heute vor?«, erkundigte er sich, trennte mit der Gabel noch ein Stück Ei ab und kaute.

»Ich will Fenster putzen und die Wäsche waschen«, antwortete sie.

»Die Bettlaken müssen nach der letzten Nacht wahrscheinlich auch gewaschen werden.« Er wackelte mit den Augenbrauen. Seine Haare standen in alle Richtungen ab, und in seinem Mundwinkel klebte ein Stück Ei.

Sie versuchte krampfhaft, ihren Ekel zu unterdrücken, und wechselte das Thema.

»Glaubst du, ihr erreicht eine Verurteilung im Fall Preston?«, fragte sie.

Er lehnte sich zurück und rollte zur Entspannung die Schultern, ehe er sich wieder über seinen Teller beugte. »Das kommt ganz auf den Staatsanwalt an. Higgins ist nicht schlecht, aber man kann nie wissen. Preston hat einen gerissenen Verteidiger, und der probiert unter Garantie, alle Fakten zu verdrehen.«

»Du machst das bestimmt sehr gut. Du bist klüger als er.«

»Wir werden sehen. Es nervt mich nur sehr, dass der Fall in Marlborough verhandelt wird. Higgins will mich am Dienstagabend einweisen, wenn die Gerichtsverhandlung für den Tag abgeschlossen ist.«

All das wusste Erin schon längst. Sie nickte verständnisvoll. Der Fall Preston war in den Medien ausführlich behandelt worden, und der Prozess sollte am Montag beginnen. In Marlborough, nicht in Boston. Lorraine Preston hatte angeblich einen Mann angeheuert, der ihren Ehemann ermorden sollte. Preston war Milliardär, ein erfolgreicher Hedgefonds-Manager, und seine Frau war eine vornehme Erbin, die in allen möglichen Wohltätigkeitsstiftungen aktiv war, von Kunstmuseen über das Symphonieorchester bis hin zu Schulen in der Innenstadt. Der mediale Rummel vor dem Prozess war phänomenal, seit Wochen gab es keinen Tag, an dem nicht ein, zwei Artikel auf der ersten Seite der Zeitung erschienen, und in den Abendnachrichten wurde regelmäßig ein Beitrag dazu gesendet. Massenhaft Geld, schlüpfriger Sex, Drogen, Betrug, Untreue. Mord und ein uneheliches Kind. Wegen der übergroßen Publicity hatte man den Prozess nach Marlborough verlegt. Kevin war einer von mehreren Cops, die an den Ermittlungen beteiligt gewesen waren und am Mittwoch aussagen sollten. Wie alle Leute hatte Erin die Nachrichten verfolgt, aber sie hatte auch Kevin hin und wieder über den Fall ausgefragt.

»Weißt du, was du brauchst, wenn du vom Gericht zurückkommst?«, sagte sie jetzt. »Einen schönen Abend. Wir sollten uns schick machen und essen gehen. Am Freitag hast du frei, oder?«

»Das haben wir doch gerade erst an Silvester gemacht«, knurrte Kevin und tunkte den Rest Eidotter mit dem Toastbrot auf. An seinen Fingern klebte Traubengelee.

»Wenn du nicht ausgehen möchtest, kann ich uns auch was Besonderes kochen. Du darfst dir was wünschen. Wir können Wein trinken und vielleicht den Kamin anmachen, und ich ziehe mich sexy an. Damit es ein richtig romantischer Abend wird.« Er blickte kurz von seinem Teller hoch, und sie fuhr fort: »Ich bin für alles offen. Jedenfalls brauchst du dringend ein bisschen Abwechslung. Mir gefällt es nicht, wenn du so viel arbeitest. Manchmal habe ich den Eindruck, sie erwarten von dir, dass du sämtliche Fälle allein löst.«

Kevin klopfte mit der Gabel an seinen Teller und musterte Erin misstrauisch. »Warum führst du dich so auf? Was geht hier ab?«

Sie ermahnte sich selbst, unbedingt das übliche Drehbuch einzuhalten, und stand vom Tisch auf.

»Vergiss es, okay?« Sie nahm ihren Teller. Die Gabel fiel klirrend auf den Boden. »Ich wollte dich nur unterstützen, aber wenn dir das nicht passt, bitte schön. Ich mach dir einen Vorschlag: Du überlegst dir, was du möchtest, und sagst mir dann Bescheid, okay?«

Mit raschen Schritten ging sie zur Spüle und drehte den Wasserhahn auf. Ihr war klar, dass sie ihn überrumpelt hatte und dass er jetzt nicht wusste, ob er wütend oder verblüfft sein sollte. Sie hielt die Finger in den Wasserstrahl und befeuchtete sich das Gesicht. Ein paarmal atmete sie heftig durch, die Hände vors Gesicht geschlagen, und gab unterdrückte Laute von sich. Ihre Schultern zuckten.

»Weinst du?«, fragte er. Sie hörte, dass er vom Tisch aufstand. »Wieso heulst du denn schon wieder, verdammt nochmal?«

Mit erstickter Stimme stieß sie hervor: »Ich weiß nicht mehr, was ich tun soll! Mir ist klar, wie wichtig dieser Fall ist und unter welch riesigem Druck du stehst …«

Das Ende des Satzes verschluckte sie, weil sie merkte, dass er sich ihr von hinten näherte. Als sie seine Berührung spürte, zuckte sie zusammen.

»Hey, ist schon gut«, sagte er mürrisch. »Du brauchst nicht zu weinen.«

Sie drehte sich zu ihm um, presste die Augen zusammen und legte ihr Gesicht an seine Brust. »Ich habe doch nur einen Wunsch: Ich möchte dich glücklich machen«, murmelte sie und rieb ihr feuchtes Gesicht an seinem Hemd.

»Uns wird schon was einfallen, okay? Wir machen uns ein schönes Wochenende. Ich versprech's dir. Als Wiedergutmachung für gestern Abend.«

Schniefend schlang sie die Arme um seinen Körper und drängte sich an ihn. »Es tut mit schrecklich leid. Ich weiß, du hättest heute Morgen gut darauf verzichten können, dass ich wegen nichts und wieder nichts anfange zu weinen. Es gibt schon genug, was dich belastet.«

»Ich kann damit umgehen.« Er senkte den Kopf, und sie wandte ihm das Gesicht zu, um ihn zu küssen, abermals mit geschlossenen Augen. Jetzt erwiderte er ihre Umarmung, und sie merkte seine Erregung. Er fand ihre Verwundbarkeit aufreizend.

»Wir haben noch ein bisschen Zeit, bevor ich zur Arbeit muss«, sagte er.

»Ich will die Küche aufräumen.«

»Das kann doch warten.«

Als er ein paar Minuten später auf ihr lag, gab sie die Geräusche von sich, die er hören wollte. Dabei starrte sie aus dem Schlafzimmerfenster und dachte an etwas anderes.

Sie hatte angefangen, den Winter zu hassen. Bei der klirrenden Kälte und weil der Garten mit Schnee bedeckt war, konnte sie nicht nach draußen. Kevin mochte es nicht, wenn sie durch die Nachbarschaft schlenderte, aber sie durfte im Garten arbeiten, da der Zaun sie abschirmte. Im Frühling pflanzte sie Blumen in Töpfe, und sie hatte hinter der Garage ein kleines Gemüsebeet angelegt, das viel Sonne abbekam, weil es nicht von den Ahornbäumen überschattet wurde. Im Herbst zog sie einen dicken Pullover über und las auf der Veranda die Bücher aus der Bibliothek, während die braunen Blätter fielen.

Im Winter jedoch lebte sie wie in einem Gefängnis. Alles war kalt und grau und düster. Schrecklich. An den meisten Tagen setzte sie keinen Fuß vor sie Tür, weil sie nicht vorausahnen konnte, wann Kevin unerwartet auftauchte. Sie wusste nicht, wie ihre Nachbarn hießen. Nur die Feldmans, die gegenüber auf der anderen Straßenseite wohnten, kannte sie näher. Im ersten Ehejahr hatte Kevin sie nur selten geschlagen, und manchmal war sie ohne ihn spazieren gegangen. Die Feldmans waren ein älteres Ehepaar und arbeiteten viel in ihrem Garten, und in diesem ersten Jahr hatte sich Erin öfter mit ihnen unterhalten, aber Kevin untersagte ihr nach einer Weile diese Begegnungen. Jetzt besuchte sie die Feldmans nur noch, wenn sie wusste, dass Kevin bei der Arbeit war und zu beschäftigt, um anzurufen. Sie passte auf, dass niemand anderes aus der Nachbarschaft sehen konnte, wie sie über die Straße zur Haustür der Nachbarn lief, und fühlte sich wie eine Spionin. Die beiden zeigten ihr Fotos von ihren Töchtern, als diese noch Kinder waren. Die eine Tochter war gestorben, die andere fortgezogen, und Erin spürte intuitiv, dass die Eheleute so einsam waren wie sie selbst. Im Sommer buk sie Heidelbeerkuchen für sie und verbrachte dann den Rest des Nachmittags damit, in der Küche auch die letzte Mehlspur zu beseitigen, damit Kevin nur ja nichts merkte.

Nachdem nun Kevin zur Arbeit gegangen war, putzte Erin die Fenster und bezog die Betten frisch. Sie saugte Staub und räumte die Küche auf. Dabei übte sie, mit tiefer Stimme zu sprechen, damit sie klang wie ein Mann. Sie versuchte, nicht an das Handy zu denken, das sie über Nacht aufgeladen und dann wieder unter der Spüle versteckt hatte. Sie wusste genau, dass sie so bald keine derart günstige Gelegenheit mehr bekommen würde, aber Angst hatte sie trotzdem, weil sehr vieles schiefgehen konnte.

Am Montagmorgen machte sie Frühstück für Kevin, genau wie jeden Tag. Vier Scheiben Speck, Spiegeleier, zwei Scheiben Toast. Er war schlechter Laune und unkonzentriert. Stumm las er die Zeitung, und als er seinen Mantel anzog, um zu gehen, sagte sie, dass sie gleich noch duschen werde.

»Das stelle ich mir schön vor, wenn man jeden Morgen

aufsteht und weiß, man kann tun, was man will, und zwar genau in dem Moment, wenn es einem passt«, brummte er.

Erin tat so, als hätte sie diese Bemerkung nicht gehört. »Möchtest du irgendwas Besonderes zum Abendessen?«, fragte sie ihn.

Er überlegte kurz. »Ja, Lasagne mit Knoblauchbrot. Und einen Salat.«

Als er aufbrach, stand sie am Fenster und schaute ihm nach, bis sein Wagen hinter der Ecke verschwunden war. Dann ging sie zum Telefon. Bei dem Gedanken daran, was sie vorhatte, wurde ihr schwindelig.

Sie rief die Telefonzentrale an und ließ sich zum Kundendienst durchstellen. Fünf Minuten vergingen. Sechs Minuten. Kevin brauchte zwanzig Minuten zur Arbeit, und er rief sie immer an, sobald er dort war. Sie hatte also noch genug Zeit. Schließlich meldete sich ein Mitarbeiter, fragte sie nach ihrem Namen, nach der Rechnungsadresse und nach dem Mädchennamen von Kevins Mutter, um sich abzusichern. Das Konto lief auf Kevins Namen, und sie sprach mit tiefer Stimme, während sie die Informationen gab, so wie sie es geübt hatte. Zwar klang sie nicht wie Kevin, vielleicht nicht einmal wie ein Mann, aber der Angestellte achtete nicht auf solche Details.

»Ist es möglich, dass ich von meinem Anschluss aus einen Anruf weiterleiten lasse?«, fragte sie.

»Das kostet zusätzliche Gebühren, aber Sie können dann auch anklopfen lassen, und Sie bekommen eine Mailbox. Es ist nur –«

»Ausgezeichnet. Aber können Sie das heute schon einrichten?«

»Ja, selbstverständlich.« Erin hörte, wie er etwas eingab. Es dauerte eine ganze Weile, bis er wieder sprach und ihr mitteilte, die Zusatzgebühren würden auf der nächsten Rechnung erscheinen, die in der folgenden Woche abgeschickt wurde. Allerdings werde der gesamte Monat berechnet, obwohl der neue Service erst ab heute aktiviert wurde. »Kein Problem«, sagte sie. Der Angestellte verlangte noch weitere Informationen und sagte ihr dann, der Vorgang sei nun abgeschlossen, sie könne den Service ab sofort nutzen. Erin legte auf und schaute ängstlich auf die Uhr. Die gesamte Transaktion hatte achtzehn Minuten gedauert.

Drei Minuten später meldete sich Kevin vom Revier aus.

Gleich nachdem sie aufgelegt hatte, rief Erin Super Shuttle an, einen Transportservice, der Reisende zum Flughafen und zum Busbahnhof brachte. Sie reservierte einen Platz für den folgenden Tag. Dann holte sie ihr Handy hervor und aktivierte es endlich. Sie wählte die Nummer des Kinos, weil es eine telefonische Ansage hatte. Auf diese Weise wollte sie sich vergewissern, dass das Handy auch funktionierte. Als Nächstes probierte sie aus, ob die Rufumleitung für das Festnetz funktionierte. Als Test rief sie ihre Festnetznummer vom Handy aus an. Ihr Herz klopfte wie verrückt, als das Telefon klingelte. Gleich nach dem zweiten Klingeln klickte es, und die Ansage des Kinos sprang an. Erin war so erleichtert, dass ihre Finger zitterten, als sie das Handy wieder ausstellte und in die Packung mit Scheuerpads steckte. Danach programmierte sie das Telefon wieder auf normal.

Vierzig Minuten später rief Kevin an.

Den Rest des Tages war sie wie betäubt. Sie musste sich dauernd mit irgendetwas beschäftigen, um nicht zu unruhig zu werden vor Sorge. Sie bügelte zwei Hemden und holte die Kleiderhülle und den Koffer aus der Garage, legte frische Socken bereit und putzte sein zweites Paar schwarze Schuhe. Sie fuhr mit der Fusselbürste über seinen schwarzen Anzug, den er vor Gericht immer trug, und holte drei Krawatten. Sie schrubbte das Badezimmer, bis man sich im Fußboden spiegeln konnte, und wischte die Scheuerleisten mit Essig. Sie staubte alles ab, was in der Porzellanvitrine stand, und begann mit den Vorbereitungen für die Lasagne, kochte die Pasta vor, machte eine Fleischsoße und legte die Schichten mit Käse aus. Sie bestrich vier Scheiben Sauerteigbrot mit Knoblauchbutter, gab etwas Oregano darauf und schnitt alles klein, was sie für den Salat brauchte. Dann ging sie unter die Dusche, zog sich sexy an, und um fünf Uhr schob sie die Lasagne in den Backofen.

Als Kevin nach Hause kam, war das Abendessen bereits fertig. Er aß Lasagne und erzählte von seinem Tag. Da er noch eine zweite Portion haben wollte, stand Erin gehorsam auf und bediente ihn. Nach dem Essen trank er Wodka, während sie sich im Fernsehen *Seinfeld* und *The King of Queens* anschauten. Anschließend kam Basketball, es spielten die Boston Celtics gegen die Minnesota Timberwolves. Erin saß neben Kevin, legte den Kopf an seine Schulter und verfolgte das Spiel. Kevin hingegen schlief ziemlich bald ein. Leise wanderte sie ins Schlafzimmer, legte sich hin und starrte zur Decke, bis er wieder aufwachte und hereingetorkelt kam. Er ließ sich aufs Bett fallen und war sofort weg, den Arm um sie geschlungen. Sein lautes Schnarchen klang wie eine Warnung.

Am Dienstagmorgen bereitete sie wie immer das Frühstück für ihn zu. Er packte seine Kleidung und die Toilettenartikel ein. Der Fahrt nach Marlborough stand nichts mehr im Weg. Kevin lud alles in den Wagen. Erin schaute ihm von der Haustür aus zu. Dann kam er zu ihr, um sie zum Abschied zu küssen.

»Morgen Abend bin ich wieder zu Hause«, sagte er.

»Du wirst mir fehlen«, flüsterte sie und schmiegte sich an ihn.

»So gegen acht müsste ich da sein.«

»Ich koche etwas, was ich für dich aufwärmen kann«, versprach sie. »Wie wär's mit Chili con carne?«

»Wahrscheinlich esse ich auf dem Heimweg irgendwo etwas.«

»Bist du dir sicher? Möchtest du wirklich Fastfood essen? Das ist doch so ungesund.«

»Schauen wir mal.«

»Ich kann ja trotzdem was kochen«, sagte sie. »Nur für alle Fälle.«

Er küsste sie noch einmal und sagte: »Ich ruf dich an.« Dabei ließ er seine Hände über ihren Körper wandern.

»Ich weiß.«

Im Badezimmer zog sie ihre Kleider aus, legte sie auf die Toilette und rollte den Badvorleger auf. Ins Waschbecken hatte sie eine Mülltüte gelegt. Jetzt starrte sie sich im Spiegel an. Nackt. Vorsichtig tastete sie nach den Prellungen am Brustkorb und am Handgelenk. Ihre Rippen konnte man einzeln abzählen, und die dunklen Ringe unter den Augen ließen sie verhärmt aussehen. Eine Welle der Wut überschwemmte sie, vermischt mit tiefer Traurigkeit, als sie sich vorstellte, wie er nach ihr suchen würde, wenn er nach Hause kam. Ihren Namen würde er rufen und als Erstes in die Küche gehen. Dann ins Schlafzimmer. Als Nächstes würde er in der Garage nachsehen, auf der hinteren Veranda und im Keller. »Wo steckst du?«, würde er schreien. »Was gibt's zum Abendessen?«

Wild entschlossen griff sie zur Schere und attackierte ihre Haare. Zehn Zentimeter lange blonde Strähnen landeten auf der Mülltüte. Mit den Fingern hielt sie die Strähnen fest, um sie möglichst gleichmäßig abzuschneiden. Sie bekam kaum Luft, weil sie solch einen Druck auf der Brust spürte.

»Ich hasse dich!«, rief sie mit bebender Stimme. »Die ganze Zeit hast du mich immer nur gedemütigt!« Vor Zorn traten ihr Tränen in die Augen. »Du hast mich geschlagen, nur weil ich einkaufen gehen musste!« Sie schnitt immer mehr ab und musste sich zusammenreißen, um die Spitzen einigermaßen gerade hinzubekommen. »Du hast mich gezwungen, Münzen aus deinem Geldbeutel zu stehlen! Und wenn du betrunken warst, hast du mich getreten!«

Ihre Hände zitterten. »Ich musste mich vor dir verstecken! Du hast mich so geschlagen, dass ich mich übergeben habe!«

Sie schnitt weiter. »Ich habe dich geliebt!«, rief sie dabei schluchzend. »Du hast mir versprochen, dass du mich nie wieder schlägst, und ich habe dir geglaubt. Ich wollte dir so gern glauben.« Als alle Haare einigermaßen gleich kurz aussahen, holte sie die Farbe aus dem Versteck unter dem Waschbecken. Dunkelbraun. Sie stellte sich in die Dusche, feuchtete die Haare an und massierte die Farbe ein. Und während sie einwirkte, stand Erin vor dem Spiegel und weinte hemmungslos. Als die vorgeschriebene Zeit abgelaufen war, spülte sie die Farbe unter der Dusche aus, wusch die Haare dann noch mit Shampoo und Conditioner und stellte sich wieder vor den Spiegel. Sorgfältig bearbeitete sie die Augenbrauen mit Mascara, damit sie nicht so hell waren. Als nächsten Schritt trug sie Selbstbräuner auf, damit ihre Haut dunkler wurde. Zum Schluss zog sie Jeans und einen Pullover an – und begutachtete sich im Spiegel.

Eine Fremde mit kurzen dunklen Haaren blickte ihr entgegen.

Pedantisch putzte sie anschließend das Bad. Nirgends durfte ein Härchen herumliegen, weder auf dem Fußboden noch in der Dusche. Alles wanderte in den Müllsack. Sie wischte das Waschbecken und das Regal peinlich sauber und band den Müllsack zu. Als Letztes benutzte sie Augentropfen, damit man ihr nicht ansehen konnte, dass sie geweint hatte.

Allmählich musste sie sich beeilen. Sie packte ihre Sachen in einen Reisebeutel, zwei Jeans, zwei Pullover, zwei T-Shirts. Unterhosen, BHs. Socken. Zahnbürste, Zahncreme. Eine Bürste. Mascara für die Brauen. Die wenigen Schmuckstücke, die sie besaß. Käse und Cracker, Nüsse und Rosinen. Eine Gabel, ein Messer. Dann holte sie das Geld, das sie auf der hinteren Veranda unter dem Blumentopf versteckt hatte. Das Handy. Und schließlich noch die Papiere, die sie brauchte, um ein neues Leben beginnen zu können. Papiere, die sie von Menschen gestohlen hatte, die ihr vertrauten. Es war ihr schrecklich unangenehm, dass sie einen Diebstahl begangen hatte, sie wusste, dass es falsch war, aber sie hatte keine andere Wahl gehabt und bat Gott innerlich um Verzeihung. Jetzt gab es kein Zurück mehr.

Sie hatte das Szenario tausendmal durchgespielt. Die meisten Nachbarn waren bei der Arbeit. Morgens hatte sie immer alle beobachtet und kannte ihren Tagesablauf. Erin wollte nicht, dass irgendjemand beobachtete, wie sie das Haus verließ, sie wollte nicht, dass irgendjemand sie erkannte.

Sie setzte eine Mütze auf und zog ihre Jacke an, außerdem Schal und Handschuhe. Dann nahm sie den Reisebeutel, stopfte ihn unter ihren Pullover und drückte so lange daran herum, bis er einigermaßen rund wirkte. Bis sie schwanger aussah. Sie zog ihren langen Mantel über, der weit genug war, um die Wölbung zu umhüllen.

Wieder begutachtete sie sich im Spiegel. Kurze, dunkle Haare. Braune Haut. Schwanger. Sie setzte ihre Sonnenbrille auf, und bevor sie aus dem Haus ging, machte sie ihr Handy an und stellte das Telefon auf Rufumleitung. Sie verließ den Garten durch das Seitentor, ging zwischen ihrem Haus und dem der Nachbarn hindurch, immer am Zaun entlang. Mit einer schnellen Bewegung warf sie ihre Mülltüte in die Tonne der Nachbarn. Sie wusste, dass beide arbeiteten und deswegen nicht zu Hause waren. Für das nächste Haus galt das Gleiche. Erin durchquerte rasch ihren Garten und ging seitlich am Haus entlang, bis sie endlich den vereisten Gehweg betrat.

Es hatte wieder angefangen zu schneien. Morgen, das wusste sie, waren ihre Fußspuren längst verschwunden.

Sie musste gut einen halben Kilometer gehen. Mit gesenktem Kopf setzte sie einen Fuß vor den anderen, versuchte, den beißenden Wind zu ignorieren. Sie fühlte sich benommen, frei, verängstigt – alles gleichzeitig. Morgen Abend würde Kevin durch das Haus gehen und sie suchen, nach ihr rufen, aber er würde sie nicht finden, weil sie nicht mehr da war. Und morgen Abend würde er beginnen, sie zu jagen.

Schnee wirbelte durch die Luft, als Katie an der Kreuzung stand, direkt vor einem Restaurant. In der Ferne sah sie, wie der blaue Shuttle-Bus um die Ecke bog. Ihr Herz klopfte. Genau in dem Moment klingelte ihr Handy.

Sie wurde totenblass unter ihrer Bräune. Autos fuhren vorbei, man hörte, wie sie zischend durch den Schneematsch rollten. Der blaue Bus wechselte die Spur und kam auf ihre Seite der Straße. Sie musste den Anruf annehmen. Ihr blieb gar nichts anderes übrig. Aber der Bus näherte sich unaufhaltsam, und der Straßenlärm war nicht zu überhören. Wenn sie jetzt abnahm, wusste er gleich, dass sie draußen im Freien war. Dass sie ihn verlassen hatte.

Ihr Handy klingelte zum dritten Mal. Der blaue Bus hielt an einer roten Ampel. Vor der nächsten Querstraße.

Mit schnellen Schritten ging sie in das Restaurant. Dort waren die Straßengeräusche gedämpfter, aber immer noch zu hören. Außerdem klapperte hier das Geschirr, und die Gäste unterhielten sich. Direkt vor ihr befand sich die Theke der Empfangsdame, die gerade von einem Mann nach einem Tisch gefragt wurde. Katie war ganz übel. Schützend legte sie die Hand um das kleine

Gerät und drehte sich zum Fenster. Hoffentlich konnte er nicht hören, was sich hinter ihr abspielte. Ihre Knie zitterten, als sie die Taste drückte und sich meldete.

»Warum hast du so lange gebraucht, um ans Telefon zu kommen?«, wollte er wissen.

»Ich war unter der Dusche«, antwortete sie. »Wie läuft's?«

»Ich habe etwa zehn Minuten Pause«, sagte er. »Wie geht es dir?«

»Ganz gut, danke.«

Er zögerte. »Du klingst irgendwie komisch«, sagte er. »Stimmt was nicht mit dem Telefon?«

Die Ampel an der Ecke schaltete auf Grün. Der Shuttle-Bus blinkte, um anzuzeigen, dass er an den Straßenrand fuhr. Hoffentlich wartet er, dachte sie flehentlich. Die Gäste hinter ihr im Restaurant waren verblüffend leise.

»Ich weiß es nicht. Du klingst völlig normal«, sagte sie. »Wahrscheinlich hast du dort eine schlechte Verbindung. Wie war die Fahrt?«

»Nicht schlecht, als ich erstmal aus der Stadt raus war. Aber an manchen Stellen war die Straße immer noch vereist.«

»Das klingt gar nicht gut. Sei vorsichtig.«

»Kein Problem. Geht schon.«

»Ich weiß.« Der Shuttle-Bus hielt jetzt an, der Fahrer blickte sich um und suchte nach ihr. »Ich sag das nur ungern – aber könntest du mich in ein paar Minuten noch mal anrufen? Ich habe nämlich Conditioner in den Haaren und würde ihn gern ausspülen.«

»Okay«, knurrte er. »Ich ruf dich nachher wieder an.«

»Ich liebe dich«, flötete sie.

»Ich dich auch.«

Sie ließ ihn auflegen, ehe sie selbst die Taste an ihrem Handy drückte. Dann verließ sie schnell das Restaurant und rannte zum Shuttle.

Am Busbahnhof angekommen, kaufte sie eine Fahrkarte nach Philadelphia und wurde dabei nervös, weil sich der Mann hinter dem Schalter unbedingt mit ihr unterhalten wollte.

Statt in der Halle zu warten, ging sie über die Straße, um zu frühstücken. Durch das Geld für den Shuttle und die Busfahrkarte war schon die Hälfte ihrer Ersparnisse aufgebraucht. Aber sie musste etwas essen. Sie bestellte Pfannkuchen, ein Würstchen und Milch und setzte sich in eine Nische. Jemand hatte eine Zeitung liegen lassen, und Katie zwang sich zu lesen. Kevin rief an, während sie noch da saß, und weil er wieder sagte, das Telefon klinge komisch, entgegnete sie, das liege bestimmt am schlechten Wetter.

Zwanzig Minuten später stieg sie in den Bus. Eine ältere Dame deutete auf ihren dicken Bauch, als sie den Gang hinunterging.

»Na – wie lange noch?«, fragte sie.

»Noch einen Monat.«

»Das erste?«

»Ja«, antwortete Katie, aber ihr Mund war so trocken, dass ihr das Sprechen schwerfiel. Sie suchte sich einen Platz im hinteren Teil des Busses. Ringsum saßen Leute. Neben ihr, auf der anderen Seite des Gangs, befand sich ein junges Paar. Die zwei waren sicher noch keine zwanzig, das Mädchen hatte ein Bein über seines gelegt. Sie hörten Musik und wackelten dazu mit den Köpfen.

Katie starrte aus dem Fenster, als der Bus losfuhr. Vielleicht war doch alles nur ein Traum? Sie erreichten die Autobahn, Boston wich immer weiter zurück, grau und kalt. Der Rücken tat ihr weh, es schneite immer noch, und die Autos, die den Bus überholten, bespritzten ihn mit Schneematsch.

Wie gern hätte sie mit jemandem gesprochen! Am liebsten hätte sie allen erzählt, dass sie fortlief, weil ihr Mann sie schlug, und dass sie nicht die Polizei rufen konnte, weil ihr Mann die Polizei war. Sie wollte erzählen, dass sie nicht viel Geld hatte und dass sie nie wieder ihren eigenen Namen verwenden konnte. Wenn sie das täte, würde er sie finden, sie nach Hause schleifen und sie erneut verprügeln, nur dass er dieses Mal sicher nicht aufhören würde. Sie wollte ihnen sagen, dass sie schreckliche Angst hatte, weil sie nicht wusste, wo sie heute Nacht schlafen sollte oder was sie essen würde, wenn ihr Geld verbraucht war.

Die Städte flogen vorbei. Der Verkehr auf der Autobahn wurde etwas spärlicher, dann war wieder mehr los. Katie wusste nicht, was sie tun sollte. Ihre Pläne hatten immer nur bis hierher geführt, bis zur Busfahrt, und es gab niemanden, den sie um Hilfe bitten konnte. Sie war allein und besaß nichts außer den paar Habseligkeiten, die sie bei sich trug.

Eine Stunde vor Philadelphia klingelte ihr Handy wieder. Sie versuchte, das Handy gegen Geräusche abzuschirmen, und unterhielt sich mit ihm. Bevor er auflegte, kündigte er noch an, dass er sie anrufen werde, bevor er ins Bett ging.

Am späten Nachmittag erreichten sie Philadelphia. Es war kalt, aber es schneite nicht. Die Passagiere stiegen aus, aber Katie wartete, bis alle draußen waren. Auf der Toilette holte sie die Reisetasche unter dem Pullover hervor, ging dann in den Wartesaal und setzte sich auf eine Bank. Ihr Magen knurrte, deshalb aß sie ein Stückchen Käse und zwei Cracker. Ihr war klar, dass sie ihre Vorräte streng dosieren musste, also packte sie den Rest sorgfältig fort, obwohl sie gern noch mehr gegessen hätte. Immerhin hatte sie wieder etwas im Magen. Sie kaufte sich einen Stadtplan und ging nach draußen.

Der Busbahnhof befand sich in der Innenstadt. Sie sah das Kongresszentrum und das Trocadero-Theater. Hier fühlte sich Katie sicher, aber es bedeutete auch, dass sie sich hier in der Nähe kein Hotelzimmer leisten konnte. Dem Stadtplan entnahm sie, dass sie nicht weit von Chinatown entfernt war, und weil ihr nichts Besseres einfiel, ging sie in diese Richtung.

Drei Stunden später hatte sie endlich ein Zimmer gefunden. Es war ziemlich schmuddelig und roch verraucht, und selbst das schmale Bett hatte kaum Platz darin. Eine richtige Lampe gab es nicht, nur eine nackte Glühbirne unter der Decke. Bad und Toilette befanden sich auf dem Flur und gehörten zu mehreren Zimmern. Die Wände waren grau und hatten Wasserflecken. Die Fenster waren vergittert. Aus den Zimmern rechts und links von ihrem hörte sie Stimmen. Sie unterhielten sich in einer Sprache, die sie nicht verstand. Aber etwas Luxuriöseres konnte sie sich nicht leisten. Ihr Geld reichte für drei Nächte und zur Not auch für vier, wenn sie sich nichts zu essen kaufte und nur die Sachen aß, die sie dabeihatte.

Zitternd setzte sie sich auf die Bettkarte. Sie hatte solche Angst: vor dem Zimmer, vor der Zukunft ... In ihrem Kopf drehte sich alles, sie musste zur Toilette, wollte aber das Zimmer nicht verlassen. Sie versuchte sich einzureden, das Ganze sei ein spannendes Abenteuer. Alles wird gut, sagte sie sich. Auch wenn es noch so verrückt klang – sie fragte sich allen Ernstes, ob das Ganze vielleicht doch ein Fehler war. Krampfhaft bemühte sie sich, nicht an die Küche und das Schlafzimmer zu denken und an all die Dinge, die sie zurückgelassen hatte. Klar, sie konnte eine Rückfahrkarte nach Boston kaufen. Sie wäre wieder zu Hause, bevor Kevin zurückkam. Er würde gar nicht merken, dass sie fort gewesen war. Aber sie hatte kurze dunkle Haare und keine plausible Erklärung dafür.

Die Sonne war längst untergegangen, aber die Straßenlaternen schienen durch das schmutzige Fenster. Draußen hupte ein Auto. Katie schaute hinaus. Alle Schilder auf Chinesisch. Manche Geschäfte hatten noch geöffnet. Stimmen in der Dunkelheit. Am Straßenrand stapelten sich Plastiksäcke mit Müll. Sie war in einer Stadt, die sie nicht kannte, umgeben von lauter Fremden. Ich kann das nicht, dachte sie. Ich bin nicht stark genug. In drei Tagen hatte sie keine Unterkunft mehr, es sei denn, sie fand einen Job. Wenn sie ihren Schmuck verkaufte, gewann sie vielleicht noch einen weiteren Tag. Aber was dann?

Sie war todmüde. Ihr Kreuz tat weh. Sie legte sich aufs Bett und schlief sofort ein. Das Klingeln ihres Handys weckte sie wieder auf. Sie musste sich sehr zusammenreißen, damit ihre Stimme normal klang. Nachdem sie aufgelegt hatte, war sie augenblicklich wieder eingeschlafen.

Am Morgen hörte sie draußen auf dem Flur Leute, die

zu dem gemeinsamen Badezimmer gingen. Sie folgte ihnen. Zwei Chinesinnen standen an den Waschbecken und unterhielten sich. An den Wänden sah man grünen Schimmel, und nasses Toilettenpapier lag auf dem Fußboden. Die Tür von Katies Kabine konnte man nicht verriegeln. Sie musste sie mit der Hand zuhalten.

Im Zimmer aß sie Käse und Cracker zum Frühstück. Wie gern hätte sie geduscht, aber sie stellte jetzt erst fest, dass sie vergessen hatte, Shampoo und Seife einzupacken. Sie zog frische Kleider an, putzte sich die Zähne und kämmte sich. Dann packte sie ihren Beutel um, weil sie ihn nicht im Zimmer lassen wollte, solange sie nicht da war. Sie hängte ihn über die Schulter und ging die Treppe hinunter, vorbei an dem Angestellten, der gestern schon am Empfangstisch gesessen und ihr den Schlüssel gegeben hatte. Ob er sich je von diesem Platz fortbewegte? Sie bezahlte für eine weitere Nacht und bat ihn, ihr Zimmer freizuhalten.

Der Himmel war blau, die Straße trocken. Katie dehnte sich und merkte, dass ihre Rückenschmerzen fast verschwunden waren. Es war kalt, aber längst nicht so eisig wie in Boston, und trotz ihrer tausend Ängste lächelte Katie. Sie hatte es geschafft! Sie war geflohen, und Kevin war Hunderte von Meilen entfernt und ahnte nicht, wo sie sich aufhielt. Bis jetzt wusste er nicht einmal, dass sie fortgegangen war. Er würde sie noch ein paarmal anrufen, dann wollte sie das Handy entsorgen und nie, nie wieder mit ihm sprechen.

Katie atmete die winterliche Luft ein. Ein neuer Tag, erfüllt von unbegrenzten Möglichkeiten. Heute musste sie einen Job finden. Heute begann der Rest ihres Lebens.

Sie hatte vorher schon zweimal versucht, fortzulaufen, und war davon überzeugt, dass sie aus ihren Fehlern gelernt hatte. Das erste Mal war ein knappes Jahr nach ihrer Heirat gewesen, nachdem er auf sie eingeschlagen hatte, als sie in der Ecke des Schlafzimmers kauerte. Die Heizungsrechnung war gekommen, und Kevin war sauer, weil sie den Thermostat etwas höher gestellt hatte, damit es im Haus nicht so kalt war. Als er endlich aufhörte, ging er los, um mehr Alkohol zu kaufen. Ohne lange zu überlegen, nahm sie ihre Jacke und stürzte aus dem Haus, humpelte die Straße hinunter. Kalter Schneeregen fiel vom Himmel, und ein paar Stunden später rief sie ihn an, weil sie einfach nicht wusste, wohin. Und er hatte sie abgeholt.

Das zweite Mal war sie immerhin bis Atlantic City gekommen. Sie hatte Geld aus seiner Brieftasche genommen und sich eine Busfahrkarte gekauft, aber sie war noch keine Stunde in der Stadt, da stand er schon vor ihr. Mit halsbrecherischer Geschwindigkeit war er gefahren, weil er sich ausrechnen konnte, dass sie dort war, denn Atlantic City war der einzige Ort, wo sie noch Freunde hatte. Auf der Rückfahrt musste sie in Handschellen hinten im Wagen hocken. Unterwegs hielt er an, parkte in der Nähe eines Bürogebäudes und verprügelte sie. Später am Abend hielt er ihr seine Pistole unter die Nase.

Von da an sorgte er konsequent dafür, dass sie nicht mehr abhauen konnte. Meistens schloss er sein Geld fort, und er überwachte zwanghaft, was sie tat und wo sie war. Sie wusste, dass er Himmel und Hölle in Bewegung setzen würde, um sie zu finden. Er war verrückt, aber dabei auch hartnäckig und professionell, und meistens hatte er den richtigen Riecher. Er würde herausfinden, wo sie war, er würde nach Philadelphia kommen und sie suchen. Klar, sie hatte einen gewissen Vorsprung, aber mehr auch nicht. Sie besaß nicht genug Geld, um weiter fort neu anzufangen. Deshalb musste sie sehr wachsam sein und immer über die Schulter sehen. Ihre Zeit in Philadelphia war begrenzt.

Am dritten Tag fand sie einen Job als Cocktail-Kellnerin. Sie gab einen erfundenen Namen an und eine falsche Sozialversicherungsnummer. Irgendwann würden ihre Daten überprüft werden, aber bis dahin war sie längst wieder fort. Sie fand ein anderes Zimmer, am entgegengesetzten Ende von Chinatown. Sie arbeitete zwei Wochen, sparte das meiste Trinkgeld und suchte sich einen anderen Job, ohne ihren Lohnscheck abzuholen. Weil sie keinen Ausweis besaß, konnte sie sich den Scheck sowieso nicht auszahlen lassen. Danach bediente sie drei Wochen in einem kleinen Restaurant und suchte sich ein Zimmer außerhalb von Chinatown – in einem heruntergekommenen Motel, das einen Wochentarif anbot. Es befand sich zwar in einer weniger sicheren Gegend, aber das Zimmer war trotzdem teurer, weil es eine eigene Dusche mit Toilette besaß, und das lohnte sich, weil Katie so endlich ein bisschen mehr Privatsphäre hatte und ihre Sachen dortlassen konnte. Inzwischen hatte sie ein paar Hundert Dollar gespart, mehr, als sie zu Beginn ihrer Flucht besessen hatte, aber für einen richtigen Neuanfang reichte es trotzdem noch nicht. Wieder wechselte sie den Job, ohne ihren Lohn zu kassieren, ja, sie ging noch nicht einmal hin, um sich abzumelden. Innerhalb weniger Tage hatte sie eine dritte Arbeit gefunden, wieder in einem kleinen Restaurant. Diesmal sagte sie dem Manager, sie heiße Erica.

Die ganze Zeit über blieb sie extrem wachsam, und nur vier Tage, nachdem sie in dem letzten Lokal angefangen hatte, sah sie auf dem Weg dorthin einen Wagen am Straßenrand stehen, der irgendwie nicht in die Gegend zu gehören schien. Katie blieb wie angewurzelt stehen.

Sie wusste nicht, wieso ihr das Auto aufgefallen war. Vielleicht, weil es so sauber glänzte, dass es die Strahlen der frühen Morgensonne reflektierte. Und dann sah sie, dass sich auf dem Fahrersitz jemand bewegte. Der Motor lief nicht, und es kam ihr seltsam vor, dass ein Fahrer an einem eiskalten Morgen in einem unbeheizten Auto saß. Das taten nur Leute, die auf jemanden warteten.

Oder die nach jemandem Ausschau hielten.

Kevin.

Sie wusste, dass er es war – mit einer Gewissheit, die sie selbst überraschte. Sie machte ein paar Schritte rückwärts. Hoffentlich schaute er nicht in den Rückspiegel. Hoffentlich hatte er sie nicht gesehen! Sobald sie außer Sichtweite war, fing sie an zu rennen, zurück zum Motel. Ihr Herz raste. Sie war seit Jahren nicht mehr so schnell gerannt. Immer wieder blickte sie über die Schulter zurück, doch Kevin folgte ihr nicht.

Aber das war unerheblich – offenbar hatte er herausgefunden, dass sie in Philadelphia war. Er wusste, wo sie jobbte.

In ihrem Zimmer warf sie alles in den Reisebeutel und war innerhalb weniger Minuten zur Tür hinaus und unterwegs zum Busbahnhof. Aber zu Fuß dauerte es ewig. Mindestens eine Stunde. Und sie hatte nicht viel Zeit. Sie machte auf dem Absatz kehrt und rannte zurück zum Motel. Dort bat sie den Angestellten an der Rezeption, ihr ein Taxi zu bestellen. Der Wagen kam nach zehn Minuten. Es waren die längsten zehn Minuten ihres Lebens.

Am Busbahnhof angekommen, studierte sie hektisch den Fahrplan und entschied sich für einen Bus nach New York. Abfahrt in einer halben Stunde. Bis sie einsteigen konnte, versteckte sie sich auf der Damentoilette. Im Bus ließ sie sich tief in ihren Sitz sinken. Die Fahrt nach New York dauerte nicht lange. Dort nahm sie wieder den nächstbesten Bus. Er fuhr nach Omaha.

Gegen Abend stieg sie irgendwo in Ohio aus, schlief auf dem Busbahnhof, und am nächsten Morgen suchte sie eine Fernfahrer-Raststätte. Sie traf auf einen Mann, der Waren nach Wilmington, North Carolina, transportierte.

Ein paar Tage später kam sie nach Southport und fand das Cottage. Ihren Schmuck hatte sie verkauft, sie konnte die Miete für den ersten Monat bezahlen, aber es blieb kein Geld für Lebensmittel übrig.

KAPITEL 23

Es war Mitte Juni. Nach einer turbulenten Schicht im Ivan's machte sich Katie auf den Heimweg. Bei dem Laternenpfahl, an den Katie ihr Fahrrad angeschlossen hatte, sah sie eine vertraute Gestalt und winkte ihr zu.

»Was tust du hier?«, fragte Katie ihre Freundin und umarmte sie. Bisher war sie Jo noch nie in der Stadt begegnet, und aus irgendeinem Grund kam es ihr seltsam vor, sie in einem ganz anderen Umfeld zu treffen.

»Ich wollte dich sehen. Wo warst du in letzter Zeit? Ich hab dich vermisst.«

»Mir geht es umgekehrt genauso.«

»Ich war jedenfalls oft genug zu Hause, um zu wissen, dass du dich in den letzten Wochen öfter mit Alex getroffen hast.« Jo zwinkerte ihr zu. »Aber ich bin deine Freundin und möchte mich nicht aufdrängen. Und ich hab mir gedacht, dass ihr zwei auch gern mal allein seid.«

Wider Willen wurde Katie rot. »Woher wusstest du, dass ich hier bin?«

»Ich hab es nicht gewusst. Aber bei dir brannte kein Licht, und da dachte ich mir, ich probier's mal.« Jo zuckte die Achseln. »Hast du was vor? Wollen wir noch was trinken gehen, bevor du nach Hause fährst?« Als sie merkte, dass Katie zögerte, fügte sie hinzu: »Ich weiß, es ist schon spät. Nur ein Gläschen, versprochen. Dann darfst du schlafen gehen.«

»Okay, ein Glas«, sagte Katie.

Ein paar Minuten später betraten sie den Pub, der hier in der Gegend sehr beliebt war. Die Wände waren mit dunklem Holz getäfelt, dem man ansah, dass es schon einige Jahrzehnte alt war. Hinter dem Tresen befand sich ein großer Spiegel. An diesem Abend war nicht viel los, und die beiden Frauen setzten sich hinten in eine Ecke. Da man nicht am Tisch bedient wurde, ging Katie an den Tresen, bestellte zwei Gläser Wein und brachte sie zu ihrer Freundin.

»Vielen Dank«, sagte Jo und nahm ihr Glas entgegen. »Das nächste Mal bin ich dran.« Sie lehnte sich zurück. »Also – du und Alex, stimmt's?«

»Willst du wirklich *darüber* mit mir reden?«, fragte Katie.

»Na ja, leider habe ich im Moment kein eigenes Liebesleben, deshalb muss ich sozusagen aus zweiter Hand ein bisschen von dir abkriegen. Sieht so aus, als ging's euch beiden gut. Er kommt öfter zu dir – letzte Woche zweimal? Oder dreimal? Und in der Woche davor war's ganz ähnlich, oder?«

Sogar noch häufiger, dachte Katie. »Ja, so ungefähr.«

Jo drehte den Stiel ihres Weinglases. »Hmm.«

»Was heißt ›hmm‹?«

»Man könnte meinen, so langsam wird es ernst.« Sie zog die Augenbrauen hoch.

»Wir sind immer noch dabei, uns näher kennenzulernen«, erklärte Katie, die nicht recht wusste, worauf Jo mit ihren Fragen hinauswollte.

»So fängt jede Beziehung an. Er mag dich, du magst ihn. Und daraus kann sich dann etwas entwickeln.«

»Bist du wirklich deswegen in die Stadt gekommen? Um irgendwelche Einzelheiten zu erfahren?« Katie bemühte sich, nicht allzu genervt zu klingen.

»Nicht *alle* Einzelheiten. Nur die pikanten.«

Bei dieser Antwort verdrehte Katie die Augen. »Wie wär's, wenn wir zur Abwechslung mal über deine Beziehungen reden?«

»Wieso? Willst du unbedingt deprimiert werden?«

»Wann hattest du denn das letzte Mal ein Date?«

»Ein echt gutes Date? Oder nur ein durchschnittliches?«

»Ein echt gutes Date.«

Jo zögerte. »Ich würde sagen, es ist mindestens zwei Jahre her.«

»Was ist passiert?«

Jo tunkte einen Finger in ihren Wein und fuhr dann über den Rand des Glases, so dass es zu klingen begann. Schließlich blickte sie Katie in die Augen. »Es ist gar nicht leicht, einen guten Mann zu finden«, sagte sie versonnen. »Nicht alle Frauen haben so viel Glück wie du.«

Katie wusste nicht, wie sie reagieren sollte, also legte sie ihre Hand auf die von Jo und fragte leise: »Was ist los? Warum möchtest du mit mir reden?«

Ihre Freundin blickte sich in der leeren Kneipe um, als könnte sie aus der Umgebung eine Inspiration ziehen. »Überlegst du dir manchmal, was unser Leben zu bedeuten hat? Ob das hier alles ist oder ob es da oben noch etwas Größeres gibt? Und ob du für etwas Höheres bestimmt bist?«

»Ich glaube, das geht allen Menschen so«, erwiderte Katie. Langsam wurde sie neugierig.

»Als ich klein war, habe ich oft gespielt, ich sei eine Prinzessin, eine gute, edle Prinzessin. Die immer das Richtige tut und den Menschen hilft, ein schöneres Leben zu führen, damit alle glücklich und zufrieden sind.«

Katie nickte. Solche Gedanken und Träume hatte sie als Kind auch gehabt. Trotzdem verstand sie noch nicht recht, wovon Jo sprach.

»Ich glaube, deswegen mache ich heute diesen Job. Als ich angefangen habe, wollte ich den Menschen nur helfen. Ich habe mit Leuten geredet, die sehr darunter litten, dass ein geliebter Mensch gestorben war – ein Elternteil, ein Kind, ein Freund. Mein Herz quoll über vor Mitleid. Ich tat alles, was ich konnte, um ihnen den Schmerz zu erleichtern. Aber im Laufe der Zeit wurde mir klar, dass meine Möglichkeiten beschränkt sind, dass ich ihnen nicht alles abnehmen kann. Menschen, die trauern, müssen selbst entscheiden, ob sie loslassen wollen – der erste Schritt, dieser motivierende Funke, muss aus ihrem eigenen Inneren kommen. Und wenn das geschieht, öffnet sich eine Tür zu unbekannten Welten.«

Katie atmete tief durch und versuchte, den Ausführungen zu folgen. »Ich weiß nicht recht, was du mir sagen willst.«

Jo schwenkte den Wein im Glas und betrachtete die kleinen Wirbel, die sich dabei bildeten. Jetzt wurde sie sehr ernst. »Ich rede über dich und Alex.«

Das fand Katie nun doch verblüffend. »Von mir und Alex?«

»Ja.« Jo nickte. »Er hat dir erzählt, dass er seine Frau verloren hat, nicht wahr? Und wie schwer es für ihn und für die ganze Familie war, damit umzugehen.«

Auf einmal überkam Katie eine unangenehme Beklommenheit. »Ja, stimmt …«

»Dann sei behutsam mit ihnen«, fuhr Jo fort. »Mit allen dreien. Brich ihnen nicht das Herz.«

Es folgte ein betretenes Schweigen, und Katie musste daran denken, wie sie sich das erste Mal mit Jo über Alex unterhalten hatte.

»Habt ihr euch auch privat getroffen?«, hatte sie gefragt, und Jo hatte geantwortet:

»Ja, aber nicht so, wie du vielleicht denkst. Und um eins klarzustellen: Es ist schon sehr lange her, und jeder ist dann seinen eigenen Weg gegangen.«

Damals hatte Katie angenommen, dass Jo und Alex in der Vergangenheit ein Paar gewesen waren, aber jetzt …

Die Erkenntnis kam ganz plötzlich. Es war doch sonnenklar! Wieso hatte sie das nicht gleich begriffen? Die Therapeutin, die Alex erwähnt hatte und die sich nach Carlys Tod um die Kinder gekümmert und auch mit ihm gesprochen hatte – das war Jo! Katie richtete sich auf. »Du hast mit Alex und den Kindern gearbeitet, oder? Nachdem Carly gestorben ist, meine ich.«

»Ich möchte lieber nicht darüber sprechen«, erwiderte Jo. Sie klang ruhig und gelassen. Wie eine Therapeutin. »Ich kann aber so viel sagen, dass alle drei … mir sehr viel bedeuten. Und wenn es dir nicht ernst ist mit ihnen, wenn du nicht an die Möglichkeit einer gemeinsamen Zukunft glaubst – dann solltest du die Beziehung meiner Meinung nach jetzt beenden. Bevor es zu spät ist.«

Katie spürte, wie ihr die Hitze ins Gesicht stieg. Sie fand es unangebracht – ja, sogar anmaßend –, dass ihre

Nachbarin so mit ihr redete. »Ich weiß nicht, ob dich das wirklich etwas angeht«, sagte sie mit gepresster Stimme.

Jo nickte zögernd. »Du hast Recht. Es geht mich nichts an. Aber ich weiß, dass die drei schon genug durchgemacht haben. Und ich möchte verhindern, dass sie sich an eine Frau binden, die eventuell gar nicht in Southport bleiben will. Ich mache mir Sorgen, weil ich fürchte, dass die Vergangenheit nie ganz vergangen ist und du womöglich beschließt, wieder fortzugehen, gleichgültig, wie viel Kummer und Traurigkeit du dadurch auslöst.«

Katie war sprachlos. Dieses Gespräch kam so unerwartet, dass sie sich sehr unwohl fühlte. Jos Worte brachten ihre Gefühle völlig durcheinander.

Falls ihre Freundin spürte, wie belastend das alles für Katie war, ließ sie sich nichts anmerken, denn sie redete unbeirrt weiter.

»Man sollte nicht von Liebe sprechen, wenn man nicht bereit ist, sich festzulegen«, sagte sie. »Und man darf nicht nur an das denken, was man selbst will, sondern muss zudem die Wünsche des anderen berücksichtigen. Nicht nur jetzt, sondern auch in der Zukunft.« Sie fixierte Katie mit ihrem Blick, ihre braunen Augen ließen sie nicht los. »Bist du bereit, Alex' Frau zu werden und die Mutter seiner Kinder? Das ist es nämlich, wonach sich Alex sehnt. Vielleicht noch nicht sofort, aber ganz bestimmt irgendwann mal. Und wenn du nicht willens bist, dich darauf einzulassen, wenn du nur mit seinen Gefühlen und mit den Gefühlen der Kinder spielst, dann bist du nicht die Frau, die er braucht.«

Ehe Katie etwas erwidern konnte, war Jo schon von ihrem Stuhl aufgestanden und wollte gehen, redete aber trotzdem weiter. »Vielleicht ist es falsch, dass ich dir das alles gesagt habe, und vielleicht sind wir jetzt keine Freundinnen mehr, aber ich würde mich in meiner Haut nicht wohlfühlen, wenn ich nicht offen mit dir spreche. Ich habe dir ja gleich gesagt, dass er ein guter Mann ist – ein Mann, wie man ihn nur selten findet. Seine Liebe ist sehr tief und hört nie auf.« Jo wartete die Wirkung ihrer Worte ab, dann wurde ihr Gesichtsausdruck auf einmal weich. »Ich glaube, bei dir ist das genauso, aber ich wollte dir unbedingt etwas klarmachen: Wenn er dir etwas bedeutet, musst du bereit sein, dich festzulegen. Gleichgültig, was die Zukunft bringt. Gleichgültig, wie viel Angst du hast.«

Mit diesen Worten wandte sie sich ab und verließ den Pub. Katie blieb allein zurück, sprachlos vor Staunen. Erst als sie aufstand, um ebenfalls zu gehen, bemerkte sie, dass Jo ihren Wein nicht angerührt hatte.

KAPITEL 24

Kevin Tierney fuhr am Wochenende nicht nach Provincetown, wie er Coffey und Ramirez gesagt hatte. Nein, er blieb zu Hause, mit geschlossenen Vorhängen, und grübelte darüber nach, wie knapp er sie in Philadelphia verpasst hatte.

Es wäre ihm nicht gelungen, sie überhaupt bis dorthin zu verfolgen, wenn sie nicht am Busbahnhof einen großen Fehler gemacht hätte. Dass sie den Bus nehmen würde, war klar. Die Fahrkarten waren nicht teuer, und man musste keinen Ausweis vorlegen. Zwar wusste er nicht genau, wie viel Geld sie ihm gestohlen hatte, aber besonders viel konnte es nicht sein. Vom ersten Tag an hatte er die Finanzen kontrolliert. Er hatte sie immer gezwungen, ihm die Quittungen und das Wechselgeld zu geben, und nachdem sie das zweite Mal abgehauen war, hatte er sich angewöhnt, seinen Geldbeutel mit den Pistolen in dem Waffenkästchen einzuschließen, wenn er ins Bett ging. Aber manchmal schlief er auf dem Sofa ein. Wahrscheinlich hatte sie ihm den Geldbeutel aus der Hosentasche gezogen, ein paar Dollar geklaut und ihn heimlich ausgelacht. So wie sie morgens noch für ihn Frühstück gemacht und so getan hatte, als führte sie nichts Böses im Schilde. Er sah sie vor sich, wie sie lächelte und ihn küsste – aber innerlich hatte sie gelacht. Innerlich hatte sie ihn ausgelacht! Sie hatte ihm Geld gestohlen, und das durfte man nicht, denn in der Bibel stand: Du sollst nicht stehlen.

Er saß im Dunkeln auf dem Sofa und kaute auf seiner Unterlippe. Am Anfang hatte er noch gehofft, sie würde zurückkommen. Es schneite und war bitterkalt, da hielt sie bestimmt nicht lange durch. Als sie das erste Mal weglief, war es auch solch ein eisiger Abend gewesen, und nach ein paar Stunden hatte sie angerufen und ihn angefleht, sie zu holen, weil sie nicht weiterwusste. Zu Hause hatte sie ihn um Verzeihung gebeten, und er hatte ihr eine Tasse heiße Schokolade gemacht, während sie zitternd auf der Couch kauerte. Er brachte ihr eine Wolldecke und lächelte sie an, aber sobald sie aufhörte zu zittern, ging er wieder auf sie los und schlug auf sie ein, bis sie laut schluchzte. Als er morgens aufstand, um zur Arbeit zu gehen, hatte sie zwar die verschüttete Schokolade weggeputzt, aber auf dem Teppich war noch ein Fleck, den sie nicht entfernen konnte, und manchmal wurde er sehr wütend, wenn sein Blick darauffiel.

In jener Nacht im Januar, in der ihm klarwurde, dass sie fort war, trank er zwei Gläser Wodka und wartete. Doch das Telefon klingelte nicht, und die Haustür blieb verschlossen. Sie konnte noch nicht lange weg sein, denn er hatte eine knappe Stunde zuvor mit ihr telefoniert, und sie hatte gesagt, sie sei gerade dabei, das Abendessen vorzubereiten. Aber auf dem Herd stand nichts. Nirgends im Haus eine Spur von ihr. Auch nicht im Keller oder in der Garage. Kevin trat auf die vordere Veranda und hielt Ausschau nach Fußspuren im Schnee. Sie war eindeutig nicht durch die Haustür gegangen. Aber der Schnee im Garten hinter dem Haus war ebenfalls unberührt. Also hatte sie auch nicht die Hintertür genommen. Es sah aus, als wäre sie davongeschwebt. Oder als hätte sie sich in Luft aufgelöst. Was bedeutete, dass sie eigentlich irgendwo im Haus sein müsste. Aber sie war nicht da.

Zwei Gläser Wodka später war wieder eine halbe Stunde vergangen. Inzwischen kochte er vor Wut und hatte ein Loch in die Schlafzimmertür getreten. Er stürmte aus dem Haus, hämmerte bei den Nachbarn an die Tür und fragte sie, ob sie gesehen hätten, wie Erin das Haus verließ, aber niemand konnte ihm Auskunft geben. Er fuhr die Straßen in der näheren Umgebung ab und schaute sich nach ihr um. Wie hatte sie es geschafft, das Haus zu verlassen – spurlos? Er rechnete sich aus, dass sie inzwischen einen Vorsprung von mindestens zwei Stunden haben musste, aber zu Fuß kam sie bei diesem Wetter nicht weit. Es sei denn, jemand hatte sie abgeholt. Jemand, der ihr wichtig war. Ein Mann.

Kevin schlug mit der Faust aufs Lenkrad, sein Gesicht wutverzerrt. Sechs Straßen weiter begann schon die Einkaufszone. Er ging in die Geschäfte, zeigte ein Brieftaschenfoto herum und fragte, ob jemand diese Frau gesehen habe. Die Antwort lautete nein. Er sagte, die Frau sei vielleicht in Begleitung eines Mannes gewesen. Weiterhin erhielt er nur Kopfschütteln. Die Männer, die er fragte, waren sich ihrer Sache ganz sicher: Eine hübsche Blondine?, sagten sie, die wäre mir aufgefallen, vor allem an einem Abend wie heute.

Er fuhr jede Straße in einem Umkreis von fünf Meilen auf und ab, bevor er wieder auf sein Haus zusteuerte. Inzwischen war es drei Uhr morgens, und das Haus war leer.

Nachdem er noch ein Glas Wodka hinuntergekippt hatte, weinte er sich in den Schlaf.

Beim Aufwachen am nächsten Morgen kehrte die Wut sofort zurück. Mit einem Hammer zertrümmerte er die Blumentöpfe, die sie im Garten aufgestellt hatte. Schwer atmend ging er ans Telefon und meldete sich krank. Dann setzte er sich aufs Sofa, um zu überlegen, wie sie es geschafft hatte, einfach abzuhauen. Jemand musste sie abgeholt haben. Jemand musste sie irgendwohin gefahren haben. Jemand, den sie kannte. Ein Freund oder eine Freundin aus Atlantic City? Aus Altoona? Möglich. Aber er hatte jeden Monat die Telefonrechnung überprüft. Sie hatte kein einziges Ferngespräch geführt. Also jemand hier aus der Gegend. Aber wer? Sie ging nie irgendwohin, redete mit keinem Menschen. Dafür sorgte er.

Er schlurfte in die Küche, um sich einen Drink einzugießen. In dem Moment klingelte das Telefon. Er rannte hin, in der Hoffnung, es könnte Erin sein. Seltsamerweise klingelte das Telefon nur einmal, und als er abnahm, hörte er einen Wählton. Er starrte auf den Hörer. Was war das? Verwirrt legte er auf.

Wie hatte sie es geschafft? Irgendetwas entging ihm. Selbst wenn jemand sie abgeholt hatte – wie war sie auf die Straße gelangt, ohne Fußspuren zu hinterlassen? Er starrte aus dem Fenster und versuchte die Abfolge der Ereignisse nachzuvollziehen. Irgendetwas stimmte nicht. Aber was? Er wandte sich vom Fenster ab, und sein Blick fiel auf das Telefon. Plötzlich begriff er. Mit dem Handy rief er die Festnetznummer an, der Apparat klingelte wieder nur einmal. Das Handy klingelte weiter. Als er den Hörer des Festnetzapparats abnahm, hörte er erneut den

Wähltton und verstand, dass sie die Anrufe auf ein Handy umgeleitet hatte. Das bedeutete, dass sie gar nicht hier gewesen war, als er sie am Abend zuvor angerufen hatte. Es erklärte auch, warum bei den Gesprächen, die er von unterwegs mit ihr führte, die Verbindung immer so schlecht gewesen war. Und natürlich auch, warum im Schnee keine Fußspuren waren. Sie war seit Dienstagmorgen fort. Das wusste er jetzt.

Am Busbahnhof hatte sie einen Fehler gemacht, auch wenn sie eigentlich nichts dafür konnte. Sie hätte ihre Fahrkarte bei einer Frau kaufen sollen. Erin war sehr hübsch, und Männer erinnerten sich immer an hübsche Frauen. Da spielte es keine Rolle, ob sie lange blonde Haare hatten oder kurze braune. Auch nicht, ob sie schwanger waren oder nicht.

Er fuhr zum Busbahnhof, zeigte seine Polizeimarke und ein größeres Foto seiner Frau. Anfangs konnte keiner der Fahrkartenverkäufer ihm weiterhelfen, aber dann zögerte einer von ihnen kurz und sagte, er habe die Frau vielleicht gesehen – nur hätte sie kurze braune Haare gehabt. Und sie sei schwanger gewesen. Er konnte sich allerdings nicht mehr erinnern, wohin sie wollte.

Zu Hause fand Kevin im Computer ein Foto von ihr, und mit Hilfe von Photoshop veränderte er ihre Haare von blond zu braun und machte sie kurz. Am Freitag meldete er sich weiterhin krank. Ja, das ist sie, bestätigte der Fahrkartenverkäufer. Kevin spürte neue Energie. Sie dachte, sie sei klüger als er, aber sie war dumm und unvorsichtig, und sie hatte einen Fehler gemacht. In der nächsten Woche nahm er ein paar Tage frei und ging erneut zum Busbahnhof. Dort zeigte er das bearbeitete Foto verschiedenen Busfahrern. Er blieb den ganzen Tag dort, weil ja ständig Busse abfuhren und ankamen. In seinem Auto hatte er zwei Flaschen verstaut, goss den Wodka in einen Plastikbecher und trank ihn mit einem Strohhalm.

Am Samstag, elf Tage, nachdem sie ihn verlassen hatte, fand er den Fahrer. Er hatte sie nach Philadelphia gebracht. Er erinnerte sich an sie, weil sie hübsch und schwanger war und keinerlei Gepäck dabeihatte.

Philadelphia. Vielleicht war sie schon wieder woanders, aber er hatte keine andere Spur. Außerdem wusste er, dass sie nicht viel Geld besitzen konnte.

Er packte eine Tasche, setzte sich ins Auto und fuhr nach Philadelphia. Dort parkte er am Busbahnhof und versuchte, wie sie zu denken. Er war ein guter Cop und wusste, wenn es ihm gelang, ihre Gedanken nachzuvollziehen, konnte er sie finden. Menschen, das hatte er bei seiner Arbeit gelernt, waren berechenbar.

Der Bus, den sie genommen hatte, kam ein paar Minuten vor vier Uhr an. Kevin blieb in der Halle stehen und schaute systematisch in alle Richtungen. Hier musste sie vor einigen Tagen gestanden haben. Was tat sie wohl – in einer Stadt, die sie nicht kannte, ohne Geld, ohne Freunde und ohne Unterkunft?

Es war kalt, und abends wurde es früh dunkel. Sie konnte nicht sehr weit gegangen sein, und auf jeden Fall brauchte sie ein Zimmer. In einem Hotel, das Bargeld annahm. Aber wo? Nicht hier, nicht in diesem Stadtteil. Zu teuer. Also, wohin? Wohin war sie gegangen? Sie durfte sich nicht verlaufen oder in die falsche Richtung gehen.

Deshalb hatte sie vermutlich im Telefonbuch gesucht. Er begab sich in eine Telefonzelle und schaute unter Hotels nach. Endlos viele Seiten. Vielleicht hatte sie eins ausgewählt – aber dann? Sie musste irgendwie hinkommen. Das heißt, sie brauchte einen Stadtplan.

Er kaufte sich auf dem Busbahnhof einen Plan und zeigte dem Verkäufer das Foto, doch der schüttelte den Kopf. Er habe an dem Dienstag nicht gearbeitet. Kevin glaubte trotzdem, dass er mit seiner Vermutung richtig lag. Er suchte den Busbahnhof auf dem Plan. Ganz in der Nähe war Chinatown. Bestimmt war sie in diese Richtung gegangen.

Er fuhr durch die Straßen von Chinatown, und wieder kam es ihm richtig vor. Er trank seinen Wodka und ging dann zu Fuß weiter. Es erschien ihm logisch, bei den Unterkünften anzufangen, die dem Busbahnhof am nächsten lagen. Überall zeigte er das Foto herum. Niemand konnte ihm eine Auskunft geben, aber er hatte das Gefühl, dass manche Leute logen. Er fand billige Zimmer, die er ihr nie zugemutet hätte – ungepflegt, mit dreckiger Bettwäsche, von Männern geführt, die kaum Englisch sprachen und nur Bargeld annahmen. Er deutete an, dass die gesuchte Frau in Gefahr sei, wenn er sie nicht fand. Das erste Hotel, in dem sie abgestiegen war, machte er schließlich ausfindig, aber der Besitzer schien nicht zu wissen, wohin sie gegangen war. Kevin drückte ihm die Pistole an die Schläfe, der Mann winselte, konnte ihm aber trotzdem nicht helfen.

Am Montag musste er wieder zur Arbeit. Es machte ihn maßlos wütend, dass Erin ihm entwischt war. Schon am nächsten Wochenende fuhr er erneut nach Philadelphia. Und am übernächsten auch. Er weitete seine Suche aus, aber es gab zu viele Hotels, und er war allein, und nicht alle Leute vertrauten einem Polizisten, der von außerhalb kam.

Aber Kevin war geduldig und sorgfältig. Er gab nicht auf und nahm wieder ein paar Tage frei. Abermals verging ein Wochenende ohne Ergebnis. Weil er wusste, dass sie Geld brauchte, erkundigte er sich in Bars und Restaurants. Wenn nötig, würde er die ganze Stadt durchkämmen. Endlich, eine Woche nach dem Valentinstag, traf er auf eine Kellnerin namens Tracy, die ihm sagte, dass Erin in einem Diner arbeite und sich Erica nenne. Am folgenden Tag sei sie für die Morgenschicht eingetragen. Die Kellnerin vertraute ihm, weil er Polizist war, sie flirtete sogar mit ihm und steckte ihm ihre Telefonnummer zu, als er sich verabschiedete.

Er mietete einen Wagen und wartete am nächsten Morgen etwa hundert Meter vor dem Diner. Dort saß er hinter dem Steuer, trank aus seinem Pappbecher und hielt nach Erin Ausschau. Eine Weile später sah er den Besitzer sowie Tracy und eine andere Frau die Straße entlangkommen. Aber Erin tauchte nicht auf, auch am nächsten Tag nicht, und niemand wusste, wo sie wohnte. Sie kam auch nicht, um ihren Scheck abzuholen.

Ein paar Stunden später fand er heraus, wo sie wohnte. Man konnte von dort zu Fuß zum Diner gehen, ein mieses Motel. Der Mann, der nur Bargeld annahm, wusste nichts, außer dass Erin am Tag zuvor das Haus verlassen habe – danach sei sie noch einmal kurz zurückgekommen, um in aller Eile wieder zu verschwinden. Kevin durchsuchte ihr Zimmer, aber es war nichts mehr da, und als er kurz darauf am Busbahnhof nachforschte, saßen an den Fahrkartenschaltern nur Frauen, und keine von ihnen konnte sich erinnern. Die Busse fuhren von hier in alle Richtungen, nach Norden, Süden, Osten und Westen.

Sie war abermals verschwunden, und im Auto schrie Kevin laut vor Wut und trommelte mit den Fäusten auf das Lenkrad, bis sie wund und geschwollen waren.

In den folgenden Monaten wurde der Schmerz in seinem Inneren immer giftiger und alles verzehrend. Wie ein Krebsgeschwür breitete er sich jeden Tag weiter aus. Kevin war wochenlang immer wieder nach Philadelphia gefahren und hatte die Busfahrer gefragt, aber es hatte lange Zeit nichts gebracht. Schließlich fand er heraus, dass sie nach New York gefahren war, aber dort verlor sich ihre Spur. Zu viele Busse, zu viele Fahrer, zu viele Passagiere. Und es war auch schon zu viel Zeit vergangen. Sie konnte überall sein, und der Gedanke, dass sie ihm entkommen war, quälte ihn fürchterlich. Manchmal hatte er das Gefühl, dass er kurz davor war, den Verstand zu verlieren.

Es war nicht fair. Er hatte sie geliebt, seit sie sich damals in Atlantic City begegnet waren. Und sie waren glücklich gewesen – oder etwa nicht? Am Anfang ihrer Ehe hatte sie immer leise vor sich hin gesungen, wenn sie ihr Make-up auftrug. Er hatte sie oft in die Bibliothek gebracht, wo sie sich acht oder zehn Bücher auslieh. Manchmal las sie ihm einen Abschnitt vor. Er hörte ihre Stimme, sah, wie sie am Küchentisch lehnte, und für ihn war sie die schönste Frau auf der ganzen Welt.

Er war ein guter Ehemann gewesen. Er hatte ihr das

Haus gekauft, das sie wollte, die Vorhänge, die sie wollte, und die Möbel, die sie wollte, obwohl er sich alles nur mit Mühe leisten konnte. Nach der Hochzeit hatte er oft auf dem Heimweg bei einem Straßenstand Blumen für sie gekauft, und Erin hatte sie in eine hübsche Vase gestellt, dazu noch ein, zwei Kerzen, und schon war der Tisch wunderschön dekoriert für ein romantisches Abendessen. Manchmal hatte er sie dann in der Küche geliebt, ihr Rücken an den Schrank gepresst.

Er hatte sie nie gezwungen zu arbeiten. Sie wusste gar nicht, wie gut sie es hatte! Ihr war nicht klar, welche Opfer er seit Jahren für sie gebracht hatte. Sie war verwöhnt und egoistisch, und das machte ihn immer so zornig! Sie begriff nicht, was für ein *leichtes* Leben sie hatte. Sie putzte das Haus, kochte das Essen, und den Rest des Tages konnte sie die blöden Bücher lesen oder fernsehen oder sich ausruhen, und sie musste sich keine Sorgen machen wegen der Stromrechnung oder wegen der Hypothek oder wegen irgendwelcher Leute, die hinter seinem Rücken schlecht über ihn redeten. Sie musste nie die Gesichter der Menschen sehen, die ermordet worden waren. Er hielt das alles von ihr fern, weil er sie liebte – aber es hatte nichts geholfen. Er erzählte ihr nie von den Kindern, die mit Bügeleisen verbrannt oder die vom Dach gestoßen worden waren, auch nicht von den Frauen, die jemand in einer dunklen Seitenstraße erstochen und dann in den Müllcontainer gesteckt hatte. Er erzählte ihr nie, dass er manchmal das Blut von seinen Schuhen wischen musste, bevor er ins Auto stieg, und wenn er in die Augen der Mörder sah, wusste er, dass er dem Bösen gegenüberstand, von Angesicht zu Angesicht, denn in der Bibel stand: Wer einen Menschen umbringt, tötet ein Lebewesen, das nach Gottes Ebenbild geschaffen wurde.

Er liebte sie, und sie liebte ihn, und sie musste von selbst nach Hause kommen, weil er sie nicht fand. Sie durfte ihr schönes Leben wieder aufnehmen, und er würde sie nicht schlagen oder treten, wenn sie zur Tür hereinkam, weil er immer ein guter Ehemann gewesen war. Er liebte sie, und sie liebte ihn, und an dem Tag, als er ihr einen Heiratsantrag machte, hatte sie ihn an die Nacht erinnert, als sie sich vor dem Casino kennenlernten, weil sie von zwei Männern verfolgt wurde. Von zwei gefährlichen Männern. Er hatte verhindert, dass sie ihr etwas antaten, und am Morgen danach waren sie die Uferpromenade entlangspaziert, und er hatte sie auf einen Kaffee eingeladen. Sie hatte gesagt, dass sie ihn heiraten würde. Sie liebe ihn, hatte sie gesagt. Er gebe ihr ein Gefühl der Geborgenheit.

Geborgenheit. Dieses Wort hatte sie benutzt. Geborgenheit.

KAPITEL 25

Die dritte Juniwoche war sehr warm, ein wunderschöner Hochsommertag folgte dem anderen. Im Laufe des Nachmittags allerdings kletterte die Temperatur immer weiter nach oben, die Luft wurde schwül, der Horizont verschwamm, und wie von Zauberhand bildeten sich dort dunkle, schwere Wolken. Es gab heftige Gewitter, die nie besonders lange dauerten, die Blätter tropften danach, und vom Boden stieg feuchter Dampf auf.

Katie arbeitete die Abendschichten im Restaurant. Wenn sie heimradelte, war sie erschöpft, und morgens taten ihr oft die Beine weh. Die Hälfte des verdienten Trinkgelds verstaute sie in ihrer Kaffeedose, die inzwischen fast voll war. Sie hatte mehr Geld gespart als erwartet, mehr, als sie brauchte, um notfalls von hier wegzukommen, falls sie verschwinden musste. Zum ersten Mal fragte sie sich, ob sie noch mehr zu sparen brauchte.

Während sie verträumt die letzten Bissen ihres Frühstücks aß, schaute sie hinüber zu Jos Cottage. Sie hatte seit jenem Abend nicht mehr mit ihrer Freundin gesprochen. Gestern hatte sie nach der Arbeit bei ihr in der Küche und im Wohnzimmer Licht brennen sehen, und heute Morgen in aller Frühe hatte sie gehört, wie der Motor ihres Autos ansprang und sie knirschend über den Schotter davonfuhr. Katie wusste nicht, was sie zu Jo sagen sollte. Im Grunde war sie sich nicht einmal sicher, ob sie überhaupt mit ihr reden wollte. War ihre Nachbarin vielleicht böse auf sie? Nein, Jo mochte Alex und die Kinder, sie machte sich Sorgen um die drei und hatte mit Katie über diese Sorgen gesprochen. Aber hinter ihrem Verhalten steckten garantiert keine bösen Absichten.

Alex wollte heute vorbeikommen, aber erst später. Seine Besuche gehörten inzwischen zu ihrem Alltag, und wenn sie mit ihm zusammen war, wurde ihr immer wieder klar, warum sie sich überhaupt in ihn verliebt hatte. Er akzeptierte es auch, dass sie manchmal schweigsam war und unter Stimmungsschwankungen litt, und er brachte ihr so viel zärtliches Verständnis entgegen, dass sie ganz verblüfft und gerührt war. Aber seit ihrem Gespräch mit Jo fragte sie sich manchmal, ob sie sich ihm gegenüber womöglich unfair verhielt. Was würde geschehen, wenn Kevin hier auftauchte? Wie würden Alex und die Kinder reagieren, wenn sie verschwand, um nie wieder zurückzukehren? War sie überhaupt noch fähig, die drei für immer zu verlassen?

Die Fragen, die Jo angesprochen hatte, quälten sie sehr, weil sie noch nicht imstande war, sich wirklich mit ihnen auseinanderzusetzen. Du hast keine Ahnung, was ich durchgemacht habe, hätte sie gern zu ihrer Freundin gesagt, nachdem sie Zeit gehabt hatte, über alles nachzudenken. Du hast keine Ahnung, wie mein Mann ist. Aber sie wusste selbst, dass die eigentliche Frage damit nicht beantwortet war.

Katie stellte das Frühstücksgeschirr in die Spüle und wanderte nachdenklich durch ihr kleines Häuschen. Wie es sich in den letzten Monaten verändert hatte! Sie besaß immer noch nicht viel, aber ihr kam es vor, als wäre sie noch nie so wohlhabend gewesen. Zum ersten Mal seit Jahren fühlte sie sich geliebt. Sie wusste nicht, wie es war, wenn man eigene Kinder hatte, aber sie dachte sehr viel und mit großer Fürsorge an Kristen und Josh. Klar, sie konnte die Zukunft nicht vorhersehen, aber sie vermochte sich beim besten Willen nicht vorzustellen, dieses neue Leben wieder aufzugeben. Dass sie dies so deutlich empfand, überraschte sie selbst.

Was hatte Jo ganz am Anfang zu ihr gesagt? Ich sage den Leuten nur, was sie sowieso schon wissen, sich selbst aber nicht eingestehen wollen.

Als Katie über diesen Satz nachdachte, wusste sie plötzlich, was sie tun musste.

»Ja, klar«, sagte Alex, nachdem sie ihre Bitte vorgetragen hatte. Sie merkte, dass er verblüfft war, doch gleichzeitig schien es ihn auch zu freuen. »Wann möchtest du anfangen?«

»Wie wär's mit heute?«, schlug sie vor. »Falls du Zeit dafür hast.«

Er blickte sich im Laden um. Es war nur ein einziger Kunde da, er aß etwas am Grill und unterhielt sich mit Roger.

»Hey, Roger! Meinst du, du könntest eine Stunde lang auf die Kasse aufpassen?«

»Kein Problem, Boss«, antwortete Roger und blieb, wo er war. Alex wusste, dass er nur nach vorn kommen würde, wenn es nötig wurde. Aber an einem Wochentag erwartete er morgens nach dem ersten Schwung eigentlich nicht viel Kundschaft, also machte es nichts aus.

»Und – sollen wir anfangen?«

»Ich weiß nicht recht …« Katie schlang ängstlich die Arme um sich. »Aber ich finde, ich muss das wirklich lernen.«

Sie gingen zu seinem Jeep. Als Katie hineinkletterte, spürte sie, dass Alex sie beobachtete.

»Warum willst du plötzlich lernen, wie man Auto fährt? Genügt dir das Fahrrad nicht mehr?«, erkundigte er sich mit einem frechen Grinsen.

»Das Fahrrad reicht vollkommen für meine Bedürfnisse. Aber ich möchte gern einen Führerschein haben.«

Alex steckte den Schlüssel ins Schloss, hielt dann aber noch einmal inne und musterte seine Beifahrerin aufmerksam. »Dass du Auto fahren willst, ist nur ein Teil des Ganzen. Um einen Führerschein zu bekommen, muss man sich ausweisen – mit der Geburtsurkunde und der Sozialversicherungsnummer und so weiter.«

»Ich weiß.«

Betont behutsam fügte er hinzu: »Solche Informationen können zurückverfolgt werden. Wenn du einen Führerschein hast, kann man dich vielleicht finden.«

»Ich benutze ja schon eine Sozialversicherungsnummer«, sagte sie. »Falls Kevin das wüsste, hätte er mich längst aufgespürt. Und wenn ich in Southport bleiben will, brauche ich einen Führerschein.«

»Katie …«, begann Alex.

Sie küsste ihn auf die Wange. »Es ist okay«, sagte sie. »Vergiss nicht – ich heiße ja gar nicht Katie.«

Mit dem Finger strich er sanft über ihre Wange. »Für mich wirst du immer Katie sein. Immer.«

»Ich habe noch ein Geheimnis.« Sie lächelte. »Meine Haare sind nicht braun. Eigentlich bin ich blond.«

Er lehnte sich nachdenklich zurück. »Willst du mir das wirklich alles sagen?«

»Ich denke, du wirst es sowieso irgendwann erfahren. Wer weiß, vielleicht werde ich eines Tages wieder blond.«

»Was ist los? Du willst Auto fahren lernen, du erzählst mir ganz neue Sachen – hat das etwas zu bedeuten?«

»Du hast gesagt, ich kann dir vertrauen.« Sie zuckte die Achseln. »Ich glaube dir.«

»Sonst noch was?«

»Ja. Ich habe das Gefühl, dir alles sagen zu können.«

Er betrachtete ihre Hände, die gefaltet auf der Lehne zwischen den Sitzen lagen, und schaute ihr anschließend ins Gesicht. »Dann werde ich mal auf den Punkt kommen. Bist du sicher, dass deine Papiere genügen? Es dürfen keine Kopien sein. Du musst die Originale vorlegen.«

»Ich weiß.«

Er hütete sich, weiterzuforschen, startete aber immer noch nicht den Motor.

»Was ist?«, fragte Katie.

»Wenn du fahren lernen willst, fangen wir am besten gleich damit an.« Er stieg aus. »Komm, setz dich ans Steuer.«

Sie tauschten die Plätze. Als Katie auf dem Fahrersitz saß, erklärte er ihr die Grundlagen: Gas und Bremse, Blinker, Licht, Scheibenwischer, die Anzeigen auf dem Armaturenbrett.

»Kann's losgehen?«, fragt er.

»Ja.« Katie versuchte, sich zu konzentrieren.

»Weil der Wagen keine Gangschaltung hat, brauchst du nur einen Fuß. Er ist entweder auf dem Gaspedal oder auf der Bremse, okay?«

Sie nickte

»Du musst auf die Bremse treten, wenn du den Motor startest. Dann musst du die Automatik auf Rückwärtsgang stellen. Als Nächstes kannst du ganz langsam den Fuß von der Bremse nehmen, während du das Lenkrad so drehst, dass du rückwärts rausfahren kannst. Dabei bleibt dein Fuß noch an der Bremse, aber ohne Druck auszuüben.«

Sie tat genau das, was er sagte, und fuhr vorsichtig rückwärts aus der Parklücke. Danach dirigierte Alex sie über den Parkplatz, doch dann hielt sie an. »Soll ich wirklich auf die Straße fahren?«

»Wenn viel Verkehr wäre, würde ich Nein sagen. Aber ich glaube, du schaffst das, und ich sitze ja neben dir und kann dir helfen. Bist du so weit? Am besten biegst du rechts ab, und wir fahren geradeaus bis zur nächsten Querstraße. Dort kannst du wieder nach rechts fahren. Ich möchte, dass du erstmal ein Gefühl für den Wagen bekommst.«

Während der nächsten Stunde fuhren sie die ländlichen Straßen entlang. Wie die meisten Anfänger hatte Katie das Problem, dass sie zu stark lenkte, wodurch sie manchmal zu weit nach rechts kam und die Böschung berührte, und auch mit dem Einparken klappte es nicht gleich. Aber sonst machte sie ihre Sache besser, als sie beide erwartet hatten. Irgendwann forderte Alex sie auf, in einer der Straßen im Stadtzentrum zu parken.

»Wohin gehen wir?«

Er deutete auf ein kleines Café. »Ich dachte, du willst vielleicht feiern.«

»Ich bin mir nicht sicher«, erwiderte sie. »Die meiste Zeit hatte ich das Gefühl, ich weiß gar nicht, was ich tue.«

»Das ist reine Übungssache«, sagte er. »Je mehr Fahrpraxis du bekommst, desto natürlicher fühlt es sich an.«

»Kann ich morgen wieder fahren?«, fragte sie.

»Klar. Würde es dir am Vormittag passen? Noch sind die Kinder tagsüber in einem Ferienlager. Sie kommen um die Mittagszeit nach Hause.«

»Das passt mir wunderbar«, antwortete sie. »Und findest du wirklich, dass ich meine Sache gut gemacht habe?«

»Wenn wir noch ein paarmal üben, könntest du den praktischen Teil der Fahrprüfung schon bald bestehen. Dann musst du noch den schriftlichen Test machen, aber dafür musst du einfach einige Dinge auswendig lernen.«

Katie fiel ihm spontan um den Hals. »Vielen Dank!«

Er drückte sie an sich. »Ich freue mich, dass ich dir helfen kann. Selbst wenn du keinen eigenen Wagen hast, ist es gut, wenn du fahren kannst. Warum hast du eigentlich nicht schon früher …«

»Warum ich den Führerschein nicht gemacht habe?« Sie zuckte die Achseln. »Zu Hause hatten wir nur ein Auto, und damit ist immer mein Vater gefahren. Selbst wenn ich die Prüfung gemacht hätte – ich hätte nicht üben können, und deshalb war es mir nicht wichtig. Als ich ausgezogen bin, konnte ich mir kein Auto leisten, deshalb habe ich mich weiterhin nicht darum gekümmert. Und dann … Kevin wollte nicht, dass ich fahre.« Sie schaute Alex an. »Und jetzt bin ich hier, eine siebenundzwanzigjährige Radfahrerin.«

»Du bist siebenundzwanzig?«

»Das hast du doch gewusst, oder?«

»Nein, hab ich nicht gewusst.«

»Und?«

»Nun, du siehst keinen Tag älter aus als dreißig.«

Sie boxte ihn gegen den Oberarm. »Zur Strafe dafür musst du mir ein Croissant spendieren.«

»In Ordnung. Und weil du heute in der Stimmung bist, Geheimnisse preiszugeben, wüsste ich gern, wie du letzten Endes fortgegangen bist.«

Sie zögerte nur für einen kurzen Moment. »Okay«, sagte sie dann.

An einem kleinen Tisch im Freien erzählte Katie ihm von ihrer Flucht – von den umgeleiteten Telefonanrufen, der Fahrt nach Philadelphia, von den wechselnden Jobs und den schrecklichen Absteigen und von der Reise nach Southport. Sie vermochte inzwischen ziemlich gefasst über ihre Erlebnisse zu sprechen, fast so, als ginge es um eine andere Person. Als sie fertig war, schüttelte er nur den Kopf.

»Warum schüttelst du den Kopf?«

»Ich habe versucht, mir vorzustellen, wie du dich gefühlt hast, als du nach dem letzten Gespräch mit Kevin aufgelegt hast. Als er immer noch dachte, du bist zu Hause. Ich wette, du warst sehr erleichtert.«

»Ja, das stimmt. Aber ich hatte auch furchtbare Angst. Zu dem Zeitpunkt hatte ich ja noch keinen Job und wusste nicht, was ich tun soll.«

»Aber du hast es geschafft.«

»Ja, ich hab's geschafft.« Katies Blick war auf irgendetwas in der Ferne gerichtet. »Ich hätte mir niemals vorgestellt, einmal dieses Leben zu führen.«

»Ich weiß nicht, ob es auf der Welt irgendjemanden

gibt, der genau das Leben führt, das er sich ausgemalt hat. Wir können nur versuchen, das Beste daraus zu machen. Auch wenn einem das manchmal völlig unmöglich vorkommt.«

Katie wusste, dass er damit nicht nur sie, sondern auch sich selbst meinte, und eine Weile lang schwiegen sie beide.

»Ich liebe dich«, flüsterte er dann leise.

Sie schmiegte sich an ihn und strich ihm zärtlich über das Gesicht. »Ich weiß. Und ich liebe dich auch.«

KAPITEL 26

Es war Ende Juni. Die Blumengärten in Dorchester, die im Frühjahr in prächtigen Farben geblüht hatten, verwelkten langsam und wurden braun. Schwülfeuchte Luft kam angekrochen, und in den engen Gassen im Zentrum von Boston roch es nach vergammelten Lebensmitteln, nach Urin und Moder. Kevin sagte zu Coffey und Ramirez, er und Erin würden das Wochenende zu Hause verbringen, sich ein paar Filme ansehen und ein bisschen im Garten arbeiten. Coffey hatte sich nach Provincetown erkundigt, und Kevin hatte ihm Lügengeschichten von dem Bed-and-Breakfast und von allen möglichen Restaurants aufgetischt. Coffey war begeistert und sagte, da sei er überall auch schon gewesen und ob sie in einem bestimmten Lokal die Krabbenpuffer bestellt hätten. Nein, erwiderte Kevin, aber das nächste Mal werde er daran denken.

Erin war verschwunden, doch Kevin suchte sie immer noch überall. Er konnte nicht anders. Wenn er durch Boston fuhr und irgendwo goldblonde schulterlange Haare sah, verschlug es ihm den Atem. Er hielt Ausschau nach ihrer schmalen Nase, den grünen Augen, nach ihrem graziösen Gang. Manchmal stand er vor der Bäckerei und tat so, als würde er auf sie warten.

Er hätte sie längst finden müssen, selbst wenn sie sich nicht mehr in Philadelphia aufhielt. Menschen hinterließen Spuren. In Philadelphia hatte sie einen falschen Namen und eine falsche Sozialversicherungsnummer verwendet, aber mit dieser Masche kam sie auf Dauer nicht durch, es sei denn, sie war bereit, auch weiterhin in billigen Hotels zu wohnen und alle paar Wochen den Job zu wechseln. Bisher hatte sie allerdings noch nirgendwo ihre eigene Sozialversicherungsnummer angegeben. Ein Kollege aus einem anderen Bezirk, der über bestimmte Beziehungen verfügte, hatte das für ihn überprüft. Dieser Cop war der einzige Mensch, der wusste, dass Erin fort war, aber er hielt den Mund, weil Kevin wusste, dass er eine Affäre mit seiner minderjährigen Babysitterin hatte. Kevin fühlte sich immer ganz schmutzig, wenn er mit ihm sprechen musste, weil dieser Typ eigentlich ins Gefängnis gehörte, denn in der Bibel stand: Es soll keine Unkeuschheit zwischen euch geben. Aber im Moment brauchte er ihn noch, damit er Erin finden und nach Hause holen konnte. Mann und Frau mussten zusammenbleiben, weil sie sich das vor Gott und der Familie gegenseitig geschworen hatten.

Kevin hatte gewusst, dass er sie im März finden würde. Er war sich sicher gewesen, dass sie im April zurückkam. Er hatte felsenfest geglaubt, dass im Mai ihr Name irgendwo auftauchen würde. Aber das Haus blieb leer. Jetzt war schon Juni, und er konnte sich oft nicht konzentrieren. Manchmal schaffte er es nur mit Mühe und Not, das Allernotwendigste zu erledigen. Der Wodka half ihm auch nicht weiter. Außerdem musste er Coffey und Ramirez ständig etwas vorlügen.

So viel war sicher: Erin war nicht mehr auf der Flucht. Sie konnte nicht bis in alle Ewigkeit von einer Stadt in die nächste fahren und sich überall einen neuen Job suchen. Das passte nicht zu ihr. Und es bedeutete, dass sie unter einer falschen Identität irgendwo lebte. Sie brauchte eine echte Geburtsurkunde und eine Sozialversicherungsnummer. Heutzutage verlangten die Arbeitgeber, dass man sich auswies. Aber wie konnte sie sich eine neue Identität beschafft haben? Kevin wusste, dass es eine bewährte Methode gab: Man musste jemanden ausfindig machen, der vor kurzem gestorben war, und dann die Identität des Verstorbenen annehmen. Der erste Schritt war leicht, weil Erin ja oft genug in die Bibliothek ging. Vielleicht durchsuchte sie auf Mikrofilm die Nachrufe und hielt Ausschau nach einem Namen, den sie verwenden konnte. Sie hatte das alles geplant, während sie angeblich in den Regalen nach interessanter Lektüre suchte. Und er hatte sich extra eine Stunde freigenommen, um sie dorthin zu fahren. Er war nett zu ihr gewesen, und sie hatte ihn betrogen. Es machte ihn rasend vor Wut, wenn er daran dachte, dass sie ihn dabei heimlich ausgelacht hatte. Bei diesem Gedanken geriet er so außer sich, dass er mit einem Hammer das gesamte Porzellanservice zertrümmerte, das sie zur Hochzeit geschenkt bekommen hatten. Nachdem er sich auf diese Weise abreagiert hatte, vermochte er sich wieder mit seinen Plänen zu beschäftigen. Im März und April verbrachte er viele Stunden in der Bibliothek, so wie sie es getan hatte, und suchte nach ihrer neuen Identität. Aber selbst wenn sie einen Namen gefunden hatte – wie war es ihr gelungen, sich die entsprechenden Unterlagen zu beschaffen? Wo lebte sie jetzt? Und weshalb war sie immer noch nicht nach Hause gekommen?

Diese Fragen trieben ihn pausenlos um, und manchmal konnte er nicht aufhören zu weinen, weil er sie so vermisste. Ach, wenn sie doch heimkäme! Er wollte nicht mehr allein sein. Aber dann fiel ihm wieder ein, dass sie ihn verlassen hatte, und er wurde dermaßen zornig, dass er außer ihrem abgrundtiefen Egoismus nichts mehr sehen konnte. Und er hatte nur noch einen Wunsch: Er wollte sie umbringen.

Der Juli kam, und die Luft war wie der Atem eines Drachen: heiß und feucht. Der Horizont flimmerte wie eine Fata Morgana. Das Independence-Day-Wochenende ging vorüber, eine neue Arbeitswoche begann. Die Klimaanlage im Haus war kaputt, aber Kevin hatte es noch nicht über sich gebracht, den Handwerker zu rufen. Morgens, auf dem Weg zur Arbeit, hatte er immer starke Kopfschmerzen. Aus praktischer Erfahrung wusste er, dass Wodka besser half als eine Kopfschmerztablette, aber ganz verschwanden die Schmerzen nie, er spürte immer ein lästiges Pochen in den Schläfen. Er ging nicht mehr in die Bibliothek, und wenn Coffey und Ramirez sich nach seiner Frau erkundigten, antwortete er nur, es gehe ihr gut. Er bekam einen neuen Partner namens Todd Vannerty, der gerade erst befördert worden war. Todd war zufrieden damit, dass Kevin die Führung übernahm, wenn sie Zeugen oder Opfer befragten.

Kevin teilte ihm mit, dass das Opfer den Mörder fast immer gekannt habe. Was allerdings oft nicht sofort offensichtlich sei. Am Ende ihrer ersten gemeinsamen Woche wurden sie in eine Wohnung gerufen, die nur drei Querstraßen von der Wache entfernt lag. Ein zehnjähriger Junge war an einer Schusswunde gestorben. Der Schütze war ein Mann, der erst vor kurzem aus Griechenland in die USA eingewandert war. Weil sein Heimatland im Fußball einen wichtigen Sieg errungen hatte, freute er sich so, dass er mit seiner Pistole in den Boden schoss. Die Kugel drang durch die Decke der darunterliegenden Wohnung und tötete den Jungen, der gerade eine Pizza aß. Er wurde am Kopf getroffen und sackte nach vorn, so dass sein Gesicht in der Pizza landete. Als Kevin und sein Partner den Jungen sahen, klebten an seiner Stirn Käse und Tomatencreme. Seine Mutter schrie und konnte nicht damit aufhören, und als der Grieche in Handschellen abgeführt wurde, wollte sie sich auf ihn stürzen. Dabei fiel sie die Treppe hinunter, und man musste einen Krankenwagen rufen.

Nach Ende der Schicht gingen Kevin und Todd in eine Kneipe. Todd behauptete, er könne vergessen, was er gesehen habe, aber in weniger als fünfzehn Minuten kippte er drei Bier hinunter. Dabei erzählte er Kevin, er sei einmal durch die Polizeiprüfung gefallen, erst beim zweiten Anlauf habe er sie geschafft. Kevin trank Wodka, aber wegen Todd bat er den Barkeeper, einen Schuss Cranberrysaft dazuzugeben.

Es war eine Cop-Kneipe. Viele Polizisten, niedrige Preise, gedämpftes Licht. Und Frauen, die sich gern an Cops ranmachten. Der Barkeeper erlaubte den Leuten, dass sie rauchten, obwohl es gesetzlich verboten war, aber die meisten Raucher hier waren ja Vertreter des Gesetzes. Weil Todd nicht verheiratet war, gehörte er zu den Stammgästen. Kevin war vorher noch nie in diesem Lokal gewesen und konnte sich nicht recht entscheiden, ob es ihm gefiel oder nicht. Aber er hatte auch keine Lust, schon wieder allein zu Hause zu sitzen.

Todd ging auf die Toilette, und als er zurückkam, beugte er sich näher zu Kevin und sagte: »Ich glaube, die zwei da drüben haben ein Auge auf uns geworfen.«

Kevin drehte sich um. Die beiden Frauen schienen etwa gleich alt zu sein wie er, um die dreißig. Die Brünette bemerkte, dass er sie anschaute, wandte sich aber wieder ihrer rothaarigen Freundin zu.

»So ein Pech, dass du verheiratet bist – die beiden sind nicht übel, oder?«

Sie sahen abgetakelt aus, fand Kevin. Nicht wie Erin, die einen schimmernden, klaren Teint hatte und nach Zitronen und Minze duftete und nach dem Parfüm, das er ihr zu Weihnachten geschenkt hatte.

»Du kannst dich gern mit ihnen unterhalten, wenn du willst«, sagte er zu Todd.

»Ja, ich glaube, das mach ich.« Todd bestellte noch ein Bier und ging dann ans andere Ende des Tresens, ein aufforderndes Grinsen auf den Lippen. Vermutlich sagte er irgendetwas Blödes zu den beiden Frauen, aber es genügte, um sie zum Lachen zu bringen. Kevin genehmigte sich noch einen doppelten Wodka, ohne Cranberrysaft diesmal, und beobachtete die drei im Spiegel hinter dem Tresen. Die Brünette begegnete seinem Blick, und er schaute nicht weg. Zehn Minuten später kam sie zu ihm und setzte sich auf den Hocker, auf dem vorher Todd gesessen hatte.

»Na, keine Lust auf Gesellschaft?«, fragte sie.

»Ich habe kein Talent für Smalltalk.«

Die Brünette lächelte. »Ich heiße Amber.«

»Kevin.« Was sollte er sonst sagen? Er trank einen Schluck und fand, dass der Wodka fast wie Wasser schmeckte.

Die Frau neigte sich näher zu ihm. Sie roch nach Moschus, nicht nach Zitrone und Minze. »Todd sagt, ihr zwei arbeitet bei der Mordkommission.«

»Stimmt.«

»Ist das schwierig?«

»Manchmal.« Er leerte sein Glas und hielt es hoch. Der Barkeeper servierte ihm ein neues. »Was machst du so?«

»Ich bin Geschäftsleiterin in der Bäckerei meines Bruders. Er produziert Brötchen und andere Backwaren für Restaurants.«

»Klingt interessant.«

Sie grinste sarkastisch. »Stimmt doch gar nicht. Und es ist auch nicht interessant. Aber irgendwovon muss man ja seine Rechnungen bezahlen.« In der dämmrigen Beleuchtung schimmerten ihre Zähne blendend weiß. »Ich hab dich hier noch nie gesehen.«

»Todd hat mich mitgeschleppt.«

Mit einer Kopfbewegung deutete sie zu seinem Kollegen hinüber. »Ja, ihn kenne ich. Er macht sich an alles ran, was einen Rock trägt und noch atmet. Und ich würde sagen, selbst das Atmen ist nicht unbedingt nötig. Meine Freundin findet es super hier, aber ich fühle mich meistens nicht so wohl. Sie zwingt mich immer, mitzukommen.«

Kevin nickte und setzte sich anders hin. Ob Coffey und Ramirez auch hierherkamen?

»Langweile ich dich?«, fragte ihn die Frau. »Wenn du willst, kann ich dich auch in Ruhe lassen.«

»Nein, du langweilst mich nicht.«

Sie warf die Haare zurück, und Kevin stellte fest, dass sie hübscher war, als er zuerst gedacht hatte. »Würdest du mir einen Drink spendieren?«, fragte sie.

»Was hättest du denn gern?«

»Einen Cosmopolitan«, antwortete sie, und er gab dem Barkeeper ein Zeichen. Der Cosmopolitan kam.

»Ich kann das nicht so gut«, murmelte Kevin.

»Was?«

»Na ja, das alles.«

»Wir unterhalten uns doch nur«, sagte die Brünette. »Und das machst du gar nicht schlecht.«

»Ich bin verheiratet.«

Sie lächelte. »Ich weiß. Ich habe deinen Ring gesehen.«

»Stört dich das?«

»Wie gesagt – wir unterhalten uns doch nur.«

Sie fuhr mit dem Finger über ihr Glas, und er sah, wie sich die Feuchtigkeit an ihrer Fingerspitze sammelte.

»Weiß deine Frau, dass du hier bist?«

»Meine Frau ist nicht im Lande«, antwortete er. »Ihre Freundin ist krank, und sie hilft ihr.«

»Und da hast du beschlossen, mal um die Häuser zu ziehen und ein paar Frauen kennenzulernen?«

»Nein, das ist nicht meine Art«, entgegnete er mit verschlossener Miene. »Ich liebe meine Frau.«

»Das ist gut so.«

Wie gern hätte er noch einen doppelten Wodka bestellt, aber er wollte nicht, dass die Frau es mitbekam, weil er ja schon einen in ihrer Anwesenheit getrunken hatte. Doch sie schien Gedanken lesen zu können – jedenfalls winkte sie dem Barkeeper zu, und dieser brachte ein neues Glas. Kevin trank einen kräftigen Schluck und fand wieder, dass das Zeug wie Wasser schmeckte.

»Ist es okay, dass ich für dich bestellt habe?«, fragte sie.

»Ja, völlig in Ordnung.«

Sie musterte ihn mit Schlafzimmerblick. »Wenn ich du wäre, würde ich meiner Frau nicht sagen, dass ich hier war.«

»Warum nicht?«

»Weil du viel zu gut aussiehst für so eine Bar. Da weiß man nie, wer dich anbaggern könnte.«

»Baggerst du mich an?«

Sie antwortete nicht sofort. »Würdest du es als Beleidigung empfinden, wenn ich Ja sage?«

Er drehte das Glas langsam auf dem Tresen. »Nein«, erwiderte er. »Ich würde es nicht als Beleidigung empfinden.«

Nachdem sie noch zwei Stunden getrunken und geflirtet hatten, gingen sie zu ihr. Amber ahnte, dass er großen Wert auf Diskretion legte, deshalb gab sie ihm eine Karte mit ihrer Adresse. Danach verabschiedeten sich Amber und ihre Freundin, während Kevin noch eine halbe Stunde mit Todd in der Bar blieb, bis er schließlich verkündete, er müsse jetzt nach Hause, um Erin anzurufen.

Auf der Fahrt sah er die Welt nur verschwommen. Seine Gedanken liefen kreuz und quer durcheinander, was sehr verwirrend war. Er wusste, dass er Schlangenlinien fuhr. Aber er war ein guter Kriminalbeamter, was bedeutete, dass er, selbst wenn er angehalten würde, ungestraft davonkäme, weil ein Cop keinen anderen Cop verhaftete, und was waren schon ein paar Drinks?

Amber wohnte nur einige Straßen weiter in einem Apartment. Er klopfte an die Tür, und sie öffnete. Sie hatte sich in ein Laken gehüllt, unter dem sie nackt war. Er küsste sie, trug sie ins Schlafzimmer und merkte unterwegs, dass sie sein Hemd aufknöpfte. Dann legte er sie aufs Bett, zog sich aus und löschte das Licht, weil er nicht sehen wollte, wie er seine Frau betrog. Ehebruch war eine Sünde, und er wollte eigentlich gar keinen Sex, aber er hatte getrunken, und die Wirklichkeit entglitt ihm, und die Frau war nur in ein Laken gehüllt, und alles war völlig verwirrend.

Amber war nicht wie Erin. Sie hatte eine andere Figur und sie roch anders, irgendwie aggressiv, fast animalisch, und sie bewegte ihre Hände viel zu viel, und überhaupt war alles, was diese Frau tat, neu für ihn, und es gefiel ihm nicht, aber aufhören konnte er auch nicht. Er hörte, wie sie seinen Namen rief und schmutzige Dinge sagte, und er wollte, dass sie still war, damit er an Erin denken konnte, es gelang ihm nicht, sich zu konzentrieren. Ach, es war wirklich verwirrend.

Er umklammerte ihre Arme. Sie stöhnte: »Nicht so fest!«, und er lockerte seinen Griff, aber dann packte er wieder fester zu, weil er es wollte. Dieses Mal sagte sie nichts. Er dachte an Erin, denn er hätte so gern gewusst, wo sie war und ob es ihr gutging, und erneut merkte er, wie sehr sie ihm fehlte.

Er hätte sie nicht schlagen sollen – sie war doch so süß, so lieb und sanft, und sie hatte nicht verdient, dass man sie prügelte und trat. Es war seine Schuld, dass sie fort war. Er hatte sie vertrieben, obwohl er sie liebte. Er hatte sie gesucht, aber nicht gefunden, er war sogar in Philadelphia gewesen, und jetzt lag er mit einer Frau namens Amber im Bett, die nicht ahnte, was sie mit ihren Händen tun musste, und die eigenartige Geräusche von sich gab, und es fühlte sich alles komplett falsch an.

Als sie fertig waren, wollte er nicht bleiben. Er stand auf und zog sich an. Amber machte Licht und setzte sich auf. Bei ihrem Anblick wurde Kevin übel, weil sie nicht Erin war. In der Bibel stand: Ein Mann, der Ehebruch begeht, ist ein Narr, denn er zerstört seine eigene Seele.

Er musste hier fort. Wieso war er überhaupt gekommen? Das erschien ihm jetzt völlig unerklärlich, und sein Magen verkrampfte sich.

»Ist alles in Ordnung?«, fragte Amber.

»Ich hätte nicht herkommen sollen«, stammelte er. »Das war nicht richtig.«

»Für solche Überlegungen ist es ein bisschen zu spät, oder?«

»Ich muss gehen.«

»So schnell?«

»Ich bin verheiratet.«

»Ich weiß.« Amber lächelte müde. »Ist schon okay.«

»Nein, ist es nicht!«, knurrte Kevin, verließ die Wohnung, rannte die Treppe hinunter und setzte sich ans Steuer. Er fuhr schnell, aber diesmal nicht in Schlangenlinien, weil die Schuldgefühle ihn nüchtern gemacht hatten und seine Sinne schärften. Als er nach Hause kam, sah er, dass bei den Feldmans Licht brannte. Bestimmt spähten sie aus dem Fenster, beobachteten ihn. Die Feldmans waren schlechte Nachbarn, sie winkten ihm nie zu. Wahrscheinlich wussten sie schon, was er getan hatte, weil sie böse Menschen waren und weil er etwas Böses getan hatte und weil auch hier der Grundsatz galt, Gleich und Gleich gesellt sich gern.

Er brauchte einen Drink, aber beim Gedanken an Wodka wurde ihm schlecht, und in seinem Kopf drehte sich alles. Er hatte seine Frau betrogen, und in der Bibel stand: Seine Schande wird niemals ausgelöscht werden. Er hatte gegen Gottes Gebot verstoßen und sein Ehegelöbnis gebrochen, und er wusste, dass die Wahrheit ans Licht kommen würde. Amber wusste es, und Todd wusste es, und die Feldmans wussten es, und sie würden es weitererzählen, und dann würde es die Runde machen, und Erin würde erfahren, was er getan hatte. Unruhig ging er im Wohnzimmer auf und ab und atmete stoßweise. Er würde es Erin nicht erklären können. Sie würde ihn nicht verstehen. Sie war seine Frau, und sie würde ihm nie verzeihen. Er sah die Szene vor sich: Sie war zornig auf ihn, und er musste auf dem Sofa schlafen, und am Morgen schaute sie ihn enttäuscht an, weil er ein Sünder war und sie ihm nicht mehr vertrauen konnte. Er begann zu zittern, ihm war hundeelend. Er hatte mit einer anderen Frau geschlafen, und in der Bibel stand: Halte dich fern von Lust, Unkeuschheit, Begehren und schändlichem Verlangen. Es war alles so verwirrend! Er wollte nicht mehr daran denken, aber das ging nicht. Er wollte weitertrinken, aber er konnte es nicht, und er hatte das Gefühl, dass Erin jeden Moment in der Tür erschien.

Das Haus war unaufgeräumt und schmutzig, und Erin wüsste bestimmt gleich, was er getan hatte. Die beiden Themen gehörten irgendwie zusammen. Wieder begann er, auf und ab zu gehen. Schmutz und Betrug hatten etwas miteinander zu tun, und Erin würde sofort herausbekommen, dass er sie betrogen hatte, weil das Haus so unordentlich war, so schmutzig. Plötzlich blieb er abrupt stehen, lief in die Küche und holte eine der Mülltüten, die unter der Spüle aufbewahrt wurden. Im Wohnzimmer kroch er auf den Knien herum und stopfte alles in die Tüte: leere Fastfood-Kartons, Zeitschriften, Plastikbesteck, Wodkaflaschen, Pizzaschachteln. Es war lange nach Mitternacht, und er musste am nächsten Morgen nicht zur Arbeit, also räumte er das ganze Haus auf, spülte das Geschirr und saugte mit dem Staubsauger, den er für Erin gekauft hatte. Er machte alles sauber, damit sie nichts merkte, denn er wusste, dass Betrug und Schmutz zusammengehörten. Immer wieder musste er diesen Gedanken denken. Er stopfte die getragenen Klamotten in die Waschmaschine, und als sie gewaschen waren, steckte er sie in den Trockner und faltete sie dann zusammen, während die nächste Ladung durchlief. Die Sonne ging auf, und er nahm die Kissen vom Sofa und saugte auch dort, bis der letzte Krümel verschwunden war. Während er arbeitete, schaute er immer wieder aus dem Fenster. Erin konnte jede Minute nach Hause kommen. Er schrubbte die Toilette und wischte den Kühlschrank und den Linoleumfußboden. Inzwischen fiel helles Morgenlicht durch die Fenster. Kevin wusch die Bettwäsche und zog die Vorhänge auf und staubte den Rahmen des Hochzeitsfotos ab. Er mähte den Rasen und warf das frisch geschnittene Gras in die Tonne, und als er damit fertig war, ging er einkaufen – Putenwurst und Schinken und Dijon-Senf und frisches Roggenbrot aus der Bäckerei. Er kaufte sogar einen Blumenstrauß und stellte ihn auf den Tisch. Dazu Kerzen. Als er all das getan hatte, war er ziemlich erschöpft. Er goss sich ein großes Glas Wodka ein, mit Eiswürfeln, setzte sich an den Küchentisch und wartete auf Erin. Er war mit sich zufrieden. Jetzt würde Erin nie erfahren, was er getan hatte, und sie konnten die Art von Ehe führen, die er sich immer gewünscht hatte. Sie würden einander vertrauen und glücklich sein, und er würde sie immer lieben und sie nie wieder betrügen, denn warum sollte er so etwas Widerliches tun?

KAPITEL 27

Katie machte in der zweiten Juliwoche ihren Führerschein. An den Tagen vor der Prüfung übte Alex regelmäßig mit ihr, und obwohl sie ziemlich aufgeregt war, bestand sie den Test fast fehlerfrei. Den Führerschein bekam sie ein paar Tage später zugeschickt, und als sie den Umschlag öffnete, wurde ihr schwindelig. Da war ein Foto von ihr und daneben ein Name, von dem sie nie geträumt hatte, dass es mal ihrer sein würde, aber für den Staat North Carolina war sie genau so real wie alle anderen Mitbürger.

Am Abend führte Alex sie in Wilmington zum Essen aus. Anschließend schlenderten sie durch die Innenstadt, Hand in Hand, und betrachteten die Schaufenster. Irgendwann merkte Katie, dass Alex sie belustigt musterte.

»Was ist?«, fragte sie schließlich.

»Ich habe gerade gedacht, dass du gar nicht aussiehst wie eine Frau, die Erin heißt. Du siehst aus wie Katie.«

»So soll es ja auch sein«, antwortete sie. »Mein Name ist Katie, und ich habe einen Führerschein, mit dem ich es beweisen kann.«

»Ich weiß. Jetzt brauchst du nur noch ein Auto.«

»Warum?« Sie zuckte die Achseln. »Ich wohne in einer kleinen Stadt, und ich habe ein Fahrrad. Und wenn es regnet, gibt es einen Mann, der mich zur Not überall hinfährt. Es ist fast so, als hätte ich einen Chauffeur.«

»Ach, tatsächlich?«

»Hm. Und ich bin mir fast sicher, er würde mir sogar seinen Wagen leihen, wenn ich ihn darum bitten würde. Ich kann ihn nämlich um den kleinen Finger wickeln.«

Alex zog die Augenbrauen hoch. »Hört sich nicht an, als sei er ein richtiger Mann.«

»Ach, er ist ganz in Ordnung. Am Anfang hat er sich ein bisschen zu sehr ins Zeug gelegt, hat mir alle möglichen Sachen geschenkt, aber daran habe ich mich mit der Zeit gewöhnt.«

»Du hast ein Herz aus Gold.«

»Stimmt. Ich bin absolut einzigartig.«

Alex lachte. »Ich habe den Eindruck, allmählich kriechst du aus deinem Schneckenhaus, und ich bekomme dein wahres Ich zu sehen.«

Schweigend gingen sie weiter. »Du kennst mein wahres Ich«, sagte Katie dann und blieb stehen, um ihn anzuschauen. »Besser als irgendjemand.«

»Ich weiß.« Er zog sie an sich. »Und deshalb glaube ich, dass wir dafür bestimmt waren, einander zu finden.«

Obwohl im Laden viel Betrieb war, nahm Alex ein paar Tage frei. Es war sein erster Urlaub seit langem. Er verbrachte die meisten Nachmittage mit Katie und den Kindern und genoss die entspannten Sommertage fast wie in der Kindheit. Mit Josh ging er angeln, baute mit Kristen ein Puppenhaus, er fuhr mit Katie zu einem Jazzfestival in Myrtle Beach. Wenn die Glühwürmchen leuchteten, fingen sie Dutzende mit Netzen und sperrten sie in ein Glas, später am Abend bestaunten sie voller Andacht und Staunen das rätselhafte Licht, bevor Alex den Deckel wieder abschraubte und die kleinen Tiere freiließ.

Sie fuhren Fahrrad, sie gingen ins Kino, und wenn Katie abends nicht arbeiten musste, warf Alex den Grill an. Die Kinder aßen und gingen dann im Fluss schwimmen, bis die Dunkelheit anbrach. Und wenn sie frisch geduscht im Bett lagen, saß Alex mit Katie an der kleinen Anlegestelle hinter dem Haus, und sie ließen die Beine über dem Wasser baumeln, während der Mond langsam aufging. Sie tranken Wein und redeten über unwichtige Dinge, aber Alex fand diese ruhigen Momente wunderschön.

Kristen freute sich ganz besonders, wenn Katie da war. Bei Spaziergängen nahm sie oft Katies Hand, und wenn sie auf dem Spielplatz hinfiel, lief sie zu Katie, um sich von ihr trösten zu lassen. Alex wurde warm ums Herz, wenn er das beobachtete, aber es machte ihn auch ein bisschen traurig, weil es ihm zeigte, dass er seiner Tochter niemals alles geben konnte, was sie brauchte, auch wenn er sich noch so sehr bemühte. Als Kristen zu ihm gerannt kam und fragte, ob sie mit Katie einkaufen gehen dürfte, konnte er ihr das natürlich nicht abschlagen. Er selbst ging auch ein- oder zweimal im Jahr mit ihr shoppen, aber das tat er mehr aus väterlichem Pflichtgefühl heraus und weniger, weil es ihm Spaß machte. Katie hingegen war begeistert von der Idee. Also gab er ihr Geld und den Schlüssel seines Jeeps, und als sie aufbrachen, winkte er ihnen vom Parkplatz aus nach.

Bei Kristen merkte man gleich, dass sie Katies Anwesenheit genoss, während man es bei Josh nicht so deutlich spüren konnte. Am Tag zuvor hatte Alex ihn wieder einmal von einer Swimmingpool-Party bei einem Freund abgeholt, und von da an wechselte Josh fast den ganzen

Abend kein Wort mit Katie oder mit seinem Vater. Auch am nächsten Tag am Strand war er sehr still. Alex merkte, dass ihn etwas quälte. Deshalb schlug er, als die Abenddämmerung kam, vor, sie könnten doch zu zweit angeln gehen. Schatten fielen auf das Wasser, ruhig floss der Fluss dahin, und die Wolken spiegelten sich in der Wasseroberfläche.

Alex und Josh warfen ihre Leinen aus, und die Köder ließen im Wasser kleine konzentrische Kreise entstehen. Der Himmel verfärbte sich erst lila, dann indigoblau. Josh war immer noch auffallend schweigsam. Unter anderen Umständen wäre es vielleicht eine friedliche Szene gewesen, aber Alex bekam immer mehr das Gefühl, dass irgendetwas nicht stimmte. Gerade als er Josh darauf ansprechen wollte, drehte sich sein Sohn zu ihm um.

»Hey, Dad?«

»Ja?«

»Denkst du manchmal an Mom?«

»Sehr oft.«

Josh nickte. »Ich denke auch an sie.«

»Das ist gut. Deine Mom hat dich sehr lieb gehabt. Woran denkst du besonders?«

»Ich weiß noch, wie es war, wenn sie Plätzchen für uns gebacken hat. Ich durfte sie mit Zuckerguss bestreichen.«

»Ja, ich sehe das auch noch vor mir. Dein Gesicht war mit rosarotem Zuckerguss verschmiert. Sie hat dich mal fotografiert. Das Bild hängt ja immer noch am Kühlschrank.«

»Ich glaube, deswegen erinnere ich mich.« Josh umklammerte die Angelrute fest. »Fehlt sie dir?«

»Ja, natürlich. Ich habe deine Mom sehr geliebt«, sagte Alex und schaute seinen Sohn an. »Was ist los, Josh?«

»Bei der Party gestern …« Josh verstummte und rieb sich die Nase.

»Was ist bei der Party passiert?«

»Die meisten Mütter sind die ganze Zeit dageblieben und haben sich miteinander unterhalten.«

»Ich wäre auch dageblieben, wenn du es mir gesagt hättest.«

Josh senkte den Blick, und auf einmal wusste Alex, was es war, womit sein Sohn nicht herausrücken wollte. »Ich hätte von mir aus dortbleiben sollen, stimmt's?« Es war keine Frage, eher eine Feststellung. »Aber du wolltest es mir gleichzeitig gar nicht sagen, weil ich der einzige Vater war, oder?«

Josh nickte schuldbewusst. »Du sollst nicht sauer auf mich sein.«

Alex legte den Arm um seinen Sohn. »Ich bin überhaupt nicht wütend auf dich.«

»Ehrlich nicht?«

»Ich würde nicht mal auf die Idee kommen.«

»Meinst du, Mom wäre dageblieben, wenn sie noch leben würde?«

»Ja, klar, so eine Party hätte sie sich auf keinen Fall entgehen lassen.«

Auf der anderen Seite des Flusses sprang eine Rotbarbe, und die kleinen Wellen schwappten zu ihnen herüber.

»Was machst du, wenn du mit Miss Katie ausgehst?«, fragte Josh.

Alex setzte sich anders hin. »Wenn wir ausgehen, ist es so ähnlich wie heute am Strand. Wir essen und reden, und manchmal gehen wir noch ein Stück spazieren.«

»Du bist in letzter Zeit oft mit ihr zusammen.«

»Stimmt.«

»Und worüber sprecht ihr?«, wollte Josh wissen.

Alex legte den Kopf schräg. »Über alles Mögliche. Zum Beispiel auch über dich und deine Schwester.«

»Was sagt ihr denn?«

»Wir sagen, dass es viel Spaß macht mit euch beiden und wie gut du in der Schule bist und dass du dein Zimmer immer schön aufräumst.«

»Erzählst du ihr, dass ich dir nicht gesagt habe, du sollst bei der Party bleiben?«

»Möchtest du denn, dass ich es ihr erzähle?«

»Nein.«

»Dann mache ich es auch nicht.«

»Versprochen? Ich will nämlich nicht, dass sie böse auf mich ist.«

Alex hob die Finger zum Schwur. »Großes Indianerehrenwort. Aber ich sag dir eins: Sie wäre auch nicht böse auf dich, wenn ich es ihr erzähle. Sie findet, dass du ein ganz toller Junge bist.«

Josh setzte sich aufrecht hin und begann die Angelschnur aufzuwickeln. »Gut«, sagte er. »Ich finde sie nämlich auch ziemlich toll.«

Das Gespräch mit Josh ließ Alex die ganze Nacht nicht schlafen. Er betrachtete das Foto von Carly in seinem Schlafzimmer, während er ein drittes Bier trank.

Kristen und Katie waren in bester Laune nach Hause gekommen und hatten ihm die neuen Sachen vorgeführt. Erstaunlicherweise gab ihm Katie fast die Hälfte des Geldes zurück. Sie sagte, sie habe ein Händchen für Sonderangebote. Alex nahm auf dem Sofa Platz. Kristen rannte immer wieder in ihr Zimmer, um sich umzuziehen und dann ein anderes Outfit zu präsentieren. Selbst Josh, den so etwas normalerweise nicht im Geringsten interessierte, hörte auf, mit seinem Nintendo zu spielen, und als Kristen erneut das Zimmer verließ, schaute er Katie an.

»Gehst du mit mir auch mal einkaufen?«, fragte er so leise, dass man ihn kaum hören konnte. »Ich brauche nämlich ein paar neue T-Shirts und so.«

Später bestellte Alex etwas beim Chinesen, und sie saßen lachend und essend um den Tisch. Irgendwann holte Katie ein Lederarmband aus ihrer Handtasche. »Ich fand das ziemlich cool«, sagte sie und gab es Josh. Zuerst war er sprachlos, aber dann strahlte er vor Freude und legte es an. Alex merkte, wie er Katie immer wieder mit leuchtenden Augen anschaute.

Ausgerechnet in solchen Situationen vermisste er Carly am meisten. Obwohl sie als Familie nie solche Abende verbracht hatten – die Kinder waren noch zu klein gewesen, als Carly starb –, konnte er sich gut vorstellen, dass sie mit dabei wäre.

Vielleicht vermochte er deswegen nicht zu schlafen. Katie war schon lange nach Hause gefahren. Die Kinder schliefen. Schließlich stand er auf und öffnete den Safe, den er vor ein paar Jahren in den Schrank eingebaut hatte. In diesem Safe bewahrte er wichtige Dokumente auf, über seine Finanzen, Versicherungspolicen – und auch die Schätze aus seiner Ehe. Es waren Dinge, die Carly gesammelt hatte: Fotos von der Hochzeitsreise, ein vierblättriges Kleeblatt, das sie gefunden hatte, als sie einmal in Vancouver Urlaub machten, den Strauß aus Pfingstrosen und Lilien, den sie am Hochzeitstag getragen hatte,

Ultraschallbilder von Josh und Kristen, als sie noch in ihrem Bauch waren, die Sachen, die die Babys getragen hatten, als sie vom Krankenhaus nach Hause kamen. Negative und Foto-CDs, auf denen ihre gemeinsamen Jahre festgehalten waren. Diese Gegenstände waren alle sehr bedeutungsvoll und bargen viele Erinnerungen, und seit Carlys Tod hatte Alex nichts mehr in den Safe gelegt, außer den beiden Briefen, die Carly noch geschrieben hatte. Der eine war an ihn adressiert, auf dem anderen stand kein Name, und er war noch immer ungeöffnet. Alex durfte ihn nicht öffnen – das hatte er Carly versprochen.

Er holte den ersten Brief heraus, den er schon über hundertmal gelesen hatte, den anderen ließ er im Safe. Von diesen Briefen hatte er nichts gewusst, bis Carly sie ihm eine knappe Woche vor ihrem Tod gegeben hatte. Damals konnte sie schon nicht mehr aufstehen und auch nicht mehr essen. Wenn er sie ins Bad trug, erschien sie ihm federleicht, als wäre sie von innen ausgehöhlt. Die meiste Zeit schlief sie, und während der wenigen Momente, die sie wach war, saß er schweigend an ihrem Bett. Oft döste sie schon nach ein paar Minuten wieder ein. Alex hatte Angst zu gehen, falls sie ihn brauchte, und er hatte Angst zu bleiben, weil sie vielleicht nicht genug Ruhe hatte, wenn er neben ihr saß. Als sie ihm die Briefumschläge überreichte, sah er, dass sie unter der Bettdecke versteckt gewesen waren. Erst später fand er heraus, dass Carly sie schon zwei Monate zuvor geschrieben und dass ihre Mutter sie aufbewahrt hatte.

Jetzt öffnete Alex den Umschlag und holte den Brief heraus. Man sah ihm an, dass er schon häufig gelesen worden war. Wenn Alex an dem Papier roch, konnte er den Duft der Lotion ahnen, die Carly immer benutzt hatte. Er wusste noch genau, wie überrascht er war, als sie ihm die Briefe gab. Mit ihren Augen flehte sie um Verständnis.

»Soll ich diesen hier zuerst lesen?«, fragte er und deutete auf den Umschlag, auf dem sein Name stand. Sie nickte und lehnte sich in ihre Kissen zurück.

Mein liebster Alex,
es gibt Träume, die uns besuchen und durch die wir uns, wenn wir aufwachen, zutiefst beglückt fühlen. Träume, die das Leben lebenswert machen. Du, mein geliebter Mann, bist dieser Traum, und es macht mich so traurig, dass ich in Worte fassen muss, was ich für Dich empfinde.

Ich schreibe diesen Brief, solange ich es noch kann, aber ich bin mir nicht sicher, ob es mir gelingt, wirklich genau das auszudrücken, was ich sagen will. Ich bin keine Schriftstellerin, und Worte erscheinen mir ungenügend. Mit welchen Worten soll ich beschreiben, wie sehr ich Dich liebe? Ist es überhaupt möglich, eine Liebe wie unsere zu fassen? Ich weiß es nicht, aber während ich hier sitze, ist mir klar, dass ich es versuchen muss.

Du erzählst immer gern, dass ich nicht leicht rumzukriegen war, aber wenn ich an den Abend denke, an dem wir uns kennenlernten, muss ich sagen, dass ich schon damals gespürt habe, wir sind füreinander bestimmt. Ich erinnere mich ganz deutlich an den Abend, ich weiß noch, wie sich Deine Hand in meiner anfühlte. Und ich sehe den bewölkten Nachmittag am Strand vor mir, jede Einzelheit – als Du vor mir niedergekniet bist und mich gefragt hast, ob ich Deine Frau werden will. Bis ich Dir begegnet bin, hatte ich keine Ahnung, was mir fehlt. Ich habe nicht geahnt, dass eine Berührung so bedeutungsvoll sein kann, dass ein Wort so viel ausdrücken kann. Ich habe nicht gewusst, dass mir bei einem Kuss die Luft wegbleiben kann. Du bist genau der Mann, den ich mir immer als Ehepartner gewünscht habe. Du bist gütig und stark, einfühlsam und klug. Du gibst mir Mut, und Du bist ein besserer Vater, als Du selbst weißt. Du kannst wunderbar mit Kindern umgehen, Du gewinnst ihr Vertrauen, und ich kann Dir gar nicht sagen, wie gern ich es immer gesehen habe, wenn sie in Deinen Armen einschlafen, den Kopf an Deine Schulter gelehnt.

Mein Leben ist viel schöner und besser als vorher, weil Du bei mir bist. Und genau das macht alles so schwer, und deshalb finde ich nicht die Worte, die ich bräuchte. Es macht mir Angst, daran zu denken, dass all das schon bald zu Ende sein wird. Dabei geht es mir nicht um mich selbst – ich habe vor allem Angst um Dich und die Kinder, und mir bricht das Herz, weil ich Euch so viel Schmerz und Kummer bereite. Aber ich weiß nicht, was ich tun kann, außer dass ich mir ins Gedächtnis rufe, warum ich mich in Dich verliebt habe, und Dir sage, wie leid es mir tut, dass ich Dich und unsere wunderbaren Kinder im Stich lasse. Es tut mir weh, dass Deine Liebe zu mir auch der Grund für so viel Schmerz ist.

Aber ich glaube fest, dass die Liebe zwar sehr viel Leid verursachen kann, doch sie kann auch heilen … und deshalb gebe ich Dir einen zweiten Brief.

Bitte, lies ihn nicht. Er ist nicht für Dich bestimmt, auch nicht für unsere Familien oder unsere Freunde. Ich bezweifle, dass wir die Person kennen, der Du diesen Brief geben wirst. Dieser Brief ist für die Frau, die Dich eines Tages heilen wird, die Frau, die Dich wieder vollständig machen wird.

Ich weiß, dass Du Dir das im Moment überhaupt nicht vor-

stellen kannst. Vielleicht dauert es Monate, vielleicht dauert es Jahre – aber eines Tages wirst Du diesen Brief einer Frau geben. Vertraue Deiner Intuition, so wie ich es an jenem Abend getan habe, als Du zum ersten Mal auf mich zugekommen bist. Du wirst den richtigen Zeitpunkt erkennen, genauso wie Du wissen wirst, welche Frau diesen Brief verdient. Und wenn Du ihn überreichst, dann verlass Dich darauf, dass ich irgendwo, irgendwie mit einem Lächeln auf Euch beide herunterblicken werde.

In Liebe,
Carly

Nachdem Alex den Brief noch einmal gelesen hatte, steckte er ihn wieder in den Umschlag und legte ihn zurück in den Safe. Draußen sah er die Wolken am Nachthimmel, die im Mondlicht fast gespenstisch leuchteten. Er blickte nach oben, dachte an Carly und an Katie. Carly hatte gesagt, er solle sich auf seine Intuition verlassen – er werde wissen, was er mit dem Brief tun musste.

Ja, das stimmte – Carly hatte Recht gehabt. Jedenfalls zur Hälfte. Er wusste, dass er Katie den Brief geben wollte. Nur war er sich nicht sicher, ob sie schon bereit war, ihn zu bekommen.

KAPITEL 28

»Hallo, Kevin.« Bill winkte ihn zu sich. »Könntest du bitte kurz in mein Büro kommen?«

Kevin, der sich gerade an seinen Schreibtisch setzen wollte, nickte und ging zu seinem Vorgesetzten. Coffey und Ramirez schauten ihm nach. Sein neuer Partner Todd saß bereits an seinem Platz und grinste, doch dann wurde sein Gesicht gleich wieder ernst, und er schaute weg.

Nein, Kevin hatte keine große Lust, als Erstes am Morgen mit Bill zu sprechen. Sein Kopf pulsierte. Aber er machte sich keine Sorgen, dass Bill unzufrieden mit ihm war. Er konnte ausgezeichnet mit Zeugen und Opfern umgehen und merkte immer schnell, wenn ein Täter log. Deshalb erreichte er viele Verhaftungen, und die Verbrecher wurden verurteilt.

Bill deutete auf einen Stuhl, und obwohl sich Kevin eigentlich nicht hinsetzen wollte, gehorchte er. Wieso wollte Bill, dass er Platz nahm? Normalerweise blieb er stehen, wenn sie miteinander redeten. Der Schmerz in den Schläfen fühlte sich an, als würde jemand einen spitzen Bleistift dagegenpressen. Einen Moment lang musterte Bill ihn nur prüfend. Dann stand er auf, schloss die Tür und setzte sich auf den Rand seines Schreibtischs.

»Wie geht's dir so, Kevin?«

»Danke, gut«, antwortete er. Am liebsten hätte er die

Augen geschlossen, um die Kopfschmerzen zu vertreiben, aber er spürte, dass Bill ihn genau beobachtete. »Was gibt's?«

Bill verschränkte die Arme vor der Brust. »Ich möchte mir dir reden, weil wir eine Beschwerde über dich bekommen haben.«

»Was für eine Beschwerde?«

»Es ist eine ernste Sache, Kevin. Das Dezernat für interne Ermittlungen ist eingeschaltet worden, und du bist vorläufig suspendiert, bis die Untersuchung abgeschlossen ist.«

Was Bill sagte, klang in Kevins Ohren völlig wirr und ergab keinen Sinn. Wenn er nur nicht mit solch einem schweren Kopf aufgewacht wäre! Wenn er nur nicht so viel Wodka brauchen würde!

»Wovon sprichst du?«

Bill nahm eine Akte, die auf seinem Schreibtisch lag. »Ich rede von dem Fall Gates«, antwortete Bill. »Du weißt schon – der kleine Junge, der durch den Fußboden hindurch erschossen wurde. Anfang des Monats.«

»Klar, ich erinnere mich. Er hatte rote Tomatensoße von seiner Pizza im Gesicht.«

»Wie bitte?«

Kevin blinzelte. »Der Junge. Als wir ihn gefunden haben. Es war fürchterlich. Todd war ganz schön fertig.«

Bill runzelte die Stirn. »Es wurde ein Krankenwagen gerufen.«

Verzweifelt versuchte Kevin, regelmäßig zu atmen und sich zu sammeln. »Ja, für seine Mutter. Sie war sehr aufgebracht, was man ja verstehen kann, und sie ist hinter dem Griechen her gerannt, der den Schuss abgegeben hatte. Es gab ein Handgemenge, und sie ist die Treppe hinuntergefallen. Wir haben sofort den Krankenwagen alarmiert … und soviel ich weiß, wurde die Mutter ins Krankenhaus gebracht.«

Noch immer fixierte ihn Bill mit seinem Blick, legte dann aber die Akte beiseite. »Du hast vorher mit ihr gesprochen, nicht wahr?«

»Ich hab's versucht … sie war ziemlich hysterisch. Ich wollte sie beruhigen, aber dann ist sie völlig durchgedreht. Was gibt es da noch zu sagen? Es steht alles in meinem Bericht.«

»Ja, ich habe gelesen, was du geschrieben hast. Aber die Frau behauptet, du hättest zu ihr gesagt, sie soll den Täter die Treppe hinunterstoßen.«

»Wie bitte?«

Bill griff wieder nach der Akte und las vor: »Sie sagt, du hast von Gott gesprochen und sie aufgefordert, Zitat: ›Der Mann ist ein Sünder und hat die Strafe verdient, denn in der Bibel steht: Du sollst nicht töten.‹ Sie sagt, du hast ihr außerdem zugeraunt, der Mann würde vermutlich Bewährung kriegen, obwohl er ihr Kind getötet habe, deshalb müsse sie die Sache selbst in die Hand nehmen. Weil Sünder bestraft werden müssen. Kommt dir das irgendwie bekannt vor?«

Kevin spürte, wie ihm das Blut ins Gesicht stieg. »Das ist doch lächerlich«, schimpfte er los. »Dir ist hoffentlich klar, dass die Frau lügt, oder?«

Er erwartete, Bill würde ihm sofort zustimmen. Und ihm versichern, dass die Ermittlungen reine Formsache seien. Aber sein Chef reagierte anders und beugte sich näher zu ihm.

»Was hast du zu der Frau gesagt? Wozu hast du sie aufgefordert?«

»Ich habe sie zu gar nichts aufgefordert! Ich habe sie gefragt, was passiert ist, und sie hat mir alles erzählt, ich habe das Loch in der Decke gesehen, und dann bin ich nach oben gegangen und habe den Nachbarn verhaftet, nachdem er gestanden hat, dass er der Schütze ist. Ich habe ihm Handschellen angelegt und ihn die Treppe hinuntergeführt. Und auf einmal hat sich die Frau auf ihn gestürzt.«

Nach einer kurzen Pause fragte Bill: »Du hast mit ihr nie über Gott und die Sünde geredet?«

»Nein.«

Sein Chef hielt das Blatt hoch, von dem er abgelesen hatte. »Du hast nie gesagt: Die Rache ist mein, ich will vergelten, spricht der Herr?«

»Nein.«

»Nichts davon kommt dir bekannt vor?«

Kevin merkte, wie die Wut in ihm hochstieg, und versuchte, sie zu unterdrücken. »Nein, gar nichts. Es ist gelogen. Du weißt doch, wie die Leute sind. Die Frau will wahrscheinlich die Behörden verklagen, damit sie richtig schön absahnen kann.«

Bills Kiefermuskeln zuckten. »Hattest du getrunken, bevor du mit der Frau gesprochen hast?«, fragte er schließlich.

»Wie kommst du denn auf die Idee? Nein, natürlich nicht. Das würde ich nie tun. Du kennst doch mein Führungszeugnis. Ich bin ein guter Cop.« Kevin breitete die Arme aus, fast blind von den pochenden Kopfschmerzen. »Mensch, Bill – wir arbeiten doch seit Jahren zusammen.«

»Genau deshalb rede ich ja mit dir. Sonst würde ich

dich sofort feuern. Du warst in den letzten Monaten einfach nicht du selbst. Und ich habe alle möglichen Gerüchte gehört.«

»Was für Gerüchte?«

»Dass du betrunken zur Arbeit kommst.«

»Aber das stimmt nicht!«

»Willst du damit sagen, wenn ich dich ins Röhrchen blasen ließe, wäre das Ergebnis null Promille?«

Kevin spürte, wie sein Herz in der Brust hämmerte. Er wusste, wie man lügt, und er konnte es sehr gut. »Gestern Abend war ich noch ziemlich lange mit einem Kumpel unterwegs, und wir haben getrunken. Da kann es natürlich sein, dass ich noch einen gewissen Alkoholpegel im Blut habe, aber ich bin nicht betrunken, und ich habe auch nichts getrunken, bevor ich heute Morgen zur Arbeit gekommen bin. An dem Tag mit dem Jungen habe ich ebenfalls nichts getrunken. Und sonst auch nie.«

Bill starrte ihn unverwandt an. »Sag mir, was mit Erin los ist.«

»Das weißt du doch! Sie ist bei ihrer Freundin in Manchester. Vor eine paar Wochen waren wir in Cape Cod.«

»Du hast Coffey erzählt, dass du mit Erin in einem Restaurant in Provincetown warst, aber der Laden hat vor einem halben Jahr zugemacht. Und in dem Bed-and-Breakfast, in dem ihr angeblich gewohnt habt, gibt es keine Buchung unter deinem Namen. Und niemand hat Erin in letzter Zeit gesehen oder mit ihr gesprochen. Das geht schon seit Monaten so.«

Kevin hörte das Blut in seinem Kopf rauschen, und das Pochen in den Schläfen wurde immer schlimmer. »Ihr habt mir nachspioniert?«

»Du hast im Dienst getrunken, und du hast mich belogen.«

»Ich habe kein einziges Mal –«

»Hör endlich auf, mich anzulügen!«, schrie sein Chef plötzlich los. »Ich kann deine Alkoholfahne doch bis hierher riechen!« Seine Augen funkelten zornig. »Du bist ab sofort suspendiert. Und du solltest deinen Gewerkschaftsvertreter kontaktieren, bevor du zur Internen Ermittlung gehst. Leg deine Waffe und deine Marke auf meinen Schreibtisch und geh nach Hause.«

»Wie lange?« Mehr brachte Kevin nicht über die Lippen.

»Im Moment sollte das deine geringste Sorge sein.«

»Ich versichere es dir nochmal – ich habe nichts dergleichen zu dieser Frau gesagt.«

»Die anderen haben es doch gehört!«, brüllte Bill. »Dein Partner, der Rechtsmediziner, die Leute von der Spurensicherung, der Freund der Frau.« Er schwieg einen Moment lang, um die Beherrschung wiederzufinden. »Sie haben alle gehört, wie du es gesagt hast«, wiederholte er mit Nachdruck, und auf einmal begriff Kevin, dass er vollständig die Kontrolle verloren hatte. Und er wusste: Erin war an allem schuld.

KAPITEL 29

Es wurde August. Alex und Katie genossen die heißen, trägen Sommertage, die sie gemeinsam verbringen konnten, aber den Kindern wurde allmählich langweilig. Um zur Abwechslung mal etwas Ausgefallenes zu unternehmen, fuhr Alex mit Katie, Josh und Kristen zu den Rodeo-Affen in Wilmington. Zu Katies Verwunderung war es genau das, wonach sich der Name anhörte: Affen in Cowboy-Klamotten, die auf Hunden ritten und fast eine Stunde lang Schafböcke zusammentrieben. Danach gab es ein Feuerwerk, das beinahe so spektakulär war wie das am vierten Juli. Als sie zum Auto zurückgingen, sagte Katie kopfschüttelnd zu Alex:

»So was Verrücktes habe ich in meinem Leben noch nicht gesehen.«

»Und du warst bestimmt bisher davon überzeugt, dass wir hier in den Südstaaten keine Kultur haben, oder?«

Sie musste lachen. »Genau. Wie kommen die Menschen nur auf solche Ideen?«

»Keine Ahnung. Aber ich bin froh, dass ich davon gehört habe. Sie sind nur zwei Tage hier.« Alex schaute sich auf dem Parkplatz nach seinem Auto um.

»Wie unvollkommen mein Leben wäre, wenn ich nie gesehen hätte, wie ein Affe auf einem Hund reitet!«

»Den Kindern hat es gefallen.«

»Das stimmt. Den Kindern hat es gefallen. Aber ich

bin mir nicht sicher, ob es den Affen gefallen hat. Meiner Meinung nach haben sie keinen besonders glücklichen Eindruck gemacht.«

Alex musterte Katie mit zusammengekniffenen Augen. »Ich würde mir nicht zutrauen, zu beurteilen, ob ein Affe glücklich aussieht oder nicht.«

»Genau das meine ich doch.«

»Hey, es ist doch nicht meine Schuld, dass die Schule erst in einem Monat wieder anfängt und mir sonst nichts mehr einfällt, was wir mit den Kindern unternehmen können.«

»Sie müssen doch nicht jeden Tag etwas Besonderes machen.«

»Ich weiß. Das tun sie ja auch nicht. Aber ich möchte auch nicht, dass sie den ganzen Tag fernsehen.«

»Deine Kinder sehen doch gar nicht viel fern.«

»Weil ich sie zu den Rodeo-Affen mitnehme.«

»Und nächste Woche?«

»Kein Problem. Da ist der Jahrmarkt hier. So ein richtig altmodischer Jahrmarkt, mit Fahrgeschäften und allem.«

Katie grinste. »Bei schnellen Karussells wird mir ja immer schlecht.«

»Und die Kinder können sich nichts Tolleres vorstellen. Dabei fällt mir ein – arbeitest du nächsten Samstag?«

»Ich weiß noch nicht. Wieso fragst du?«

»Weil ich hoffe, dass du mit uns auf den Jahrmarkt gehst.«

»Du möchtest, dass mir kotzübel wird?«

»Wenn du nicht willst, musst du ja nicht Karussell fahren. Aber ich würde dich gern um einen Gefallen bitten.«

»Und der wäre?«

»Ich wollte dich fragen, ob du später am Abend auf die Kinder aufpassen könntest. Joyces Tochter kommt nach Raleigh, und Joyce hat mich gefragt, ob ich sie zum Flughafen bringen kann, weil sie ihre Tochter abholen will. Joyce fährt nachts nicht gern Auto.«

»Natürlich passe ich auf die Kinder auf.«

»Du müsstest zu uns in die Wohnung kommen, damit Josh und Kristen zu einer einigermaßen vernünftigen Uhrzeit ins Bett gehen.«

Katie schaute Alex fragend an. »Zu euch in die Wohnung? Ich war noch nie richtig bei euch.«

»Ja, das stimmt …«

Er wusste offensichtlich nicht recht, was er sagen sollte. Katie grinste. »Kein Problem«, sagte sie. »Das macht bestimmt Spaß. Vielleicht können wir uns einen Film ansehen und Popcorn essen.«

Alex schwieg zuerst, aber nach ein paar Schritten fragte er: »Möchtest du eigentlich irgendwann Kinder haben?«

»Ich bin mir nicht sicher«, antwortete Katie zögernd. »Im Grunde habe ich darüber bis jetzt nie nachgedacht.«

»Noch nie?«

»Nein. In Atlantic City war ich zu jung, mit Kevin erschien mir die Vorstellung unerträglich, und in den letzten Monaten war ich mit ganz anderen Dingen beschäftigt.«

Alex ließ nicht locker. »Aber wenn du darüber nachdenken würdest?«

»Ich weiß es trotzdem nicht. Es würde von vielen verschiedenen Faktoren abhängen.«

»Wovon unter anderem?«

»Davon, ob ich verheiratet wäre, zum Beispiel. Und du weißt ja, dass ich nicht heiraten kann.«

»Erin kann nicht heiraten. Aber bei Katie sieht es wahrscheinlich anders aus. Sie hat schließlich auch einen Führerschein – schon vergessen?«

Erst nach einigem Überlegen entgegnete Katie: »Sie könnte vielleicht heiraten, aber sie würde es nicht tun – es sei denn, sie findet den Richtigen.«

Lachend legte Alex ihr den Arm um die Schulter. »Ich weiß, dass du den Job im Ivan's gebraucht hast, als du hierhergekommen bist, aber hast du dir schon mal überlegt, was anderes zu machen?«

»Zum Beispiel?«

»Keine Ahnung. Du könntest aufs College gehen, einen Abschluss machen und dir eine Arbeit suchen, die dir wirklich gefällt.«

»Wie kommst du auf die Idee, dass ich nicht gern bediene?«

»Nur so.« Er zuckte die Achseln. »Es würde mich interessieren, was du am allerliebsten tun würdest.«

Katie überlegte. »Als Kind hatte ich wie jedes Mädchen, das ich kenne, Tiere sehr gern, und ich wollte Tierärztin werden. Aber ich kann unmöglich jetzt noch studieren. Das würde viel zu lange dauern.«

»Es gibt auch andere Möglichkeiten, mit Tieren zu arbeiten. Du könntest zum Beispiel Rodeo-Affen trainieren.«

»Lieber nicht. Ich bin mir immer noch nicht sicher, ob es den Affen angenehm war.«

»Du hast eine Schwäche für diese Tiere, nicht wahr?«

»Wer nicht? Aber trotzdem – welcher Mensch lässt sich so etwas einfallen?«

»Korrigiere mich, wenn ich mich täusche, aber ich glaube, ich habe gehört, dass du laut gelacht hast.«

»Ich wollte nicht, dass ihr drei euch blöd vorkommt.«

Lächelnd zog Alex sie noch fester an sich. Josh und Kristen waren vorausgelaufen und lehnten schon am Jeep. Katie wusste, dass sie ziemlich schnell einschlafen würden, vielleicht schon, bevor sie wieder in Southport ankamen.

»Du hast meine Frage noch nicht beantwortet«, sagte Alex. »Was möchtest du am liebsten mit deinem Leben anfangen?«

»Vielleicht sind meine Träume gar nicht so kompliziert. Vielleicht denke ich, ein Job ist ein Job.«

»Was heißt das?«

»Ich glaube, ich will nicht über das, was ich arbeite, definiert werden, sondern über das, was ich bin.«

»Okay. Dann formuliere ich meine Frage anders: Wer möchtest du sein?«

»Willst du das wirklich wissen?«

»Klar, sonst hätte ich dich nicht gefragt.«

Sie blieb stehen und schaute ihm fest in die Augen. »Ich möchte gern eine Ehefrau und Mutter sein.«

»Aber du hast doch gesagt, du bist dir nicht sicher, ob du Kinder willst.«

Da legte sie den Kopf schräg, und Alex fand sie noch hübscher als sonst. »Das muss doch nicht unbedingt etwas miteinander zu tun haben ...«

Die Kinder waren bereits eingeschlafen, bevor sie den Highway erreichten. Die Heimfahrt dauerte nur etwa eine halbe Stunde, und weder Alex noch Katie wollten das Risiko eingehen, die Kinder durch ein Gespräch aufzuwecken. Sie fanden es schön, sich schweigend an der Hand zu halten.

Als Alex vor ihrem Haus hielt, stellte Katie fest, dass ihre Nachbarin auf den Verandastufen saß, als würde sie warten. Sie war sich nicht sicher, ob Alex sie im Dunkeln erkannte, aber genau in dem Moment wurde Kristen unruhig, und er drehte sich zu ihr um, weil er sehen wollte, ob sie aufgewacht war. Katie küsste ihn auf die Wange.

»Ich sollte mit ihr reden«, flüsterte sie.

»Mit wem? Mit Kristen?«

»Nein, mit meiner Nachbarin«, antwortete Katie leise und deutete über die Schulter. »Wahrscheinlich will sie mir etwas erzählen.«

»Ach so.« Alex nickte. Kurz schaute er zu Jos Veranda hinüber, dann wieder zu Katie. »Das war ein schöner Tag.«

»Ja, finde ich auch.«

Er küsste sie, bevor sie die Beifahrertür öffnete, und als Alex fortfuhr, ging sie hinüber zu Jos Cottage. Ihre Nachbarin winkte ihr lächelnd zu, und Katie entspannte sich ein bisschen – seit dem Abend in der Bar hatten sie kein Wort mehr gewechselt. Jo trat ans Geländer.

»Als Erstes muss ich mich bei dir entschuldigen«, sagte sie ohne lange Begrüßung. »Ich hätte nicht so mit dir reden sollen. Das war völlig unangebracht. Es wird nie wieder vorkommen.«

Katie ging die Verandatreppe hinauf und lud Jo mit einer Handbewegung ein, sich zur ihr auf die oberste Stufe zu setzen. »Ist in Ordnung«, sagte sie. »Ich bin nicht sauer.«

»Aber mir ist es peinlich«, erwiderte Jo, und man merkte ihr an, dass sie ihr Verhalten ehrlich bedauerte. »Keine Ahnung, was mich da gepackt hat.«

»Ich kann es verstehen«, erwiderte Katie. »Du magst die Familie. Und du möchtest sie beschützen.«

»Trotzdem hätte ich nicht so mit dir reden sollen. Deswegen bin ich dir seither aus dem Weg gegangen. Es ist mir unangenehm, und ich habe Angst gehabt, dass du mir nicht verzeihst.«

Katie legte kurz die Hand auf ihren Arm. »Ich finde es toll, dass du um Entschuldigung bittest, aber es ist echt nicht nötig. Durch das, was du gesagt hast, sind mir ein paar wichtige Dinge an mir aufgefallen.«

»Ach, ehrlich?«

Katie nickte. »Ja – und nur damit du Bescheid weißt: Ich werde noch länger in Southport bleiben.«

»Ich habe neulich gesehen, dass du Auto fährst.«

»Nicht zu fassen, was? Ich fühle mich aber noch nicht richtig wohl am Steuer.«

»Das kommt schon. Und dann ist es bequemer als das Fahrrad.«

»Ich fahre trotzdem jeden Tag mit dem Rad«, entgegnete Katie. »Ein eigenes Auto kann ich mir nicht leisten.«

»Ich würde ja sagen, du kannst mein Auto leihen, aber es ist wieder in der Werkstatt. Dauernd geht irgendetwas kaputt. Ich sollte auch lieber das Fahrrad nehmen.«

»Sei vorsichtig, was du dir wünschst.«

»Jetzt klingst du fast schon wie ich.« Mit einer Kopfbewegung deutete Jo zur Straße. »Ich freue mich für dich und Alex. Und für die Kinder. Du tust ihnen nämlich sehr gut.«

»Woher willst du das wissen?«

»Weil ich sehe, wie er dich anschaut. Und wie du die drei anschaust.«

»Wir haben in letzter Zeit viel gemeinsam unternommen«, sagte Katie ausweichend.

Jo schüttelte den Kopf. »Nein, nein, es ist mehr als das. Ihr zwei wirkt sehr verliebt.«

Da wurde Katie rot und musterte ihr Nachbarin verdutzt. Diese fuhr etwas verlegen fort: »Okay, ich geb's zu – du hast mich zwar nicht gesehen, aber ich habe mitbekommen, wie ihr euch zum Abschied küsst.«

»Du spionierst uns nach?«, fragte Katie mit gespielter Empörung.

»Ja, klar.« Jo schnaubte. »Ich habe ja sonst nichts zu tun. Hier geschieht nie was Interessantes.« Sie schwieg kurz. »Du liebst ihn, stimmt's?«

Katie nickte. »Und ich liebe auch die Kinder.«

»Das freut mich sehr.« Jo faltete die Hände, als wollte sie ein Gebet sprechen.

Nach einer Pause fragte Katie: »Hast du seine Frau gekannt?«

»Ja.«

Katie schaute die Straße hinunter. »Wie war sie? Alex spricht oft über sie, und ich kann mir ungefähr ein Bild machen, aber –«

Jo unterbrach sie. »Meinem Eindruck nach war sie in vielem ähnlich wie du. Und das meine ich positiv. Sie hat Alex sehr geliebt. Und die Kinder sowieso. Die Familie war für sie das Wichtigste im Leben. Mehr musst du eigentlich nicht über sie wissen.«

»Meinst du, sie hätte mich gemocht?«

»Ja«, antwortete ihre Nachbarin. »Ich bin mir sicher, sie hätte dich *sehr* gemocht.«

KAPITEL 30

August, und ganz Boston zerschmolz vor Hitze.

Kevin erinnerte sich vage, dass er vor dem Haus der Feldmans einen Krankenwagen gesehen hatte, aber er hatte nicht lange darüber nachgedacht, weil die Feldmans schlechte Nachbarn waren und er sie nicht leiden konnte. Erst jetzt begriff er, dass Gladys Feldman gestorben war. Auf beiden Straßenseiten standen Autos. Kevin war zwei Wochen lang suspendiert, und es passte ihm nicht, wenn jemand vor seinem Haus parkte. Aber zum Begräbnis waren viele Freunde und Angehörige gekommen, und er hatte nicht genug Energie, um sie aufzufordern, gefälligst woanders zu parken.

Seit er suspendiert war, duschte er nur noch selten. Jetzt hockte er auf der Veranda und trank direkt aus der Flasche, während er zuschaute, wie die Besucher bei den Feldmans aus und ein gingen. Er wusste, dass das Begräbnis am frühen Nachmittag stattfand. Deswegen trafen sich hier so viele Menschen – sie wollten gemeinsam hingehen. Wenn irgendwo jemand beerdigt wurde, versammelten sich die Menschen wie die Gänse.

Er hatte die ganze Zeit mit niemandem gesprochen – weder mit Bill noch mit Coffey oder Ramirez, auch nicht mit Todd oder Amber. Nicht einmal mit seinen Eltern. Auf dem Fußboden im Wohnzimmer lag kein einziger Pizzakarton, und es standen keine Reste eines chinesischen Essens im Kühlschrank, weil er überhaupt keinen Appetit hatte. Der Wodka genügte ihm, und er trank, bis er das Haus der Feldmans nur noch undeutlich wahrnahm. Immerhin sah er, dass eine Frau herauskam, um eine Zigarette zu rauchen. Sie trug ein schwarzes Kleid, und er fragte sich, ob sie wusste, dass die Feldmans mit den Kindern in der Nachbarschaft schimpften.

Er beobachtete die Frau, weil er keine Lust hatte fernzusehen. Schon gar nicht den Sender für Heim und Garten, den Erin so mochte. Aber sie war nach Philadelphia gefahren und hatte sich Erica genannt, und dann war sie verschwunden, und er war von der Arbeit suspendiert worden. Aber vorher war er ein guter Cop gewesen.

Die Frau in Schwarz hatte ihre Zigarette zu Ende geraucht, warf die Kippe ins Gras und trat sie aus. Dann blickte sie sich um, und als sie ihn auf seiner Veranda sitzen sah, überquerte sie nach kurzem Zögern die Straße und kam auf ihn zu. Er kannte sie nicht, hatte sie noch nie gesehen.

Was wollte sie von ihm? Sicherheitshalber stellte er die Flasche fort und ging die Verandastufen hinunter. Die Frau blieb auf dem Gehweg vor seinem Haus stehen.

»Sind Sie Kevin Tierney?«, fragte sie.

»Ja, bin ich«, antwortete er. Seine Stimme klang seltsam, weil er seit Tagen nicht mehr gesprochen hatte.

»Ich bin Karen Feldman«, erklärte sie. »Meine Eltern wohnen in dem Haus da drüben. Larry und Gladys Feldman.« Sie wartete, ob Kevin etwas sagen wollte, und als er schwieg, fuhr sie fort: »Ich wollte nur fragen, ob Erin vorhat, zum Begräbnis zu kommen.«

Er starrte sie wortlos an.

»Erin?«, stieß er schließlich hervor.

»Ja. Meine Eltern haben sich immer sehr gefreut, wenn Erin sie besucht hat. Sie hat Kuchen für sie gebacken und ihnen manchmal im Haushalt geholfen, vor allem, als meine Mom krank wurde. Lungenkrebs. Es war furchtbar.« Die junge Frau schüttelte traurig den Kopf. »Ist Erin da? Ich hatte gehofft, dass ich sie vielleicht kennenlernen kann. Das Begräbnis beginnt um zwei.«

»Nein, sie ist leider nicht hier, weil sie bei einer kranken Freundin in Manchester sein muss«, sagte er.

»Oh – tja, da kann man nichts machen. Sehr schade. Entschuldigen Sie bitte die Störung.«

Langsam wurde sein Kopf etwas klarer, und er registrierte, dass sie sich zum Gehen wandte. »Ich wollte noch sagen – herzliches Beileid. Ich habe Erin von dem Trauerfall erzählt, und sie war sehr unglücklich, dass sie nicht kommen kann. Haben Sie unsere Blumen bekommen?«

»Ich denke, ja. Aber genau kann ich es nicht sagen – der Raum im Bestattungsinstitut ist voll mit Blumen.«

»Verstehe. Es ist wirklich bedauerlich, dass Erin nicht da ist.«

»Das stimmt. Ich will sie schon seit langem kennenlernen. Meine Mom hat mir erzählt, dass Erin sie an Katie erinnert.«

»An Katie?«

»So hieß meine jüngere Schwester. Sie ist vor sechs Jahren gestorben.«

»Das tut mir leid.«

»Ja, es war furchtbar traurig, und wir vermissen sie alle sehr. Für meine Mutter war es am schwersten. Deshalb hat sie sich so gut mit Erin verstanden – die beiden haben sich sogar ähnlich gesehen. Sie waren gleich alt und so.« Falls Karen auffiel, dass er ein komisches Gesicht machte, ließ sie es sich nicht anmerken. »Meine Mom hat Erin das Album gezeigt, das sie von Katie gemacht hat … Ach, und Erin war immer so geduldig mit Mom. Sie ist ein lieber Mensch. Aber als ihr Mann wissen Sie das ja selbst am besten.«

Kevin zwang sich zu einem Lächeln. »Das stimmt.«

Er war ein guter Cop, und genau deswegen wusste er, dass es in Wirklichkeit manchmal einfach Glück war, wenn man die Antwort fand. Neue Indizien tauchten auf, ein unbekannter Zeuge meldete sich, eine Überwachungskamera hatte ein Nummernschild aufgenommen. In diesem Fall kam der entscheidende Hinweis von einer Frau in Schwarz, von Karen Feldman, die an einem Vormittag, als er saufend auf der Veranda saß, über die Straße schritt und ihm von ihrer toten Schwester erzählte.

Zwar hatte er immer noch Kopfschmerzen, aber er kippte den Wodka in den Abfluss und dachte über Erin und die Feldmans nach. Erin hatte die Familie besucht, aber ihm gegenüber hatte sie das nie erwähnt. Sie war stets zu Hause gewesen, wenn er sie anrief oder unangemeldet vorbeikam, deshalb war er nie dahintergekommen. Sie hatte nicht darüber gesprochen, und wenn er sich beschwerte, dass die Feldmans schlechte Nachbarn seien, hatte sie nie ein einziges Wort gesagt.

Erin hatte ein Geheimnis gehabt.

Sein Kopf war klarer als seit Monaten. Er ging unter die Dusche und zog dann einen schwarzen Anzug an. Anschließend machte er sich ein Sandwich mit Schinken, fein geschnittenem Putenfleisch und Dijon-Senf und aß es. Er verzehrte noch ein zweites Sandwich. Wieder schaute er den Leuten draußen zu, sah, wie Karen eine zweite Zigarette rauchte. Während er wartete, steckte er einen kleinen Block und einen Stift in die Tasche.

Etwa um ein Uhr stiegen die Trauergäste allmählich in ihre Autos. Kevin hörte, wie die Motoren ansprangen und ein Wagen nach dem anderen zur Trauerfeier fuhr. Eine Viertelstunde später waren fast alle fort, und er sah noch, wie Karen ihren Vater zu ihrem Auto führte, bevor sie sich ans Steuer setzte. Sie waren die Letzten.

Er wartete noch zehn Minuten. Dann ging er über die Straße zum Haus der Feldmans. Er beeilte sich nicht, er versteckte sich nicht. Ihm war aufgefallen, dass viele der Nachbarn ebenfalls zum Begräbnis gefahren waren. Und diejenigen, die nicht teilnahmen, würden sich später nur an einen Mann in einem schwarzen Anzug erinnern, der nicht anders aussah als die übrigen Trauergäste. Die Vordertür war abgeschlossen, aber weil so viele Leute dagewesen waren, ging er hoffnungsvoll ums Haus herum zum Hintereingang. Dieser war tatsächlich nicht verriegelt. Kevin trat ein.

Alles war still. Er blieb stehen und horchte, ob noch irgendwo Stimmen oder Schritte zu hören waren. Nichts. Überall standen Plastikbecher herum, auf dem Tisch sah er halbleere Platten mit verschiedenen Häppchen. Er musste das ganze Haus durchforsten. Viel Zeit hatte er nicht, also begann er mit dem Wohnzimmer, öffnete alle Schranktüren und achtete dabei immer darauf, dass anschließend alles wieder genauso war wie vorher. Er suchte in der Küche, im Schlafzimmer und schließlich im Arbeitszimmer mit den Bücherregalen, dem bequemen Sessel und dem Fernseher. In der Ecke stand ein kleiner Aktenschrank.

Blitzschnell ging er die Kennzeichnungen der verschiedenen Ordner durch, bis er den mit der Aufschrift KATIE fand. Er überprüfte den Inhalt. Ein Zeitungsartikel – offenbar war die Tochter in einem Teich in der Nähe ertrunken, weil sie im Eis eingebrochen war. Mehrere Schulfotos. Und auf dem Schulabschlussfoto hatte diese Katie wirklich auffallend große Ähnlichkeit mit Erin. Ganz hinten befand sich noch ein Briefumschlag mit Zeugnissen und einer Sozialversicherungsnummer. Kevin notierte sie sich auf seinen kleinen Block. Die Versicherungskarte selbst fand er nicht, aber er hatte immerhin die Nummer. Die Geburtsurkunde war nur eine Kopie, aber ziemlich zerknittert, als hätte jemand sie zusammengeknüllt und danach wieder glattgestrichen.

Nun hatte er alles, was er brauchte, und deshalb verließ er rasch das Haus. Zu Hause rief er den Kollegen aus dem anderen Revier an, den Typ, der mit seiner minderjährigen Babysitterin schlief. Am nächsten Tag meldete sich dieser bei ihm mit den gewünschten Informationen.

Katie Feldman hatte kürzlich einen Führerschein beantragt. Die Adresse war in Southport, North Carolina.

Schweigend legte Kevin auf. Er hatte sie gefunden.

Erin.

KAPITEL 31

Die Ausläufer eines tropischen Sturms suchten Southport heim. Es regnete fast den ganzen Nachmittag. Katie arbeitete die erste Schicht, aber wegen des schlechten Wetters war das Restaurant zur Mittagszeit nur halbvoll, und Ivan erlaubte ihr, ein bisschen früher zu gehen. Sie hatte sich den Jeep ausgeliehen, und nachdem sie eine Stunde in der Bibliothek verbracht hatte, fuhr sie zum Laden. Alex brachte sie nach Hause, und sie lud ihn und die Kinder für später zum Abendessen ein.

Den Rest des Nachmittags war sie seltsam nervös. Bestimmt hing die Unruhe mit dem Wetter zusammen. Aber während sie an ihrem Küchenfenster stand und zuschaute, wie sich die Zweige im Wind bogen und wie die Wasserfluten vom Himmel rauschten, wusste sie auf einmal, dass dieses Unbehagen mehr damit zu tun hatte, dass in ihrem Leben zurzeit alles fast zu perfekt schien. Ihre Beziehung mit Alex und die Nachmittage mit den Kindern füllten eine Leere, die sie vorher gar nicht richtig wahrgenommen hatte. Aber sie wusste schon seit langem, dass nichts Schönes für immer währte. Glück war so vergänglich wie eine Sternschnuppe, die über den Abendhimmel sauste und jeden Augenblick verglühen konnte.

In der Bibliothek hatte sie in einem der dortigen Computer online den *Boston Globe* gelesen und dabei den Nachruf auf Gladys Feldman gefunden. Dass Gladys krank war, hatte sie gewusst. Auch, dass die Prognose schlecht war. Gladys hatte Krebs. Und doch traf sie die kurze Beschreibung ihres Lebens und der Hinterbliebenen mit unerwarteter Wucht.

Katie hatte nicht vorgehabt, die Papiere aus dem Ordner zu nehmen. Wahrscheinlich wäre sie nie auf den Gedanken gekommen, wenn Gladys ihr nicht eines Tages Katies Schulabschlussfoto gezeigt hätte. Im selben Ordner befanden sich die Geburtsurkunde und die Karte mit der Sozialversicherungsnummer – und plötzlich erkannte Katie, welche Möglichkeit sich ihr da bot. Als sie das nächste Mal ihre Nachbarn besuchte, entschuldigte sie sich kurz und sagte, sie müsse auf die Toilette, ging aber stattdessen zu dem Aktenschrank im Arbeitszimmer. Später saß sie mit den Feldmans in der Küche, sie aßen Heidelbeerkuchen, aber Katie hatte das Gefühl, dass die Dokumente wie Feuer in ihrer Tasche brannten. Vor dem nächsten Besuch, etwa eine Woche später, machte sie in der Bibliothek eine Kopie der Geburtsurkunde, die sie faltete und knitterte, damit sie alt aussah, und diese Kopie legte sie heimlich in den Ordner. Am liebsten hätte sie das Gleiche mit der Sozialversicherungskarte gemacht, aber sie schaffte es nicht, eine echt aussehende Kopie herzustellen. Deshalb blieb ihr nichts anderes übrig, als zu hoffen, dass die Feldmans dachten, die Karte sei verlegt worden oder verlorengegangen, wenn sie das Fehlen feststellten.

Kevin würde nie davon erfahren. Er konnte die Feldmans nicht leiden, und diese Gefühle beruhten auf Gegenseitigkeit. Wahrscheinlich hatten ihre Nachbarn mitbekommen, dass ihr Mann sie schlug. Das merkte Katie, weil die Feldmans immer mitleidig dreinschauten, wenn sie über die Straße gerannt kam, um sie zu besuchen. Und weil sie so taten, als würden sie die blauen Flecken an ihren Armen nicht sehen. Und weil sie verstummten, wenn sie Kevins Namen erwähnte. Katie versuchte sich einzureden, dass ihre Nachbarn mit ihrem Diebstahl einverstanden gewesen wären, da sie begriffen, dass sie die Papiere brauchte. Und bestimmt hätten sie ihr gern bei der Flucht geholfen.

Die Feldmans waren die einzigen Menschen in Dorchester, die sie vermisste. Zu gern hätte sie gewusst, wie es Larry ging. Die Nachbarn waren ihre Freunde gewesen, wenn sonst niemand für sie da war, und sie wollte Larry gern ihr Beileid aussprechen, mit ihm weinen, mit ihm über Gladys reden und ihm sagen, dass es ihr, Katie, jetzt so viel besser ging – dank seiner indirekten Hilfe. Sie wollte ihm erzählen, dass sie einen Mann kennengelernt hatte, der sie liebte, und dass sie zum ersten Mal seit vielen Jahren richtig glücklich war.

Doch das war alles nicht möglich. Stattdessen trat sie hinaus auf die Veranda und schaute zu, wie der Sturm die Blätter von den Zweigen riss.

»Du bist heute Abend so still«, sagte Alex. »Ist alles okay?«

Sie hatten einen Thunfischauflauf gegessen, und Alex half ihr beim Aufräumen und Geschirrspülen. Die Kinder saßen im Wohnzimmer und spielten beide mit kleinen Computern. Das Piepsen und Knattern hörte man bis in die Küche.

»Eine Freundin von mir ist gestorben«, antwortete

Katie und reichte ihm einen Teller zum Abtrocknen. »Ich wusste, dass sie schwer krank ist, aber traurig ist es trotzdem.«

»Ja, so etwas ist immer traurig.« Weil Alex spürte, dass er nicht nachhaken durfte, wartete er schweigend ab, ob sie noch etwas hinzufügen wollte. Aber Katie spülte ein Glas und wechselte das Thema.

»Wann hört das Unwetter wohl endlich auf?«

»Ach, das dauert nicht mehr lange. Wieso fragst du?«

»Nun, ob der Jahrmarkt morgen überhaupt stattfinden kann? Und ob der Flug von Joyces Tochter womöglich gestrichen wird?«

Alex schaute nach draußen. »Keine Sorge. Ich glaube, das ist jetzt der letzte Rest.«

»Gerade zur rechten Zeit.«

»Natürlich. Die Elemente würden es doch nicht wagen, die wunderbaren Pläne der Schausteller zu durchkreuzen! Oder die Pläne von Joyce.«

Katie grinste. »Wie lange brauchst du für die Fahrt vom Flughafen und zurück?«

»Vier, fünf Stunden, würde ich sagen. Raleigh ist von hier aus nicht besonders gut zu erreichen.«

»Warum hat sie keinen Flug nach Wilmington genommen? Oder einfach einen Wagen gemietet?«

»Keine Ahnung. Ich habe nicht gefragt – aber ich nehme an, dass sie ein paar Dollar sparen will.«

»Es ist wirklich sehr nett von dir, dass du Joyce so beistehst.«

Alex zuckte die Achseln, um auszudrücken, dass es für ihn keine große Sache war. »Du wirst dich morgen bestimmt blendend amüsieren.«

»Auf dem Jahrmarkt oder mit den Kindern?«

»Bei beidem. Und wenn du mich ganz lieb bittest, dann mache ich frittiertes Eis für dich.«

»Wie bitte? Frittiertes Eis? Das klingt ja widerlich.«

»Schmeckt aber lecker.«

»Wird hier im Süden eigentlich alles irgendwie in Fett gebraten?«

»Wenn man etwas frittieren kann, dann wird es auch gemacht, darauf kannst du dich verlassen. Letztes Jahr hat jemand frittierte Butter angeboten.«

Katie verzog das Gesicht, als müsste sie sich übergeben. »Das soll ein Witz sein.«

»Nein, gar nicht. Es klang scheußlich, aber die Leute standen Schlange, um die Butter zu kaufen.«

Grinsend wusch sie die letzte Tasse ab und gab sie Alex. »Meinst du, den Kindern hat mein Abendessen geschmeckt? Kristen hat nur wenig gegessen.«

»Sie isst nie besonders viel. Aber was viel wichtiger ist – *ich* fand es sehr gut.«

Katie schüttelte den Kopf. »Genau. Wen interessiert schon, was die Kinder mögen? Solange du zufrieden bist …«

»Sei mir nicht böse, aber ich denke einfach immer nur an mich.«

Mit dem seifigen Spülschwamm fuhr sie über einen Teller, um ihn dann mit klarem Wasser abzuspülen. »Ich freue mich schon darauf, mit den Kindern in ihrer vertrauten Wohnung zu sein.«

»Warum?«

»Weil wir immer hier sind, nie dort. Versteh mich nicht falsch – ich finde auch, dass es die richtige Entscheidung ist, wegen der Kinder.« Und wegen Carly, hätte sie gern hinzugefügt, ließ es aber bleiben. »Aber nun kann ich endlich richtig sehen, wie du wohnst – beziehungsweise wie *ihr* wohnt.«

Alex rieb den Teller trocken. »Du warst doch schon bei uns.«

»Ja, aber nie länger als ein paar Minuten – und immer nur in der Küche und im Wohnzimmer. Zum Beispiel habe ich noch nie dein Schlafzimmer gesehen oder in die Hausapotheke geschaut.«

»Das würdest du hoffentlich sowieso nicht tun!«, rief Alex mit gespielter Empörung.

»Wer weiß – wenn ich die Möglichkeit dazu hätte, vielleicht schon.«

Er stellte den Teller in den Schrank. »Von mir aus kannst du so viel Zeit in meinem Schlafzimmer verbringen, wie du willst.«

Sie lachte. »Na, du bist ja dreist!«

»Ich sage nur, dass ich nichts dagegen habe. Und von mir aus kannst du auch jederzeit in den Medizinschrank schauen. Ich habe keine Geheimnisse.«

»Das behauptest du immer. Aber du sprichst mit einer Frau, die *nur* Geheimnisse hat.«

»Aber nicht vor mir.«

»Stimmt«, sagte sie mit ernster Miene. »Nicht vor dir.«

Sie wusch noch zwei Teller ab und gab sie ihm. Eine Welle der Zufriedenheit erfasste sie, während sie ihm beim Abtrocknen zuschaute.

Alex räusperte sich.

»Kann ich dich etwas fragen? Du darfst es mir nicht übelnehmen, aber ich bin einfach neugierig.«

»Schieß los.«

Er fuhr sich mit dem Handtuch über den Arm, um ein paar Tropfen zu trocknen. Offenbar wollte er Zeit gewinnen. »Ich wüsste gern, ob du noch einmal über das nachgedacht hast, was ich am vergangenen Wochenende gesagt habe. Du weißt schon – auf dem Parkplatz, nachdem wir bei den Rodeo-Affen waren.«

»Da hast du ziemlich viel gesagt«, entgegnete Katie vorsichtig.

»Kannst du dich nicht erinnern? Du hast gesagt, dass Erin nicht heiraten kann, und ich habe erwidert, dass es bei Katie vielleicht anders ist.«

Katie merkte, dass sie sich verkrampfte. Weniger wegen des Gesprächs von neulich, als wegen seines ernsten Tonfalls. Sie wusste genau, wohin das führte. »Ja, daran erinnere ich mich«, sagte sie betont beiläufig. »Ich glaube, ich habe geantwortet, dass ich den Richtigen treffen müsste.«

Bei diesen Worten wurden Alex' Lippen schmal, als wüsste er nicht recht, ob er weitersprechen sollte. »Mich interessiert nur, ob du über uns nachgedacht hast. Also, ob wir irgendwann heiraten.«

Das Wasser war noch warm, als sich Katie daranmachte, das Besteck abzuspülen. »Zuerst musst du mich fragen.«

»Und wenn ich dich fragen würde?«

Sie rieb eine Gabel ab. »Ich nehme an, ich würde sagen, dass ich dich liebe.«

»Würdest du Ja sagen?«

»Ich – ich möchte nicht wieder heiraten.«

»Du möchtest nicht – oder du kannst nicht?«

»Was ist der Unterschied?« Sie wirkte stur, verschlossen. »Ich bin noch verheiratet. Bigamie ist illegal.«

»Du bist nicht mehr Erin. Du bist Katie. Und du hast selbst gesagt, dass dein Führerschein es beweist.«

»Aber ich bin auch nicht Katie!«, fuhr sie ihn an. »Kapierst du das nicht? Ich habe den Namen von Leuten gestohlen, die ich sehr mochte. Und die mir vertraut haben.« Sie starrte Alex an und spürte wieder die Anspannung, die sie schon in der Bibliothek empfunden hatte. Ganz deutlich sah sie Gladys vor sich, ihr freundliches Gesicht, ihr Mitgefühl. Sie dachte an ihre Flucht, an die alptraumartigen Jahre mit Kevin. »Warum kannst du nicht zufrieden sein mit dem, was ist? Warum bestehst du darauf, dass ich unbedingt die Person sein soll, die ich deiner Meinung nach sein muss, statt der Person, die ich bin?«

»Ich liebe dich, so wie du bist.«

»Aber du stellst Bedingungen!«

»Stimmt gar nicht!«

»Stimmt doch«, beharrte sie. Ihr war klar, dass ihre Stimme zu laut war, aber sie konnte sich nicht mehr beherrschen. »Du hast eine Vorstellung davon, was du in deinem Leben haben willst, und in dieses Bild soll ich mich einfügen.«

»Das sehe ich vollkommen anders«, protestierte Alex. »Ich habe dir nur eine Frage gestellt.«

»Aber du wolltest eine ganz bestimmte Antwort! Du wolltest die richtige Antwort, und falls ich sie dir nicht gebe, versuchst du, mich umzustimmen. Ich soll machen, was du willst. Ich soll immer alles machen, was du willst.«

Mit zusammengekniffenen Augen musterte Alex sie. »Tu das nicht, bitte«, sagte er.

»Was soll ich nicht tun? Soll ich nicht die Wahrheit sagen? Dir sagen, was ich empfinde? Warum nicht? Was kommt jetzt? Willst du mich schlagen? Nichts wie los.«

Alex wich zurück, als hätte sie ihn körperlich angegriffen. Sie wusste, dass sie ihn tief getroffen hatte, aber er wurde nicht wütend, sondern legte sein Geschirrhandtuch fort und trat noch einen Schritt zurück. »Ich verstehe nicht, was hier gerade passiert, aber es tut mir sehr leid, dass ich das Thema angesprochen habe. Ich wollte dich nicht unter Druck setzen. Ich wollte dich auch nicht zu irgendetwas überreden. Ich wollte nur mit dir sprechen.«

Er verstummte, weil er erwartete, dass Katie etwas erwidern würde, aber sie schwieg. Kopfschüttelnd verließ er die Küche, blieb aber in der Tür noch einmal stehen und murmelte: »Danke für das Essen.«

Katie hörte, wie er im Wohnzimmer zu den Kindern sagte, es sei schon spät, sie müssten jetzt nach Hause. Quietschend öffnete sich die Haustür und schloss sich dann leise wieder. Plötzlich war es still im Haus, und Katie blieb allein zurück – allein mit ihren Gedanken.

KAPITEL 32

Kevin hatte Schwierigkeiten, auf dem Highway in der Spur zu bleiben. Er wollte sich konzentrieren, aber sein Kopf hatte wieder angefangen zu pochen, und ihm war übel geworden, also hielt er an einem Rastplatz an und kaufte sich eine Flasche Wodka. Der Alkohol betäubte den Schmerz, und während er ihn mit einem Strohhalm nuckelte, konnte er an nichts anderes denken als an Erin und dass sie ihren Namen zu Katie geändert hatte.

Alles um ihn herum war undeutlich. Scheinwerfer kamen auf ihn zu wie piekende Nadelstiche und verschwanden dann wieder. Ein Auto nach dem anderen. Tausende. Menschen, die irgendwohin fuhren, weil sie irgendetwas vorhatten. Mittendrin er selbst, unterwegs nach North Carolina, in den Süden, auf der Suche nach seiner Frau. Massachusetts, Rhode Island, Connecticut. New York, New Jersey. Der Mond ging auf, orangegelb und zornig, bevor er sich weiß verfärbte und immer höher stieg. Die Sterne funkelten.

Heißer Wind wehte durchs offene Fenster. Kevin hielt das Steuer fest in der Hand, aber seine Gedanken waren ein wirres Puzzle aus vielen Stücken, die nicht zusammenpassten. Diese Schlampe hatte ihn verlassen. Sie war aus der Ehe ausgebrochen und hatte ihn ins Elend gestoßen, und sie bildete sich ein, klüger zu sein als er. Aber er hatte sie gefunden. Karen Feldman war über die Straße gekommen, und von ihr hatte er erfahren, dass Erin ein Geheimnis besaß. Doch damit war jetzt Schluss. Er wusste, wo Erin lebte. Er wusste, wo sie sich versteckte. Ihre Adresse stand auf einem Zettel und lag auf dem Beifahrersitz, beschwert durch die Glock, die er von zu Hause mitgenommen hatte. Auf dem Rücksitz befand sich eine Tasche mit Klamotten und Handschellen und Klebeband. Irgendwo auf der Strecke hielt er an einem Geldautomaten und zog sich ein paar Hundert Dollar. Er wollte Erins Gesicht mit der Faust zerschmettern, bis es nur noch aus blutigem Matsch bestand. Er wollte sie küssen, sie an sich drücken und sie bitten, mit ihm nach Hause zu kommen. In der Nähe von Philadelphia tankte er und musste daran denken, wie er dort nach ihr gefahndet hatte.

Sie hatte ihn lächerlich gemacht. Wie hatte sie es wagen können, ein geheimes Leben zu führen, von dem er nichts ahnte! Sie hatte die Feldmans besucht, für sie gekocht und geputzt und währenddessen Pläne geschmiedet und ihn angelogen. Welche Lügengeschichten hatte sie ihm sonst noch aufgetischt? Hatte sie ihm auch verschwiegen, dass sie mit einem anderen Mann rummachte? Damals vielleicht noch nicht, aber inzwischen bestimmt. Garantiert gab es einen, der sie küsste. Sie streichelte. Sie entkleidete. Ihn auslachte. Vielleicht lagen die beiden gerade jetzt miteinander im Bett. Erin und der Mann. Und garantiert verspotteten sie ihn, Kevin. Dem hab ich's gezeigt, was?, sagte sie kichernd. Und Kevin hat nichts gemerkt.

Der Gedanke machte ihn rasend. Seit Stunden war er unterwegs, aber er wollte keine Pause einlegen. Stattdessen trank er Wodka und blinzelte immer wieder, um besser sehen zu können. Er hielt sich an die vorgeschriebene Geschwindigkeitsbegrenzung, weil er nicht angehalten werden wollte. Schon gar nicht mit einer Pistole auf dem Beifahrersitz. Erin hatte Angst vor Waffen und wollte immer, dass er seine Pistole einschloss, wenn er von der Schicht nach Hause kam, und daran hatte er sich selbstverständlich gehalten.

Aber das reichte ihr nicht. Er kaufte ihr ein Haus, Möbel, hübsche Kleider, er brachte sie in die Bibliothek und zum Friseur, aber das war immer noch nicht genug. Wer sollte das verstehen? War es denn so schwer, das Haus in Ordnung zu halten und zu kochen? Er hatte doch nie vorgehabt, sie zu schlagen. Doch dann war ihm oft nichts anderes übriggeblieben. Weil sie sich so dumm und achtlos und egoistisch verhielt. Sie war selbst schuld!

Der Motor dröhnte. Das gleichmäßige Geräusch quälte seine Ohren. Erin besaß jetzt einen Führerschein, sie arbeitete als Bedienung in einem Restaurant namens Ivan's. Vor der Abfahrt hatte er noch im Internet recherchiert und ein paarmal telefoniert. Es war nicht schwer gewesen, sie in Southport ausfindig zu machen, weil es eine kleine Stadt war. In weniger als zwanzig Minuten hatte er herausgefunden, wo sie arbeitete. Er brauchte nur eine Nummer anzurufen und zu fragen, ob Katie da sei. Bei der vierten Nummer lautete die Antwort ja. Dann hatte er wortlos aufgelegt. Ha! Sie dachte, sie könnte sich immer wieder verstecken, aber er war ein guter Cop, deshalb fand er sie. Ich bin bald bei dir, dachte er. Ich weiß, wo du wohnst und wo du arbeitest. Du kannst mir nicht entkommen.

Er fuhr an Plakattafeln und Ausfahrten vorbei, und in

Delaware begann es zu regnen. Er schloss das Fenster. Der Wind drückte seitlich gegen den Wagen. Ein Lastwagen vor ihm schlingerte, die Räder des Anhängers gingen über die Linie. Kevin stellte die Scheibenwischer an, und die Windschutzscheibe wurde wieder klar. Aber der Regen wurde immer heftiger, und er musste sich über das Lenkrad beugen, um etwas sehen zu können. Wegen der entgegenkommenden Scheinwerfer kniff er die Augen zusammen. Von seinem Atem beschlug das Glas, also stellte er das Gebläse an. Er wollte die ganze Nacht durchfahren und Erin morgen finden. Er würde sie mit nach Hause nehmen, und dann konnten sie nochmal ganz von vorn anfangen. Mann und Frau, die zusammenlebten, so wie es sich gehörte. Glücklich.

Früher waren sie doch glücklich! Sie hatten schöne Dinge unternommen. Am Anfang ihrer Ehe waren er und Erin am Wochenende oft zu Hausbesichtigungen gefahren, Erin war ganz begeistert gewesen von der Idee, eines zu kaufen. Er hörte ihr zu, wenn sie mit den Maklern sprach, und ihre Stimme klang wie Musik in den leeren Häusern. Sie nahm sich immer viel Zeit und wanderte durch die Räume, und er wusste, dass sie sich ausmalte, wo sie die Möbel hinstellen könnte. Als sie das Haus in Dorchester anschauten, merkte er an dem Leuchten in ihren Augen, dass sie es haben wollte. Abends im Bett hatte sie mit dem Finger kleine Kreise auf seine Brust gemalt und ihn angefleht, doch bitte ein Angebot zu machen, und er wusste, dass er alles für sie tun würde, weil er sie liebte.

Nur keine Kinder. Sie hatte ihm gleich gesagt, dass sie Kinder wollte, eine richtige Familie. Während des ersten

Ehejahres sprach sie die ganze Zeit davon. Er versuchte, dieses Geplapper zu ignorieren, weil er ihr nicht sagen konnte, was er wirklich dachte. Er wollte nicht, dass sie fett und aufgedunsen wurde, er fand schwangere Frauen abstoßend, er wollte nicht hören, wie sie herumjammerte, weil sie müde war und geschwollene Füße hatte. Er wollte nicht hören, wie das Baby schrie und heulte, wenn er von der Arbeit nach Hause kam. Er wollte nicht, dass überall im Haus Spielzeug herumlag. Er wollte nicht, dass sie schlaff und faltig wurde und ihn fragte, ob ihr Hintern zu fett sei. Er hatte sie geheiratet, weil er eine Frau wollte, keine Mutter. Aber sie fing immer wieder damit an, jeden Tag hackte sie auf dem Thema herum, bis er ihr schließlich eine Ohrfeige verpasste und sagte, sie solle die Klappe halten. Danach hatte sie nie wieder darüber gesprochen, aber jetzt fragte er sich, ob es besser gewesen wäre, wenn er nachgegeben hätte. Sie wäre nicht abgehauen, wenn sie ein Kind hätte. Dann hätte sie es gar nicht geschafft. Auf diese Weise könnte er von jetzt an verhindern, dass sie wieder fortlief.

Sie würden ein Kind bekommen, beschloss er, und sie würden zu dritt in Dorchester wohnen, und er würde als Cop arbeiten. Abends würde er zu seiner hübschen Frau nach Hause fahren, und wenn die Leute sie im Supermarkt sahen, würden sie sich freuen und sagen: Die drei sehen aus wie eine typische amerikanische Familie.

Ob sie wohl wieder blonde Haare hatte? Hoffentlich. Blond und lang, so dass er mit den Fingern hindurchfahren konnte. Das mochte sie, dann flüsterte sie ihm immer ins Ohr, sagte die Wörter, die ihn in Fahrt brachten. Aber das war nicht echt gewesen, weil sie nämlich vorgehabt hatte, abzuhauen und nie wieder nach Hause zu kommen. Sie hatte ihn angelogen, die ganze Zeit. Seit Wochen. Wenn nicht sogar seit Monaten. Sie hatte die Feldmans bestohlen. Sich ein Handy gekauft. Geld aus seiner Brieftasche genommen. Sie hatte Pläne geschmiedet, und er hatte nichts davon gewusst, und nun lag ein anderer Mann mit ihr im Bett. Fuhr ihr mit den Fingern durch die Haare, hörte, wie sie seufzte, spürte ihre Hände auf seiner Haut. Kevin biss sich auf die Unterlippe, bis er Blut schmeckte. Er hasste sie, er wollte auf sie einschlagen, sie treten und die Treppe hinunterstoßen. Er trank noch einen Schluck Wodka, um den metallischen Geschmack wegzuspülen.

Sie hatte ihn getäuscht, weil sie so schön war. Alles an ihr war hübsch. Ihre Brüste, ihre Lippen, ihr Hintern. Als er sie kennenlernte, in dem Casino in Atlantic City, war sie für ihn die schönste Frau der Welt gewesen, und in den vier Ehejahren hatte sich daran nichts geändert. Sie wusste, dass er sie begehrte, und sie nutzte es zu ihrem Vorteil. Sie zog sich sexy an. Ging zum Friseur. Trug Spitzenunterwäsche. Dadurch wurde er unvorsichtig und bildete sich ein, sie würde ihn lieben.

Aber sie hatte ihn nie geliebt. Nicht einmal gemocht hatte sie ihn. Alles war ihr egal, die kaputten Blumentöpfe und das zerbrochene Geschirr, es war ihr egal, dass er von seinem Job suspendiert war, dass er sich seit Monaten in den Schlaf weinte. Dass sein ganzes Leben aus den Fugen geriet. Für sie zählte nur, was sie selbst wollte, aber sie war ja schon immer egoistisch gewesen, und jetzt lachte sie ihn aus. Seit vielen Monaten machte sie sich über ihn lustig und dachte nur an sich. Er liebte sie, er hasste sie, und es ergab alles keinen Sinn. Als er merkte, dass ihm Tränen in die Augen stiegen, blinzelte er heftig, um sie zu vertreiben.

Delaware. Maryland. Die Außenbezirke von Washington, D.C. Virginia. Die Nacht würde nie zu Ende gehen. Allmählich ließ der Regen nach. In der Morgendämmerung hielt er irgendwo in der Nähe von Richmond an, um zu frühstücken. Zwei Eier, vier Scheiben Speck, Toastbrot. Drei Tassen Kaffee trank er. Dann tankte er und fuhr wieder auf den Highway. Als er nach North Carolina gelangte, war der Himmel blau. Insekten klebten an der Windschutzscheibe, und er bekam Rückenschmerzen. Er musste eine Sonnenbrille aufsetzen, um nicht dauernd die Augen zusammenzukneifen, sein Schnurrbart juckte.

Ich komme, Erin, sagte er. Bald bin ich bei dir.

KAPITEL 33

Katie wachte nach einer unruhigen Nacht auf. Die ganze Zeit hatte sie sich hin und her gewälzt, weil sie die schrecklichen Dinge, die sie am Tag zuvor zu Alex gesagt hatte, nicht loswurde. Was war nur über sie gekommen? Ja, sie war traurig wegen der Feldmans, aber sie konnte sich beim besten Willen nicht mehr daran erinnern, wie der Streit angefangen hatte. Das heißt – doch, sie erinnerte sich schon daran, aber es erschien ihr absurd. Sie wusste doch genau, dass Alex sie nicht unter Druck setzte oder sie zu etwas zwingen wollte, wozu sie noch nicht bereit war. Er war nicht wie Kevin. Aber was hatte sie zu ihm gesagt?

Was kommt jetzt? Willst du mich schlagen? Nichts wie los.

Warum hatte sie das gesagt?

Als sie eindöste, war es schon nach zwei. Der Regen und der Sturm hatten endlich nachgelassen. In der Morgendämmerung war der Himmel dann blitzblank, und die Vögel zwitscherten in den Bäumen. Von der Veranda aus sah Katie die Auswirkungen des Sturms: Überall lagen abgerissene Äste herum. Ein Teppich aus Kiefernzapfen bedeckte das Gras und die Zufahrt. Die Luft war schon wieder sehr schwül. Es würde erneut ein glühend heißer Tag werden. Sie wollte auf keinen Fall vergessen, Alex daran zu erinnern, die Kinder nicht zu lange in die Sonne gehen zu lassen. Erst da fiel ihr wieder ein, dass er sie womöglich gar nicht dabeihaben wollte. Vielleicht war er immer noch böse auf sie.

Vielleicht? Ganz bestimmt war er böse auf sie. Und verletzt. Am Abend hatte er die Kinder nicht einmal aufgefordert, sich von ihr zu verabschieden.

Katie setzte sich auf die Stufen und schaute zu Jo hinüber. War sie schon unterwegs? Es war noch sehr früh, vermutlich zu früh, um bei ihr zu klopfen. Katie hätte auch gar nicht gewusst, was sie sagen sollte und ob es etwas bringen würde, mit Jo zu sprechen. Sie wollte ihr gar nicht erzählen, was sie zu Alex gesagt hatte – am liebsten würde sie die Erinnerung daran vollständig aus ihrem Gedächtnis löschen. Aber eventuell konnte ihr Jo erklären, warum sie so ängstlich und angespannt war. Nachdem Alex gegangen war, hatte sie eine große Verkrampfung in den Schultern gefühlt, und zum ersten Mal seit vielen Wochen hatte sie wieder das Bedürfnis gehabt, beim Einschlafen das Licht anzulassen.

Ihr Gefühl sagte ihr, dass irgendetwas nicht stimmte, aber sie kam nicht dahinter, was es war. Immer wieder kehrten ihre Gedanken zu den Feldmans zurück. Zu Gladys. Zu den unvermeidlichen Veränderungen im Haus. Was würde passieren, wenn jemand merkte, dass Katies Sozialversicherungskarte fehlte? Schon bei der Vorstellung wurde ihr übel.

»Alles wird gut«, hörte sie plötzlich eine Stimme. Erschrocken blickte sie sich um und sah Jo seitlich neben dem Haus stehen, in Turnschuhen, mit geröteten Wangen und Schweißflecken auf dem T-Shirt.

»Wo kommst du her?«

»Ich war joggen«, antwortete Jo. »Eigentlich wollte ich

der Hitze zuvorkommen, aber es hat nicht geklappt. Es ist so schwül, dass ich gar nicht richtig atmen konnte. Aber ich glaube, es geht mir trotzdem besser als dir. Du wirkst richtig deprimiert.« Sie zeigte auf die Stufen, und Katie lud sie mit einer Handbewegung ein, neben ihr Platz zu nehmen.

»Alex und ich haben uns gestern Abend gestritten.«

»Und?«

»Ich habe etwas Schlimmes zu ihm gesagt.«

»Hast du ihn dafür um Verzeihung gebeten?«

»Nein. Er ist vorher gegangen. Und jetzt …«

»Was? Denkst du, es ist zu spät?« Jo legte die Hand auf Katies Knie. »Es ist nie zu spät, das Richtige zu tun. Geh zu ihm und rede mit ihm.«

Katie zögerte. »Aber was ist, wenn er mir nicht verzeiht?« Ihre Angst war unüberhörbar.

»Dann ist er nicht der Mensch, für den du ihn hältst.«

Katie zog die Knie an und stützte das Kinn darauf. Jo zupfte an ihrem T-Shirt, damit es nicht so an der verschwitzten Haut klebte, und fächelte sich Luft zu. »Er verzeiht dir bestimmt. Das weißt du doch, oder? Kann ja sein, dass er sauer ist und dass du ihn gekränkt hast, aber er ist ein guter Mann.« Sie lächelte. »Außerdem muss jedes Paar hin und wieder streiten. Und sei es nur zum Beweis, dass die Beziehung stark genug ist, um es zu überstehen.«

»Das klingt sehr therapeutisch.«

»Ist es auch. Aber es stimmt! Feste Beziehungen – und das sind die Beziehungen, die zählen – sind dazu da, dass man gemeinsam die Höhen und die Tiefen meistert. Und du denkst doch an eine feste Beziehung, oder?«

»Ja.« Katie nickte. »Das tue ich. Und du hast Recht. Danke.«

Jo tätschelte Katies Bein und zwinkerte ihr zu, bevor sie aufstand. »Wozu sind Freunde da?«

Katie kniff müde die Augen zusammen. »Möchtest du eine Tasse Kaffee? Ich wollte mir gerade welchen machen.«

»Heute Morgen lieber nicht. Es ist zu heiß. Was ich brauche, ist ein Glas kaltes Wasser und eine kühle Dusche. Ich glaube, ich zerfließe gleich.«

»Gehst du heute auf den Jahrmarkt?«

»Kann sein. Ich habe mich noch nicht entschieden. Aber wenn ja, halte ich nach dir Ausschau«, versprach sie. »Und nun geh schon, bevor du dir's anders überlegst.«

Katie blieb noch eine Weile lang sitzen. Dann duschte sie und kochte sich eine Tasse Kaffee – aber Jo hatte Recht, für Kaffee war es einfach zu heiß. Also zog sie T-Shirt, Shorts und Sandalen an und ging zu ihrem Fahrrad, das hinter dem Haus stand.

Obwohl es so geschüttet hatte, war die Schotterstraße schon fast wieder trocken, und Katie musste nicht besonders kräftig in die Pedale treten, wodurch die Fahrt nicht sehr anstrengend war. Zum Glück! Wie hatte Jo es nur geschafft, bei der Hitze zu joggen? Alle Lebewesen schienen sich im Schatten zu verkriechen. Normalerweise waren Eichhörnchen und Vögel unterwegs, aber als sie in die Hauptstraße einbog, bewegte sich nirgends etwas.

Es war auch nicht viel Verkehr. Ein paar Autos fuhren an ihr vorbei, und man roch die Abgase. Nach der großen Kurve kam der Laden in Sicht. Auf dem Parkplatz standen schon mehrere Autos. Die Stammkunden waren bereits da, um zu frühstücken.

Es hatte Katie gutgetan, mit Jo zu reden. Jedenfalls ein bisschen. Sie war immer noch nervös, aber es hatte jetzt weniger mit den Feldmans oder mit anderen quälenden Erinnerungen zu tun als mit der Frage, was sie zu Alex sagen sollte. Beziehungsweise, was er antworten würde.

Sie stieg vom Fahrrad. Zwei ältere Männer saßen auf der Bank und wedelten sich Luft zu, und als Katie an ihnen vorbei zur Tür ging, sah sie Joyce an der Kasse stehen und die Waren eines Kunden eintippen. Sie lächelte ihr freundlich zu und rief: »Hallo, Katie!«

»Ist Alex da?«

»Er ist oben bei den Kindern. Du kennst dich aus, nicht wahr? Die Treppe hinten?«

Katie verließ den Laden und ging ums Haus herum zu der Treppe, die nach oben führte. Am Anleger warteten bereits ein paar Boote darauf, ihren Tank zu füllen.

Als sie vor der Wohnungstür stand, zögerte sie kurz, aber dann klopfte sie. Schritte näherten sich, die Tür ging auf, und Alex stand vor ihr.

Katie lächelte unsicher. »Hi«, sagte sie.

Er nickte, aber seine Miene war undurchdringlich. Katie räusperte sich.

»Ich möchte dir sagen, dass es mir leidtut, was ich gestern Abend gesagt habe. Das war nicht richtig.«

Sein Gesicht blieb neutral. »Okay. Entschuldigung angenommen.«

Einen Moment lang schwiegen sie beide, und Katie dachte auf einmal, sie hätte doch nicht kommen sollen. »Wenn du willst, kann ich wieder gehen. Ich wollte nur fragen, ob du mich heute Abend noch für die Kinder brauchst.«

Alex erwiderte nichts, und Katie wandte sich schon zum Gehen, aber dann machte er einen Schritt auf sie zu. »Katie … warte.« Er warf einen kurzen Blick über die Schulter, dann schloss er die Tür hinter sich.

»Was du gestern Abend gesagt hast …«, begann er, verstummte aber wieder.

»Ich habe es nicht so gemeint«, sagte sie leise. »Ich weiß selbst nicht, was über mich gekommen ist. Ich war wegen etwas anderem durcheinander und habe es an dir ausgelassen.«

»Ich muss zugeben, dass … dass es mich sehr getroffen hat. Nicht so sehr die Tatsache, dass du es gesagt hast, sondern dass du mir zutraust, ich könnte … so etwas tun.«

»Aber ich glaube das doch in Wahrheit gar nicht.«

Er schien darüber nachzudenken, aber Katie wusste, dass er noch mehr zu sagen hatte.

»Ich möchte, dass dir klar ist, wie sehr ich unser Zusammensein zu schätzen weiß. Es gibt für mich nichts Wichtigeres, als dass du dich wohlfühlst. Was immer das bedeutet. Es tut mir sehr leid, wenn ich dich unter Druck gesetzt habe. Das war nicht meine Absicht.«

»Doch, irgendwie schon.« Sie lächelte ihm vielsagend zu. »Ein bisschen jedenfalls. Aber das ist in Ordnung. Ich meine – wer weiß schon, was die Zukunft für uns bereithält? Heute Abend zum Beispiel.«

»Warum? Was ist denn heute Abend?«

Sie lehnte sich an den Türrahmen. »Na ja, wenn die Kinder schlafen – und je nachdem, wann du zurückkommst –, ist es vielleicht zu spät für mich, um noch mit dem Fahrrad nach Hause zu fahren. Kann sein, dass ich dann einen Platz in deinem Bett brauche …«

Als er merkte, dass sie es ernst meinte, fasste er sich gespielt grüblerisch ans Kinn und sagte: »Das ist ein Dilemma.«

»Andererseits – vielleicht ist ja auch wenig Verkehr, und du kommst früh genug zurück, um mich noch heimzubringen.«

»Ich fahre im Allgemeinen sehr vorsichtig. Und meistens nicht besonders schnell.«

Sie schmiegte sich an ihn und flüsterte ihm ins Ohr: »Das ist sehr verantwortungsbewusst von dir.«

»Man tut, was man kann«, murmelte er, und dann begegneten sich ihre Lippen. Als er sich von ihr trennte, sah er, dass ein halbes Dutzend Bootsleute sie beobachtete. »Wie lange hast du diese kleine Rede einstudiert?«, wollte Alex wissen.

»Ich hab sie gar nicht einstudiert. Das war alles spontan.«

Er spürte immer noch den Nachklang ihres Kusses. »Hast du schon gefrühstückt?«, fragte er leise.

»Nein.«

»Hättest du Lust, mit mir und den Kindern ein paar Cornflakes zu essen, bevor wir zum Jahrmarkt fahren?«

»Klingt sehr verlockend.«

KAPITEL 34

North Carolina war hässlich, im Grunde nichts als eine Straße, eingequetscht zwischen monotonem Strand und öden Hügeln. Am Highway entlang befanden sich überall Ansammlungen von Wohnwagen oder Farmhäuser mit baufälligen Scheunen, von Gestrüpp überwachsen. Kevin war jetzt auf dem Highway nach Wilmington und trank immer weiter, aus reiner Langeweile.

Während er durch die stets gleiche Landschaft düste, dachte er an Erin und überlegte sich, was er mit ihr tun würde, wenn er sie fand. Hoffentlich war sie zu Hause. Aber selbst wenn sie bei der Arbeit war, konnte es ja nicht ewig dauern, bis sie zurückkam.

Der Highway führte an tristen Städten vorbei, deren Namen man am besten schnell vergaß. Um zehn erreichte er Wilmington. Er durchquerte die Stadt und nahm dann die Landstraße Richtung Süden. Die Sonne brannte durch das Fahrerfenster. Kevin legte die Pistole auf seinen Schoß, dann wieder zurück auf den Sitz, fuhr immer weiter.

Und schließlich war er da, in der Stadt, in der sie lebte. Southport.

Langsam fuhr er durch die Straßen, musste wegen eines Jahrmarkts eine Umleitung nehmen, und zwischendurch schaute er immer wieder auf den Stadtplan, den er vor seiner Abreise noch ausgedruckt hatte. Er zog ein T-Shirt aus seiner Tasche und legte es über die Pistole.

Southport war eine Kleinstadt mit hübschen, gut gepflegten Häusern. Manche hatten das typische Südstaatenflair, mit breiter Veranda und Magnolienbäumen und amerikanischen Flaggen. Andere erinnerten an Neuengland. An der Küste gab es prächtige Villen. Das Sonnenlicht glitzerte auf dem Wasser, und es war verdammt heiß. Wie in einem Dampfbad.

Die Straße, in der Erin lebte, war nicht mehr weit. Auf der linken Seite, ein Stück vorher, eine Art altmodischer Laden. Kevin hielt an, tankte und holte sich eine Dose Red Bull. An der Kasse stand er hinter einem Mann, der Holzkohle und Flüssiganzünder kaufte. Die alte Frau, die die Beträge eintippte, lächelte ihn an und bedankte sich für seinen Besuch, und auf jene neugierige Art, die Senioren oft an sich haben, bemerkte sie, dass sie ihn noch nie gesehen habe. Er antwortete, er sei wegen des Jahrmarkts hier.

Als er vom Parkplatz wieder auf die große Straße einbog, beschleunigte sich sein Puls, weil er wusste, dass es nicht mehr weit war. Er bog um eine Kurve und drosselte das Tempo. Weiter hinten wurde eine Schotterstraße sichtbar. Seiner Wegbeschreibung zufolge musste er dort abbiegen. Aber das tat er nicht. Wenn Erin zu Hause war, würde sie seinen Wagen sofort erkennen, und das wäre schlecht. Er musste vorher noch Verschiedenes vorbereiten.

Er wendete und suchte eine entlegene Stelle, wo er das Auto abstellen konnte. Viele Möglichkeiten gab es nicht. Vielleicht wäre der Parkplatz vor dem Laden geeignet gewesen, aber da würde der Wagen sicher mit der Zeit jemandem auffallen. Er fuhr wieder dort vorbei und inspizierte die Gegend. Die Bäume rechts und links der Straße boten ein wenig Schutz … oder auch nicht. Er wollte nicht riskieren, dass jemand Verdacht schöpfte, weil der Wagen zu lange dort parkte.

Das Koffein machte ihn nervös, also trank er wieder einen kräftigen Schluck Wodka, um sich zu beruhigen. Er fand beim besten Willen keinen guten Platz für seinen Wagen. Was war das nur für eine bescheuerte Stadt! Kevin drehte wieder um. Allmählich wurde er wütend. Es konnte doch nicht so schwierig sein, den Wagen loszuwerden! Er hätte sich einen Leihwagen nehmen sollen, denn jetzt fand er keine Möglichkeit, sich Erin zu nähern, ohne dass sie etwas merkte.

Der Laden war seine einzige Chance. Er bog erneut auf den Parkplatz ein und hielt seitlich von dem Gebäude. Von hier war es mindestens eine Meile bis zu Erins Haus, aber Kevin fand einfach keine andere Lösung. Bevor er den Motor abstellte, grübelte er noch eine Weile lang, dann öffnete er die Tür. Drückende Hitze schlug ihm entgegen. Er kippte den Inhalt seiner Tasche auf den Rücksitz und stopfte statt der Klamotten die Pistole, den Strick, die Handschellen und das Klebeband hinein. Und eine volle Flasche Wodka. Dann hängte er sich die Tasche über die Schulter und blickte sich um. Kein Mensch beobachtete ihn. Sicher konnte er den Wagen ein, zwei Stunden hier stehen lassen, bevor jemand misstrauisch wurde.

Er ging zurück zur Straße. Unterwegs spürte er, wie die Kopfschmerzen wieder einsetzten. Diese Hitze war grotesk! Als wäre die Luft lebendig. Kevin ging die Straße entlang und starrte auf die Fahrer in den entgegenkommenden Autos. Keine Erin. Auch keine mit braunen Haaren.

An der Schotterstraße bog er ab. Sie war staubig und voller Schlaglöcher und schien ins Nichts zu führen. Doch dann entdeckte er nach gut fünfhundert Metern zwei kleine Häuschen. Sein Herzschlag beschleunigte sich erneut. In einem von beiden musste Erin wohnen. Er ging dicht bei den Bäumen, um möglichst unsichtbar zu bleiben. Schatten gab es kaum, weil die Sonne hoch stand. Von der erbarmungslosen Hitze war sein Hemd durchnässt, der Schweiß lief ihm übers Gesicht, seine Haare klebten an der Kopfhaut. Sein Schädel pulsierte, und er blieb stehen, um einen Schluck aus der Flasche zu nehmen.

Keines der beiden Häuschen schien bewohnt, ja, sie wirkten noch nicht mal bewohnbar! An das Haus in Dorchester mit den Fensterläden und der roten Tür kamen sie jedenfalls nicht heran. Bei dem einen blätterte die Farbe ab, und in den Ecken der Veranda moderten die Planken vor sich hin. Nichts rührte sich.

In welchem der Häuschen lebte Erin? Beide waren in schlechtem Zustand, aber das weiter entfernte schien ein wenig besser gepflegt, und Kevin näherte sich ihm vorsichtig.

Er hatte wegen der Hitze eine halbe Stunde gebraucht, vom Laden bis hierher. Wenn er Erin überraschte, würde sie garantiert versuchen, fortzulaufen. Oder war sie bereit, mit ihm zu kommen? Nein, sie würde sich gegen ihn wehren, aber er würde sie fesseln und ihr den Mund zukleben und dann den Wagen holen und sie so lange in den Kofferraum sperren, bis sie ein ganzes Stück von hier entfernt waren.

Er drückte sich seitlich an die Hauswand und duckte sich immer unter den Fenstern weg. Dabei horchte er aufmerksam, ob sich irgendwo etwas bewegte – ob eine Tür geöffnet wurde, ob Wasser lief oder Geschirr klapperte. Aber es war nichts zu hören.

Sein Kopf schmerzte, und er hatte schrecklichen Durst. Diese Hitze! Kevin atmete zu schnell, aber er war seinem Ziel jetzt so nahe, und er dachte wieder daran, dass sie ihn einfach verlassen hatte und dass es ihr egal war, wie oft er deswegen weinte. Hinter seinem Rücken lachte sie ihn aus! Sie und der neue Mann. Kevin war klar, dass es einen Mann geben musste. Allein konnte sie es doch gar nicht schaffen.

Er schaute hinters Haus. Nichts. Vorsichtig schlich er wieder nach vorn. Da, ein kleines Fenster. Er ging das Risiko ein und wagte einen Blick ins Innere des Hauses. Nirgends brannte Licht, aber alles war sauber und ordentlich aufgeräumt. Über der Spüle hing ein Geschirrhandtuch – typisch Erin. Auf leisen Sohlen näherte er sich der Tür und drehte den Knauf. Nicht verschlossen.

Mit angehaltenem Atem trat er ein und horchte. Dann durchquerte er die Küche, ging ins Wohnzimmer. Schlafzimmer, Bad. Jetzt fluchte er laut, weil er ja wusste, dass sie nicht zu Hause war.

Falls sie überhaupt hier wohnte. Im Schlafzimmer stand eine Kommode. Er zog die oberste Schublade auf. Ein Stapel Unterwäsche. Er nahm ein Höschen in die Hand, rieb den Stoff zwischen Zeigefinger und Daumen – aber es war alles schon so lange her, er konnte sich nicht erinnern. Die anderen Kleidungsstücke kamen ihm unbekannt vor, aber die Größe stimmte.

Er erkannte das Shampoo und den Conditioner. Die Zahncreme-Marke hatte Erin auch benutzt. In der Küche ging er sämtliche Fächer und Schränke durch, bis er eine Stromrechnung fand. Sie war auf Katie Feldman ausgestellt. An den Schrank gelehnt, starrte er auf den Namen. Ja, er war am Ziel.

Das einzige Problem: Sie war nicht zu Hause, und er hatte natürlich keine Ahnung, wann sie kommen würde. Das Auto konnte er nicht bis in alle Ewigkeit auf dem Parkplatz vor dem Laden stehen lassen, so viel war klar. Aber plötzlich war er todmüde. Er wollte schlafen. Er musste schlafen. Er war die Nacht durchgefahren, sein Schädel brummte. Instinktiv wanderte er zurück in ihr Schlafzimmer. Das Bett war gemacht, und als er die Tagesdecke entfernte, konnte er den Duft der Laken riechen. Er stieg ins Bett und atmete tief ein. Das war ihr Geruch. Tränen traten ihm in die Augen. Ach, er vermisste sie so! Wieder spürte er, wie sehr er sie liebte. Das Leben hätte so schön sein können – wenn sie nicht immer nur an sich selbst gedacht hätte.

Er schaffte es nicht, wach zu bleiben, beim besten Willen nicht. Nur ein paar Minuten wollte er schlafen. Nicht lange. Nur lange genug, damit sein Kopf heute Abend, wenn er abermals hierherkam, einwandfrei funktionierte. Er durfte keinen Fehler machen. Wenn alles nach Plan lief, konnten er und Erin bald wieder Mann und Frau sein.

KAPITEL 35

Alex, Katie und die Kinder fuhren mit den Fahrrädern zum Jahrmarkt, weil man in der Innenstadt sowieso keinen Parkplatz fand. Und auf der Heimfahrt gab es bestimmt ein Verkehrschaos.

Auf beiden Straßenseiten gab es Stände mit Kunsthandwerk, es roch nach Hotdogs und Hamburgern, nach Popcorn und Zuckerwatte. Auf einer Bühne spielte eine Band aus der Gegend »Little Deuce Coupe« von den Beach Boys. Außerdem gab es Sackhüpfen, und ein großes Plakat kündigte an, dass am Nachmittag ein Wassermelonen-Wettessen veranstaltet wurde. Und man konnte natürlich alle möglichen Glücksspiele ausprobieren – mit Pfeilen auf Luftballons zielen, Ringe um Flaschen werfen, dreimal einen Basketball versenken, um ein Kuscheltier zu gewinnen. Ganz am Ende stand ein Riesenrad, das alles überragte und die Besucher anlockte wie ein Leuchtturm.

Alex stellte sich schon in die Schlange, um Karten zu kaufen, Katie trödelte mit den Kindern ein bisschen hinterher. Dann strebten sie zum Autoscooter und dem schnellen Karussell. Überall lange Warteschlangen. Eltern hielten ihre Kinder fest an der Hand, Jugendliche standen in Grüppchen herum. Die Luft war erfüllt vom Rattern und Geklingel der verschiedenen Fahrgeschäfte.

Für einen Dollar konnte man das größte Pferd der Welt besichtigen. Und wenn man noch einen Dollar drauflegte, gab es im Zelt nebenan das kleinste Pferd zu sehen. Ponys, die, an ein Rad gekettet, immer im Kreis trotteten, ließen müde und verschwitzt die Köpfe hängen.

Die Kinder waren aufgeregt und wollten am liebsten alles gleichzeitig ausprobieren. Alex gab ein kleines Vermögen für Karten aus. Die Preise waren astronomisch, und ab einem gewissen Punkt versuchte Alex, die Kinder mit den kostenlosen Attraktionen abzulenken.

Sie schauten einem Mann zu, der mit Bowlingkegeln jonglierte, sie klatschten begeistert Beifall, als sie einen Hund sahen, der auf einem Seil balancieren konnte. Zum Mittagessen gingen sie in eins der Lokale, um der Hitze zu entkommen, und aßen Pizza. Eine Country-Western-Band spielte melancholische Songs. Anschließend schauten sie den Leuten zu, die im Cape Fear River Jet-Ski fuhren, bevor sie wieder zurück zu den Karussells gingen. Kristen wollte Zuckerwatte, Josh bekam ein Tattoo, das man nur andrücken musste.

Und so verging die Zeit, in einem Wirbel aus Hitze und Lärm und kleinstädtischen Vergnügungen.

Kevin wachte nach zwei Stunden nassgeschwitzt auf. Sein Magen war verkrampft. Er hatte wild geträumt, und zuerst wusste er gar nicht, wo er sich befand. Sein Kopf dröhnte. Er taumelte aus dem Schlafzimmer in die Küche und trank Wasser direkt aus dem Hahn. Ihm war schwindelig, er fühlte sich geschwächt und war müder als vorher.

Aber er durfte keine Zeit verlieren. Eigentlich hätte er gar nicht schlafen sollen. Im Schlafzimmer zupfte er das Bettzeug wieder so zurecht, dass Erin nichts merken würde. Als er schon gehen wollte, fiel ihm der Thunfisch-

Auflauf ein, den er im Kühlschrank entdeckt hatte, als er die Küche durchsuchte. Er kam fast um vor Hunger. Und Erin hatte seit Monaten nicht mehr für ihn gekocht.

Es war bestimmt über dreißig Grad warm in dieser stickigen Hütte! Als er den Kühlschrank öffnete, blieb er für eine Weile in der kalten Luft stehen, die herausströmte. Dann nahm er die Schüssel mit dem Thunfischauflauf und suchte in den Schubladen nach einer Gabel. Sorgfältig entfernte er die Plastikfolie, probierte einen Bissen. Und noch einen. Gegen die Kopfschmerzen half das Essen nicht, aber sein Magen fühlte sich besser an, und die Krämpfe ließen nach. Am liebsten hätte er den ganzen Auflauf gegessen, aber er zwang sich, nur noch eine Gabel voll zu nehmen, bevor er ihn wieder in den Kühlschrank stellte. Erin durfte nicht merken, dass er da gewesen war.

Er wusch die Gabel ab, trocknete sie und legte sie in die richtige Schublade zurück. Er strich das Handtuch glatt und überprüfte noch einmal das Bett. Ja, alles sah genauso aus wie vorher.

Zufrieden verließ er das Cottage und ging die Schotterstraße entlang in Richtung Laden.

Das Wagendach glühte von der Sonne, so dass man es gar nicht anfassen konnte, und als er die Autotür öffnete, schlug ihm eine unerträgliche Hitze entgegen, wie aus einem Backofen. Niemand befand sich auf dem Parkplatz. Es war einfach zu heiß, um draußen im Freien zu sein. Kein Wölkchen am Himmel und nicht einmal die Spur einer frischen Brise. Wer war freiwillig bereit, in solch einer Gegend zu leben?

Im Laden nahm er eine Flasche Wasser aus einem Kühlschrank und trank sie gleich dort aus. Hinter der Kasse stand wieder die alte Frau. Kevin hielt die leere Flasche hoch und bezahlte, und die Frau entsorgte sie gleich. Sie fragte ihn, ob ihm der Jahrmarkt gefallen habe. Diese neugierige Fragerei nervte ihn, aber er antwortete mit einem höflichen Ja.

Dann ging er zu seinem Auto und kippte einen kräftigen Schluck Wodka in sich hinein. Dass die Flüssigkeit so warm war wie frischer Kaffee, störte ihn nicht. Hauptsache, die Schmerzen ließen nach. Bei der Hitze konnte man gar nicht richtig denken! Wenn Erin zu Hause gewesen wäre, könnten sie jetzt schon auf dem Weg nach Dorchester sein. Vielleicht ließ Bill ihn wieder arbeiten, wenn er sah, dass Erin wieder da war und dass sie beide als glückliches Paar zusammenlebten. Immerhin war er, Kevin, ein ausgezeichneter Cop, und Bill brauchte ihn.

Das Pochen in den Schläfen ließ nach, dafür sah er jetzt alles doppelt, obwohl er doch wusste, es war nur einmal da. Er hätte hellwach und geistesgegenwärtig sein müssen, aber von den Schmerzen und von der Hitze wurde ihm schlecht, und er wusste nicht, was er tun sollte.

Also stellte er den Motor an, bog in die Hauptstraße ein und fuhr zum Stadtzentrum von Southport. Viele Straßen waren gesperrt, und er musste ständig kreuz und quer fahren, bis er endlich einen Parkplatz fand. Meilenweit kein Schatten, nur Sonne und gnadenlose Hitze. Er befürchtete, sich gleich übergeben zu müssen.

Wo war Erin? Vielleicht im Ivan's? Oder auf dem Jahrmarkt? Er hätte in diesem Lokal anrufen sollen, ob sie heute kam. Und er hätte sich ein Hotelzimmer nehmen sollen. Es gab keinen Grund zur Eile, denn Erin war nicht zu Hause, aber das hatte er natürlich nicht geahnt, und es machte ihn wütend, weil sie ihn bestimmt deswegen auslachte. Sie lachte sich tot über den blöden Kevin Tierney und betrog ihn mit einem anderen Mann.

Er zog ein frisches Hemd an und steckte die Pistole in den Hosenbund seiner Jeans, ehe er sich auf den Weg zum Hafen machte. Er wusste, dass das Ivan's am Wasser lag, weil er es im Computer nachgeschaut hatte. Klar, es war riskant, wenn er sich dort hinbegab, und zweimal drehte er wieder um, aber irgendwie musste er sie ja finden und sich versichern, dass sie noch existierte. Er war in ihrem Cottage gewesen, hatte ihren Geruch eingeatmet, aber das genügte nicht.

Überall Menschenmassen. Die Straßen erinnerten ihn an eine Messe auf dem Land, nur ohne Schweine, Pferde und Kühe. Er kaufte sich einen Hotdog und wollte ihn essen, aber sein Magen rebellierte, und er musste mehr als die Hälfte wegwerfen. Beharrlich zwängte er sich zwischen den Leuten hindurch, bis er in der Ferne das Wasser sah. Und das Ivan's. Kevin kam nur sehr langsam voran, und als er die Tür das Lokals erreichte, war sein Mund völlig ausgetrocknet.

Alle Tische waren besetzt, und es warteten sogar Leute vor der Tür auf einen Sitzplatz. Er hätte einen Hut und eine Sonnenbrille mitnehmen sollen, aber daran hatte er nicht gedacht. Garantiert erkannte ihn Erin sofort. Er kämpfte sich trotzdem zum Eingang vor und betrat das Restaurant.

Da drüben, eine Bedienung – aber es war nicht Erin. Noch eine. Auch nicht. Die Kellnerin war jung und wirkte gestresst, weil sie offenbar nicht wusste, wo sie die nächste Gästegruppe unterbringen sollte. Es war laut – alle redeten, das Geschirr klapperte, die Gläser klirrten. Der Lärm brachte ihn völlig durcheinander, und die verdammten Kopfschmerzen wurden immer schlimmer. Sein Magen brannte.

»Arbeitet Erin heute?«, fragte er die Kellnerin. Er musste schreien, um den Geräuschpegel zu übertönen.

Sie blinzelte irritiert. »Wer, bitte?«

»Katie«, verbesserte er sich. »Ich meinte Katie. Katie Feldman.«

»Nein!«, rief sie zurück. »Sie hat heute frei. Aber morgen ist sie wieder da.« Mit einer Kopfbewegung deutete sie zu den Fenstern. »Vermutlich ist sie irgendwo da draußen, wie alle anderen auch. Ich glaube, vorhin habe ich sie gesehen.«

Kevin machte auf dem Absatz kehrt und ging. Dass er dabei mehrere Gäste anrempelte, war ihm gleichgültig. Draußen kaufte er sich an einem Stand eine Baseballmütze und eine billige Sonnenbrille. Jetzt ging es los.

Das Riesenrad drehte sich unermüdlich. Alex und Josh saßen auf der einen Bank, Kristen und Katie auf der anderen. Heißer Wind blies ihnen ins Gesicht. Katie hatte den Arm um Kristens Schulter gelegt, weil sie wusste, dass die Kleine etwas Angst hatte, obwohl sie tapfer lächelte. Als sie an der höchsten Stelle ankamen und man einen wunderbaren Blick über die ganze Stadt hatte, dachte Katie, dass selbst sie sich so hoch oben nicht besonders wohlfühlte, aber am meisten Sorgen machte sie sich wegen der Sicherheit des Riesenrads. Das Ding sah aus, als würde es von Haarklemmen und Maschendraht zusammengehalten. Aber angeblich war es am Morgen noch einmal offiziell inspiziert worden.

Jedenfalls hatte Alex das behauptet. Oder hatte er es nur erfunden, weil sie laut gefragt hatte, ob es nicht gefährlich sein könnte? Jetzt war es natürlich zu spät, um sich Gedanken zu machen. Deshalb lenkte sie sich lieber ab, indem sie die Menschen unten beobachtete. Der Jahrmarkt wurde immer voller. Man konnte in Southport sonst nie viel unternehmen, außer Boot fahren. Ein verschlafenes kleines Nest – solch ein Jahrmarkt war für alle der Höhepunkt des Jahres.

Das Riesenrad verlangsamte sich und hielt schließlich an, während unten die ersten Passagiere ausstiegen und neue ihre Plätze einnahmen. Während dieses Vorgangs schaute sich Katie die Leute genauer an. Ein paar Personen erkannte sie sogar. Sie waren Stammgäste im Ivan's und aßen jetzt an einem Stand geschabtes Eis mit Sirup. Ihr Blick wanderte von einer Gruppe zu anderen, und sie musste daran denken, wie sie ganz am Anfang, als sie anfing, im Ivan's zu arbeiten, alle Leute misstrauisch beäugt hatte. Damals hatte sie immer Ausschau nach Kevin gehalten.

Kevin schlenderte an den Ständen vorbei, die auf beiden Straßenseiten aufgebaut waren, und versuchte, so zu denken wie seine Frau. Er hätte die Kellnerin fragen sollen, ob Erin in Begleitung eines Mannes war. Aber er wusste sowieso, dass jemand bei ihr sein musste, denn sie würde niemals allein auf einen Jahrmarkt gehen. Es fiel ihm nicht leicht, sich immer wieder ins Gedächtnis zu rufen, dass sie vermutlich kurze, dunkle Haare hatte. Er hätte seinen pädophilen Kollegen zwingen sollen, ihm ihr Führerscheinfoto zu beschaffen, aber der Gedanke war ihm nicht gekommen. Und eigentlich spielte es auch keine Rolle, denn er wusste ja, wo sie wohnte, und konnte jederzeit dorthin zurückkehren.

Er spürte die Pistole in seinem Hosenbund. Sie drückte, quetschte die Haut, und er schwitzte unter der Baseballmütze, vor allem, weil er sie so tief ins Gesicht gezogen hatte. Und dann dieses schauderhafte Gefühl, als würde gleich sein Kopf explodieren.

Er ging um Menschenknäuel herum, um Warteschlangen. Kunsthandwerk: verzierte Kiefernzapfen, Buntglasfenster, Windorgeln. Altmodisches Spielzeug, aus Holz geschnitzt. Die Leute stopften sich den Mund voll mit Brezeln und Eiscreme, mit Nachos und Zimtschnecken. Kleine Kinder in Buggies. Ja, dachte er, Erin wollte ein Baby. Er würde ihr eins machen. Einen Jungen oder ein Mädchen – ganz egal, aber ein Junge wäre ihm schon lieber, weil Mädchen egoistisch waren und das Leben, das er ihnen zu bieten hatte, nicht zu schätzen wussten. So waren Mädchen nun mal.

Um ihn herum redeten und lachten die Leute, und manche schienen ihn anzustarren, so wie Coffey und Ramirez immer. Kevin ignorierte sie, konzentrierte sich ganz auf seine Suche. Familien. Jugendliche, eng umschlungen. Ein Typ mit Sombrero. Ein paar Jahrmarktarbeiter standen bei einer Straßenlaterne und rauchten. Mager und tätowiert, mit schlechten Zähnen. Vermutlich Junkies. Er fühlte sich nicht wohl, wenn er sie anschaute. Er war ein guter Cop, er durchschaute die Menschen schnell, und er traute diesen Typen nicht, aber sie verhielten sich völlig neutral, als er an ihnen vorbeiging.

Er ging nach rechts, nach links, arbeitete sich systematisch durch die Menge und studierte dabei die Gesichter. Als ein übergewichtiges Paar an ihm vorbeiwatschelte, blieb er stehen. Die beiden aßen Maiskolben, ihre Haut war rot und fleckig. Er hasste dicke Menschen, seiner Meinung nach waren sie schwach und hatten keine Disziplin, sie beschwerten sich über ihren Blutdruck, über Diabetes, Herzprobleme, die teuren Medikamente, aber sie hatten nicht die Kraft, die Gabel fortzulegen. Erin war schlank, hatte aber volle Brüste, und jetzt war sie mit einem anderen Mann unterwegs, der diese Brüste nachts streichelte, und beim Gedanken daran begann sein Inneres zu brennen. Er hasste sie. Aber er wollte sie haben. Er liebte sie. Irgendwie schaffte er es nicht, klar zu denken. Er hatte zu viel getrunken, und es war so verdammt heiß. Warum war sie in dieser höllischen Stadt gelandet?

Jetzt kam er zu den Fahrgeschäften. Ganz hinten stand ein Riesenrad. Er rempelte einen Mann in einem Muskelshirt an, beachtete aber sein empörtes Gebrummel nicht. Sein Blick hielt alle Gesichter fest. Erin war nicht da, stand nirgends in der Warteschlange.

Immer weiter ging er, in der Hitze, zwischen all den dicken Menschen suchte er die schlanke Erin und den Mann, der nachts ihre Brüste befummelte. Und bei jedem Schritt dachte er an seine Pistole.

Die Schiffschaukeln waren bei den Kindern der große Hit. Schon am Vormittag waren sie zweimal dort gewesen, und nach dem Riesenrad wollten sie unbedingt noch einmal hin. Alex war einverstanden, kündigte aber schon vorher an, dass sie anschließend nach Hause gehen würden. Er brauchte noch Zeit, um zu duschen, einen Happen zu essen und sich vielleicht ein bisschen auszuruhen, ehe er nach Raleigh fuhr.

Auch wenn er es eigentlich nicht wollte, musste er dauernd an Katies verführerischen Vorschlag denken. Sie schien zu ahnen, was er dachte, denn er merkte hin und wieder, wie sie ihn mit einem leisen Lächeln musterte.

Jetzt stand sie neben ihm und schaute strahlend den Kindern zu. Er legte den Arm um sie und spürte, wie sie sich an ihn schmiegte. Er sagte nichts, Worte erschienen ihm überflüssig, und auch Katie schwieg. Sie legte den Kopf an seine Schulter, und er dachte: Es gibt nichts Schöneres auf der Welt als diesen Augenblick.

Erin war weder im Karussell noch im Spiegellabyrinth oder in der Geisterbahn. Kevin beobachtete alles von der Warteschlange aus, versuchte, in der Masse unterzutauchen, weil er sie zuerst sehen wollte. Bevor sie ihn entdeckte. Es war sein Vorteil zu wissen, dass sie hier war, während sie nichts von seiner Anwesenheit ahnte. Aber manchmal hatte man eben Glück, und es geschahen merkwürdige Dinge. Er musste an Karen Feldman denken, an den Tag, als sie Erins Geheimnis aufdeckte.

Wenn er doch nur den Wodka nicht im Auto gelassen hätte! Offenbar konnte man hier nirgends welchen kaufen. Keine Bar in Sicht. Bisher hatte er noch nicht einmal einen Stand entdeckt, an dem es Bier gab. Eigentlich mochte er kein Bier, aber zur Not hätte er welches getrunken. Von den Essensgerüchen wurde ihm übel, und gleichzeitig bekam er Hunger, und sein Hemd klebte schweißnass am Rücken und in den Achselhöhlen.

Er passierte die Stände mit den Glücksspielen, die irgendwelche Betrüger betrieben. Reine Geldverschwendung, weil die Spiele alle manipuliert waren, aber es gab immer genug Idioten, die darauf hereinfielen. Auch hier waren viele Leute versammelt. Er inspizierte die Gesichter. Keine Erin.

Die nächste Etappe waren die anderen Fahrgeschäfte. Kinder in Autoscootern. Leute, die vom langen Warten in der Schlange unruhig wurden. Dahinter die Schaukeln. Er strebte in diese Richtung, ging um eine Menschenansammlung herum, behielt alles wachsam im Auge.

Die Schiffschaukeln verlangsamten das Tempo. Aber Kristen und Josh strahlten immer noch vor Begeisterung. Es war gut, dass Alex gesagt hatte, danach würden sie nach Hause gehen, fand Katie. Sie war erschöpft von der Hitze und freute sich darauf, in eine kühle Wohnung zu kommen. Das Cottage hatte diesbezüglich eine negative Seite – na ja, wenn man es recht bedachte, hatte es sogar mehrere negative Seiten, aber im Moment war besonders schlimm, dass es keine Klimaanlage gab. Sie hatte sich angewöhnt, nachts alle Fenster offen zu lassen, aber selbst das half nicht viel.

Die Fahrt war zu Ende, Josh hakte die Kette aus und sprang aus der Schaukel. Kristen brauchte ein bisschen länger, aber auch sie schaffte es gut, und bald darauf kamen die beiden Kinder auf ihren Vater und Katie zugelaufen.

Kevin sah, wie die Schaukeln anhielten und wie mehrere Kinder heraussprangen, aber er interessierte sich nicht für sie, sondern beobachtete die Erwachsenen, die am Rand warteten.

Er blieb nicht stehen, aber seine Augen wanderten systematisch von einer Frau zur nächsten. Blond oder brünett, das spielte keine Rolle. Er suchte Erins schlanke Gestalt. Aus seiner Perspektive konnte er die Gesichter der Leute direkt vor ihm nicht sehen. Also wechselte er die Richtung. Wenn die Kinder am Ausgang waren, würde sich die ganze Gruppe auflösen.

Eine größere Familie stand vor ihm. Alle hatten Tickets in der Hand, und sie debattierten, wohin sie als Nächstes gehen sollten. Sie fingen an, sich zu streiten. Diese Vollidioten! Kevin ging an ihnen vorbei, den Blick immer noch auf die Besucher bei den Schaukeln gerichtet.

Keine schlanken Frauen – bis auf eine. Kurze braune Haare. Sie stand neben einem grauhaarigen Mann, der den Arm um sie geschlungen hatte.

Man konnte sie nicht verwechseln. Diese langen Beine, dieses Gesicht, die sportlichen Arme.

Erin.

KAPITEL 36

Hand in Hand gingen Alex und Katie mit den Kindern zum Ivan's. Die Fahrräder hatten sie dort bei der Hintertür abgestellt. Das war sozusagen Katies Stammplatz. Bevor sie heimfuhren, kaufte Alex noch Wasser für die Kinder, damit sie sich erfrischen konnten.

»Na, war das ein schöner Tag?«, fragte er, während er die Räder aufschloss.

»Ein Supertag!«, schwärmte Kristen, deren Gesicht von der Hitze gerötet war.

Josh fuhr sich mit dem Unterarm über den Mund. »Können wir morgen nochmal hingehen?«

»Vielleicht.«

»Bitte, bitte! Ich möchte so gern nochmal auf die Schaukel.«

Alex hatte alle Fahrradschlösser geöffnet und legte sie über die Schulter. »Schauen wir mal«, sagte er.

Ein Dachvorsprung spendete etwas Schatten, aber es war trotzdem sehr heiß. Als sie am Fenster vorbeigingen, sah Katie, dass viel Betrieb war. Nur gut, dass sie den Tag freigenommen hatte! Allerdings musste sie am nächsten Tag und am Sonntag je zwei Schichten arbeiten. Aber das machte nichts. Es war ein wunderbarer Tag gewesen, und jetzt konnte sie sich entspannt mit den Kindern einen Film ansehen, während Alex zum Flughafen fuhr. Und später, wenn er zurückkam …

»Was ist?«, fragte Alex.

»Nichts.«

»Du hast mich gerade angestarrt, als wolltest du mich auffressen.«

»Ich war in Gedanken ganz woanders«, sagte sie und blinzelte ihm zu. »Die Hitze macht mich ein bisschen verrückt, glaube ich.«

»Aha.« Er nickte. »Also, wenn ich's nicht besser wüsste …«

»Vergiss nicht, dass vier junge Ohren mithören – deshalb solltest du lieber aufpassen, was du sagst.« Sie küsste ihn und tätschelte seine Brust.

Und sie sahen beide nicht den Mann mit der Baseballmütze, der sie von der Terrasse des Lokals nebenan beobachtete.

Kevin wurde schwindelig, während er Erin und den grauhaarigen Mann anstarrte. Wie sie mit ihm flirtete! Dann beugte sie sich lächelnd zu dem kleinen Mädchen hinunter. Zerwuschelte die Haare des Jungen. Der Grauhaarige legte ihr zärtlich die Hand auf den Hintern, als die Kinder gerade anderweitig beschäftigt waren. Und Erin – seine Ehefrau – ließ es sich gefallen. Es gefiel ihr sogar! Sie wollte mehr davon. Erin betrog ihn mit ihrer neuen Familie, als hätte es Kevin und ihre Ehe nie gegeben.

Die vier radelten los, seitlich um das Gebäude herum, fort von Kevin. Erin fuhr neben dem grauhaarigen Mann her. Sie trug Shorts und Sandalen. Viel nackte Haut. Sexy. Aber für einen anderen.

Kevin folgte ihnen. Ihre langen blonden Haare wehten im Wind … aber dann blinzelte er, und die Haare waren wieder kurz und braun. Erin tat so, als wäre sie gar nicht Erin, sie radelte mit ihrer neuen Familie, sie küsste einen anderen Mann, sie lächelte die ganze Zeit, als hätte sie keine Sorgen. Das ist nicht real, sagte er sich. Er träumte. Ein Alptraum.

Er bog um die Ecke. Die vier fuhren mit dem Fahrrad, und er war zu Fuß unterwegs. Aber sie kamen wegen des kleinen Mädchens nicht besonders schnell voran. Er war schneller als sie, und bald war er so nahe bei ihnen, dass er Erin lachen hörte. Sie klang so glücklich! Er fasste an die Pistole im Hosenbund und zog sie heraus, schob sie unter sein Hemd, presste sie an sich. Die Baseballmütze nahm er jetzt ab und hielt sie vor sich hin, damit die Leute, denen er begegnete, die Waffe nicht sehen konnten.

Seine Gedanken sausten hin und her wie die Kugel in einem Flipperautomaten, rechts, links, abwärts, abwärts. Erin log und betrog und machte schreckliche Sachen. Rannte fort, um sich einen Lover zu suchen. Lachte hinter seinem Rücken. Flüsterte dem grauhaarigen Mann ins Ohr, sagte schmutzige Dinge, seine Hände auf ihrer Brust, ihr Atem ging stoßweise. Sie tat so, als wäre sie nicht verheiratet, sie respektierte nicht, was er, Kevin, alles für sie getan hatte, die tausend Opfer, die er gebracht hatte, und dass er Blut von den Schuhen kratzen musste und dass Coffey und Ramirez gemein über ihn redeten, und Fliegen surrten um die Hamburger, weil sie davongelaufen war, und er war gezwungen gewesen, allein zu der Grillparty zu gehen, und sie konnte Bill, seinem Chef, nicht sagen, dass er besser war als alle anderen.

Und nun radelte sie hier durch die Gegend, mit kurzen, dunkel gefärbten Haaren, so hübsch wie immer, und sie verschwendete keinen Gedanken an ihren Ehemann. Er interessierte sie nicht. Sie hatte ihn schon vergessen, ihn und das ganze Eheleben, damit sie sich mit dem grauhaarigen Mann zusammentun, seine Brust tätscheln und ihn küssen konnte, mit verträumter Miene. Glücklich und zufrieden, rundum sorglos. Jahrmarkt. Fahrrad fahren. Wahrscheinlich sang sie unter der Dusche, während er immer nur weinte und an das Parfüm dachte, das er ihr zu Weihnachten geschenkt hatte, aber das hatte alles nichts gebracht, weil sie so egoistisch war und weil sie dachte, sie könnte ihre Ehe einfach wegwerfen wie einen leeren Pizzakarton.

Ohne es zu merken, beschleunigte er sein Tempo. Weil so viele Menschen unterwegs waren, ging alles sehr langsam, und er wusste, er konnte die Pistole nehmen und Erin töten. Jetzt und hier. Seine Finger berührten den Abzug, und er entsicherte die Waffe, weil in der Bibel stand: Die Ehe soll von allen geehrt werden, und das Bett darf nicht beschmutzt werden. Aber ihm war klar, dass er den grauhaarigen Mann ebenfalls erschießen müsste. Vor ihren Augen könnte er ihn abknallen. Er brauchte nur abzudrücken, aber andererseits war es fast unmöglich, mit einer Glock ein bewegliches Ziel aus der Ferne genau zu treffen, und überall waren Menschen. Sie würden die Waffe sehen und schreien, laut, immer lauter. Nein, hier konnte er nicht schießen. Er nahm den Finger vom Abzug.

Kurz blieb er stehen. Ihm war schlecht. Als sie um die Ecke bog, sah er eine Sekunde lang ihr Profil. Wie wunderschön sie war! Sie erinnerte ihn an eine zarte Blume, so hübsch, so fein. Ja, er hatte sie damals gerettet, sonst hätten diese Gangster sie vergewaltigt, als sie aus dem Casino kam. Und sie hatte so oft zu ihm gesagt, bei ihm fühle sie sich sicher und geborgen, aber nicht einmal das hatte ausgereicht, sie hatte ihn trotzdem verlassen.

Er hörte die Stimmen der Menschen links und rechts von ihm. Sie plapperten unsinniges Zeug, liefen ziellos herum, aber die Geräusche rüttelten ihn auf. Er begann zu laufen. Er musste zu der Stelle kommen, an der die vier abgebogen waren. Aber bei jedem Schritt hatte er das Gefühl, dass er sich im nächsten Moment übergeben musste, in der sengenden Sonne. Seine Handfläche war feucht und glitschig an der Pistole. Er starrte die Straße hinauf, in die sie eingebogen waren.

Niemand war zu sehen. Aber zwei Straßen weiter war wegen des Jahrmarkts alles abgesperrt. Sie mussten in die Straße davor eingebogen sein, eine andere Möglichkeit gab es nicht. Vermutlich nach rechts, fort vom Stadtzentrum.

Kevin musste sich entscheiden. Wenn er ihnen zu Fuß folgte, konnte er leicht entdeckt werden. Aber wenn er zum Auto rannte … Wieder bemühte er sich, wie seine Frau zu denken. Bestimmt gingen sie alle zu dem Haus, in dem der Grauhaarige wohnte. Erins Cottage war zu klein, zu überhitzt. Und Erin hielt sich lieber in einer schönen Villa mit teuren Möbeln auf, weil sie glaubte, dass sie ein Leben in Luxus verdient hatte. Das Leben mit ihm hatte sie nicht zu schätzen gewusst.

Was war besser? Zu Fuß oder mit dem Auto? Er blieb stehen und überlegte krampfhaft. Aber es war viel zu heiß, alles erschien ihm so verwirrend, sein Kopf tat weh, und er konnte nur einen Gedanken denken, er sah vor sich, wie Erin mit dem Grauhaarigen schlief, und bei der Vorstellung wurde ihm kotzübel.

Wahrscheinlich trug sie Reizwäsche und tanzte für ihn, flüsterte ihm etwas ins Ohr, um ihn heißzumachen. Flehte ihn an, ihn befriedigen zu dürfen, damit sie in seinem tollen Haus mit der tollen Einrichtung leben konnte. Sie war eine Hure, verkaufte ihre Seele für Luxus. Gab sich hin für Perlen und Kaviar. Wahrscheinlich schlief sie in einer Prachtvilla, nachdem der Grauhaarige sie zu einem vornehmen Abendessen ausgeführt hatte.

Kevin fühlte sich hundeelend, betrogen und verlassen. Die Wut half ihm, wieder klarer zu denken. Da erst merkte er, dass er immer noch wie angewurzelt an derselben Stelle stand, während die vier sich immer weiter von ihm entfernten. Bis zu seinem Auto war es noch ein ganzes Stück, aber er drehte um und rannte los. Auf dem Jahrmarkt stieß er ständig mit Leuten zusammen, beachtete aber nicht, dass sie schimpften und protestierten. »Aus dem Weg, aus dem Weg!«, schrie er. Manche wichen ihm freiwillig aus, andere musste er beiseiteschubsen. Er kam an eine Stelle, an der kein Gedränge war, aber jetzt konnte er nicht mehr, sein Atem ging hechelnd, er musste sich neben einem Wasserhydranten übergeben. Ein paar Jugendliche fingen an zu lachen. Am liebsten hätte er sie erschossen, aber nachdem er sich den Mund abgewischt hatte, zielte er nur mit der Pistole auf sie, und sie waren sofort still.

Er stolperte weiter. Ein spitzer Eispickel schlug immer wieder gegen seinen Schädel. Diese Schmerzen! Mit jedem Schritt wurden sie schlimmer, und Erin flüsterte wahrscheinlich dem grauhaarigen Mann ins Ohr, was sie im

Bett alles miteinander machen würden. Sie erzählte dem Mann von Kevin, sie lachte, sie wisperte: Kevin hat mich nie so befriedigt wie du. Auch wenn es gar nicht stimmte.

Es dauerte eine halbe Ewigkeit, bis er endlich bei seinem Wagen war. Die Sonne hatte ihn so aufgeheizt, dass ihm kochende Hitzewellen entgegenschlugen, als er die Tür öffnete. Das Lenkrad konnte er nicht anfassen, so glühend heiß war es. Die Hölle. Sie lebte in der Hölle. Er startete den Motor und öffnete alle Fenster, wendete und fuhr zurück in Richtung Jahrmarkt. Wenn ihm jemand in den Weg kam, hupte er wie verrückt.

Wieder diese Umleitungen. Absperrungen. Am liebsten wäre er einfach hindurchgefahren, er wollte sie zertrümmern, dass sie in tausend Stücken davonflogen, aber selbst hier gab es Polizisten, die ihn sofort festgenommen hätten. Blöde Bullen, dick und faul. Wie aus einem Comic. Idioten. Keiner von ihnen war ein guter Cop, aber sie trugen alle Waffen und besaßen eine Dienstmarke. Kevin bog in eine Seitenstraße ein. Er musste dahin, wo Erin war. Erin und ihr Liebhaber. Zwei Ehebrecher, und in der Bibel stand: Wer eine Frau betrachtet und sie begehrt, der begeht Ehebruch in seinem Herzen.

Überall Menschen. Manche überquerten blindlings die Straße. Zwangen ihn zu bremsen. Er beugte sich über das Lenkrad, um besser zu sehen. Ja, da waren sie, winzige Gestalten in der Ferne. Sie befanden sich auf der anderen Seite einer Absperrung und strebten zu der Straße, die zu ihrem Haus führte. An der Ecke stand ein Polizist. Wieder eine ahnungslose Pfeife.

Kevin fuhr weiter, wurde aber von einem Mann aufgehalten, der plötzlich vor seinem Wagen erschien und auf die Kühlerhaube schlug. Ein Provinzler mit langen Haaren, mit Totenköpfen auf seinem T-Shirt und natürlich mit Tattoos. Fette Ehefrau, blöde Kinder. Lauter Versager, alle miteinander.

»Pass auf, wo du hinfährst!«, schrie der Kerl.

Im Geist erschoss Kevin sie alle, *peng-peng-peng-peng*, aber er zwang sich, ruhig zu bleiben, weil der Bulle an der Ecke ihn beäugte. *Peng*, dachte Kevin noch einmal.

Er wendete, beschleunigte das Tempo, bog links ab, fuhr schneller. Nochmal nach links. Da vorne war wieder alles abgesperrt. Es half nichts, er musste erneut wenden, diesmal bog er rechts ab und erst an der nächsten Querstraße links.

Auch da kam er an eine Absperrung. Das konnte doch nicht wahr sein! Gefangen in einem Labyrinth – wie eine Ratte bei einem wissenschaftlichen Experiment. Die ganze Stadt hatte sich gegen ihn verschworen, damit Erin ihm entwischen konnte. Krachend legte er den Rückwärtsgang ein. Raste auf die nächste Kreuzung zu. Die Straße, die er suchte, konnte nicht mehr weit sein, er bog wieder nach links ab, und dann sah er vor sich eine Autoschlange, sie bewegte sich in die Richtung, die er auch anstrebte. Er quetschte sich zwischen zwei Lastwagen.

Am liebsten hätte er beschleunigt, aber das ging nicht. Vor ihm waren zu viele Autos und Laster, die das Tempo bestimmten. Die Flagge der Südstaaten als Aufkleber auf den Stoßstangen. Gewehrständer auf dem Dach. Die Leute auf der Straße hinderten die Autos daran, zügig weiterzufahren. Irgendwie führten sich die Einwohner hier auf, als gäbe es gar keine Autos! Manche Leute kamen zu Fuß schneller voran als er in seinem Wagen. Fett waren sie, und sie fraßen immer weiter. Bestimmt fraßen sie den ganzen Tag, während Erin sich immer weiter entfernte.

Er kam um eine Wagenlänge weiter und musste wieder anhalten. Und noch ein kleines Stück. Stop and go. Er wollte nur noch schreien und auf das Lenkrad schlagen, aber ringsum waren Leute. Wenn er nicht aufpasste, würde jemand zu dem Dorfpolizisten laufen und ihn verpetzen, und der würde an seinem Nummernschild sehen, dass er aus einem anderen Staat stammte, und ihn vermutlich auf der Stelle verhaften, einfach weil er nicht von hier war.

Zentimeterweise kam er voran, aber endlich erreichte er die Ecke. Jetzt musste der Verkehr doch nachlassen! Aber nein, es ging genauso lahm weiter wie vorher, und Erin und der Grauhaarige waren längst verschwunden. Er sah nur noch diesen endlosen Stau vor sich, einen Wagen hinter dem anderen, auf einer Straße, die nirgendwohin und überallhin führte.

KAPITEL 37

Vor dem Laden parkten etwa zehn Autos. Katie ging hinter den Kindern her die Treppe zur Wohnung hinauf. Josh und Kristen hatten sich auf dem Heimweg die ganze Zeit beklagt, ihre Beine seien so müde, aber Alex hatte ihr Gejammer überhört und sie in regelmäßigen Abständen einfach daran erinnert, dass sie bald zu Hause waren. Als das nichts half, hatte er erklärt, er sei auch sehr müde und wolle nichts mehr hören.

Kaum hatten sie den Laden erreicht, hörten die Kinder auch schon auf zu quengeln. Alex erlaubte ihnen, sich ein Eis am Stiel und ein Gatorade zu holen, ehe sie nach oben gingen. Die kalte Luft, die ihnen entgegenströmte, als sie die Tür öffneten, war wunderbar erfrischend. Alex ging mit Katie in die Küche, und sie schaute zu, wie er sich am Spülbecken Gesicht und Hals mit Wasser kühlte. Die Kinder saßen schon im Wohnzimmer auf dem Sofa und schauten fern.

»Entschuldige«, sagte er. »Aber vor zehn Minuten habe ich wirklich gedacht, ich falle gleich tot um.«

»Du hast aber nichts gesagt.«

»Weil ich ein starker Mann bin«, erwiderte er lachend und plusterte sich auf. Dann holte er zwei Gläser aus dem Schrank und gab ein paar Eiswürfel in jedes, ehe er sie aus dem Wasserkrug, der im Kühlschrank gestanden hatte, bis zum Rand füllte.

»Du bist ganz schön zäh«, sagte er und reichte ihr ein Glas. »Heute ist es draußen wie in der Sauna.«

»Ich kann es nicht fassen, dass immer noch so viele Leute auf dem Jahrmarkt herumlaufen.«

»Man fragt sich, warum er nicht im Mai oder im Oktober stattfindet. Aber die Massen strömen, egal, wie heiß es ist.«

Katie warf einen Blick auf die Wanduhr. »Wann musst du los?«

»Etwa in einer Stunde. Und so gegen elf bin ich zurück.«

Fünf Stunden, dachte sie. »Möchtest du, dass ich für die Kinder irgendwas Besonderes zum Abendessen koche?«

»Sie essen sehr gern Spaghetti. Kristen mag sie am liebsten mit Butter, Josh will lieber Marinara-Soße. Im Kühlschrank steht eine Flasche. Aber sie haben ja den ganzen Tag über immer wieder etwas gegessen, deshalb haben sie bestimmt keinen großen Hunger.«

»Um welche Uhrzeit gehen sie normalerweise ins Bett?«

»Das ist nicht genau festgelegt. Vor zehn auf jeden Fall, aber manchmal auch schon um acht. Du wirst es schon merken, verlass dich drauf.«

Katie hielt sich das kalte Wasserglas an die Wange und blickte sich in der Küche um. Bisher war sie immer nur kurz hier gewesen, und jetzt bemerkte sie das erste Mal die Spuren einer weiblichen Hand. Kleine Details – rote Stickerei in den Vorhängen, das Geschirr dekorativ in einem Schränkchen, Bibelverse auf bemalten Keramikkacheln beim Herd. Man sah, dass Alex hier mit einer Frau gelebt hatte, doch zu ihrer eigenen Überraschung machte es Katie nichts aus.

»Ich gehe schnell unter die Dusche«, verkündete Alex. »Kann ich dich ein paar Minuten allein lassen?«

»Ja, klar«, sagte sie. »Ich werde mich ein bisschen in deiner Küche umschauen und mir was fürs Abendessen ausdenken.«

»Die Spaghetti sind in dem Schrank da drüben«, sagte er und deutete mit dem Finger hin. »Dabei fällt mir ein – wenn du möchtest, kann ich dich nachher schnell noch zu dir nach Hause fahren, damit du duschen kannst und dich umziehen. Oder du duschst auch hier. Wie's dir lieber ist.«

Katie baute sich in einer provozierenden Pose vor ihm auf. »Soll das eine Einladung sein?«

Er riss erschrocken die Augen auf und schaute hinüber zu den Kindern.

»Das war ein Witz«, sagte sie lachend. »Ich gehe unter die Dusche, wenn du weg bist.«

»Willst du dir vorher frische Kleider holen? Du darfst dir gern auch ein T-Shirt von mir ausleihen. Oder ein Sweatshirt, das könntest du dann mit der Kordel enger machen, weil es dir bestimmt zu groß ist.«

Irgendwie fand sie die Vorstellung, seine Kleidung zu tragen, extrem sexy. »Ich finde schon was«, versicherte sie ihm. »Da bin ich nicht wählerisch.«

Alex trank sein Glas aus und stellte es in die Spüle, gab Katie einen Kuss und verschwand im Schlafzimmer.

Als er fort war, trat Katie ans Küchenfenster und schaute hinaus auf die Straße. Unvermittelt überkamen sie wieder diese eigenartigen Angstgefühle, genau wie schon am Morgen. Da hatte sie gedacht, dass die Beklemmungen etwas mit dem Streit vom Vorabend zu tun hatten. Aber jetzt musste sie plötzlich intensiv an die Feldmans denken. Und an Kevin.

Im Riesenrad hatte sie ebenfalls an ihn gedacht. Als sie auf die Menschen hinunterblickte, hatte sie eigentlich nicht nach Gästen aus dem Restaurant Ausschau gehalten. Nein, sie hatte Kevin gesucht. Aus unerklärlichen Gründen hatte sie sich eingebildet, er könnte dort unten sein. Um sie zu finden.

Aber das war nur wieder ihr Verfolgungswahn. Er konnte unmöglich wissen, wo sie lebte und wie sie hieß. Wie sollte er sie je mit der verstorbenen Tochter der Feldmans in Verbindung bringen? Er hatte nie mit den Nachbarn gesprochen. Aber warum kam es ihr dann schon den ganzen Tag so vor, als wäre er in Southport und würde sie verfolgen, auch noch, als sie den Jahrmarkt schon verlassen hatten?

Sie war keine Hellseherin und glaubte auch nicht an solche Fähigkeiten. Aber dass das Unbewusste unter Umständen Informationen zusammenfügen und Verbindungen herstellten konnte, die dem Verstand entgingen, das vermochte sie sich schon vorzustellen. Trotzdem fragte sie sich, was mit ihr los war. Es gab keine richtige Erklärung. Sie blickte den vorbeifahrenden Autos nach, doch dann wandte sie den Blick ab. Bestimmt waren es nur ihre alten Ängste, die wieder einmal ihr hässliches Haupt erhoben.

Mit einem Kopfschütteln versuchte sie die Gedanken loszuwerden. Sie malte sich stattdessen aus, wie es wäre, zu Alex unter die Dusche zu gehen. Eine Welle der Erregung überschwemmte sie. Und doch … Es war alles gar nicht so einfach. Selbst wenn die Kinder nicht da wären – sie war immer noch Erin und mit Kevin verheiratet. Ach, wenn es doch nur anders wäre und sie sich ohne zu zögern in die Arme ihres Liebsten werfen könnte! Schließlich war es Kevin, der in dem Moment, als er die Hand gegen sie erhob, das Ehegelöbnis gebrochen hatte. Würde Gott in ihr Herz blicken, dann sähe Er in ihrem Verhalten keine Sünde. Da war sie sich ziemlich sicher. Oder?

Sie seufzte tief. Alex … Eigentlich galten alle ihre Gedanken nur ihm. *Später*. An nichts anderes konnte sie jetzt mehr denken. Er liebte sie, er begehrte sie, und sie würde ihm so gern zeigen, dass sie genauso empfand wie er. Sie wollte seinen Körper spüren, sie wollte bei ihm sein. Für immer.

Nein, sie musste aufhören, davon zu träumen, was die Zukunft bringen könnte. Entschlossen ging Katie ins Wohnzimmer und setzte sich neben Josh aufs Sofa. Die Kinder sahen gerade eine Show im Disney Channel, die sie nicht kannte. Nach einer Weile schaute sie auf die Uhr. Es waren erst zehn Minuten vergangen, aber ihr erschien es eher wie eine Stunde.

Als Alex aus dem Bad kam, machte er sich ein Sandwich und nahm neben ihr Platz. Er roch verlockend frisch, seine Haarspitzen waren noch nass und klebten an der Haut. Am liebsten hätte Katie diese Feuchtigkeit mit ihren Lippen gekostet. Die Kinder starrten wie gebannt auf den Bildschirm und beachteten die Erwachsenen gar nicht, selbst als Alex seinen Teller auf den Couchtisch stellte und mit dem Finger zärtlich über ihren Oberschenkel strich.

»Du bist wunderschön«, flüsterte er ihr ins Ohr.

»Ich finde, ich sehe schrecklich aus«, erwiderte sie und

versuchte, seine Berührung zu ignorieren, obwohl sie ein loderndes Feuer in ihr auslöste.

Wenig später musste Alex gehen. Er gab den Kindern einen Abschiedskuss, aber sie blieben auf dem Sofa sitzen, während Katie ihn an die Tür brachte. Dort schloss er sie in die Arme, ließ seine Hand über ihren Rücken wandern und küsste sie leidenschaftlich. Ja, er liebte sie, er wollte sie haben, und er wollte, dass sie es spürte. Seine Zärtlichkeit brachte sie fast um den Verstand, und genau das schien er zu genießen.

»Bis später«, murmelte er leise, als er sich von ihr löste.

»Fahr vorsichtig«, flüsterte sie. »Ich werde gut für die Kinder sorgen.«

Sie hörte, wie er die Stufen hinunterging, und lehnte sich an die Tür, um tief durchzuatmen. Lieber Gott, dachte sie. Lieber Gott. Ehegelöbnis und Schuldgefühle hin oder her – sie war bereit für ihn.

Lächelnd schaute sie auf die Uhr. Sie wusste, dass ihr die längsten fünf Stunden ihres Lebens bevorstanden.

KAPITEL 38

»Verdammt!«, fluchte Kevin. »Verdammt, verdammt, verdammt!« Er fuhr schon seit Stunden durch die Gegend. Unterwegs hatte er sich vier Flaschen Wodka gekauft. Eine hatte er bereits zur Hälfte geleert, deshalb sah er wieder alles doppelt, es sei denn, er kniff ein Auge zu.

Wo waren sie? Vier Fahrräder, eins davon mit Körben. Genauso gut hätte er ein bestimmtes Plankton im Ozean suchen können! Methodisch fuhr er die Straßen ab. Der Nachmittag ging seinem Ende entgegen, man ahnte schon die Abenddämmerung. Klar, er wusste, wo sie wohnte. Irgendwann würde er sie dort antreffen. Aber in der Zwischenzeit war dieser grauhaarige Mann mit ihr zusammen, lachte über ihn und sagte: Ich bin viel, viel besser als Kevin, Baby.

Er schrie und schimpfte und schlug immer wieder aufs Lenkrad. Dann entsicherte er die Pistole, machte den Vorgang rückgängig, stellte sich vor, wie Erin den Mann küsste, während er die Arme um ihre Taille schlang. Wie glücklich sie ausgesehen hatte! Sie dachte, sie hätte ihren Mann reingelegt, sie betrog ihn. Sie stöhnte und ächzte unter ihrem Liebhaber, und er keuchte auf ihr.

Es half nichts mehr, wenn er ein Auge zusammenkniff, sehen konnte er trotzdem kaum etwas. Von hinten näherte sich ein Auto, es fuhr ganz dicht auf, bediente die Lichthupe. Kevin drosselte das Tempo, fuhr an den Straßenrand, fingerte an seiner Pistole herum. Er hasste unhöfliche Leute, Leute, die dachten, dass die Straße ihnen gehörte. *Peng*.

In der Dämmerung verwandelten sich die Straßen in ein Schattenlabyrinth. Wie sollte er da die feinen Umrisse von vier Fahrrädern erkennen? Als er das zweite Mal an der Schotterstraße vorbeikam, beschloss er, ohne länger zu überlegen, einfach noch einmal zu ihrem Haus zu fahren. Er parkte und stieg aus. Ein Falke kreiste über ihm, er hörte die Grillen zirpen. Nirgends eine Spur von Erin. Nirgends ein Fahrrad, und im Haus brannte kein Licht. Aber es war ja auch noch nicht richtig dunkel. Kevin schlich zum Hintereingang. Nicht verriegelt, genau wie am Morgen.

Sie war nicht zu Hause. Weil alle Fenster geschlossen waren, herrschte im Haus eine stickige Hitze. Erin hätte die Fenster geöffnet, ein Glas Wasser getrunken, wäre unter die Dusche gegangen. Aber nichts dergleichen. Er verließ das Haus wieder durch die Hintertür. Sein Blick fiel auf die Nachbarhütte. Völlig heruntergekommen. Vermutlich unbewohnt. Gut. Aber die Tatsache, dass Erin nicht da war, bedeutete, dass sie bei dem grauhaarigen Mann war, bei ihm zu Hause. Dass sie so tat, als wäre sie nicht verheiratet. Dass sie nicht mehr an ihr gemeinsames Heim dachte, das er für sie gekauft hatte.

Bei jedem Pulsschlag drohte sein Kopf zu zerspringen. Immer wieder durchbohrten ihn scharfe Messerstiche. *Zack, zack, zack*. Wie sollte er sich da konzentrieren? Er schloss die Tür hinter sich. Zum Glück war es draußen ein bisschen kühler. Sie wohnte in einem Backofen, schwitzte mit einem grauhaarigen Mann, beide schwitzten gemeinsam irgendwo, zwischen den Laken, ihre Körper ineinander verschlungen. Coffey und Ramirez lachten darüber, klatschten sich auf die Schenkel, amüsierten sich auf seine Kosten. *Ich wüsste gern, ob ich sie auch flachlegen könnte*, sagte Coffey zu Ramirez. *Weißt du das gar nicht?*, erwiderte Ramirez. *Sie hat doch das ganze Revier rangelassen, während Kevin bei der Arbeit war. Jeder weiß das.* Bill winkte aus seinem Büro, die Suspendierungspapiere in der Hand. *Ich hab's ihr auch besorgt, jeden Dienstag, ein ganzes Jahr lang. Sie ist eine Granate im Bett. Sagt die schmutzigsten Dinge.*

Kevin stolperte zurück zu seinem Auto, den Finger am Abzug der Pistole. Diese Schweine. Alle miteinander. Er hasste sie, malte sich aus, wie er ins Revier ging und seine Glock leerschoss, das ganze Magazin. Er würde es ihnen zeigen. Der ganzen Bande. Und Erin.

Nach ein paar Schritten musste er stehen bleiben, beugte sich vor und übergab sich am Straßenrand. Magenkrämpfe. Etwas krallte sich in seinen Darm, als wäre ein Nagetier in seinen Innereien gefangen. Er erbrach sich noch einmal, es würgte ihn entsetzlich, und als er sich aufrichtete, drehte sich alles um ihn. Aber er war schon fast bei seinem Wagen. Also trank er noch einen kräftigen Schluck Wodka und versuchte, wie Erin zu denken, doch plötzlich war er bei der Grillparty und hielt einen Hamburger in der Hand, auf dem lauter Fliegen saßen, und alle Leute zeigten auf ihn und lachten ihn aus.

Irgendwo musste die Schlampe doch stecken! Sie würde den Grauhaarigen sterben sehen. Sie sollte sie alle sterben sehen und selbst in der Hölle brennen. Alle miteinander würden sie in der Hölle brennen. Er stieg in den

Wagen und startete den Motor. Er fuhr rückwärts gegen einen Baum, als er wenden wollte, dann raste er die Straße hinunter, so dass der Schotter nur so wegspritzte.

Bald würde es dunkel sein. Sie musste hier entlangkommen, das konnte gar nicht anders sein. Kleine Kinder konnten nicht so weit fahren. Drei Meilen. Vielleicht auch vier oder fünf. Aber er hatte schon alle Straßen abgesucht, jedes Haus inspiziert. Nirgends Fahrräder. Vielleicht standen sie in einer Garage. Oder hinter einem Gartenzaun. Er musste warten. Irgendwann kam sie schon nach Hause. Heute Abend. Morgen. Morgen Abend. Er würde ihr die Pistole in den Mund stecken. Oder auf ihre Brust zielen. *Sag mir, wie er heißt. Ich will nur mit ihm reden.* Er würde den Grauhaarigen finden und ihm klarmachen, was mit Männern passierte, die mit den Ehefrauen anderer Männer ins Bett gingen.

Er fühlte sich, als hätte er seit Wochen nicht mehr geschlafen und nichts gegessen. Wieso war es auf einmal dunkel? Wann war das passiert? Er konnte sich nicht mehr erinnern, wann genau er hierhergekommen war. Irgendwann hatte er Erin gesehen und war ihr gefolgt. Aber wo steckte sie jetzt?

Rechts tauchte ein Laden auf. Er sah aus wie ein großes Haus mit Veranda. Auf dem Schild stand BENZIN LEBENSMITTEL. Das Schild hatte er schon mal gesehen, konnte sich aber nicht erinnern, wann. Er verlangsamte das Tempo. Er musste dringend etwas essen, brauchte Schlaf. Wo konnte er die Nacht verbringen? Sein Magen verkrampfte sich. Er setzte die Flasche an, trank, spürte das Brennen in seiner Kehle. Das beruhigte ihn. Doch sobald er zu trinken aufhörte, bekam er wieder Krämpfe.

Ihm blieb keine andere Wahl – er bog in den Parkplatz ein, schluckte heftig, um den Wodka nicht auszuspucken. Die Zeit lief ihm davon. Er rannte um den Wagen herum und erbrach sich ins Dunkel. Ein Zittern überfiel ihn, seine Knie wurden weich. Sein Magen rebellierte. Seine Leber. Sein ganzer Körper. Warum hatte er immer noch die Flasche in der Hand? Röchelnd atmete er ein und aus, trank, spülte den Mund mit Alkohol aus, schluckte. Die nächste Flasche leer.

Und da sah er, was er suchte, im dunklen Schatten hinter dem Haus. Wie ein Traumbild erschien es ihm. Vier Fahrräder.

KAPITEL 39

Katie schlug den Kindern vor, erst noch ein Bad zu nehmen, bevor sie ihre Schlafanzüge anzogen. Als sie fertig waren, ging sie selbst unter die Dusche und genoss das Luxusgefühl, nach einem Tag in der Sonne mit Shampoo und Seife das Salz vom Körper zu waschen.

Dann kochte sie die Spaghetti, und nach dem Essen gingen sie die DVDs durch, auf der Suche nach einem Film, den beide Kinder gern sehen wollten. Schließlich einigten sie sich auf *Findet Nemo*. Katie saß zwischen Josh und Kristen, eine Schüssel Popcorn für alle auf dem Schoß. Sie trug eine gemütliche Jogginghose, die Alex ihr hingelegt hatte, und einen abgetragenen Pulli mit der Aufschrift *Carolina Panthers*. Sie wusste sogar, dass die Panthers ein Footballteam waren. Katie schlug die Beine unter, und zum ersten Mal an diesem Tag fühlte sie sich richtig wohl.

Der Himmel draußen leuchtete in allen Regenbogenfarben, die nach und nach zu dezenten Pastelltönen verblassten, ehe sich alles graublau und schließlich indigoblau verfärbte. Die ersten Sterne funkelten, während die letzten flirrenden Hitzewellen von der Erde aufstiegen.

Kristen gähnte immer öfter, aber jedes Mal, wenn der blaue Fisch Dory auf dem Bildschirm erschien, rief sie begeistert: »Sie ist mein Liebling, aber ich weiß nicht mehr, warum!« Auch Josh, auf Katies anderer Seite, hatte große Mühe, wach zu bleiben.

Als der Film zu Ende war und Katie sich vorbeugte, um den Apparat auszumachen, ließ Josh den Oberkörper einfach auf die Couch sinken. Er war zu groß, um ins Bett getragen zu werden, deshalb berührte Katie ihn sanft an der Schulter und sagte, es sei Zeit, schlafen zu gehen. Er brummte ungehalten, richtete sich aber wieder auf, gähnte ausführlich und taumelte schließlich mit Katies Unterstützung in sein Zimmer. Ohne weitere Klagen krabbelte er unter die Bettdecke, und sie gab ihm einen Gutenachtkuss. Weil sie nicht sicher war, ob er ein Nachtlicht brauchte, ließ sie das Licht im Flur an und schloss die Tür nicht vollständig.

Dann war Kristen an der Reihe. Sie bat Katie, sich ein paar Minuten zu ihr zu legen. Das tat sie auch, und während sie neben dem kleinen Mädchen lag und an die Decke starrte, merkte sie, wie die Hitze des Tages Wirkung zeigte. Kristen schlief innerhalb von ein paar Minuten ein, und Katie musste sich regelrecht zwingen, nicht ebenfalls wegzudösen. Auf Zehenspitzen schlich sie aus dem Zimmer.

Anschließend räumte sie die Reste des Abendessens fort und leerte die Popcornschüssel aus. Als sie sich im Wohnzimmer umschaute, entdeckte sie überall die Spuren der Kinder: ein Stapel Puzzles auf dem Bücherregal, ein Korb mit Spielzeug in der Ecke, bequeme Ledersofas, auf die man problemlos kleckern konnte. Neugierig studierte sie die anderen Dinge ringsum: eine altmodische Uhr, die man jeden Tag aufziehen musste, eine Enzyklopädie im Regal beim Fernsehsessel, eine Kristallvase auf dem Tisch beim Fenster. An den Wänden hingen künstlerische Schwarz-Weiß-Fotos von alten Tabakscheunen.

Sie waren typisch für die Südstaaten, und von ihrer Fahrt quer durch North Carolina erinnerte sich Katie gut an solche ländlichen Szenerien.

Es gab auch Hinweise auf das chaotische Leben, das Alex führte: ein roter Fleck auf dem Läufer vor dem Sofa, Kratzer im Holzfußboden, Staub auf den Scheuerleisten. Katie musste unwillkürlich lächeln, weil all dies widerspiegelte, was für ein Mensch Alex war: ein verwitweter Vater, der sich Mühe gab, seine Kinder richtig zu erziehen und das Haus – einigermaßen – in Ordnung zu halten. Es war wie ein Schnappschuss seines Lebens, und ihr gefiel die freundliche, gemütliche Atmosphäre.

Erschöpft löschte sie die Deckenlampen und ließ sich aufs Sofa fallen. Mit der Fernbedienung zappte sie durch die Fernsehsender auf der Suche nach etwas Interessantem, aber nicht zu Anspruchsvollem. Bald war es zehn Uhr. Noch eine Stunde. Sie schaute sich im Discovery Channel eine Sendung über Vulkane an. Irgendetwas spiegelte sich im Bildschirm. Sie streckte sich, um auch die Tischlampe zu löschen, so dass es bis auf den Fernseher ganz dunkel im Raum wurde. Dann lehnte sie sich wieder zurück. Besser.

Sie schaute eine Weile auf den Bildschirm, aber immer wieder fielen ihr die Augen zu, und jedes Mal blieben sie ein bisschen länger geschlossen. Ihre Atemzüge wurden langsamer, und sie sank tiefer in die Kissen. Bilder erschienen vor ihrem inneren Auge, unzusammenhängend zuerst, Erinnerungen an den Jahrmarkt, an den Blick vom Riesenrad. Menschen, die in Gruppen herumstanden, Jung und Alt, Schüler und Paare. Familien. Und irgendwo in der Ferne ein Mann mit Baseballmütze und Sonnenbrille, der sich zielstrebig durch die Menge schob, bis sie ihn wieder aus den Augen verlor. Irgendetwas an ihm kam ihr bekannt vor: der Gang, die Form seines Kinns, die Art, wie er die Arme bewegte.

Katie döste ein, entspannt, die Bilder verschwammen, der Fernseher wurde immer leiser. Dunkelheit. Stille. Sie entfernte sich weiter, aber der Blick vom Riesenrad kehrte zurück. Und der Mann, den sie gesehen hatte, ein Mann, der sich bewegte wie ein Jäger im Gebüsch, der seine Beute verfolgt.

KAPITEL 40

Kevin starrte zum Fenster hinauf und trank immer wieder einen Schluck aus der halbleeren Wodkaflasche. Es war die dritte des Abends. Niemand beachtete ihn. Er stand an der Anlegestelle hinter dem Haus und trug jetzt ein schwarzes Hemd mit langen Ärmeln und eine dunkle Jeans. Nur sein Gesicht war zu sehen, aber er befand sich im Schatten einer Zypresse, geschützt durch den Stamm. Von dort beobachtete er die Fenster. Die Lichter. Und wartete auf Erin.

Lange passierte gar nichts. Er trank. Bald war die Flasche leer. Alle paar Minuten kamen Leute aus dem Laden und tankten mit ihren Kreditkarten Benzin an der Zapfsäule. Ganz schön viel Betrieb, sogar hier draußen, mitten im Nichts. Er ging seitlich um den Laden herum und sah den bläulich flackernden Schimmer eines Fernsehers. Die vier schauten fern, alle miteinander, sie spielten glückliche Familie. Oder die Kinder waren schon im Bett, müde vom Jahrmarkt. Und von der Fahrt mit dem Fahrrad. Vielleicht saßen nur noch Erin und der grauhaarige Mann auf der Couch, küssten sich, während Meg Ryan oder Julia Roberts sich auf dem Bildschirm verliebte.

Alles tat ihm weh. Er war müde, sein Magen krampfte sich immer wieder zusammen. Er hätte die Treppe hinaufgehen und die Tür eintreten können, er hätte sie schon ein Dutzend Mal töten können, und er wollte es möglichst schnell hinter sich bringen, aber es waren immer noch Kunden im Laden. Autos auf dem Parkplatz. Seinen eigenen Wagen hatte er unter einen Baum hinter dem Laden geschoben, ohne den Motor noch einmal anzumachen, so dass die Vorbeifahrenden ihn nicht sehen konnten. Er wollte sie alle mit seiner Glock erschießen, er wollte sie sterben sehen, aber gleichzeitig hatte er den Wunsch, sich hinzulegen und zu schlafen, weil er in seinem ganzen Leben noch nie so müde gewesen war, und er wollte, dass Erin bei ihm lag, wenn er aufwachte, und dass alles wieder so war wie früher. Als wäre sie nie fortgegangen.

Später sah er ihr Profil im Fenster, sah, wie sie sich lächelnd wieder abwandte. Garantiert dachte sie an den grauhaarigen Mann. Und an Sex. Aber in der Bibel stand: Wer sich der Unzucht hingibt, den wird die Strafe ereilen, und er wird im ewigen Feuer brennen.

Er war der Engel des Herrn. Erin hatte gesündigt, und in der Bibel stand: Sie soll gequält werden mit Feuer und Schwefel, im Beisein der heiligen Engel.

In der Bibel war immer von Feuer die Rede, weil es reinigte und verdammte. Das war etwas, was Kevin verstand. Feuer war mächtig, die Waffe der Engel. Er leerte die Wodkaflasche und kickte sie unter die Büsche. Ein Auto kam an die Zapfsäulen, ein Mann stieg aus. Er steckte seine Kreditkarte in den Schlitz und begann zu tanken. Auf einem Schild neben der Säule stand, dass Rauchen verboten sei, weil Benzin so leicht entflammbar sei. Im Laden gab es Flüssiganzünder für Holzkohle. Kevin erinnerte sich deutlich an den Mann vor ihm in der Schlange, der eine Dose in der Hand gehalten hatte.

Feuer.

Alex ergriff das Lenkrad anders, um etwas bequemer fahren zu können. Joyce und ihre Tochter saßen auf dem Rücksitz und hatten nicht aufgehört zu reden, seit sie ins Auto gestiegen waren.

Die Uhr im Armaturenbrett zeigte an, dass es schon spät war. Die Kinder waren entweder im Bett oder sie gingen gerade schlafen. Der Gedanke gefiel ihm. Auf der Herfahrt hatte er bereits eine ganze Flasche Wasser getrunken, aber durstig war er immer noch. Er überlegte, ob er noch einmal anhalten sollte. Joyce und ihre Tochter hatten bestimmt nichts dagegen – andererseits hatte er keine Lust, eine Pause zu machen und noch mehr Zeit zu verlieren. Er wollte so schnell wie möglich nach Hause.

Seine Gedanken schweiften ab. Er dachte an Josh und Kristen, an Katie, Erinnerungen an Carly tauchten auf. Was würde sie sagen, wenn sie Katie sähe? Wäre es in Carlys Sinn, wenn er ihr den Brief gab? Er musste an den Tag denken, als er beobachtete, wie Katie der kleinen Kristen beim Ankleiden der Puppe half. Und wie wunderschön sie an dem Abend ausgesehen hatte, als sie für ihn ein Essen kochte. Bei dem Gedanken daran, dass sie zu Hause auf ihn wartete, hätte er am liebsten das Gaspedal durchgetreten.

Auf der anderen Seite des Highways erschienen am Horizont kleine Lichttupfer, die sich näherten und größer wurden, bis sie sich in die Frontscheinwerfer der entgegenkommenden Autos verwandelten – und vorbeisausten. Im Rückspiegel konnte er sehen, wie die roten Rücklichter in der Ferne verschwanden.

Im Süden wetterleuchtete es. Der Himmel blinkte fast wie bei einer Diashow. Rechts befand sich ein Farmhaus, in dessen Erdgeschoss helles Licht brannte. Alex überholte einen Lastwagen mit einem Nummernschild aus Virginia und ließ die Schultern kreisen, um die wachsende Müdigkeit abzuschütteln. Ein Schild kündigte an, wie viele Meilen es noch bis Wilmington waren. Alex seufzte. Er hatte noch eine weite Strecke vor sich.

Katies Augenlider flatterten, weil sie lebhaft träumte. Ihr Unbewusstes machte Überstunden. Fragmente, Bruchstücke von Informationen, die irgendwie miteinander verbunden werden mussten.

Der Traum war zu Ende. Nach einer Weile zog sie die Knie an und drehte sich auf die Seite. Beinahe wäre sie wach geworden. Ihr Atem wurde wieder langsam und regelmäßig.

Um zehn Uhr war der Parkplatz so gut wie leer. Bald würde der Laden schließen. Kevin ging zum Vordereingang, blinzelte, weil ihn das Licht blendete. Er stieß die Tür auf und hörte eine Glocke bimmeln. An der Kasse stand ein Mann mit Schürze. Irgendwie kam er Kevin bekannt vor, aber er konnte ihn nicht einordnen. Die Schürze war weiß, und rechts war der Name ROGER eingestickt.

Kevin trat an die Kasse. »Mir ist das Benzin ausgegangen, ungefähr eine Meile von hier«, sagte er und gab sich große Mühe, nicht zu lallen.

»Die Benzinkanister sind ganz hinten an der Wand«, antwortete Roger, ohne hochzublicken. Als er schließlich doch den Blick hob, blinzelte er erstaunt. »Ist alles okay?«

»Ja, klar, ich bin nur müde«, antwortete Kevin, während er schon den Gang hinunterging. Er wollte nicht allzu viel Aufmerksamkeit auf sich lenken, wusste aber, dass der Mann ihn beobachtete. Die Pistole steckte im Hosenbund, und Roger sollte sich gefälligst um seinen eigenen Kram kümmern! Hinten an der Wand standen drei Plastikkanister für jeweils zwanzig Liter Benzin. Kevin nahm zwei, ging vor zur Kasse und legte Geld auf die Theke.

»Wir rechnen ab, nachdem ich sie gefüllt habe«, sagte er.

Draußen füllte er den ersten Kanister und schaute zu, wie die Zahlen durch die Anzeige in der Tanksäule tickerten. Nachdem auch der zweite Kanister voll war, ging Kevin wieder hinein. Roger starrte ihn an.

»Das ist aber viel Benzin – ganz schön schwer.«

»Erin braucht es.«

»Wer ist Erin?«

Kevin blinzelte. »Kann ich das verdammte Benzin jetzt endlich bezahlen oder nicht?«

»Sind Sie sicher, dass Sie noch Auto fahren können?«

»Ich musste mich den ganzen Tag über immer wieder übergeben«, brummelte Kevin.

Er war sich nicht sicher, ob der Mann ihm glaubte oder nicht, aber nach ein paar Sekunden nahm Roger das Geld und gab ihm das Wechselgeld zurück. Kevin hatte die Kanister bei den Zapfsäulen stehen lassen und holte sie jetzt erst. Sie waren tatsächlich schwer wie Blei. Er begann, die Straße entlangzugehen, fort von den Lichtern des Ladens.

In der Dunkelheit stellte er die Kanister ins hohe Gras gleich am Straßenrand. Dann taumelte er wieder zur Rückseite des Ladens und wartete, bis Roger abschloss und die Beleuchtung löschte. Und bis oben in der Wohnung alle eingeschlafen waren. Sicherheitshalber holte er sich noch eine Flasche Wodka aus dem Wagen und trank einen Schluck.

In Wilmington angekommen, erwachten bei Alex wieder die Lebensgeister. Jetzt war es nicht mehr weit – vielleicht eine halbe Stunde bis Southport. Dann musste er noch Joyce und ihre Tochter nach Hause bringen, aber danach …

Ob Katie ihn im Wohnzimmer erwartete? Oder würde sie wirklich, wie sie provozierend angekündigt hatte, schon in seinem Bett liegen?

Dieses Verhalten erinnerte ihn stark an Carly. Es konnte passieren, dass sie über geschäftliche Angelegenheiten sprachen oder ob es ihren Eltern in Florida gefalle, und dann verkündete sie aus heiterem Himmel, ihr sei langweilig und ob er nicht Lust habe, mit ihr ins Schlafzimmer zu gehen und ein bisschen Liebe zu machen.

Er schaute auf die Uhr. Viertel nach zehn, und Katie wartete. Rechts von der Straße sah er ein halbes Dutzend Rehe wie erstarrt am Straßenrand stehen. Ihre Augen reflektierten die Scheinwerfer und leuchteten unnatürlich. Sehr gespenstisch.

Kevin beobachtete, wie die Neonlichter über den Zapfsäulen erloschen. Dann die Ladenbeleuchtung. Von seinem Versteck aus schaute er zu, wie Roger die Tür verriegelte und daran rüttelte, ob sie auch wirklich zu war, ehe er sich zum Gehen wandte und zu einem braunen Pick-up-Truck schlenderte, den er am anderen Ende des Parkplatzes abgestellt hatte.

Der Motor ächzte und quietschte, als er ihn anließ. Ein lockerer Keilriemen. Er ließ den Motor aufheulen, schaltete die Scheinwerfer an, legte den Gang ein. Dann bog er in die Hauptstraße ein und fuhr in Richtung Innenstadt.

Kevin wartete fünf Minuten, weil er sicher sein wollte, dass Roger nicht zurückkam. Auf der Straße vor dem Laden war nicht mehr viel los, nur noch selten kam ein Auto oder ein Lastwagen vorbei. Kevin eilte zu den Büschen, in denen er die Benzinkanister verstaut hatte. Kontrollierte die Straße noch einmal, dann trug er den ersten Behälter zum Laden, holte den zweiten und platzierte beide neben den Mülltonnen, in denen irgendwelche Lebensmittel verrotteten und scheußlich stanken.

Oben erleuchtete der Fernseher die Fenster immer noch in milchigem Blau. Sonst brannte kein Licht mehr. Bestimmt waren die beiden schon nackt. Zorn stieg in ihm hoch. Jetzt ist es so weit, dachte er. Als er die Benzinkanister hochheben wollte, sah er vier statt zwei. Schnell kniff er ein Auge zu. Gut. Er torkelte vorwärts, verlor fast das Gleichgewicht, versuchte, sich an der Wand festzuhalten, um nicht zu stürzen. Er griff daneben, fiel hin und landete mit dem Gesicht im Schotter. Sah grelle Funken. Spitze Schmerzen schossen durch seinen ganzen Körper, und er konnte nicht richtig atmen. Er wollte aufstehen, fiel wieder hin, rollte sich auf den Rücken und starrte hinauf zu den Sternen.

Er war nicht betrunken, weil er nie betrunken war, aber irgendetwas stimmte nicht. Überall kreisten helle Lichter, wie ein immer schneller werdender Tornado. Ganz fest schloss er die Augen, aber der Drehschwindel wurde schlimmer. Er wälzte sich auf die Seite und erbrach sich auf die Steine. Jemand musste ihm Drogen in die Flasche getan haben, denn er hatte doch den ganzen Tag so gut wie keinen Alkohol getrunken, und so übel wie jetzt war ihm noch nie in seinem ganzen Leben gewesen.

Blind tastete er nach einer der Mülltonnen, richtete sich halb auf, klammerte sich an den Deckel, hielt sich krampfhaft fest. Der Deckel löste sich, die Mülltonne kippte um, ihr Inhalt verteilte sich auf dem Boden, und das Ganze machte einen Heidenkrawall.

Oben zuckte Katie zusammen. Was war das für ein Lärm? Sie träumte gerade einen sehr intensiven Traum, und es dauerte eine Weile, bis sie die Augen aufschlug. Sie horchte in die Dunkelheit. Hatte sie sich den Krach nur eingebildet? Jetzt war alles still. Sie glitt zurück in den Traum, der sofort weiterging. Zurück zum Jahrmarkt, zum Riesenrad, aber jetzt saß nicht mehr Kristen neben ihr.

Sondern Jo.

Kevin rappelte sich endlich auf und konnte wieder senkrecht stehen. Was war nur mit ihm los? Warum verlor er so schnell das Gleichgewicht? Er konzentrierte sich auf seinen Atem, ein, aus, ein, aus. Dann fiel sein Blick auf die Kanister, und fast wäre er wieder gestürzt.

Aber er fiel nicht. Er nahm den ersten Behälter und stolperte zu der Treppe hinten am Haus. Als er nach dem Geländer griff, fasste er zuerst daneben. Beim zweiten Versuch klappte es. Er schleppte den Kanister nach oben zur Tür, schleppte wie ein Sherpa auf dem Himalaya. Oben angekommen, war er völlig außer Atem und nahm die

Mütze ab. Vor lauter Anstrengung war ihm das Blut in den Kopf gestiegen, dadurch wurde ihm erneut schwindelig, aber er konnte sich irgendwie auf den Benzinbehälter stützen. Es dauerte ewig, bis er ihn aufgeschraubt hatte, weil der Deckel ihm immer wieder aus den Fingern glitt.

Als er es endlich geschafft hatte, kippte er Benzin auf die Veranda und bespritzte auch die Tür damit. Mit jedem Mal wurde der Kanister leichter, die Flüssigkeit schwappte heraus, tränkte die Wand. Er schüttete nach rechts, nach links, um eine möglichst große Fläche zu erreichen. Dann ging er die Stufen hinunter und kippte unterwegs noch mehr aus. Von den Dämpfen wurde ihm schlecht, aber er hörte nicht auf.

Unten blieb er erst einmal stehen. Der Kanister war leer. Er keuchte, und wieder stieg die Übelkeit auf, aber er musste weitermachen. Entschlossenheit, darauf kam es an! Wütend schleuderte er den Kanister beiseite und holte den nächsten. Er bearbeitete erst die eine Seite des Gebäudes, dann die andere. Oben flimmerte immer noch der Fernseher. Es herrschte Totenstille.

Jetzt war auch der zweite Kanister leer, für den Vordereingang blieb nichts mehr übrig. Kevin schaute die Straße hinauf und hinunter. Nirgends ein Auto. Oben saßen Erin und der grauhaarige Mann nackt vor dem Fernseher und lachten ihn aus, und Erin war weggelaufen, und in Philadelphia hätte er sie fast erwischt, aber sie nannte sich Erica, nicht Erin, und jetzt tat sie so, als hieße sie Katie.

Er stand vor dem Laden und dachte über die Fenster nach. Vielleicht waren sie gesichert. Oder auch nicht. Gleichgültig. Er brauchte Flüssiganzünder, Motoröl, Terpentin – irgendetwas, das brannte. Aber wenn er erstmal ein Fenster zerschlagen hatte, blieb ihm nicht mehr viel Zeit.

Er zertrümmerte die Scheibe mit dem Ellbogen. Keine Alarmanlage. Mühsam entfernte er die Glassplitter. Dabei merkte er kaum, dass er sich in den Finger schnitt und blutete. Noch mehr Scherben, das Fenster zerfiel Schritt für Schritt. Endlich war die Öffnung groß genug, dass er durchkriechen konnte. Aber sein Arm verfing sich in einer spitzen Scherbe. Ein tiefer Schnitt. Er versuchte sich zu befreien. Blut lief ihm über den Arm.

Die Kühlschränke hinten im Laden waren noch erhellt. Er taumelte durch die Gänge und fragte sich, ob Chips wohl brannten. Oder wie war es mit Keksen? Mit DVDs? Dann entdeckte er die Holzkohle und den Flüssiganzünder – nur zwei Dosen. Nicht besonders viel. Nicht genug! Er blinzelte und schaute sich um. Es musste doch noch etwas anderes geben. Da sah er den Grill im hinteren Teil des Ladens.

Propangas!

Er ging zum Grill. Stellte eine Flamme an. Und noch eine. Irgendwo musste ein Ventil sein, aber er wusste nicht, wo, und er hatte auch nicht viel Zeit, weil jede Sekunde jemand kommen konnte, und Coffey und Ramirez tuschelten über ihn, lachten und fragten ihn, wo er in Provincetown Krabbenpuffer gegessen habe.

Rogers Schürze hing an einem Haken. Kevin warf sie in die Flammen. Er öffnete eine Dose mit Flüssiganzünder und spritzte den Inhalt auf die Wände. Die Dose war glitschig und blutig. Woher kam das ganze Blut? Er kletterte auf die Theke, versuchte, mit dem Anzünder die Decke zu erreichen, und kletterte wieder hinunter. Er verteilte eine Spur auf dem Boden im vorderen Teil des Ladens, bis die Dose leer war, warf sie weg, öffnete die zweite, spritzte den Inhalt in Richtung Decke. Die Flammen sprangen jetzt von der Schürze zu den Wänden und nach oben. Kevin ging zur Kasse und suchte ein Feuerzeug, fand ein paar in einem Plastikgefäß bei den Zigaretten. Goss Flüssigkeit auf die Kasse und auf den kleinen Tisch dahinter. Auch diese Dose war leer, er stolperte zu dem zerbrochenen Fenster, kletterte nach draußen, trat auf die Glasscherben, hörte sie knirschen und schrappen. Dann hielt er das Feuerzeug an die mit Benzin getränkte Hauswand, sah, wie das Holz zu brennen begann. An der Hinterseite zündete er die Treppe an, das Feuer raste die Stufen hinauf zur Tür und sprang aufs Dach. So, und nun zur anderen Seite der Hauses.

Überall loderte es, und Erin war eine Sünderin, und ihr Geliebter war ein Sünder, und in der Bibel stand: Sie werden die Strafe ewiger Verdammnis erleiden.

Er trat ein paar Schritte zurück, um zu sehen, wie die Flammen das ganze Gebäude umschlossen. Als er sich mit der Hand übers Gesicht fuhr, wurde es blutig. In dem orangeroten Höllenlicht sah er aus wie ein Monster.

Im Traum lächelte Jo nicht, als sie neben Katie im Riesenrad saß, sondern schaute mit ernster Miene hinunter auf die Menschenmenge.

Da, sagte sie und deutete mit dem Finger. *Da drüben. Siehst du ihn?*

Was tust du hier? Wo ist Kristen?

Sie schläft. Aber du musst dich jetzt erinnern.

Katie blickte nun auch nach unten, aber da waren so

viele Leute, so viel Bewegung! *Wo? Was meinst du?*, fragte sie. *Ich sehe nichts.*

Er ist hier.

Wer?

Du weißt schon.

In ihrem Traum hielt das Riesenrad an. Es war ein schrilles Geräusch, wie splitterndes Glas, und es schien eine Veränderung zu signalisieren. Die Jahrmarktfarben verblassten, die Szene unten verschwand hinter seltsamen Wolken, die vorher nicht da gewesen waren. Als würde die Welt ausgelöscht, ausradiert, und dann wurde plötzlich alles dunkel. Katie war umgeben von undurchdringlicher Dunkelheit, die nur durch ein ungewöhnliches Flackern ganz am Rande ihres Blickfeldes durchbrochen wurde. Und dann eine Stimme.

Es war Jo, aber sie sprach ganz leise, nur noch ein Flüstern.

Riechst du es?

Katie schnupperte, immer noch im Halbschlaf. Sie versuchte, die Augen zu öffnen, die ihr aus irgendeinem Grund wehtaten. Sie blinzelte, um besser sehen zu können. Der Fernseher war noch an. Offenbar war sie eingeschlafen. Der Traum verblasste, aber wieder hörte sie ganz deutlich Jos Stimme.

Riechst du es?

Jetzt holte Katie tief Luft und richtete sich auf. Sofort fing sie an zu husten. Der ganze Raum war voller Rauch! Erschrocken sprang sie hoch.

Rauch bedeutete Feuer, und jetzt sah sie die Flammen draußen vor dem Fenster, eine gelbroter Totentanz. Die Wohnungstür brannte, in dicken Wolken drang der Rauch aus der Küche herein. Sie hörte das Tosen des Brandes, es klang wie ein Zug, der vorbeirast, ein Knistern und Krachen und Splittern.

Mein Gott! Die Kinder!

Sie rannte in den Flur. Aus beiden Kinderzimmern drang dunkler Rauch. Joshs Zimmer war näher, sie rannte hinein und fuchtelte mit den Armen, in der Hoffnung, den Rauch irgendwie vertreiben zu können.

Energisch packte sie Josh am Arm und riss ihn aus dem Bett.

»Josh! Steh auf, es brennt! Wir müssen hier raus!«

Halb schlafend wollte er protestieren, aber sie schüttelte ihn und schrie ihn an: »Wach auf!« Er hustete, krümmte sich zusammen, sie zog ihn hinaus auf den Flur, der Rauch schien undurchdringlich, aber sie gab nicht auf. Sie zerrte ihn hinter sich her, tastete nach der Tür zu Kristens Zimmer auf der anderen Seite des Gangs.

Dort war die Rauchentwicklung noch nicht so schlimm, aber sie spürte die sengende Hitze, die sich hinter ihnen heranwälzte. Josh hustete und röchelte, sie hielt ihn fest an der Hand, auf keinen Fall durfte sie ihn loslassen, sie kämpfte sich vorwärts zu Kristens Bett, und mit ihrer freien Hand rüttelte sie das kleine Mädchen wach.

Das Lodern der Flammen war jetzt so laut, dass sie kaum ihre eigene Stimme hören konnte. Sie rannte mit den Kindern in den Flur, und durch den dichten Qualm sah sie undeutlich ein orangerotes Leuchten an der Stelle, wo sich die Eingangstür befand. Flammen züngelten die Wände hinauf, flackerten über die Decke, rasten auf sie zu. Sie hatte keine Zeit, sich einen Plan zurechtzulegen, sie konnte nur reagieren. Katie machte kehrt und eilte mit den Kindern durch den Gang zurück zum Elternschlafzimmer, wo der Rauch weniger dicht schien.

Dort machte sie das Licht an. Es funktionierte noch. An einer Wand stand Alex' Bett, an der anderen eine Kommode. Hinten am Fenster, das noch nicht von den Flammen umzingelt war, ein Schaukelstuhl. Rasch schloss sie die Tür hinter sich.

Von Hustenanfällen geschüttelt stolperte sie vorwärts, an jeder Hand ein Kind. Die beiden wimmerten und husteten. Katie versuchte, das Fenster hochzuschieben, aber Josh und Kristen klammerten sich so verzweifelt an sie, dass sie sich nicht richtig bewegen konnte.

»Ich muss das Fenster öffnen!«, schrie sie und schüttelte die beiden ab. »Das ist unser einziger Fluchtweg!« In ihrer Panik verstanden die Kinder kein Wort, aber Katie wusste, dass sie sich beeilen musste und ihnen nicht alles erklären konnte. Mit aller Kraft versuchte sie, das schwere Fenster aufzubekommen, aber es gab nicht nach. Der Rahmen war irgendwann gestrichen worden, und die Farbe hatte alles verklebt. Was sollte sie tun? Als sie die verheulten Kindergesichter sah, wurden ihre Gedanken plötzlich klar. Sie schaute sich um. Der Schaukelstuhl!

Er war schwer, aber irgendwie schaffte sie es, ihn hochzuwuchten und mit aller Kraft gegen das Fenster zu schleudern. Das Glas knackte, zerbrach aber nicht. Laut schluchzend machte sie einen zweiten Versuch, angetrieben vom Adrenalin, und dieses Mal sauste der Schaukelstuhl scheppernd durch die Scheibe und landete unten auf dem Vorbau. Katie nahm die Decke vom Bett, wickelte die Kinder hinein und drängte sie zum Fenster.

Hinter ihnen krachte es ohrenbetäubend. Ein Teil der Wand begann zu brennen, die Flammen erreichten die Decke. Erschrocken schaute sich Katie um – und entdeckte ein Porträt an der Wand. Das musste Alex' Frau sein. Wer sonst? Katie blinzelte. War es eine Illusion, eine Art Fata Morgana im dichten Rauch? Instinktiv ging sie auf das Gesicht zu, das ihr seltsam bekannt erschien. Dann hörte sie abermals ein lautes Rumpeln. Die Decke über ihr war kurz davor, herunterzustürzen.

Blitzschnell packte sie die Kinder – und sprang mit ihnen aus dem Fenster. Hoffentlich schützte die Decke sie einigermaßen gegen die Glassplitter und die Wucht des Aufpralls! Der Flug durch die Luft zog sich endlos hin. Im letzten Moment drehte sich Katie so, dass die Kinder auf ihr landen mussten. Sie schlug mit dem Rücken auf dem Vorbau auf. Es waren nur ungefähr zwei Meter gewesen, aber sie bekam fast keine Luft, und fürchterliche Schmerzen rasten in Wellen durch ihren ganzen Körper.

Josh und Kristen schluchzten und winselten vor Angst. Aber sie lebten noch! Katie wollte sich aufrichten. Nein, sie durfte jetzt nicht ohnmächtig werden. Die Schmerzen waren unerträglich. Bestimmt hatte sie sich etwas gebrochen. Doch sie konnte beide Beine noch bewegen. Irgendwie musste sie den Kopf frei bekommen, um besser sehen und denken zu können. Josh und Kristen versuchten, sich aus der Decke zu winden. Aus dem Schlafzimmerfenster über ihnen schlugen die ersten Flammen. Überall brannte es, das ganze Haus war ein einziges Flammenmeer, und wenn sie nicht schnell handelte, hatten sie nur noch wenige Sekunden zu leben.

Als er Joyce nach Hause gebracht hatte, sah Alex, dass der Himmel über den schwarzen Bäumen am Stadtrand orangerot glühte. Auf der Fahrt zu Joyce war ihm das gar nicht aufgefallen! Ein entsetzlich ungutes Gefühl ergriff von ihm Besitz. Er überlegte nicht lange, sondern trat aufs Gaspedal.

Josh und Kristen saßen schon aufrecht da, als sich Katie umdrehte. Bis zum Boden waren es von dem Vorbau etwa drei Meter. Das Risiko mussten sie eingehen, ihnen blieb nichts anderes übrig. Josh weinte und schluchzte immer noch, aber er protestierte nicht, als Katie mit kurzen Worten erklärte, was sie als Nächstes tun würden.

»Ich halte dich an den Händen und lasse dich so weit runter wie möglich, und dann musst du springen.«

Er nickte, sichtlich unter Schock. Katie rutschte an den Rand und zerrte Josh hinter sich her. Dann umklammerte sie sein Handgelenk. Der Vorbau bebte schon, Flammen züngelten um die beiden Säulen, die ihn trugen. Mit den Füßen voran schob sich Josh über die Kante, Katie lag auf dem Bauch und hielt ihn fest, ließ ihn nach unten schweben … Mein Gott, die Arme taten ihr so weh! Anderthalb Meter, mehr nicht, sagte sie sich. Er würde nicht sehr tief fallen, und er würde auf den Füßen landen.

Sie ließ ihn los, als wieder eine Erschütterung den Vorbau ergriff. Kristen kam zitternd zu ihr gekrabbelt.

»Okay, Baby, jetzt bist du an der Reihe«, sagte Katie. »Gib mir deine Hand.«

Als sie die Kleine losließ, hielt sie den Atem an. Gleich

darauf sah sie die beiden Kinder unten stehen und zu ihr heraufschauen. Sie warteten auf sie.

»Lauft los!«, schrie Katie. »Rennt fort von hier!«

Ihre Worte gingen in einen fürchterlichen Hustenanfall über. Sie musste springen, jetzt sofort! Sie klammerte sich fest, schwang die Beine über den Rand. Eine Sekunde lang pendelte sie in der Luft, dann konnte sie sich nicht mehr halten und ließ los.

Der Aufprall. Ihre Knie gaben nach, sie rollte ein Stück, bis kurz vor dem Ladeneingang. Ihre Beine taten unglaublich weh, aber sie musste die Kinder in Sicherheit bringen. Sie waren natürlich nicht weggelaufen. Irgendwie schaffte sie es, aufzustehen und die beiden an der Hand zu nehmen.

Die Flammen tanzten himmelwärts. Auch die Bäume in der Nähe hatten schon Feuer gefangen, die oberen Zweige sprühten Funken wie Feuerwerkskörper. Dann ein unheimliches Donnern. Katie warf einen kurzen Blick über die Schulter und sah, dass die Hauswand einstürzte. Es folgte eine Explosion, und ein glühend heißer Windstoß warf Katie und die Kinder zu Boden.

Als sie wieder Luft bekamen und sich umschauten, war der Laden nur noch eine lodernde Feuersäule.

Aber sie hatten es geschafft. Katie zog die Kinder an sich und küsste sie auf den Kopf. Beide wimmerten leise. »Es wird alles gut«, murmelte Katie. »Ihr seid jetzt in Sicherheit.«

In dem Moment erschien ein dunkler Schatten vor ihnen, und sie wusste, dass sie sich geirrt hatte.

Da stand er, riesengroß, eine Pistole in der Hand.

Kevin.

Alex raste, so schnell er konnte. Mit jeder Sekunde wuchs seine Angst. Das Feuer war noch zu weit entfernt, als dass er es genau hätte lokalisieren können, aber die Furcht krallte sich in seinen Magen – es gab nicht allzu viele Gebäude in der Richtung. Die meisten waren einzeln stehende Farmhäuser. Und, natürlich, der Laden.

Er beugte sich über das Lenkrad, als könnte er dadurch den Jeep überreden, schneller zu fahren. *Schneller, schneller!*

Katie begriff erst gar nicht, was los war.

»Wo ist er?«, stieß Kevin heiser hervor. Er sprach sehr undeutlich, aber sie erkannte trotzdem seine Stimme. Sein Gesicht lag im Schatten, und hinter ihm tobte das Feuer. War das Blut, was sie da sah? Im Gesicht, auf seinem Hemd. Die Pistole in seiner Hand schimmerte, als hätte er sie in Öl getaucht.

Er ist hier, hatte Jo in ihrem Traum gesagt.

Wer?

Du weißt schon.

Kevin zielte mit der Waffe auf sie. »Ich möchte nur mit ihm reden, Erin.«

Mühsam rappelte sie sich auf. Kristen und Josh klammerten sich mit angstverzerrten Gesichtern an sie. Kevins Augen blitzten animalisch, seine Bewegungen waren unkoordiniert. Er machte einen Schritt auf sie zu und wäre fast gestürzt. Die Pistole schwankte hin und her.

Er wollte sie alle umbringen. Er hatte versucht, sie mit dem Feuer zu töten. Aber er war betrunken, sehr betrunken. So hatte sie ihn noch nie erlebt. Er hatte sich überhaupt nicht mehr unter Kontrolle, war unerreichbar.

Sie musste es schaffen, die Kinder aus der Schusslinie zu bekommen.

»Oh, hallo, Kevin«, flötete sie und zwang sich zu einem Lächeln. »Warum hast du eine Waffe in der Hand? Bist du hier, um mich zu holen? Ist alles okay, Baby?«

Kevin blinzelte. Diese Stimme! So süß, so sanft, so verführerisch. Es gefiel ihm, wenn sie so sprach. War es ein Traum? Nein, er träumte nicht, Erin stand vor ihm. Lächelnd kam sie auf ihn zu. »Ich liebe dich, Kevin, und ich habe immer gewusst, dass du kommst.«

Fassungslos starrte er sie an. Er sah zwei Erins vor sich. Nein, doch nur eine. Den anderen Leuten hatte er gesagt, sie sei in New Hampshire, bei einer kranken Freundin, aber es waren keine Spuren im Schnee, seine Anrufe wurden weitergeleitet, und ein kleiner Junge wurde erschossen, und er hatte rote Pizzasoße im Gesicht, und jetzt war Erin da und sagte, sie liebe ihn.

Noch ein Stück, dachte Katie. Fast geschafft. Sie ging noch einen Schritt näher zu ihm und schob die Kinder hinter ihren Rücken.

»Kannst du mich nach Hause bringen?«, bettelte sie, so wie Erin ihn früher immer angebettelt hatte, aber ihre Haare waren kurz und dunkel, sie kam näher, und er fragte sich, warum sie keine Angst hatte. Am liebsten hätte er geschossen, aber er liebte sie. Wenn nur dieser hämmernde Kopfschmerz aufhören würde –

Plötzlich warf sich Katie gegen ihn und drängte die Pistole beiseite. Ein Schuss löste sich, er klang wie ein teuflischer Schlag, aber Erin war bei ihm, hielt sein Handgelenk fest, ließ ihn nicht los. Kristen begann zu schreien.

»Lauft weg!«, schrie Katie nach hinten. »Josh, nimm

Kristen an der Hand und renn mit ihr weg! Er hat eine Pistole! Lauft, so weit ihr könnt, und versteckt euch irgendwo!«

Die Panik in Katies Stimme schien Josh wachzurütteln, er packte Kristens Hand und rannte los. Zur Straße, zu Katies Cottage. Die Kinder rannten um ihr Leben.

»Du miese Schlampe!«, zeterte Kevin und wollte schießen. Katie biss ihn so fest sie konnte in den Arm. Kevin schrie auf wie ein wildes Tier, versuchte sich zu befreien, sie gab ihn nicht frei, also donnerte er mit seiner anderen Faust gegen ihre Schläfe. Katie sah ein grelles Licht und biss noch einmal zu, diesmal erwischte sie seinen Daumen, er jaulte laut, und die Pistole landete auf dem Boden. Er boxte sie wieder, traf ihren Wangenknochen, sie stürzte.

Er versetzte ihr einen Tritt in den Rücken. Sie krümmte sich vor Schmerzen. Aber sie versuchte sich zu bewegen, voller Panik, denn sie wusste jetzt mit Sicherheit, dass er sie und die Kinder töten wollte. Sie musste Zeit gewinnen, damit die Kinder entkommen konnten! Sie kroch davon, so schnell es nur ging, dann wuchtete sie sich hoch, wie eine Sprinterin, die aus den Startblöcken kommt.

Sie rannte los, zwang sich mit letzter Kraft, weiterzulaufen, doch dann spürte sie, wie er sich von hinten auf sie warf, und sie lag erneut auf dem Boden, atemlos. Er packte sie an den Haaren und schlug wieder zu, drehte ihr den Arm um, doch plötzlich verlor er das Gleichgewicht, und Katie schaffte es, sich auf den Rücken zu drehen. Sie versuchte, ihre Finger in seine Augen zu krallen, sie kratzte, sie biss.

Es war ein Kampf auf Leben und Tod. Das Adrenalin schoss durch ihren Körper. Sie wehrte sich mit Händen und Füßen – weil sie sich so oft nicht gewehrt hatte. Weil sie den Kindern genug Zeit verschaffen wollte, zu fliehen und sich zu verstecken. Sie schrie ihn an, diesen Mann, beschimpfte ihn, sie hasste ihn, er durfte sie nie wieder schlagen.

Kevin schnappte nach ihren Fingern, taumelte, und sie nutzte die Chance, um sich zu befreien. Gleich griff er nach ihren Beinen, bekam sie aber nicht richtig zu fassen, und es gelang ihr, ein Knie bis unters Kinn zu ziehen und ihn zu treten, so fest sie konnte. Er war nicht darauf gefasst, einen Tritt ans Kinn zu bekommen. Sie kickte ein zweites Mal, er fiel zur Seite, seine Hände griffen ins Leere.

Katie rappelte sich wieder hoch und begann zu laufen, doch Kevin war genauso schnell wie sie. In dem Moment sah sie die Pistole auf dem Boden liegen und wollte sie an sich nehmen.

Alex fuhr ohne Rücksicht auf Verluste. Hoffentlich waren Kristen, Josh und Katie in Sicherheit! Immer wieder flüsterte er beschwörend ihre Namen.

Er kam an der Schotterstraße vorbei. Die große Kurve. Und dann – seine schlimmsten Vorahnungen bestätigten sich. Er sah alles vor sich, die ganze Tragödie, die tödliche Hölle.

In dem Moment bemerkte er, dass sich am Straßenrand etwas bewegte, ein Stück weiter vorn. Zwei kleine Gestalten in weißen Schlafanzügen. Josh und Kristen! Er trat auf die Bremse.

Noch bevor der Jeep richtig zum Stillstand kam, war er

schon hinausgesprungen und rannte zu den Kindern. Schreiend kamen sie auf ihn zu, und er schloss sie in die Arme.

»Ihr lebt«, stammelte er immer wieder und presste die beiden an sich. »Ihr lebt, ihr lebt!«

Kristen und Josh weinten und schluchzten, und Alex verstand zuerst kein Wort, weil sie nicht vom Feuer sprachen, sondern von einem Mann mit einer Pistole und dass Miss Katie mit ihm kämpfte. Auf einmal ahnte Alex, was passiert war.

Er trug die Kinder in seinen Wagen und wendete, fuhr zur Schotterstraße. Er drückte die Schnellwahl an seinem Handy. Joyce nahm nach dem zweiten Klingeln ab. Er schrie in den Apparat, dass ihre Tochter sie sofort zu Katies Haus bringen müsse, es sei ein Notfall, außerdem solle sie auf der Stelle die Polizei alarmieren! Dann legte er auf.

Die Steine spritzten in alle Richtungen, als er vor Katies Haus bremste.

Er zerrte die Kinder aus dem Wagen und wies sie an, sich im Haus zu verstecken. Er werde gleich wieder bei ihnen sein. Dann raste er davon, die Sekunden zählend, während er aufs Gaspedal trat und inständig hoffte, dass er nicht zu spät kam.

Er betete, dass Katie noch am Leben war.

Kevin sah die Pistole im selben Moment wie Katie, und er war schneller als sie, packte die Waffe und zielte auf Katie, riss sie an den Haaren, drückte die Mündung der Pistole an ihre Schläfe und schleifte sie über den Parkplatz.

»Du willst mich verlassen? Du kannst mich gar nicht verlassen!«, schrie er.

Hinter dem Laden sah Katie unter einem Baum sein Auto stehen, mit dem Nummernschild aus Massachusetts. Die Hitze des Feuers brannte auf ihrer Haut, versengte die Härchen auf ihren Armen. Kevin hörte nicht auf zu schreien.

»Du bist meine Frau!«

Waren das Sirenen, leise, in weiter Ferne?

Als sie am Auto waren, versuchte Katie noch einmal, sich loszureißen, aber Kevin erwischte sie und knallte ihren Kopf gegen das Dach, so dass sie fast das Bewusstsein verlor. Kevin öffnete die Tür, wollte sie hineinschubsen. Doch irgendwie gelang es ihr, sich umzudrehen und ihm das Knie zwischen die Beine zu rammen. Er ächzte, und einen Moment lang lockerte sich sein Griff.

Sie machte sich los und rannte, rannte, rannte. Gleich würde der Schuss fallen, das wusste sie. Und dann würde ihr Leben zu Ende sein.

Er verstand nicht, weshalb sie sich so wehrte. Die Schmerzen waren so scheußlich, dass er kaum Luft bekam. Sie hatte sich doch sonst nie gewehrt, hatte ihn nie gekratzt und getreten und gebissen! Seine Frau tat so etwas nicht, ihre Haare waren braun, aber sie sprach wie Erin … Er wollte ihr folgen, zielte mit der Pistole, aber plötzlich waren da wieder zwei Erins, und beide rannten.

Er drückte ab.

Katie stöhnte laut, als sie den Schuss hörte, wartete auf den Schmerz, aber sie spürte nichts. Also stürmte sie weiter. Schlagartig wurde ihr klar, dass er sie nicht getroffen hatte. Sie rannte im Zickzack, nach rechts, nach links, um ihn zu verwirren, aber wo konnte sie sich verstecken? Sie war immer noch auf dem Parkplatz, hier gab es keinen Schutz.

Kevin stolperte hinter ihr her, seine Hände glitschig, überall Blut, ihm wurde übel, gleich musste er sich wieder übergeben, sie entfernte sich immer weiter, lief hierhin, dahin, er konnte sie nicht richtig sehen. Sie wollte abhauen, aber das ging doch nicht, sie war seine Frau, er wollte sie mit nach Hause nehmen, weil er sie liebte, und dann würde er sie erschießen, weil er sie hasste.

Katie sah die Scheinwerfer eines Autos, es fuhr so schnell wie ein Rennwagen. Sie musste auf die Straße stürzen, den Wagen anhalten, aber das würde sie nicht rechtzeitig schaffen. Doch dann drosselte das Auto das Tempo, und in dem Augenblick erkannte sie den Jeep, er bog in den Parkplatz ein, und Alex saß am Steuer.

Er raste an ihr vorbei, auf Kevin zu.

Das Heulen der Sirenen kam näher. Sie war nicht mehr allein. Vielleicht gab es doch noch Hoffnung.

Kevin sah den Jeep und schoss. Aber der Wagen kam immer näher, Kevin sprang zur Seite, gerade noch rechtzeitig – der Jeep fuhr vorbei, erfasste aber seine Hand, brach ihm alle Fingerknochen, die Pistole flog davon, landete irgendwo in der Nacht.

Kevin schrie vor Schmerzen, hielt sich verzweifelt die Hand, der Jeep schlitterte weiter, an der brennenden Ruine des Ladens vorbei, und krachte frontal gegen den Vorratsschuppen.

In der Ferne waren Sirenen zu hören. Kevin wollte hinter Erin herrennen, aber wenn er noch lange hierblieb, würde man ihn verhaften. Die Vorstellung jagte ihm Angst ein, und er humpelte zu seinem Auto, er musste fort von hier, und er konnte es sich beim besten Willen nicht erklären, warum alles so schiefgelaufen war.

Katie sah, wie Kevin mit seinem Auto den Parkplatz verließ und in die Straße einbog. Und als sie sich umdrehte, bemerkte sie, dass der Motor des Jeeps noch lief, obwohl der Wagen halb von dem Vorratsschuppen begraben war. Sofort rannte sie los. Die Flammen warfen ein gespenstisches Licht auf die Szene, Panik ergriff sie – warum stieg Alex nicht aus?

Plötzlich trat sie auf etwas Hartes, stolperte, wäre fast hingefallen. Als sie sich bückte, sah sie, dass es Kevins Pistole war.

Die Wagentür öffnete sich ein Stück, aber beide Türen waren durch die Trümmer blockiert. Alex lebt!, dachte Katie erleichtert. Doch wo waren Josh und Kristen?

»Alex!«, schrie sie und trommelte auf die Rückseite des Wagens. »Komm raus! Die Kinder sind irgendwo, wir müssen sie suchen!«

Immerhin schaffte er es, das Fenster zu öffnen. Als er sich herausbeugte, sah sie, dass er an der Stirn blutete. Seine Stimme war schwach. »Den Kindern geht es gut … ich habe sie in dein Cottage gebracht …«

Ein eiskalter Schauder überlief sie. »Oh, mein Gott! Beeil dich! Kevin ist gerade losgefahren!« Sie vernahm selbst die Todesangst in ihrer Stimme. »Und er fährt in die Richtung!«

Der Schmerz in seiner Hand war schlimmer als alles, was er bisher erlebt hatte, und von dem starken Blutverlust wurde ihm schwindelig. Er kapierte überhaupt nichts mehr, und die Hand war vollkommen nutzlos. Er hörte die Sirenen, aber er beschloss, im Cottage auf Erin zu warten, weil sie ja irgendwann nach Hause kommen musste, heute Nacht oder morgen.

Er parkte hinter dem anderen kleinen Haus, das unbewohnt war. Seltsamerweise sah er Amber hinter einem Baum stehen, und sie fragte ihn, ob er ihr einen Drink spendieren würde, aber dann verschwand sie wieder. Er dachte daran, wie er das Haus geputzt und den Rasen gemäht hatte, aber er wusste bis heute nicht richtig, wie die Waschmaschine funktionierte, und Erin nannte sich jetzt Katie.

Er hatte nichts mehr zu trinken, und die Müdigkeit wurde immer schlimmer. Seine Hose war voller Blutflecken, er blutete an Händen und Armen, aber er konnte sich nicht erklären, wie das passiert war. Eigentlich hatte er nur noch einen Wunsch: Er wollte schlafen. Am besten ruhte er sich erstmal für eine Weile aus, denn die Polizei suchte ihn bestimmt schon, und er musste fit sein, wenn sie kamen.

Die Welt um ihn herum wurde undeutlich und wich immer mehr zurück, als würde er bei einem Fernglas durch das falsche Ende schauen. Er hörte die Bäume rauschen, aber er spürte keine frische Brise, sondern nur die heiße Sommerluft. Er begann zu frösteln, dabei schwitzte er doch. So viel Blut, es quoll aus seinen Händen und Armen und hörte nicht auf zu fließen. Er musste sich unbedingt ausruhen, er konnte sich nicht wach halten, die Augen fielen ihm zu.

Alex legte den Rückwärtsgang ein, der Motor heulte auf, die Räder drehten durch, aber der Jeep bewegte sich nicht vom Fleck. Seine Gedanken rasten, weil er wusste, dass Josh und Kristen in Gefahr waren.

Er nahm den Fuß vom Gas, schaltete den Allradantrieb zu und startete einen neuen Versuch. Diesmal setzte sich der Jeep in Bewegung, die Seitenspiegel wurden weggerissen, die Trümmer des Schuppens schrappten über die Karosserie. Mit einem großen Satz befreite sich der Wagen. Katie zerrte vergeblich an der Beifahrertür, Alex trat von innen mit dem Fuß dagegen, bis sie aufsprang und Katie neben ihn klettern konnte.

Sie wechselten kein einziges Wort, das war nicht nötig, und als sie gerade vom Parkplatz in die Straße einbogen, traf endlich die Feuerwehr ein. Wieder trat Alex auf das Gaspedal, noch nie in seinem Leben hatte er eine so fürchterliche Angst gehabt.

Nach der großen Kurve kam die Stelle, an der er in die Schotterstraße abbiegen musste. Der Wagen kam fast ins Schleudern, Alex beschleunigte sofort wieder. Schon sah er die beiden Häuschen vor sich, bei Katie brannte Licht. Keine Spur von Kevins Auto. Erleichtert atmete er aus. Er hatte gar nicht gemerkt, dass er vor Anspannung die ganze Zeit die Luft angehalten hatte.

Kevin hörte, dass ein Auto die Schotterstraße heraufkam, und schreckte hoch.

Die Polizei. Automatisch griff er nach seiner Waffe. Mit seiner verletzten Hand. Vor Schmerz und Verwirrung schrie er laut auf. Die Pistole war fort. Aber sie hatte doch die ganze Zeit auf dem Vordersitz gelegen, und jetzt konnte er sie nicht finden, das war völlig unlogisch!

Er stieg aus. Ein Jeep erschien. Es war der Jeep vom Parkplatz, der ihn fast überfahren hätte. Er hielt, und Erin sprang heraus. Zuerst konnte Kevin es nicht glauben, dass er solch ein Glück hatte, aber dann fiel ihm wieder ein, dass sie ja hier wohnte und dass er deswegen auf sie gewartet hatte.

Seine unverletzte Hand zitterte, als er den Kofferraum öffnete und die Brechstange herausholte. Er sah, wie Erin und ihr Lover zu der Veranda rannten. Humpelnd eilte er ebenfalls zu dem Cottage, er konnte nicht anders, denn Erin war seine Frau, und er liebte sie, und der grauhaarige Mann musste sterben.

Alex bremste abrupt vor dem Haus, er und Katie sprangen fast gleichzeitig aus dem Jeep, rannten zur Tür, riefen die Namen der Kinder. Katie hatte noch die Pistole in der Hand. Josh öffnete die Tür, noch bevor sie klopfen konnten, und Alex schloss seinen Sohn fest in die Arme. Kristen, die sich hinter der Couch versteckt hatte, kam ebenfalls angelaufen, und Alex drückte auch sie an sein Herz.

Katie blieb an der Tür stehen. Tränen der Erleichterung liefen ihr übers Gesicht. Jetzt kam Kristen zu ihr, und Katie erwiderte ihre Umarmung, erfüllt von einem tiefen Gefühl des Glücks.

Sie waren so von ihren Emotionen überwältigt, dass sie nichts anderes merkten. Sie sahen nicht, dass Kevin im Türrahmen erschien, das Brecheisen hoch erhoben. Er schlug zu, mit aller Kraft. Alex stürzte zu Boden, die Kinder taumelten vor sprachlosem Entsetzen und sanken ebenfalls nieder.

Kevin hörte mit Befriedigung das dumpfe Geräusch des Brecheisens, spürte die Vibration in seinem Arm. Der Grauhaarige lag reglos da, und Erin schrie.

In diesem Augenblick dachte sie nur noch an Alex und die Kinder. Sie stürzte sich instinktiv auf Kevin und stieß ihn zur Tür hinaus. Die Veranda hatte nur zwei Stufen, aber die genügten. Kevin landete rücklings im Staub.

Katie drehte sich zur Tür um und schrie: »Ihr müsst abschließen!« Und diesmal war es Kristen, die reagierte, auch wenn sie dabei jämmerlich schrie.

Das Brecheisen war Kevin aus der Hand geglitten. Er hatte Mühe, wieder auf die Füße zu kommen. Katie zielte mit der Pistole auf ihn. Er schwankte, hätte beinahe wieder das Gleichgewicht verloren, sein Gesicht war totenblass unter den verkrusteten Blutspuren. Er schien nicht mehr geradeaus sehen zu können, und Katie spürte, wie ihr die Tränen in die Augen stiegen.

»Ich habe dich einmal geliebt«, sagte sie. »Ich habe dich geheiratet, weil ich dich geliebt habe.«

War das Erin? Ja, vielleicht, aber die Frau hier hatte dunkle kurze Haare, und Erin war blond. Kevin machte einen Schritt nach vorn und war kurz davor, wieder zu fallen. Und warum sagte sie ihm das?

»Wieso hast du angefangen, mich zu schlagen?«, schrie sie. »Ich habe nie verstanden, warum du nicht damit aufhören konntest, obwohl du immer versprochen hast, du tust es nie wieder.« Ihre Hände zitterten, und die Waffe war so schwer, so schwer. »Du hast mich auf unserer Hochzeitsreise geschlagen, weil ich meine Sonnenbrille am Swimmingpool vergessen habe …«

Ja, es war Erins Stimme. Träumte er das alles nur?

»Ich liebe dich«, murmelte er. »Ich habe dich immer geliebt. Ich weiß nicht, warum du mich verlassen hast.«

Sie spürte ein Schluchzen in ihrer Brust und konnte kaum sprechen. Doch die Worte strömten aus ihr heraus, unaufhaltsam, nach so vielen Jahren der Qual. »Du hast mir nicht erlaubt, dass ich Auto fahre oder dass ich unter Leute gehe, du hast das ganze Geld behalten, und ich musste immer um alles betteln. Ich will wissen, weshalb du gedacht hast, dass du so mit mir umgehen kannst! Ich war deine Frau. Und ich habe dich geliebt!«

Kevin konnte sich kaum aufrecht halten. Von seinen Fingern und Armen tropfte Blut auf den Boden, alles war feucht, er vermochte sich nicht zu konzentrieren, er wollte mit Erin reden, er musste sie unbedingt finden, das hier war doch nicht real. Er schlief immer noch, Erin lag neben ihm im Bett, sie waren in Dorchester. Dann machten seine Gedanken einen großen Sprung, und er stand in einem ärmlichen Apartment, und eine Frau weinte.

»An seiner Stirn war rote Pizzasoße«, brummelte er und torkelte vorwärts. »Der Junge war tot, erschossen, aber seine Mutter ist die Treppe runtergefallen, und wir haben den Griechen verhaftet.«

Katie verstand nicht, was er da brabbelte. Was wollte er von ihr? Sie hasste ihn! »Ich habe für dich gekocht und geputzt, doch das hat alles nichts gebracht. Du hast immer nur gesoffen und mich verprügelt.«

Kevin schwankte. Gleich würde er umfallen. Er lallte nur noch, man konnte kaum ein Wort verstehen. »Im Schnee waren keine Fußspuren. Aber die Blumentöpfe waren kaputt.«

»Du hättest mir nicht folgen sollen! Du hättest nicht hierherkommen dürfen! Warum hast du mich nicht einfach gehen lassen? Du hast mich doch nie geliebt!«

Er torkelte vorwärts, wollte ihr die Waffe abnehmen, aber er hatte keine Kraft mehr, und Katie ließ die Pistole nicht los. Als er nach ihrem Arm griff, schrie er, weil ihm die Hand so wehtat. Seinem Instinkt gehorchend, rammte er seine Schulter in ihr Gesicht und drängte sie an die Wand. Er musste ihr irgendwie die Waffe wegnehmen und sie an ihre Schläfe pressen. Mit weit aufgerissenen Augen starrte er sie hasserfüllt an, fasste mit seiner guten Hand nach der Waffe, lehnte sich mit seinem ganzen Gesicht gegen ihren Körper.

Mit den Fingern umfasste er den Lauf und tastete mechanisch nach dem Abzug. Er versuchte, die Waffe auf seine Frau zu richten, aber irgendwie drehte sie sich in die falsche Richtung, und die Mündung zeigte nach unten.

»Ich habe dich geliebt!«, schluchzte Katie, und einen Moment lang hatte Kevin das Gefühl, alles wieder klar sehen zu können.

»Du hättest mich nicht verlassen dürfen«, flüsterte er. Sein Atem stank nach Alkohol. Er drückte ab, ein tödlicher Knall, und er wusste, dass gleich alles vorbei war. Sie würde sterben, weil er gesagt hatte, dass er sie finden und sie töten würde, wenn sie fortlief. Und dass er jeden Mann töten würde, der sie liebte.

Doch seltsamerweise fiel Erin nicht um, sie zuckte nicht einmal. Sie starrte ihn nur an, mit ihren wilden grünbraunen Augen, erwiderte seinen Blick, ohne wegzuschauen.

Da. Dieses Brennen in seinem Bauch. Feuer. Sein linkes Bein knickte weg, er wollte aufrecht stehen bleiben, aber sein Körper gehorchte ihm nicht mehr. Er klappte zusammen, lag auf der Veranda, tastete mit der Hand nach seinem Magen.

»Komm mit mir nach Hause.« Seine Stimme war nur noch ein Hauch. »Bitte.«

Blut quoll aus der Wunde, rann durch seine Finger. Über ihm Erin, mal deutlich, mal verschwommen. Blonde Haare. Dann wieder braune Haare. Er sah sie vor sich, es war während der Hochzeitsreise, im Bikini, bevor sie ihre Brille am Swimmingpool vergessen hatte, und sie war so wunderschön, dass er nicht verstand, warum sie ihn geheiratet hatte.

Wunderschön. Immer war sie wunderschön, dachte er, und dann wurde er sehr schwach. Sein Atem ging keuchend, und plötzlich fror er, es war alles kalt, so kalt, er zitterte. Er atmete aus, und es klang, wie wenn aus einem Reifen Luft entweicht, seine Brust hob sich nicht mehr, seine Augen waren weit offen, ohne etwas zu sehen.

Katie stand über ihm, am ganzen Körper bebend. Nein, dachte sie. Ich komme nicht mit dir. Ich will nie wieder zurück.

Doch Kevin wusste nicht, was sie dachte, weil er nicht mehr da war, und jetzt erst begriff sie, dass es endgültig vorbei war, für immer.

KAPITEL 41

Das Krankenhauspersonal behielt Katie die Nacht über da, zur Beobachtung. Als sie entlassen wurde, setzte sie sich ins Wartezimmer, weil sie nicht fortgehen wollte, bevor sie nicht wusste, was mit Alex war.

Kevins Schlag hatte seine Schädeldecke getroffen, deshalb war er immer noch bewusstlos. Morgenlicht erhellte das schmale, rechteckige Fenster im Wartezimmer. Schichtwechsel bei Krankenschwestern und Ärzten, und allmählich füllte sich der Raum mit Patienten: ein Kind mit hohem Fieber, ein Mann, der an Atemnot litt, eine schwangere Frau und ihr verängstigter Ehemann. Jedes Mal, wenn Katie die Stimme eines Arztes hörte, blickte sie hoch, in der Hoffnung, dass man sie endlich zu Alex lassen würde.

An den Armen und im Gesicht hatte sie lauter blaue Flecken, und ein Knie war so stark angeschwollen, dass es fast doppelt so dick war wie normal, aber weil bei den Röntgenuntersuchungen keine inneren Verletzungen festgestellt worden waren, hatte der diensthabende Arzt ihr nur Schmerztabletten und Eispackungen für die Prellungen gegeben. Derselbe Mediziner war auch für Alex zuständig, konnte ihr aber nicht sagen, wann Alex aufwachen würde. Die Computertomographie war nicht eindeutig. »Kopfverletzungen sind eine heikle Sache«, murmelte er nur. »In ein paar Stunden wissen wir hoffentlich mehr.«

Katie konnte nicht denken, nicht essen, nicht schlafen. Die Angst ließ sie nicht los. Zum Glück hatte Joyce die Kinder aus dem Krankenhaus mit zu sich nach Hause genommen. Katie hoffte inständig, dass sie nicht bis ans Ende ihrer Tage Alpträume haben würden. Und dass Alex wieder richtig gesund wurde. Immer wieder betete sie, lautlos.

Sie fürchtete sich davor, die Augen zu schließen, denn jedes Mal, wenn sie es tat, sah sie Kevin vor sich, sein blutverschmiertes Gesicht, sein blutverschmiertes Hemd, seine flackernden Augen. Irgendwie hatte er sie aufgespürt, irgendwie hatte er sie gefunden. Er war nach Southport gekommen, um sie zu holen oder um sie zu töten, und fast wäre es ihm gelungen. An einem einzigen Abend hatte er die Illusion von Sicherheit und Geborgenheit zerstört, die sie für sich hier aufgebaut hatte.

Die grauenvollen Bilder von Kevin erschienen in endlosen Variationen. Es gab Momente, da sah sie sogar sich selbst, wie sie blutend auf der Veranda lag und starb, den Blick auf den Mann gerichtet, den sie hasste. Sie fasste sich instinktiv an den Bauch und tastete nach Wunden, die nicht existierten, doch dann war sie wieder im Krankenhaus und saß in dem neonhellen Wartezimmer.

Und natürlich machte sie sich Sorgen um Kristen und Josh. Die beiden würden bald hier sein – Joyce wollte sie bringen, damit sie ihren Vater sehen konnten. Katie hätte gern gewusst, ob die Kinder sie hassten, nach allem, was geschehen war. Tränen stiegen ihr in die Augen, sie schlug die Hände vors Gesicht. Am liebsten hätte sie sich irgendwo im Erdboden vergraben, wo niemand sie finden konnte. Damit vor allem Kevin sie nicht finden konnte!

Doch gleich fiel ihr ein, dass er ja nicht mehr lebte, dass er gestorben war, vor ihren Augen, auf der Veranda. Die Worte *Er ist tot* wiederholten sich in ihrem Kopf wie ein Mantra, dem sie nicht entrinnen konnte.

»Katie?«

Sie blickte hoch. Vor ihr stand der Arzt, der für Alex zuständig war.

»Sie können jetzt mitkommen«, sagte er. »Vor etwa zehn Minuten ist Alex aufgewacht. Er liegt noch auf der Intensivstation, deshalb können Sie nicht lange bei ihm bleiben, aber er möchte Sie gern sehen.«

»Geht es ihm gut?«

»Im Augenblick ja – den Umständen entsprechend. Der Schlag, den er bekommen hat, muss wirklich heftig gewesen sein.«

Leicht humpelnd folgte sie dem Arzt zur Station. Sie holte tief Luft, bevor sie ins Zimmer trat, und nahm sich fest vor, nicht zu weinen.

Überall Geräte und blinkende Lichter. Alex lag in dem Bett in der Ecke. Sein Kopf war verbunden. Mit halb geöffneten Augen blickte er zu ihr herüber. Neben ihm piepte regelmäßig ein Monitor. Katie trat an sein Bett und nahm seine Hand.

»Wie geht es den Kindern?« Das Sprechen fiel ihm schwer, die Worte kamen leise und sehr langsam.

»Es geht ihnen gut. Joyce hat die beiden mit zu sich nach Hause genommen.«

Der Schatten eines Lächelns huschte über sein Gesicht.

»Und du?«

»Alles okay.«

»Ich liebe dich.«

Fast wäre sie doch in Tränen ausgebrochen. »Ich liebe dich auch, Alex.«

Die Augen fielen ihm zu, sein Blick wurde trübe. »Was ist passiert?«

Sie begann, ihm in verkürzter Form zu berichten, was in den vergangenen zwölf Stunden geschehen war. Aber schon nach der Hälfte schlief er ein, und als er später am Vormittag erneut aufwachte, hatte er alles vergessen, also begann Katie wieder von vorn. Sie bemühte sich, möglichst ruhig und sachlich zu klingen.

Bald kam Joyce mit Josh und Kristen. Im Allgemeinen durften Kinder nicht auf die Intensivstation, aber der Arzt machte eine Ausnahme und erlaubte ihnen, den Vater ein paar Minuten zu sehen. Kristen hatte ein Bild für ihn gemalt: ein Mann, der im Bett liegt, und darüber stand GUTE BESSERUNG, DADDY. Josh brachte ihm eine Anglerzeitschrift mit.

Mit der Zeit konnte Alex wieder einigermaßen zusammenhängend sprechen, und am Nachmittag döste er nicht mehr dauernd ein. Er klagte zwar über rasende Kopfschmerzen, aber sein Gedächtnis arbeitete wieder, seine Stimme wurde kräftiger, und als er der Krankenschwester mitteilte, er habe Hunger, lächelte Katie zufrieden. Jetzt glaubte auch sie daran, dass alles wieder gut werden konnte.

Schon am nächsten Tag wurde Alex entlassen, und der Sheriff kam zu Joyce ins Haus, damit sie alle eine offizielle Aussage machen konnten. Er teilte ihnen mit, der Alkoholspiegel in Kevins Blut sei unfassbar hoch gewesen – im Grunde habe er sich vergiftet. Außerdem habe er sehr viel Blut verloren, und es sei ein Wunder, dass er noch so lange bei Bewusstsein und handlungsfähig war. Katie schwieg. Sie konnte nur einen einzigen Gedanken denken, nämlich: dass sie Kevin nie richtig gekannt und nie begriffen hatte, von welchen Dämonen er gejagt wurde.

Nachdem der Sheriff fort war, ging Katie für eine Weile hinaus in die Sonne und versuchte, ihre Gefühle zu ordnen. Sie hatte zwar dem Sheriff die Ereignisse des Abends geschildert, aber alles hatte sie ihm nicht mitgeteilt. Auch Alex hatte sie nicht die gesamte Wahrheit gesagt. Wie sollte sie ihm etwas erklären, was sie selbst kaum verstehen konnte? Als Kevin gestorben war und sie zurück ins Haus zu Alex eilte, hatte sie um beide Männer geweint. Wie konnte sie einerseits froh sein, dass diese letzten Stunden mit Kevin endlich vorüber waren, aber gleichzeitig an die wenigen glücklichen Momente denken, die sie gemeinsam erlebt hatten? Situationen, in denen sie gemeinsam über irgendetwas gelacht hatten, das nur sie beide betraf, oder in denen sie sich gemütlich aufs Sofa gekuschelt hatten.

Katie wusste nicht, wie sie diese widersprüchlichen Elemente miteinander vereinbaren sollte. Aber es gab noch etwas anderes, das sie nicht verstand: Sie hatte bei Joyce übernachtet, weil sie Angst hatte, in ihr Cottage zurückzugehen.

Später am Tag standen Katie und Alex auf dem Parkplatz und starrten fassungslos auf die verkohlten Überreste des Hauses. Hier und da konnte man etwas identifizieren: die halbverbrannte Couch, die schräg aus den Trümmern ragte, das Gemüseregal, eine rußige Badewanne.

Zwei Feuerwehrleute durchkämmten das Gelände. Alex hatte sie gebeten, nach dem Safe zu suchen, der sich in seinem Schrank befunden hatte. Den Verband hatte er inzwischen entfernt, und Katie sah, wo man ihm den Kopf rasiert hatte, um die Wunde nähen zu können. Alles war schwarz und blau und dick geschwollen.

»Es tut mir leid«, murmelte sie. »All das tut mir so leid.«

Alex schüttelte den Kopf. »Aber es ist doch nicht deine Schuld. Du hast nichts gemacht.«

»Kevin ist meinetwegen hierhergekommen …«

»Ich weiß.« Er schwieg für einen Moment. »Kristen und Josh haben mir erzählt, wie du ihnen geholfen hast, aus dem Haus zu fliehen. Josh sagt, dann hättest du ihnen zugerufen, sie sollen weglaufen, und dich auf Kevin gestürzt. Du hast ihn abgelenkt, sagt Josh. Ich möchte mich bei dir bedanken.«

Katie schloss die Augen. »Dafür musst du dich doch nicht bei mir bedanken! Wenn den beiden etwas zugestoßen wäre – ich könnte nicht damit leben.«

Alex nickte, aber aus irgendeinem Grund wich er ihrem Blick aus. Katie kickte mit dem Fuß gegen einen kleinen Aschehügel, den der Wind auf den Parkplatz geweht hatte. »Was willst du jetzt machen? Wegen des Ladens, meine ich.«

»Ich baue ihn wieder auf.«

»Und wo möchtest du wohnen?«

»Das weiß ich noch nicht. Eine Weile können wir bei Joyce unterkommen, aber dann möchte ich eine ruhige

Wohnung suchen, mit einer schönen Aussicht. Wenn ich schon nicht arbeiten kann, will ich wenigstens versuchen, meine freie Zeit zu genießen.«

Katie merkte, wie sich ihr Magen zusammenzog. »Ich wage gar nicht, mir vorzustellen, wie du dich jetzt fühlst.«

»Wie betäubt. Traurig, vor allem wegen der Kinder. Unter Schock.«

»Und wütend?«

»Nein. Wütend bin ich nicht.«

»Aber du hast alles verloren.«

»Das stimmt nicht«, erwiderte er. »Die Dinge, die wirklich zählen, habe ich nicht verloren. Meine Kinder sind da. Du bist da. Mehr brauche ich nicht. Das hier« – er machte eine ausholende Handbewegung – »das ist alles nur materieller Besitz. Das meiste kann im Laufe der Zeit ersetzt werden.« Er kniff die Augen zusammen, weil er in den Trümmern offenbar etwas entdeckt hatte. »Warte mal kurz«, sagte er.

Er zog eine Angel unter den verbrannten Brettern hervor. Sie war voller Ruß, schien aber ansonsten intakt zu sein. Zum ersten Mal, seit sie hierhergekommen waren, lächelte er.

»Da wird sich Josh freuen«, sagte er. »Es wäre toll, wenn ich auch noch eine von Kristens Puppen finden könnte.«

Katie verschränkte die Arme. Sie hatte Tränen in den Augen. »Ich kaufe ihr eine neue.«

»Nicht nötig. Ich bin versichert.«

»Aber ich würde ihr trotzdem gern eine kaufen. Das wäre alles nicht passiert, wenn ich nicht hier wäre.«

Jetzt blickte Alex ihr fest in die Augen. »Ich habe gewusst, worauf ich mich einlasse, als ich mich das erste Mal mit dir verabredet habe.«

»Mit solch einer Katastrophe konntest du nicht rechnen.«

»Das ist richtig. Aber es wird alles gut.«

»Wie kannst du das sagen?«

»Weil es stimmt. Wir haben überlebt, und das ist das Wichtigste.« Er nahm ihre Hand und flocht seine Finger durch ihre. »Ich habe noch gar keine Gelegenheit gehabt, dir zu sagen, dass es mir sehr leidtut.«

»Was tut dir leid?«

»Dass du jemanden verloren hast.«

Sie wusste, dass er von Kevin sprach. Wie sollte sie darauf reagieren? Alex schien zu verstehen, dass sie ihren Mann geliebt und gleichzeitig gehasst hatte. »Ich wollte nicht, dass er stirbt«, murmelte sie. »Ich wollte nur, dass er mich in Ruhe lässt.«

»Ich weiß.«

Unsicher schaute sie zu ihm hoch. »Meinst du, wir können es schaffen?«, fragte sie. »Nach allem, was geschehen ist?«

»Ich glaube, das hängt von dir ab.«

»Von mir?«

»Meine Gefühle für dich haben sich nicht verändert. Ich liebe dich immer noch, aber du musst herausfinden, was du empfindest.«

»Meine Gefühle haben sich auch nicht verändert.«

»Dann finden wir auch einen Weg, das alles gemeinsam zu meistern. Weil ich weiß, dass ich den Rest meines Lebens mit dir verbringen möchte.«

Ehe sie antworten konnte, rief einer der Feuerwehrmänner ihnen etwas zu, und sie blickten in seine Richtung. Er hielt einen Gegenstand hoch, der aussah wie ein kleiner Safe.

»Denkst du, er wurde beschädigt?«, fragte Katie.

»Eigentlich müsste er heil geblieben sein«, erwiderte Alex. »Er ist feuerfest. Deshalb habe ich ihn ja gekauft.«

»Was ist drin?«

»Verschiedene Unterlagen, die ich dringend brauche. Außerdem Foto-CDs und Negative. Und ein paar Dinge, die ich aufbewahren wollte.«

»Wie schön, dass die Feuerwehrleute ihn entdeckt haben.«

»Ja, finde ich auch.« Und nach einer Pause fügte er hinzu: »In dem Safe ist nämlich auch etwas für dich.«

KAPITEL 42

Nachdem sie Alex zu Joyce gebracht hatte, fuhr Katie endlich zu ihrem Cottage. Sie konnte das Unvermeidliche nicht ewig hinausschieben. Selbst wenn sie nicht dort übernachten wollte, musste sie doch ein paar Sachen zusammenpacken.

Staub wirbelte auf, als der Wagen durch die Schlaglöcher schaukelte. Der Jeep war zwar zerbeult und zerkratzt, fuhr aber noch einwandfrei. Vor dem Haus blieb Katie noch eine Weile lang hinter dem Steuer sitzen und dachte daran, wie Kevin auf ihrer Veranda verblutet war, den Blick unverwandt auf sie gerichtet.

Sie wollte die Blutflecken nicht sehen. Sie hatte Angst, durch die Tür zu gehen, weil sie dann bestimmt Alex vor Augen hatte, wie er dalag, nachdem Kevin ihn zusammengeschlagen hatte. Sie hörte noch genau, wie Kristen und Josh geschrien und sich an ihren Vater geklammert hatten. Nein, das wollte sie nicht noch einmal durchmachen.

Stattdessen ging sie lieber hinüber zu Jos Häuschen. In der Hand hielt sie den Brief, den Alex ihr gegeben hatte. Als sie ihn fragte, wieso er ihr geschrieben habe, hatte er geantwortet: »Der Brief ist nicht von mir.« Und weil sie ihn verwirrt anschaute, fügte er hinzu: »Du wirst alles verstehen, wenn du ihn gelesen hast.«

Eine vage Erinnerung tauchte vor ihrem inneren Auge auf. Am Abend zuvor war etwas geschehen, was sie nicht richtig zu fassen bekam, und sobald sie glaubte, es greifen zu können, entglitt es ihr wieder. Jetzt starrte sie auf das kleine Haus und verlangsamte verdutzt ihren Schritt.

Was war das? Überall Spinnweben in den Fenstern! Ein Fensterladen war heruntergefallen und lag im Gras, das Geländer an der Veranda war kaputt, und zwischen den Holzdielen wucherte Unkraut. Katies Blick registrierte alles, aber sie wusste nicht, was sie davon halten sollte: ein verrosteter Türknauf, der halb herausgerissen war, trübe Fenster, die aussahen, als wären sie seit Jahren nicht mehr geputzt worden.

Keine Vorhänge …

Kein Schuhabstreifer …

Keine Windorgel …

Was hatte das alles zu bedeuten? Katie hatte das Gefühl, als würde sie den Boden unter den Füßen verlieren und durch einen Wachtraum schweben. Je näher sie kam, desto verlassener wirkte das Haus.

Sie blinzelte. Die Tür hatte einen großen Riss in der Mitte und war mit einem Brett nur notdürftig zusammengenagelt.

Wieder blinzelte sie und sah, dass oben in der Ecke ein Teil der Außenwand völlig vermodert war und dort ein gezacktes Loch klaffte.

Als sie ein drittes Mal blinzelte, merkte sie, dass der untere Teil des Fensters zerbrochen war und auf der Veranda Glasscherben lagen.

Trotzdem ging sie hin und spähte in das dunkle Haus.

Staub und Schmutz, kaputte Möbel, Abfälle, Müll. Nichts war frisch gestrichen, nichts geputzt. Fast wäre sie hingefallen, weil die Verandastufe beschädigt war. Nein, das war nicht möglich. Was war mit Jo passiert? Hatte sie nicht die ganze Zeit an dem Cottage gearbeitet und alles renoviert? Katie hatte doch selbst gesehen, wie sie die Windorgel aufhängte! Und immer wieder hatte sich Jo darüber beklagt, dass sie so viel am und im Haus machen musste. Sie hatte bei ihr Kaffee getrunken, und an einem Abend hatten sie beide bei Wein und Crackern zusammengesessen, und Jo hatte sich über Katie lustig gemacht, wegen des Fahrrads. Nach der Arbeit hatte Jo auf sie gewartet, und sie waren gemeinsam in die Bar gegangen. Die Bedienung musste sie auch gesehen haben, denn Katie hatte zwei Gläser Wein bestellt …

Aber Jo hat ihr Glas nicht angerührt, dachte sie.

Katie rieb sich die Schläfen. In ihrem Kopf ging alles durcheinander, weil sie eine Antwort suchte. Jo hatte auf den Verandastufen gesessen, als Alex sie abends nach Hause brachte. Er hatte sie doch auch gesehen …

Oder?

Langsam entfernte sich Katie von dem verlassenen Haus. Jo war real. Sie konnte unmöglich nur ein Fantasiegebilde gewesen sein. Das war völlig undenkbar.

Aber Jo fand alles gut, was du machst: Sie mochte den Kaffee, so wie du ihn trinkst, und die Klamotten, die du gekauft hast, fand sie super. Ihre Einschätzung der Angestellten im Ivan's war genau wie deine eigene.

Plötzlich kam Katie ein Dutzend Kleinigkeiten in den Sinn, widersprüchliche Stimmen meldeten sich zu Wort …

Sie hat dort gewohnt!

Aber warum ist es dann solch eine Bruchbude?

Wir haben zusammen die Sternbilder studiert!

Du hast die Sterne allein betrachtet, deshalb weißt du immer noch nicht, wie sie heißen.

Wir haben bei mir Wein getrunken.

Du hast die Flasche allein geleert, deshalb wurde dir auch so schwindelig.

Sie hat mir von Alex erzählt! Sie wollte, dass wir ein Paar werden!

Sie hat seinen Namen nie genannt, bis du selbst erfahren hast, wie er heißt, und er hat dich doch von Anfang an interessiert.

Sie war die Trauerbegleiterin der Kinder!

Das war deine innere Begründung, weshalb du ihm nie von ihr erzählt hast.

Aber …

Aber …

Aber …

Die Antworten kamen schnell, eine nach der anderen: Deshalb hatte sie nie Jos Nachnamen erfahren, nie ihr Auto gesehen. Deshalb hatte Jo sie nie eingeladen und ihr Angebot, beim Streichen zu helfen, abgelehnt. Deshalb war Jo plötzlich in ihren Joggingsachen wie aus dem Nichts neben ihr aufgetaucht.

Auf einmal fügte sich alles zusammen, und Katie begriff:

Jo war nie dagewesen.

KAPITEL 43

Wie im Traum stolperte sie zurück zu ihrem eigenen Cottage, setzte sich in den Schaukelstuhl und starrte hinüber zu Jos Haus. War sie verrückt geworden?

Sie wusste, dass Kinder oft imaginäre Freunde hatten, mit denen sie sprachen. Aber sie war kein Kind. Klar, als sie nach Southport kam, stand sie sehr unter Stress. Sie war damals ganz allein, hatte keine Freunde, sie war auf der Flucht und schaute immer über die Schulter, weil sie Angst hatte, Kevin könnte hinter ihr her sein. Das wäre für jeden Menschen zu viel gewesen. Aber war es ein Grund, sich ein Alter Ego zu schaffen? Ein Psychiater würde das vielleicht so sehen, aber Katie hatte da ihre Zweifel.

Sie wollte es nicht glauben – und sie konnte es auch nicht glauben, weil sich alles so *real* angefühlt hatte. Sie erinnerte sich an ihre Gespräche, sie sah Jos Gesicht vor sich, hörte ihr Lachen. Die Erinnerungen an Jo waren genauso lebhaft wie ihre Erinnerungen an Alex. Aber wahrscheinlich war er auch nicht real, und sie hatte ihn sich nur eingebildet. Samt Kristen und Josh. Konnte es sein, dass sie in irgendeiner Anstalt ans Bett gefesselt war und in einer Fantasiewelt lebte, die sie selbst geschaffen hatte? Sie schüttelte frustriert den Kopf.

Da war noch etwas, sie wusste nur nicht, was. Sie übersah etwas. Etwas Wichtiges.

Sosehr sie sich bemühte, sie kam nicht dahinter. Wegen der schrecklichen Ereignisse war sie ausgelaugt und nervös. Sie blickte zum Himmel. Es begann schon zu dämmern, die Luft kühlte ab. Aus den Wiesen hinter den Bäumen stieg der Nebel auf.

Sie wollte nicht länger auf Jos Cottage starren – auch später nannte sie das kleine Haus immer so, gleichgültig, was das über ihren Geisteszustand aussagte –, also begann sie, den Brief, den Alex ihr gegeben hatte, näher zu inspizieren. Auf dem Umschlag stand nichts.

Irgendwie hatte dieser ungeöffnete Brief etwas Beängstigendes. Warum eigentlich? Vielleicht lag es an Alex – er hatte solch ein seltsames Gesicht gemacht, als er ihn ihr gab … Katie spürte intuitiv, dass es ihm sehr ernst war mit dem Brief und dass ein zentrales Anliegen dahinterstand. Aber warum hatte er nichts gesagt?

Sie war unschlüssig, aber bald wurde es dunkel, und ihr blieb nicht mehr viel Zeit. Vorsichtig öffnete sie den Umschlag. In dem dämmrigen Licht entfaltete sie die Blätter und begann zu lesen.

An die Frau, die mein Mann liebt,
es ist sicher seltsam für Dich, diese Worte zu lesen – aber bitte glaube mir, wenn ich Dir sage, dass ich es genauso seltsam finde, sie zu schreiben. Im Grunde ist nichts an diesem Brief normal. Ich möchte so viel sagen, Dir so viel erzählen, und bevor ich mich hingesetzt habe, um Dir zu schreiben, erschien mir alles sonnenklar. Doch jetzt weiß ich nicht recht, wo ich beginnen soll.

Also fange ich einfach an: Ich bin zu der Überzeugung gelangt, dass es im Leben jedes Menschen einen Moment gibt, in dem sich alles verändert, ein Zusammenspiel verschiedener Umstände, und plötzlich ist nichts mehr so, wie es war. Bei mir war das der Augenblick, als ich Alex kennengelernt habe. Ich weiß zwar nicht, wann und wo Du diese Zeilen lesen wirst, aber ich weiß, dass Du sie liest, weil er Dich liebt. Er will sein Leben mit Dir teilen, und diese Tatsache wird uns beide immer miteinander verbinden.

Vermutlich weißt Du, dass ich Carly heiße, aber meine Freunde nennen mich meistens Jo …

Katie hörte auf zu lesen und starrte auf die Buchstaben, unfähig, die Worte zu erfassen. Sie atmete tief durch, dann las sie den letzten Satz noch einmal: *aber meine Freunde nennen mich meistens Jo …*

Auf einmal wurde die Erinnerung, die sie nicht hatte fassen können, kristallklar: Sie war wieder in Alex' Schlafzimmer, gestern Abend bei dem Brand. Mit letzter Kraft wuchtete sie den Schaukelstuhl durch die Fensterscheibe, dann hüllte sie Josh und Kristen voller Panik in die Bettdecke, als sie hinter sich ein lautes Krachen hörte. Sie drehte sich erschrocken um und erblickte das Porträt an der Wand. Das Bild von Alex' Frau. Sie hat große Ähnlichkeit mit Jo, hatte sie gedacht. Auch wenn der Gedanke nicht richtig in ihr Bewusstsein drang. Aber jetzt, hier auf der Veranda unter dem dunkel werdenden Himmel, wusste sie plötzlich, dass sie sich geirrt hatte. In jeder Hinsicht! Sie blickte wieder hinüber zu Jos Cottage.

Das Porträt hatte Jo so ähnlich gesehen, weil es Jo *war*. Und auf einmal tauchte noch eine andere Erinnerung auf. Es war der erste Morgen, an dem sie zu ihr gekommen war.

Meine Freunde nennen mich Jo. Mit diesen Worten hatte sie sich vorgestellt.

Oh, mein Gott.

Katie wurde totenbleich.

... Jo ...

Sie hatte sich Jo nicht eingebildet, sie hatte sie sich nicht ausgedacht. Das war ihr jetzt klar.

Jo war hier gewesen. Katie spürte einen Kloß in der Kehle – nicht, weil sie es nicht glauben konnte, sondern weil sie begriff, dass ihre Freundin Jo – ihre einzige richtige Freundin, ihre kluge Ratgeberin, ihr Beistand und ihre Vertraute – nie wiederkommen würde.

Nie wieder würden sie miteinander Kaffee trinken oder gemeinsam eine Flasche Wein leeren, sie würden nie wieder auf der Veranda sitzen und plaudern. Nie wieder würde sie Jo lachen hören oder beobachten, wie sie skeptisch die Augenbraue hochzog. Nie wieder würde sich Jo über die Renovierungsarbeiten beklagen. Katie begann zu weinen. Sie trauerte um eine wunderbare Freundin, die sie in diesem Leben nicht kennenlernen konnte.

Sie wusste nicht genau, wie lange sie vor sich hin geträumt hatte. Mit einem Seufzer erhob sie sich, schloss die Haustür auf und ging hinein, um sich an den Küchentisch zu setzen. Hier hatte Jo ihr einmal gegenübergesessen, und obwohl sie selbst nicht recht wusste, warum, gelang es ihr plötzlich, sich zu entspannen.

Okay, sagte sie sich. Ich bin bereit zu hören, was du zu sagen hast.

..., aber meine Freunde nennen mich meistens Jo. Such Dir aus, welcher Name Dir besser gefällt. Wie gesagt – ich betrachte Dich als Freundin. Ich hoffe, dass es Dir umgekehrt auch so geht, wenn Du den Brief zu Ende gelesen hast.

Sterben ist etwas Merkwürdiges, aber ich will Dich nicht mit den Einzelheiten langweilen. Ich habe noch ein paar Wochen zu leben, vielleicht auch ein paar Monate. Es klingt zwar wie ein Klischee, aber es stimmt, dass viele Dinge, die ich irgendwann sehr wichtig gefunden habe, jetzt keine Rolle mehr spielen. Ich lese keine Zeitung mehr, die Börse interessiert mich nicht, ich mache mir keine Gedanken darüber, ob es in den Ferien zu viel regnet. Stattdessen denke ich an die entscheidenden Aspekte meines Lebens. Ich denke an Alex und wie toll er an unserem Hochzeitstag aussah. Ich denke an die glückliche Erschöpfung, die ich empfunden habe, als ich Josh und Kristen das erste Mal im Arm hielt. Sie waren beide wunderschön, und oft lagen sie auf meinem Schoß, und ich habe einfach nur zugeschaut, wie sie schliefen. Damit konnte ich viele Stunden verbringen, und ich fragte mich dann, ob sie meine oder Alex' Nase haben, seine Augen oder meine. Und wenn sie geträumt haben, umklammerten sie mit ihren winzigen Händen meinen Finger, und ich hatte das Gefühl, noch nie in meinem ganzen Leben so uneingeschränkt glücklich und zufrieden gewesen zu sein.

Eigentlich habe ich erst verstanden, was Liebe wirklich ist, als ich Kinder hatte. Versteh mich nicht falsch – ich liebe Alex von ganzem Herzen, aber die Liebe, die ich für Josh und Kristen empfinde, ist anders. Ich weiß nicht, wie ich das erklären soll – aber vielleicht ist ja gar keine Erklärung nötig. Ich weiß nur, dass ich mich trotz meiner Krankheit reich beschenkt fühle, weil ich beide Formen der Liebe erfahren durfte. Ich habe ein erfülltes, glückliches Leben, und ich erfahre so viel Liebe!

Aber meine Prognose macht mir Angst. Ich gebe mir Mühe, tapfer zu sein, wenn Alex da ist, und die Kinder sind noch zu klein, um zu verstehen, was passiert, aber in stillen Momenten, wenn ich allein bin, kommen mir die Tränen, und ich habe das

Gefühl, dass sie nie wieder aufhören werden zu fließen. Ich weiß, dass ich es nicht tun sollte, aber ich denke oft daran, dass ich meine Kinder nie in die Schule begleiten kann und dass ich nie wieder sehen werde, wie sie sich am Weihnachtsmorgen freuen. Ich werde Kristen nicht helfen können, ihr Kleid für den Schulabschlussball auszusuchen, ich werde nie zuschauen, wenn Josh Baseball spielt. Es gibt so vieles, was ich nicht mit ihnen tun kann, und manchmal bin ich sehr verzweifelt bei dem Gedanken, dass ich für sie nur noch eine ferne Erinnerung sein werde, wenn sie heiraten.

Wie kann ich ihnen sagen, dass ich sie liebe, wenn ich nicht mehr da bin?

Und Alex … Er ist mein Traum und mein Gefährte, mein Liebster und mein Freund. Er ist ein hingebungsvoller Vater, aber was noch wichtiger ist, er ist ein idealer Ehemann. Ich kann nicht in Worte fassen, wie tröstlich es für mich ist, wenn er mich in die Arme nimmt, oder wie sehr ich mich immer darauf freue, nachts neben ihm im Bett zu liegen. Er besitzt eine unerschütterliche Menschlichkeit, einen tiefen Glauben an das Gute im Menschen, und es bricht mir das Herz, wenn ich mir vorstelle, dass er allein sein wird. Deshalb habe ich ihn gebeten, Dir diesen Brief zu geben. Ich sehe darin eine Möglichkeit für ihn, sein Versprechen zu halten und wieder jemanden zu finden – eine Frau, die ihn liebt und die er lieben kann. Er braucht das.

Ich empfinde es als großes Glück, dass ich fünf Jahre lang mit ihm verheiratet sein durfte. Mutter war ich leider nicht so lange. Jetzt ist mein Leben fast vorbei, und Du nimmst meinen Platz ein. Du wirst die Frau sein, die mit Alex alt wird, und Du wirst die einzige Mutter sein, die meine Kinder je kennen. Du kannst Dir nicht vorstellen, wie schrecklich es ist, im Bett zu liegen, meine Familie anzuschauen und das alles zu wissen – aber es nicht ändern zu können. Manchmal träume ich, dass ich eine Möglichkeit finde, zurückzukommen und dafür zu sorgen, dass es allen gutgeht. Ich möchte gern daran glauben, dass ich sie vom Himmel aus beschützen kann oder dass ich sie in ihren Träumen besuche. Ich möchte mir einreden, dass meine Reise nicht zu Ende ist, und ich bete darum, dass die unendliche Liebe, die ich für sie empfinde, dies irgendwie möglich macht.

Und das ist der Punkt, an dem Du dazukommst. Ich möchte Dich bitten, etwas für mich zu tun.

Wenn du Alex liebst, dann liebe ihn für immer. Mach, dass er wieder lacht, und genieße die Zeit, die Ihr zusammen verbringen könnt. Geht spazieren, macht Fahrradtouren, kuschelt Euch aufs Sofa und seht Euch gemeinsam schöne Filme an. Mach Frühstück für ihn, aber verwöhne ihn nicht. Lass ihn auch für Dich Frühstück zubereiten, damit er Dir zeigen kann, dass Du für ihn etwas Besonderes bist. Küsse ihn, schlafe mit ihm und schätze Dich glücklich, dass Du ihn kennengelernt hast, denn er ist ein Mann, der alles für Dich tun wird.

Und ich möchte gern, dass Du die Kinder genauso liebst wie ich. Hilf ihnen bei den Hausaufgaben, gib ihnen einen Kuss auf den blutigen Ellbogen oder das aufgeschrammte Knie, wenn sie hinfallen. Streiche ihnen über die Haare und versichere ihnen, dass sie alles erreichen können, was sie sich wünschen. Deck sie abends gut zu und lass sie ihr Abendgebet sprechen. Koche Mittagessen für sie, unterstütze sie in ihren Freundschaften. Bewundere sie, lache mit ihnen, hilf ihnen, zu liebevollen, selbstständigen Erwachsenen heranzuwachsen. Die Liebe, die Du ihnen schenkst, werden sie Dir im Laufe der Zeit zehnfach zurückgeben. Und sei es auch nur, weil Alex ihr Vater ist.

Ich flehe Dich an, all dies für mich zu tun. Bitte! Immerhin sind sie jetzt Deine Familie und nicht mehr meine.

Ich bin nicht eifersüchtig oder zornig, dass ich durch Dich ersetzt werde. Ich sehe Dich ja als Freundin. Du machst meinen Mann und meine Kinder glücklich, und ich wollte, ich könnte Dir persönlich danken. Aber ich kann Dir nur versichern, dass meine immerwährende Dankbarkeit Dich begleitet.

Da Alex Dich ausgewählt hat, sollst Du fest daran glauben, dass auch ich Dich ausgewählt habe.

Deine Freundin im Geiste,

Carly Jo

Als Katie den Brief zu Ende gelesen hatte, wischte sie sich die Tränen von den Wangen. Sie strich vorsichtig mit dem Finger über die Seiten und steckte sie dann wieder in den Umschlag. Lange noch saß sie reglos da und dachte über Jos Worte nach. Ja, sie würde alles genauso machen, wie Jo es sich gewünscht hatte.

Nicht wegen des Briefes, sondern weil sie wusste, dass Jo sie auf ihre sanfte Art dazu gebracht hatte, Alex überhaupt erst eine Chance zu geben. Auch wenn sie das niemandem so recht erklären konnte.

Katie lächelte. »Danke, dass du Vertrauen zu mir hast«, flüsterte sie. Es stimmte – und Jo hatte von Anfang an Recht gehabt. Sie hatte sich in Alex verliebt, sie hatte sich in die Kinder verliebt, und sie konnte sich eine Zukunft ohne die drei nicht mehr vorstellen.

Es ist Zeit, nach Hause zu gehen, dachte sie. Zu meiner Familie.

Der Mond stand hell am Himmel, eine silbern schimmernde Scheibe. Seine Strahlen führten Katie zurück zum Jeep, aber bevor sie einstieg, warf sie noch einen kurzen Blick über die Schulter, zu Jos Cottage.

Es brannte Licht, die Fenster leuchteten in warmem Gelb. In der frisch gestrichenen Küche stand Jo beim Fenster. Katie war zu weit entfernt, als dass sie ihr Gesicht genau erkennen konnte, aber sie hatte den Eindruck, dass Jo lächelte. Jo hob die Hand und winkte liebevoll zum Abschied, was Katie daran erinnerte, dass die Liebe manchmal das Unmögliche schaffen kann.

Sie blinzelte, und das Cottage war wieder dunkel. Nirgends brannte Licht, Jo war verschwunden, aber in der leichten Abendbrise vernahm Katie ihre Worte:

Da Alex Dich ausgewählt hat, sollst Du fest daran glauben, dass auch ich Dich ausgewählt habe.

Lächelnd wandte sie sich ab. Sie wusste, es war keine Illusion, kein Fantasiebild. Sie wusste, was sie gesehen hatte.

Sie wusste, was sie glaubte.

DANK

Immer, wenn ich einen Roman abschließe, denke ich an die vielen Menschen, die mir dabei geholfen haben. Wie jedes Mal steht ganz oben auf der Liste meine Frau Cathy. Sie muss die kreativen Launen aushalten, die mich manchmal beim Schreiben überkommen, und das vergangene Jahr war besonders schwer für sie: Sie hat beide Eltern verloren. Ich liebe dich, Cathy, und ich wollte, ich könnte mehr für dich tun, um deinen Schmerz zu lindern. Mein Herz gehört für immer dir.

Ich möchte auch meinen Kindern danken – Miles, Ryan, Landon, Lexie und Savannah. Miles ist inzwischen schon auf dem College, meine beiden Jüngsten gehen in die dritte Klasse. Es ist eine große, große Freude, die fünf heranwachsen zu sehen.

Meine Agentin Theresa Park verdient meinen Dank, weil sie mir hilft, den besten Roman zu schreiben, den ich schreiben kann. Es ist wirklich ein Glückstreffer, dass ich mit dir zusammenarbeiten darf.

Das Gleiche gilt für Jamie Raab, meine Lektorin. Sie hat mir sehr viel beigebracht, was das Schreiben betrifft, und ich bin dankbar, dass sie ein Teil meines Lebens ist.

Denise DiNovi ist meine Freundin in Hollywood und hat viele meiner Filme produziert. Seit vielen Jahren sind wir freundschaftlich verbunden. Danke für alles, was du für mich getan hast.

David Young, CEO bei Hachette Book Group, ist erstens sehr klug und zweitens sagenhaft gut. Danke für deine tolerante Reaktion, wenn ich wie immer mein Manuskript viel zu spät abgebe.

Howie Sanders und Keya Khayatian, meine Filmagenten, arbeiten seit Jahren mit mir zusammen, und ihrer erstklassigen Arbeit verdanke ich einen großen Teil meines Erfolgs.

Jennifer Romanello, meine Pressefrau bei Grand Central Publishing, hat bei jedem Roman, den ich bisher geschrieben habe, mit mir zusammengearbeitet, und ich bin sehr, sehr froh darüber.

Edna Farley, meine andere Pressefrau, arbeitet sorgfältig und professionell und sorgt immer dafür, dass meine Lesereisen reibungslos ablaufen. Vielen Dank!

Scott Schwimer, mein Anwalt, ist nicht nur ein Freund, sondern auch sehr gut darin, die feineren Details in meinen Verträgen auszuhandeln. Es ist mir eine Ehre, mit dir zu arbeiten.

Abby Koons und Emily Sweet, zwei großartige Helfer bei Park Literary Group, verdienen meinen Dank für alles, was sie bei meinen ausländischen Verlagen erreichen, bei meiner Website und bei allen Verträgen, mit denen ich mich beschäftigen muss. Ihr seid die Besten.

Auch Marty Bowen und Wyck Godfrey, die als Produzenten von *Das Leuchten der Stille* hervorragende Arbeit geleistet haben, möchte ich herzlich danken. Es ist großartig, wie viel Sorgfalt sie diesem Projekt geschenkt haben.

Das Gleiche gilt für Adam Shankman und Jennifer Gibgot, die Produzenten von *Mit dir an meiner Seite*. Es war fantastisch, mit euch zu arbeiten. Danke für alles, was ihr getan habt.

Courtenay Valenti, Ryan Kavanaugh, Tucker Tooley, Mark Johnson, Lynn Harris und Lorenzo di Bonaventura – sie haben sich alle mit großer Leidenschaft für die Filme engagiert, die nach meinen Romanen gedreht wurden, und ich danke euch für alles, was ihr getan habt, von Herzen.

Mein Dank geht auch an Sharon Krassney, Flag und das Team von Korrektoren, die bis spät in die Nacht arbeiten mussten, damit dieser Roman druckfertig wurde.

Jeff Van Wie, mein Drehbuchpartner bei *Mit dir an meiner Seite*, verdient meinen Dank für sein leidenschaftliches Engagement beim Verfassen von Drehbüchern – und für seine Freundschaft.